To Tempt a Scotsman
by Victoria Dahl

ひめやかな純真

ヴィクトリア・ダール
月影さやか[訳]

ライムブックス

ひめやかな純真

主要登場人物

アレクサンドラ（アレックス）・ハンティントン……公爵の妹
コリン・ブラックバーン……ウェストモア男爵、牧畜業を営む
サマーハート公爵（ハート）……アレックスの兄
ダミエン・セントクレア……コリンの弟の同級生
ジョージ・テート……アレックスのまたいとこ
ルーシー……ジョージの妻。コリンの親戚
ジーニー・カークランド……コリンの幼なじみ
ファーガス・マクレーン……ウェストモア城の管理人
レベッカ・バーンサイド……ウェストモア城の家政婦
ロバート・ディクソン……アレックスの親戚
ダニエル……アレックスのメイド

1

一八四四年六月　ヨークシャー

レディ・アレクサンドラ・ハンティントンは眉根を寄せて請求明細書を見つめ、下品な悪態をついた。もちろんレディらしくない行為だが、気にしなかった。なにしろ男の執務室で男性用の机に向かって座り、男物の乗馬ズボンをはいて男の仕事をしているのだ。下品な言葉を吐いたところで、どうということはない。

「ビ……ビン……」彼女は文字と思われるくねくねした線をにらんで、再び読み取ろうとした。「ああ、いやになっちゃう」粉屋の書いたものはもともと読みにくかったが、最近になってますます筆跡が乱れてきた。その明細書が穀類に関するもの、おそらくは馬の餌《えさ》用にひいたオート麦に関するものであることは察しがつくけれど、それでもやはりなんのことやらわからなかった。

明細書とにらめっこしていても埒《らち》が明かない。厩舎《きゅうしゃ》の親方を探して、最近注文した品物と明細書を照らしあわさなくては。アレクサンドラ――アレックスはサマーハート公爵の妹なので、親方は慇懃《いんぎん》に応対するものの、内心、彼女が遊び半分に兄の領地管理に手を出すのをやめてほしいと願っているのは明らかだった。

アレックスは明細書をつかんで立ちあがり、執務室を出た。廊下に敷いてある厚い絨毯《じゅうたん》がブーツのたてる音を吸い取るので、足を急がせていてさえ、遠くの小さな声を聞くことができた。

「きみの思い違いに決まっている」そう話す男の声が、サマーハート邸の玄関広間の大理石の壁に跳ね返って彼女の耳に達した。「閣下が妹君はこちらにおられるとはっきりおっしゃったのだ」

自分が話題になっていることを知って、アレックスは目をぱちくりさせた。兄がわたしに会わせようと、だれかをロンドンから送ってよこしたのだろうか。ありそうにないことだが……。彼女は廊下の薄暗い壁際に立ちどまって玄関広間のほうをうかがった。

日焼けした背の高い男性が玄関ドアを入ったところに立って、プレスコットをにらみつけていた。それだけでも興味深いことだ。兄の執事をにらみつけたりする者はひとりもいない。プレスコットは若き権力者である公爵との面会を取り仕切っている。

アレックスは興味をそそられて、玄関広間にそっと足を踏み入れた。

「名刺を置いていってくだされば――」

「名刺など持っていない」訪問者はほんの一瞬アレックスに視線を注いだが、彼女の正体に気づくはずはなかった。男物の乗馬ズボンをはいて、黒い髪をきつく結わえ、上着で体の曲線を隠しているのだ。にもかかわらず、灰色の目に射すくめられて、彼女は身をこわばらせた。訪問者は視線をプレスコットへ戻した。執事は男の冷たいまなざしにもまったく動じることなく立っている。沈黙のうちに一〇秒がたち、二〇秒がたった。

　やがて見知らぬ訪問者はプレスコットを脅しても無駄だと悟ったらしく、あきらめたように肩をすくめた。「ぜひお話ししたいことがあって参ったと、彼女にお伝えいただきたい。ぼくは〈レッド・ローズ〉に滞在している」

　男が体の向きを変えるのを見たとき、アレックスは小さな気持ちの揺れを覚えた。いったいだれだろう？　執事にあれほど冷たくあしらわれたら、しょげ返るのが普通なのに、あの人は自信に満ちた態度を崩さない。

　茶色の髪は散髪が必要だし、どうやら名刺だけでなく首巻き《クラヴァット》も忘れてきたようだが、立派な仕立ての茶色い上着から彼が裕福であることがわかる。そして強いスコットランド訛《なま》りと深みのある声――彼女の鼓動が速くなった。

　兄がわたしのことを話したからには信用できる人間に違いない、とアレックスは思った。

「プレスコット」

　常に冷静な執事が静かにわきへどいた。「お嬢様、ミスター・コリン・ブラックバーンがお会いになりたいそうです」

「ありがとう、プレスコット」

　玄関を出かかっていたコリン・ブラックバーンがアレックスの声を聞いて動きをとめ、再び向きを変えて戻ってきた。そして大きな玄関広間を隅から隅まで見まわして声の主を探し、ようやく彼女の正体に気づいた。わずかにつりあがった赤褐色の眉に、彼の驚きが表れている。「レディ・アレクサンドラ」

彼女は相手に自分の奇妙な服装を気がすむまで眺めさせた。兄は別として、今まで乗馬ズボン姿のアレックスを見た紳士はいない。その服装は女性に似つかわしくないばかりか、みだらでさえあるけれど、少しもかまわなかった。どうせわたしは堕落した女なのだ。自分の好きなようにする。彼に眺められているあいだに、アレックスも相手をじっくり観察した。

背の高さは兄と同じくらいだが、横幅は兄よりもある。広い肩、たくましい胸。上着にパッドを入れていないのは明らかだ。でも、でっぷりはしていない。要するに引きしまった肉体をしている。

顔はどこまでも男らしい。くっきりした容貌《ようぼう》には抗しがたい魅力がある。鼻がわずかに曲がっているのは、殴りあいを演じた名残だろう。だが高い頬骨と広い口は、アレックスの関心をもっと楽しいことへ向かわせた。真剣にこちらを見つめている澄んだ灰色の瞳を見つめ返すと、彼の目が細くなった。

「お会いくださって感謝します」

「プレスコット、執務室へお茶を持ってこさせてちょうだい。ミスター・ブラックバーン?」アレックスはついてくるよう手ぶりで示し、くるりと向きを変えて廊下を歩きだした。

向きを変えるときに、丈の長い真っ赤な上着が開き、腿と腰をぴったり包んでいるもみ革製の乗馬ズボンに裾《すそ》がこすれるのを感じた。彼の目が大きく見開かれるのを、彼女は視界の隅でとらえた。さぞかしいい眺めだったに違いない。

アレックスはぞくぞくする感じが体を走るのを覚えて歯を食いしばり、上着のボタンをはめて、狭苦しい執務室へと廊下を急いだ。客の相手をするには居間のほうがいいとわかっているが、こんな服装ではふさわしくないだろう。男物の服は花柄のソファやカーテンに似つかわしくない。

執務室へ入ったアレックスは、窓際に置かれたふたつの椅子の片方をブラックバーンに示した。彼はアレックスが向かい側の椅子に座るのを待って腰をおろし、ブーツを履いた足首をもう一方の膝にのせた。

「わたしにどのようなお話があって来られたのでしょう、ミスター・ブラックバーン？」

彼はすぐには答えず、アレックスをしばらく見つめたあとで眉をひそめ、首をかしげた。髪がひと房、額に垂れた。「こちらにうかがったのは、いくつかお尋ねしたいことがあるからです」

「お尋ねになりたいこと？」

「ダミエン・セントクレアについて」

その名前を聞いたとたん、アレックスの顎の筋肉がこわばり、血が耳に集まって、砕け散る波のような耳鳴りがしだした。彼女は長いあいだ身動きすることも声を発することもできなかった。ようやく息ができるようになると、なるべく落ち着いた声で慎重に言った。「お帰りいただいたほうがよさそうです」

　ブラックバーンはかぶりを振って抗議し始めたが、彼女は立ちあがってドアを指さした。

「兄があなたをここへよこしたのでないことは明らかです。お帰りください。出口はおわかりでしょう」アレックスは彼を押しのけて机へ歩いていき、椅子に座って猛然と書類をかきまわした。胸のなかで苦しみが膨れあがった。この人はほかの男性とは違うなどと、なぜ考えてしまったのだろう。

　ブラックバーンがわざとゆっくり立ちあがって机のほうへ歩いてきた。そして机に両手をつき、彼女のほうへ身を乗りだした。歯を食いしばっているのか、顎がこわばって見える。

「レディ・アレクサンドラ、きみとセントクレアとのあいだに、そしてジョン・ティベナムとのあいだになにがあったのかを、ぜひとも知りたい」

「あら、そう？　それがあなたになんの関係があるのかしら？」アレックスはさも困惑したように目を見開いて彼を見あげた。「まあ、ごめんなさい。きっとあなたはわたしの恋人のひとりだったのね。あまりに人数が多くて、とてもじゃないけど全員は覚えていないの」

　ブラックバーンはまるで頬を打たれたように目を細めたが、やがて口元に薄笑いを浮かべてさらに身を乗りだした。「はっきり言っておこう、お嬢さん。ぼくが恋人のひとりだったら、きみは絶対にぼくを忘れなかっただろう」

「まあ、ほんと？」アレックスは視線をさげて彼のズボンの前でとめた。

　机についたブラックバーンの手がかたい拳《こぶし》に変わった。「見損なわないでほしい――」彼が言いかけるのを、アレックスはさえぎった。

「わたしをかもにしようと考えてここへ来たのは、なにもあなたが最初じゃないわ。たまたま女相続人に生まれついただけの堕落した女。あなたはそう考えたのでしょう？　ありふれた考え方だわ、ミスター・ブラックバーン。さあ、お帰りになって」

「ジョン・ティベナムはぼくの弟だ」

アレックスの胸のなかで燃え盛っていた怒りが凍りついた。彼女はまじまじとブラックバーンを見つめた。血流が耳のなかで大きく鳴り響く。ようやく相手の言葉の意味を理解した彼女はたじろいで目を伏せ、くしゃくしゃの書類に視線を戻した。憎悪に満ちた彼のまなざしは耐えがたく、紅潮していた頬から血の気が失《う》せた。

ジョンの兄。そういえばカントリーダンスをしていたときに、ジョンから腹違いの兄がいると聞いたことがある。あれは彼が死んだ夜ではない。たしかその前日の夜だ。

「ごめんなさい」アレックスはささやき、勇気を奮って目をあげた。「そうとは知らなかったものですから」

ブラックバーンがなにも言わずにただ厳しい視線を注ぎ続けるので、彼女は再び耐えられなくなり、しわの寄った書類の角を何度も指でこすった。「弟さんのことは本当にお気の毒に思います」さっきよりも大きな声で言い、手の動きをとめるために両手をきつく握りあわせる。

「セントクレアを探しだして、やつに法の裁きを受けさせたい」

「彼の居場所は知りません」

「あの男はぼくの弟を殺した」

アレックスは深く息を吸って、もう一度勇気を奮い起こそうとした。彼女は弱虫でも卑屈な人間でもないが、ただひとつ、あの夜のことを思いだすと、恥ずかしくていたたまれなくなる。アレックスは背筋をのばして彼の目をまっすぐ見た。「あの決闘はばかげていたし、ジョンの死は痛ましいものでした。でも、挑戦状をたたきつけたのはジョンです。あのあとなにがあったのか知りませんが、ジョンがセントクレアに決闘を申しこんだのです」

「きみの意見がどうであれ、セントクレアは犯罪者だ。決闘で人を殺すことは、やはり殺人であることに変わりがない」

「あなたのお役には立てません。彼の居場所を知らないんですもの。あれからもう……一年以上になります」

執務室のドアが開いて、メイドが帽子をかぶった頭をなかに入れ、手にしているトレーのほうへうなずいた。この状況では邪魔が入ったことを喜んでもよかったが、アレックスは必要以上に面会を長引かせたくなかったので、お茶はいらないと手を振ってメイドをさがらせた。ドアの閉まる音が静かな室内に響く。

「きみの話から察するに、あの男はきみの……特別な友人で、きみをめぐって決闘し、その結果逃亡生活に入った。そしてそれ以来、ただの一度も連絡をしてこなかったというんだね?」

アレックスは体内の血がすっかり失せてしまった気がした。心臓が早鐘を打っている。

「ええ」

「弟がきみたちふたりのいる部屋へ入っていくように仕組んだのはセントクレアだ」

「なんですって？」

「セントクレアはきみとみだらな行為をしている場面を弟に見せたかったのだ」

目をしばばたたいたアレックスは、鼓動が力強さを取り戻すのを感じた。「そんなの、ばかげているわ」かぶりを振って言う。

「友人たちとトランプをしている最中に、弟はこれからセントクレアと会わなければならないと断って席を立った。友人のひとりであるウィリアム・バンティングの話によれば、ジョンはまっすぐ例の書斎へ行ったという。たまたまきみたちにでくわしたのではない」

「でも……そんなの嘘《うそ》よ」

「きみはセントクレアに利用されたんだ」

彼女は机の端をつかんでよろよろと立ちあがった。

「やつはきみのスカートのなかに手を入れている場面を見せるために、ぼくの弟を書斎へ呼び寄せた。嘘ではない。ぼくたちの父が徹底的に調べたから間違いはない。きみがセントクレアをかばう必要はないよ。やつは良心のかけらもない男だ」

ああ、なんてことかしら。とても信じられない。ダミエン・セントクレアに出会ったとき、わたしはまだ一七歳で、放埒《ほうらつ》な男性たちとつきあうことに興奮を覚えた。本当の紳士なら、わたしの要求に軽々しく応じたりしなかっただろう。でも、そこが問題だったのでは？　世間体を失うぎりぎりのところで遊びまわっていたことが？

「この件にきみを巻きこみたくはなかった。きみのお兄さんからも、ぼくの父からも、きみをそっとしておくように言われた。しかし、やつを追い始めて九カ月もたつのに、なんの手がかりも得られないので、やむをえなかったのだ」

アレックスはかぶりを振った。この人に手を貸すことはできない。こんな不愉快な考えを聞かせておいて、わたしの助力を期待するとは、いったいどういう神経の持ち主だろう。

「ごめんなさい」

彼女は視線をブラックバーンから執務室の黒ずんだ木の壁へ、さらに太陽が燦々《さんさん》と輝いている窓の外へ移した。優に一分が過ぎたころ、彼の大きなため息が聞こえた。

「今夜ぼくは〈レッド・ローズ〉にいるので、手を貸そうという気になったら、どうかお知らせ願いたい」

アレックスはうなずき、椅子に腰をおろした。

ブラックバーンはドアを押し開けて、もう一度彼女を振り返った。その顔には憎悪の色が浮かんでいた。「弟はまだ二〇歳だった。ダミエン・セントクレアに額を撃ち抜かれたとき、弟はほんの二〇歳だったんだ」

突然、アレックスの脳裏に笑っているジョンの面影がよみがえり、涙がこみあげてきた。彼女は目をぎゅっと閉じた。「ごめんなさい、ミスター・ブラックバーン。ジョンはやさしくて善良な若者でした」最後の言葉を言い終える前に、ドアの閉まる小さな音がした。

ソアは踏みかためられた道路の土を黒いひづめで蹴《け》って、宿屋までの三キロ余りを風のように駆けた。コリンは馬を走らせて鬱憤《うっぷん》を晴らしたかった。彼女はなにかを知っていて、それを隠している。ばかな娘だ。セントクレアにスカートをめくりあげられ、耳元で甘い言葉をささやかれたとき、簡単に信じてしまったのだろう。

まだ若いとはいえ、彼女は無邪気な女ではない。戯れにふたりの男を競わせて、その結果自分の評判を落とし、ジョンを死なせた。小柄な体に大きな青い目をして、いかにも純真そうに見えるが、中身は売春婦と大差ない。

彼女がほかの男をベッドへ連れこんでいたのに、弟は彼女に夢中だった。ほかにだれがいたやら知れたものではない。なんと彼女自身がそれを認めたのだ。さっき乗馬ズボンのなかの、あの太腿の形をちらりと見ただけで、彼女が大勢の男を魅了したに違いないことがわかった。ジョンはとうていあの魅力に逆らえなかっただろう。

コリンの顔に苦々しい笑みが浮かんだ。ぼくが二〇歳のときに彼女と出会っていたら、やはり熱心に追い求めたに違いない。あの黒い髪ときらきらした目だけでも、男の心をそそるのに充分だ。それに華奢《きゃしゃ》ではあるけれど引きしまった体つき、いかにも純情そうなハート形の顔、大胆な衣服……実に愛らしい。だが、そのために死んでもいいほどの愛らしさではない。どうやら弟にはそれがわからなかったようだ。ばかなやつめ。それに、ぼくにこんな約束をさせた父親にも腹が立つ。死の床にある父親の願いを、いったいだれが断れるだろう？

本来なら今ごろぼくはスコットランドで土地管理や家の新築工事の指図をしたり、馬を定期市に出す準備をしたりしていなければならない。それなのに殺人者の情報を求めてイングランドとフランスを駆けまわっている……そして今度は手を貸してもらうために、甘やかされて育ったイングランドの尻軽女を説得しなければならないときた。

この原因をつくったのは彼女だ。彼女とその恋人だ。だから、その気があろうとなかろうと、アレクサンドラ・ハンティントンはぼくに手を貸す義務がある。


手紙の角がアレックスの湿った手のひらに食いこんだ。彼女は寝室の窓ガラスに額を押しあて、手紙をくしゃくしゃに丸めた。こんなもの、どこかへ消えてしまえばいいのに。最初から存在しなければよかったんだわ。しかし、ダミエンの筆跡になる横柄な文面の手紙は消えてくれなかった。

かつては彼の手紙を読んで涙を流したものだ。フランスへ来て結婚してくれというダミエンの最初の手紙を読んだとき、アレックスはさめざめと泣いた。二度めの手紙で、彼が誇りを捨てて逃亡生活を送るための費用を用立ててくれと懇願してきたときも、彼女は涙を流し、自分ができることはそのくらいしかないと考えて、たっぷり金を送ってやった。

金を送ったことがもう一度ある。最後の懇願の手紙を受け取ったあとだ。そのときはジョンのことを考えてためらったけれど、結局は送った。そしてコリン・ブラックバーンの残酷な言葉を聞いたあとでは、ダミエンが書いてよこしたつらい逃亡生活の物語が、自責の念をかきたてるための作り話に思えてきた。彼女の自責の念を。

アレックスは兄が女性に助けを求める手紙を書く場面を想像しようとした。あるいは、またいとこのジョージ・テートが。さらにはコリン・ブラックバーンが。想像できなかった。彼らのだれかが、女性に窮状を訴えて助けてくれと懇願することなど、とうてい考えられない。しかし、たとえダミエンがそれほど立派な人間でなかったとしても、彼を殺人者呼ばわりすることはできない。彼はただ弱くて怯《おび》えているだけなのだ。

アレックスは手紙を床に落とし、仕事をするために着ていた男物の衣服を震える手で脱いだ。これから身につける灰色の乗馬服は、すでに淡い青色のベッドカバーの上に用意してある。ウールのその服は夏には厚すぎるし、色も暗すぎるけれど、彼女を憎んでいるに違いない男のところへ行くのに、けばけばしい黄色や緑色の絹の服を着ていくわけにはいかない。コリン・ブラックバーンに会おう。会って、彼が求めるものを提供しよう。それは彼が話したことのためでも、自責の念によるものでもない。わたしが知っていることのためだ。ジョンが死んだ瞬間から、わたしはそれを心の底へ押しこめてきた。

ダミエンはジョン・ティベナムを憎んでいた。あの恐ろしい夜まで、それについて考えたことがなかった。男はなにかにつけて張りあいたがる。わたしは単なる嫉妬《しっと》だと思っていた。何度もダミエンにジョンはただの友人だと断言したけれど、彼は信じなかった。

でもジョンがドアを開けてわたしたちふたりを目にし、苦痛のまなざしをわたしに向けたあとダミエンに決闘を申しこんだとき、ダミエンの顔には満足げな表情が浮かんでいた。なぜ彼はうれしそうな顔をしたのだろう、とそのときは不思議に思ったが、それに続く混乱に紛れて忘れてしまった。なんといっても挑戦状をたたきつけたのはジョンなのだ。ふたりともあとに引こうとはしなかった。

悲劇の原因は三人全員にある。わたしはそう自分に言い聞かせてきたけれど、今では……なにもかも仕組まれたものに思えてきた。ダミエンによって仕組まれたのだ。

〝ねえ、きみ、ちょっとここへ入ろうよ。もう我慢できないんだ。今すぐきみにさわらないと、どうかなってしまう〟戯れに火遊びをする、あの興奮。ダミエンにスカートをめくられて肌をなでまわされる、あのぞくぞくする感じ。そして……ジョンの苦悩に満ちたまなざし。

アレックスは目をぎゅっとつぶって記憶を払いのけようとした。これからも寝る前に繰り返しあの夜の出来事を思いだすだろう。だが、今はそんなことを考えている余裕はない。

決めた。恋人をコリン・ブラックバーンに引き渡そう。彼の言ったことが真実なら——そしてそれはどう考えても真実に思われる——わたしの評判が地に落ちて一家が恥辱にまみれたのも、ジョン・ティベナムが殺されたのも、意図的だったことになる。

でも、ブラックバーンの言葉が真実でなかったら？

アレックスは指をこめかみに押しつけて、ダミエンの顔に浮かんでいた表情を思いだそうとした。あのとき、彼はなんと早く、なんと簡単に、挑戦に応じたことか。ああ、今になってやっと理解できた。でも、ダミエンの動機がいまだにわからない。愛ゆえでなかったことはたしかだ。

彼女は床から手紙を拾いあげ、もとあった衣装戸棚のなかのくしゃくしゃになっているペティコートの下へ突っこみ、メイドを呼んで乗馬服を着るのを手伝わせた。身支度を整えると、早く彼との面会を終えてしまおうと部屋を出た。メモをだれかに届けさせるだけですませるつもりはなかった。これまで彼女はいろいろな呼び方をされてきたが、臆病者《おくびょうもの》と呼ばれたことはない。

すでにブリンに鞍《くら》がつけられ、手綱を持った馬丁が玄関先の階段で待っていた。アレックスが鞍に乗ると、鹿毛《かげ》の牝馬《ひんば》はなめらかな足取りで駆けだした。世界は前方の道路へと狭まり、感じられるのは風と馬の筋肉の動きだけになった。

つかのまアレックスは、これから目に誠実さと侮蔑《ぶべつ》の色をたたえていた男性に会いに行くのだということを忘れられた。意識にあるのは馬と前方の道路だけ。あっというまに一五分がたち、早くも彼女は宿屋の中庭にいた。

馬をおりて、決意が変わる前に手綱を宿屋の少年馬丁に渡したが、赤いドアを見たとたんに気持ちがぐらついた。

「馬を歩かせておいてちょうだい」彼女は小声で馬丁に言った。「そんなに長くかからないから」

最後にもうひとつ深呼吸をして階段をあがり、ドアを開けてなかに入った。明るい戸外から急に屋内へ入ったので、だだっ広い部屋は薄暗くてよく見えなかったが、それでもコリン・ブラックバーンの姿を見落としはしなかった。彼は椅子にゆったり座り、エールのグラスを片手に書類の束を調べていた。体をぴくりとも動かさない。書類を読みながら膝を揺ったり、テーブルをたたいたりすることはいっさいない。ほんの少しでも身動きしたら、貴重なエネルギーを無駄づかいすることになるとでも言わんばかりだ。アレックスはといえば、帳簿の仕事をするときは片時もじっとしていられない。ふたりのこの違いには、たぶんなにかの意味があるのだろう、と彼女は思った。

襟に巻き毛がかかっているのが、鋭い容貌と対照的にやわらかな印象を与えている。彼にはなにかがある。目は高潔さや廉直さを語っていた。なにごとにも屈しない断固たる意志を。

「レディ・アレクサンドラ！」宿屋の主人の声が室内に響いた。「ようこそおいでくださいました。今夜はこちらでディナーを召しあがりますか？」

ブラックバーンが顔をあげてこちらを見た。「いいえ、ミスター・シムズ」アレックスはブラックバーンの目を見つめ返したまま答えた。「今日は用事があって来たの」

彼女が近づいていくと、ブラックバーンが立ちあがって椅子を引きだした。「レディ・アレクサンドラ」

アレックスは椅子を無視してメモを差しだした。ブラックバーンはそれを受け取って目を通し、無表情のまま彼女を見た。

「最後に手紙を受け取ったのは二カ月前よ」こわばった口調で説明した。

「ありがとう」

「いろいろとごめんなさいね」彼女は向きを変えかけたが、ブラックバーンが腕に手をかけた。つかんだのではない。そっと置いただけだ。

「きみにとってはショックだっただろう。ついかっとなって申し訳なかった」

「あなたが怒るのは当然だわ」

「そうはいっても、やはり厳しいことを言いすぎた」

「あなたがわたしをどう考えているのか、わかっているつもりよ。厳しいことを言いたくもなるわよね」できるだけ明るくほほえむ。「今までわたしを巻きこまずにおいてくれたことを感謝しているの。幸運を祈っているわ」アレックスは鋭い視線から逃れたくて再び向きを変えたが、今度も彼の声によって引きとめられた。

その声は低く穏やかだったが、少しもやさしさが感じられなかった。「ぼくがきみをどう考えていると思うんだ?」

アレックスは歯を食いしばってくるりと振り返り、怒りのまなざしをブラックバーンに向けた。わたしの悪い面しか知らない人たちを相手にすると、決まって傷つけられる。わたしを軽蔑している情け容赦ない人が相手のときはなおさらだ。この人はわたしになにを言ってほしいのだろう? そもそも、わたしになにか言ってもらいたがる人なんている?

「わたしは自分のことを説明するためにここへ来たんじゃないわ。あなたが求めている情報を提供しに来たの。それをもう渡したんですもの、用事はすんだわ」

「彼からまた手紙が来たら教えてくれないか？」

「なぜまた手紙が来ると思うの？」

「きみは彼に金を送った」

彼女は顔を紅潮させて大声を出した。「お金を送ったからどうだというの？　わたしをますます憎む？」

ブラックバーンの目が熱い光を放った。彼は周囲を見まわしてからアレックスの腕をとり、ドアのほうへ連れていった。「人が見ているよ」

彼女は連れていかれるままになった。そちらのほうが帰るのに近いからだ。ドアを出て階段をおりたとたん、ぐいと腕を振りほどいて距離をとった。「連れだしてくれてありがとう。それではよい旅を」馬丁が合図に応《こた》えてブリンを引いてきたが、アレックスが鞍へ乗る前にブラックバーンの低い声がした。

「きみはぼくが考えていたような人ではないね、レディ・アレクサンドラ」

振り返ったアレックスの目に、うつむきかげんのブラックバーンの顔と灰色の瞳の輝きが映った。この人は厳しいけれど公正な人だ、と彼女は思った。彼はちゃんと謝罪した。でも、やっぱりわたしを嫌っているし、好きになりたいとも考えていない。その点ではほかの人たちと同じだ。

アレックスは彼に背を向け、微風に向かって話した。「わたしのことをなにひとつ知らないくせに、ミスター・ブラックバーン」

苦しいほど激しく打っている心臓を無視して、アレックスはブリンにまたがった。〝家まで速駆けするわよ〟という彼女のささやきに耳をそばだてていた牝馬は、馬丁を押しのけるようにして向きを変え、ひと声いなないた。その声にまじってブラックバーンの悪態が聞こえた。

アレックスは振り返らず、ただ家に向かって馬を走らせた。行くときと違って、帰り道は一時間以上もかかったように思われた。サマーハート邸の私道に入ったブリンはひづめを音高く響かせて石畳の道を駆け抜け、屋敷の前でとまった。アレックスは鞍から滑りおりて、駆けつけた馬丁に手綱を渡し、家のなかへ入って階段を駆けあがった。

「ろくでなし」避難場所である寝室に駆けこみ、そう吐き捨てて、乗馬鞭《むち》を部屋の反対側へ力任せにほうる。そして絶対に泣かないと自分に言い聞かせながら洟《はな》をすすり、袖《そで》で目元をぬぐった。

あの人は他人だ。彼にどう思われようとかまやしない。わたしを人間のくずみたいに見たのは彼が最初ではないし、最後でもないだろう。

本当にばかげている。兄があちこちで大酒を飲んで騒ぎまわっても、人々はなんと強くて立派な人だろう、結婚相手にこれほど望ましい男性はいない、としか考えない。ところがわたしの場合は？　軽率な行為が一度見つかっただけで堕落した女の烙印《らくいん》を押され、人生が台なしになってしまった。

アレックスは手のひらの付け根で涙をぬぐった。その程度のことは我慢できる。我慢しなければならない。ひとりの男性が死んだのだ。わたしはその悲しみを胸に秘めて残りの人生を生きていこう。でも、わたしはたったの一九歳。人生はまだ終わってはいない。わたしのしたことは、たいていの男性が毎日平気でしていることだ。

彼女は震える手で呼び鈴の紐《ひも》を引き、上着のボタンを外そうとしたが、指が震えてうまくいかなかった。言うことを聞かない指でぐいと引っ張った拍子に、ボタンがちぎれて床を転がっていった。

やってきたメイドに、アレックスは風呂の支度をするよう命じた。ディナーの前に熱いお風呂に入り、ワインを一杯飲もう。兄はロンドンにいるので、食事はひとりでしなければならないが、きちんとディナー用の服装をして食事をとるのだ。わたしは男をたぶらかして死に追いやる堕落しきった女かもしれないけれど、現に生きているし、健康だ。重要なのはそこではないだろうか。

そして明日になったら、疲れ果ててなにも考えたり感じたりできなくなるまで働こう。

コリン・ブラックバーンはアレクサンドラを二週間ほどそっとしておくことにした。フランスにいる部下たちがダミエン・セントクレアを隠れ家から追いだしたのが三週間前。彼はアレクサンドラの手紙も含め、持ち物を全部残して逃走した。

セントクレアは現在、なにも持っていない。もうすぐ金を無心する手紙を書くだろう。ころあいを見てアレクサンドラを訪ね、あのごろつきの居場所をききだしたら、彼女とはもう二度と会わないですむ。

コリンの頭は昨日の彼女との出会いから立ち直れずに、まだくらくらしていた。あのとき、書類から顔をあげた彼の目に映ったのは、青白い顔をして立っているアレクサンドラだった。灰色の乗馬服をまとった彼女はサマーハート邸で見たときよりもさらに愛らしく、若々しかった。男物の乗馬ズボンと真っ赤な上着を着ていたときよりも、ずっと小さくて傷つきやすそうに見えた。そしてその繊細そうな様子が、コリンを逆上させたのだった。

あのメモには驚かされた。というよりも、メモに表れていた率直さに。セントクレアは最後に逃げだした場所を含め、フランスに三つの隠れ家を持っていた。

なぜアレクサンドラはこれほどの率直さを示したのだろう？　きっと自責の念からだ。そしてその自責の念が、彼女の目に苦悩と挑戦的な光を宿らせ、ぼくの良心をうずかせた。だが彼女が苦しんでいるとしても、ぼくのせいではない。彼女みずからが招いたことだ。

コリンは荷造りをし、旅の途中で食べるために朝食のパンとチーズを容器に詰めた。早く発《た》てば、暗くなる前に親戚《しんせき》のルーシーの家に着けるだろうし、彼女は喜んで一週間や二週間くらい泊めてくれるだろう。いつだったか彼女は、近くへ来ておきながら寄らなかったら頬をひっぱたくわよ、とコリンを脅したことがある。

そこで彼は夜明けとともに宿を発ち、馬上で朝食をとった。アレクサンドラのことはなるべく考えないようにした。家に帰れる日も、そう遠いことではなさそうだ。ひと月以内にスコットランドへ戻れれば、最初の馬市に間に合う。売りに出す馬の選定をする時期はすでに過ぎたが、ぼくの留守中も仕事は順調に運んでいる。病気になった牝馬も死んだ子馬もいない。もちろん、アレクサンドラがセントクレアの新しい情報を提供してくれれば、ぼくはまたしばらく故郷に帰れなくなる。フランスへ渡るとなれば数週間は遅くなるだろう。

コリンは大きく弧を描いている道路に沿って進みながら、西の小高い丘の上を眺めた。低い塀際で労働者たちが仕事をしていた。彼らの足元にはたくさんの大きな石が転がっている。彼らの真ん中に立っているほっそりした人物の赤い上着が、朝日を受けて鮮やかな炎のように見えた。アレクサンドラ・ハンティントンか？ そうだ、彼女に間違いない。彼女は手にした鋤《すき》を大きく振って、なにごとか大声で指示を出しているようだが、距離が遠くてここまでは聞こえない。コリンは馬をとめて様子を見守った。

彼はアレクサンドラが兄の領地を管理していることは知っていたが、どうせ遊び半分でやっているのだろうと思っていた。貴族の男性はあまりつかない職業だし、ましてや育ちのいい若い女性となれば、まずそのような仕事はしない。醜聞にまみれた彼女にとって、男の服装をして男の仕事をするのは斬新《ざんしん》で楽しいことなのだろう。しかしアレクサンドラの目に宿っている意志の強さを見て取り、コリンは考えを改めた。彼女はたいていの管理人よりも熱心に仕事をしているように思える。

それにしても、体の大きな労働者たちに囲まれている彼女はなんとか弱く見えることか。いちばん小柄な男の半分も体重がなさそうだ。それでも男たちは彼女の言葉に耳を傾けてうなずいている。

労働者のひとりが首をかしげ、アレクサンドラがそれにつられて丘の下を見おろした。見られていたことにショックを受けたのだろう、彼女はぴたりと動きをとめ、それからコリンのほうへ一歩踏みだした。一歩だけ。彼女はどんな表情をしているだろうかと思いつつ、コリンは手をあげて別れの挨拶《あいさつ》をした。アレクサンドラが挨拶を返してよこさないのが残念だった。彼女は朝の光のなかで彫像のようにじっと立っている。その表情は読めない。やがて彼女が男たちのほうを向いて大声で指示を与えると、彼らはいっせいに動きだした。

アレクサンドラはぼくをはねつけた。そのほうがいい。ぼくが新しい情報を求めて戻ってきたとき、彼女はぼくを疎ましく思うに決まっている。だったら、今仲よくなっても意味がない。

ソアを促して駆けさせたコリンは、次回の訪問を考えたとたん胸の奥に小さな期待が芽生えるのを感じたが、すぐにそれを踏みつぶした。あの女性は危険なほど興味をそそる。だが、ぼくが親しくなるべき女性ではない。なんとしてでも避けるべき女性だ。しかし同時に、父と交わした約束を果たすにあたって、彼女が唯一の頼みの綱になりそうだ。

2

「コリン、おりてこない？」

ルーシーの大声を聞いて、彼は思わず顔をほころばせた。声は階段を駆けあがり、開いている書斎のドアを通って耳に達した。

「コリン？」

「すぐにそっちへ行く」

本をもとあった椅子の上へほうって書斎を出たコリンは、広い廊下を念入りに見まわして、左手の石造りのアーチのほうへ進むことにした。ルーシーの家は増改築を一〇回以上も繰り返した結果、四方八方へまとまりもなく広がり、訪問客が家のなかで迷うことがしばしばある。彼はここへ来て三日になるが、まだどちらへ行けばどこへ出るのかよくわからなかった。

「まあ、驚いた！　ほんとに信じられない！」

ルーシーの悲鳴に近い声を聞いて、コリンは目をくるりとまわした。彼女は完璧《かんぺき》な貴婦人にはほど遠い。それはおそらく、彼女がたいして良家の生まれではないからだろう。今彼女がなぜ大声をあげたのかはわからない。考えられる原因はいくらでもある――猫の子が生まれたとか、友達から手紙が届いたとか、あるいはよだれの出そうなほど美味なビスケットが送られてきたとか。階段へ出たコリンは忍び笑いをしながら踊り場までおり、階下を見おろして立ちすくんだ。ルーシーの興奮の原因がわかったのだ。

「本当にあなたって、人をびっくりさせるのが好きね！」ルーシーが赤い巻き毛を揺らして歌うように言った。

まったく彼女には驚かされる。一階に、しわの寄った淡い青緑色の絹のドレスをまとった、まばゆいばかりに美しいレディ・アレクサンドラその人が立っていた。

「なんてことだ」コリンはささやいた。それともただ頭のなかで考えただけなのか、自分でもわからない。アレクサンドラを見て頭がぼうっとなってしまった。ルーシーが彼女を抱きしめてうれしそうな声をあげている。彼は階段をおりていった。「レディ・アレクサンドラ」一階へ達したところで声をかけた。

彼女がぱっと振り返り、あえぐように言った。「ブラックバーン！」

「あら……あなた方、お知りあいなの？」ルーシーがこわばった声でいぶかしげにきいた。

「ああ」コリンが答えるのと、アレクサンドラが首を横に振るのが同時だった。

彼女はコリンのほうへ辛辣《しんらつ》な視線を向けた。「〝知りあい〟とはとても言えないんじゃないかしら」

ルーシーが眉をひそめて説明を求めようとしたところへ、ジョージがやってきてアレクサンドラを抱えあげ、玄関広間のなかをくるくるまわった。

「おろしてちょうだい！」彼女は笑いながら叫んだ。

「すまない。妻がいることをつい忘れてしまった」ジョージはルーシーにおどけた目を向け、アレクサンドラをおろした。

「まあ！　つい忘れただなんて、よく言うわ。この一〇年間ずっと忘れっぱなしのくせに」

ジョージはウインクした直後にコリンがいることに気づき、不安そうに目を細めて咳払《せきばら》いをし、アレクサンドラの注意を引いた。

「レディ・アレクサンドラ、コリン・ブラックバーンを紹介しよう。彼はルーシーの親戚なんだ」

「もう会ったわ」アレクサンドラの口調は冷静だった。「お邪魔をするつもりはなかったの」

「まあ、邪魔だなんてとんでもない」ルーシーがぽっちゃりした頬を赤らめて言う。「ふたりとも家族みたいなものだわ。いつ訪ねていらしても大歓迎よ。ええ……もっとたびたび来てほしいくらい……」

ジョージがゆがんだ笑みを浮かべて妻の手をとった。「アレクサンドラはぼくのまたいとこなんだ、コリン」

「ほう」それ以外になにも言えなかった。

ジョージがまた咳払いをした。どうやら彼はこの場にみなぎっている緊張にも、その原因にも気づいているようだ。ジョンが死んだとき、ジョージはお悔やみの手紙をくれたが、アレクサンドラとの姻戚関係についてコリンに話したことはなかった。もちろん儀礼的な集まりで、あの事件におけるアレクサンドラの役割が話題になったことはない。

「さてと、それでは」ジョージが痩《や》せた手をたたいて大声をあげた。「ぼくたちはコリンと一緒に馬で村へ行くことになっていたんだ。きみも行くかい、アレックス？」

アレクサンドラは三人の顔を順番に見た。行きたくない様子がありありと出ていたので、コリンでさえ顔をしかめたくなった。

「わたしは残るわ。久しぶりにアレックスと会ったから、いろいろと話を聞きたいの」ルーシーが快活に言った。「あなた方はどうぞお出かけになって。仕事や馬や釣りのことなど、話したいことがたくさんあるんでしょう？　わたしはアレックスを部屋へ案内して、ディナーまで休んでもらうことにするから」

ジョージは大きくうなずき、妻が話し終わらないうちにドアのほうへ歩きだした。

なぜかコリンはアレクサンドラの視線をとらえたかった。彼女の心を読みたいだけであって、安心させるためではない、と自分に言い聞かせる。ぼくは彼女になにひとつ負い目はないのだからな。

アレクサンドラはコリンを見ようとしなかった。ルーシーに腕をとられて連れていかれるあいだ、一度も彼のほうを振り返ろうとしない。表情から、アレクサンドラが怒っていることがうかがえた。ぼくに対してだろうか？　置かれた状況に対してだろうか？　それともその両方に対して？

アレクサンドラの背中を見つめるコリンの胸をうずくような自責の念が襲った。だが、ぼくはなにも悪いことはしていないぞ。彼女がここへ来ることだって知らなかったのだ。とはいえ、ふたりともジョージの家の客になるのだから、彼女に話しかけて仲直りする必要がある。ただし、彼女と仲よくするのはごめんだ。できれば追い払いたいくらいだ。

「コリン？」ジョージが戸口から顔をのぞかせた。

「今行く」彼はつぶやいて玄関を出ると、この屋敷の主《あるじ》のあとについて、待っている馬のほうへ歩いていった。


「さあ、この部屋を使って。さっきはずいぶんぴりぴりしていたわね」ルーシーが寝室のドアをそっと閉めた。

アレックスはうめき声を漏らし、ベッドにうつ伏せに倒れこんだ。「あの人、ここへなにをしに来たの？」

「まあ、アレックス、彼はわたしのいとこよ！　いえ、正確には違うわね。彼のおば様とわたしのおじが結婚して……」

「知っているわ。そうではなくて、ほら……わたし、知らなかった。ねえ、ルーシー、あなたとジョンが親戚だって、なぜ教えてくれなかったの？」体を起こしたアレックスは急に悲しくなり、あふれそうになった涙をぐっとのみこんだ。

「親戚じゃないわ。ジョンとコリンは腹違いの兄弟なの。わたしはジョンに会ったことすらないのよ」

「ああ、いやだ！　今すぐサマーハートへ帰ろうかしら」

「だめよ、そんなこと」

アレックスは再びベッドに倒れこみ、両手で顔を覆った。わたしはここへ慰めを、友達を、気晴らしを求めて来たのだ——コリン・ブラックバーンの訪問以来、心に重くのしかかっていた後悔の念から解き放ってくれるものを。

「アレックス、なにかあったの？　彼に冷たく扱われたとか？　ひどい仕打ちを受けたのなら、わたしが彼の頰をぶってやるわ。椅子の上にのらないと手が届かないけど」

その場面を思い描いたとたん、アレックスはおかしくなって笑いだした。「本当？」

「なにがあったのか話してちょうだい」

「別にたいしたことではないわ。わたしの神経が高ぶっているだけ。彼と会ったのは三日前よ。わたしを訪ねてきたの。弟さんのことで話をしたいと言って」

「なぜ？」

ルーシーが眉根を寄せる音が聞こえたような気がした。ため息をついて起きあがったアレックスは、ベッドの上でばたばたしている自分が芝居がかったしぐさをしている操り人形に思えた。「彼はダミエン・セントクレアを探しているの。だから、わたしと話をしたがったのよ。わたしが知っていることを教えてあげたら帰っていったわ。それでおしまい」

「彼はあなたがここへ来ることを知っていたの？」

「いいえ。わたしも彼がここにいるなんて知らなかったわ」

らってもいいわよ」

「わたしたち、それを話したことはなかったから……そうね……なんなら彼に出ていってもいいわよ」

「とんでもない！　やめてちょうだい。あの人はなにも悪いことをしていない。どちらかといえば、わたしのほうが悪いんだわ」

「まあ、アレックス、そんなことを言わないで。男の人って、名誉とか誇りとかをかけて愚かな行為に走りたがるものよ。例の決闘にしても、あのふたりのあいだのことで、あなたとはあまり関係ないんじゃないかしら」

ルーシーの言葉はかなり的を射ていた。「今のあなたの言葉は、あなた自身が考えている以上に正しいかもしれないわ」

「アレックス――」

　そのときドアをそっとノックする音がしたので、アレックスは説明しなくてすんだ。若い男の召使が彼女の重たいトランクを軽々と持って入ってきた。彼女は笑みを浮かべて立ちあがった。

「心配しないで、ルーシー。彼を見て驚いただけよ。大丈夫。次からは、あらかじめこちらの様子を尋ねてから来ることにするわ」

「でも――」

「ううん、いいの。もうやめましょう」アレックスはルーシーの肩に腕をまわし――彼女のほうが一〇センチほど背が高いのでまわしづらい――ドアのほうへ連れていった。「じゃあ、またディナーのときに」

ルーシーはアレックスの見え透いたしぐさに疑わしげな顔をしたが、なにも言わずに召使を従えて出ていった。ドアが閉まるや否や、アレックスは絨毯の上で地団駄を踏んだ。

階段を駆けおりて馬車に飛び乗り、御者に鞭を振るわせてサマーハートの屋敷へ逃げ帰りたかった。でも、ブラックバーンはわたしが逃げたと思うだろう。朝まで待って立ち去っても、やはり逃げたと思われるだろうか？

うめき声が喉をせりあがってきた。頭を悩ませている考えから逃れたくてここへ来たのに、わたしを動揺させた原因そのものにでくわしてしまった。ルーシーと彼が親戚だったなんて！

まったく予期していなかった場所にブラックバーンが立っているのを見たとき、衝撃が体を走った。なお悪いことに、わたしが感じたのは落胆や狼狽《ろうばい》だけではなかった。彼に気づいた瞬間、最初に体が喜びの反応を示し、やがて脳が活動を再開して、体内を満たしていたぞくぞくする興奮はたちまち不安へと変わった。

それにしても、ああ、なぜ彼はあんなに魅力的なのかしら？　あの人の訪問が呼び覚ましたのは、ジョンや古い悪夢だけではない。彼が訪ねてきた日以来、わたしは大柄なスコットランド人と、苦しみをやわらげてくれと求める彼のたくましい腕の夢を見るようになった。熱いうずきを覚えて目を覚ましたことも一度ならずある。欲望のうずきのほうが、今では悲しみよりもひどく感じられる。

アレックスは食いしばった歯のあいだから息を吐き、メイドの到着を座って待つことにした。ダニエルがしわくちゃのドレスを脱がせて、髪をほどいてくれるだろう。頭痛がするのは髪を編んでいるせいかもしれない。それからディナー用のドレスに着替えよう。はじめて本当に魅力的に思えた男性と食事をするのにふさわしい服装をするのだ。わたしを見ては弟の死を思い浮かべる男性と。

コリンはアレクサンドラが部屋から出てくるのを見た。考えごとをしているのか、あるいは心配ごとでもあるのか、眉間《みけん》にしわを寄せている。階段のほうへ行こうと向きを変えた彼女の目が、コリンの姿を認めたとたんに大きく見開かれた。

「なにかご用?」

彼は寄りかかっていた壁から体を起こした。「ディナーの前にふたりだけで話をしたかったんだ」

「なぜ?」

いくつか先のドアから出てきたメイドがふたりのほうをちらりと見て、逃げるように走り去った。アレクサンドラはまるでそのメイドと入れ替わりたそうに、ぎゅっと口を結んで後ろ姿を見ていた。「なにがお望みなの、ブラックバーン?」

「ぼくがここにいるのは、きみを苦しめるためではない。死の床にある父に、セントクレアをつかまえてイングランドへ連れ帰り、法の裁きを受けさせてくれと頼まれたからだ。そのことはいくら忘れたくても忘れるわけにはいかない」

ようやくアレクサンドラが振り返ってコリンを見た。廊下の薄暗い明かりの下では、彼女の目の表情は読めなかった。

「あなたがなさっていることを腹立たしく思っているんじゃないのよ。もし兄が殺されたら、わたしだって手をこまねいてはいないでしょう。ただ、それでもあなたと一緒にいるのが楽しいなんて思えない。あなたの気持ちが理解できるからといって、あなたを快く受け入れるふりはできないの」

アレクサンドラのうんざりしたような声を聞いて、コリンは彼女が弟に対してしたことへの怒りを新たにし、長いあいだ厳しい視線を注ぎ続けた。「弟はきみに恋していた」ついに彼は言った。「きみが弟の気持ちを踏みにじったことが、彼を死に追いやったんだ」

コリンを見つめるアレクサンドラの顔が徐々に警戒の表情へ、さらには恐怖の表情へと変わった。彼女は激しくかぶりを振った。「そんなの嘘よ」

「いいや、本当だ」きっぱりと言う。

「いいえ。ジョンとわたしは友達だった。彼はわたしに恋してなどいなかったわ」

コリンを見あげる大きな青い目には混乱と純真さがあふれていた。やれやれ、この女は並外れた女優だ。なぜ面と向かって否定できるのだろう。ロンドンじゅうの人間が、ふたりは結婚するものと思っていたというのに。

「弟は死ぬ一週間前にぼく宛《あて》の手紙を書いた。きみへの愛を告白して、社交シーズンが終わる前に結婚を申しこむつもりだという内容のものだ。そのなかで弟はきみを天使と呼び、やさしくて愛らしく、慎み深い女性だと書いていた。手紙を受け取ったのは、きみのいかがわしい名誉をめぐる決闘で弟が殺されたと知った翌日だ。つまり、きみがセントクレアにのっかっているのが見つかった数日後ということになる」

アレクサンドラの口があんぐりと開いた。なんの声も漏れてこなかった。コリンは彼女の目に浮かぶ苦痛の色を見て歯ぎしりした。彼女が潔白なはずはない。弟の気持ちに気づかなかったほど愚かなはずはない。

彼女の目からあふれた涙が黒いまつげにたまって震えた。喉が詰まったような音がアレクサンドラの口から漏れたのを聞いて、コリンはまぶたを閉じた。いいとも、演技を続けたいのなら続けさせておこう。

ひとつ深呼吸をして目を開けた彼は、凍りついたように無表情なアレクサンドラの顔を見た。彼女はコリンを見つめたまま、後ろ手にドアのノブを探っている。爪が木を引っかく音がした。ノブをなかなか探りあてられないのだ。彼女の顔は真っ青だった。

「レディ・アレクサンドラ？」コリンはどうにか声を出した。

「いや。わたしをほうっておいて」

彼女がドアのノブをつかんだ音と、ノブを探りあてて漏らした安堵《あんど》の吐息が聞こえた。

ドアが押し開けられるのと、アレクサンドラがぎこちなく体の向きを変えるのが見えた。

だが、まるで足が言うことを聞かないかのように、彼女はその場を動かない。やがてへなへなと絨毯の上にくずおれ、ドレスがしわくちゃになった。

「くそっ」コリンはつぶやいて手をのばし、アレクサンドラが弱々しく抵抗したり、「やめて」とあえぐように言ったりするのもかまわず、さっと抱えあげて部屋のなかへ運びこんだ。白い上掛けのかかっている大きなベッドに達するや否や、彼女はコリンをぐいと押しのけて腕のなかから逃れ、ベッドの上にひざまずいた。すすり泣くだろうとコリンは思ったが、彼女は燃えるような目で彼をにらみつけた。

「二度とわたしにさわらないで」アレクサンドラがとげとげしく言う。「この数日間、わたしがどんな気持ちでいたかご存じ？　あなたはわたしの家へ来て、ダミエンがジョンを殺すためにわたしを利用したと言った。そして今度はなにを言いだすかと思えば、ジョンがわたしに恋をしていた、ですって？」最後の言葉は叫び声に近かった。そのときになって、ようやく彼女の目に涙が浮かんだ。コリンは涙を見たくなかった。

「捜索がうまくいかなくて、あせっていたんだ」彼は慎重に言った。「あんなひどい言い方をすべきではなかった」

アレクサンドラは息を詰め、懸命に気持ちを静めようとしている。今にも目から涙があふれだしそうだ。

コリンは頭を振った。「ぼくはただ……なにがあったのかを知りたかった。なぜ弟が死んだのかを。なぜセントクレアが弟の死を望んだのかを」

彼女は長いあいだ黙りこんでいた。ゆっくりした規則正しい息づかいが聞こえ、胸が大きく上下するのが見えるだけだ。ルーシーを呼んだほうがいいだろうかとコリンが思い始めたころ、ようやくアレクサンドラはぐっと唾《つば》をのみこんで言葉を発した。

「おっしゃりたいことはわかるわ」アレクサンドラがまばたきすると、青白い頰を大粒の涙が伝い落ちたが、彼女はぬぐおうともしなかった。コリンはハンカチを渡したほうがいいかもしれないと考えた。渡したら、彼女はそれでぼくの首を絞めようとするだろうか。

「ジョンはまったく気持ちを打ち明けなかった。彼とわたしは友達だったの。彼はよく、わたしのダンスの相手を務めた男性のことでからかったり、求婚者に関する悪い情報をもたらしては、わたしを笑わせたりしたものだわ」彼女が震える息を大きく吐くと、体がしぼんだように見えた。「彼は一度も気持ちを打ち明けたことがなかった。もし彼の気持ちを知っていたら、きっとあんなことにはならなかったはず。わたしたちは友達だったのよ。わたしはてっきり、ジョンはベアトリス・ウィンブルドンを愛しているのだと思っていた。だって、彼がわたしにそう思わせたんですもの。ええ、本当よ」

アレクサンドラがベッドの上に座りこんだときも、首筋はこわばったままだった。コリンは彼女の言葉を疑う理由はないことを悟った。ジョンはまだ若く、アレクサンドラみたいな女性に愛を打ち明けるだけの自信がなかったのだろう。もっと年上の男でも、そんな自信のない者は大勢いる。コリンが腕へ手をのばしたとき、彼女が震えだした。

肘にふれたとたん、アレクサンドラがぴくりとしたのが伝わってきた。「きみをふしだらな女と決めてかかっていた。ぼくにそんな権利はないのに」

「出ていってちょうだい。あなたとはこれ以上話をしたくないわ」

「悪かった。心から申し訳なく思うよ。本当に」

「本当に」彼女は小柄な体をわなわなと震わせ、コリンに背を向けて壁のほうを向くと、ベッドに横たわって丸くなった。

コリンの胸は熱い後悔の炎で焼かれるようだった。彼はアレクサンドラを傷つけるつもりでひどい言葉を浴びせた。彼女には当然の報いだと思ったからだ。実際のところ、彼女を犠牲者とは考えたくなかった。犠牲者と考えれば、彼女に罪があるとは言えなくなる。しかし彼女は若さゆえに無分別で奔放だったにすぎないのかもしれない。

彼はアレクサンドラを慰めたかったたし、慰めなければならないとわかっていたが、彼女にふれてはならないことも知っていた。

「さあ」コリンは怯えた馬をなだめるときと同じ声でささやいた。「泣かないでくれ」

「泣いてなどいないわ」彼女が小声で言う。

「もちろんだとも」ふれてはいけないと思いつつも、コリンは手をのばし、絹のようになめらかな黒い巻き毛をなでた。アレクサンドラは身をこわばらせたが、逃げようとはせずにじっとしていた。後頭部に手のひらを添えると、彼女の体から緊張が解けていくのが感じられた。

「ジョンのことは申し訳ないと思っているわ」

「信じるよ」

「本当に？」アレクサンドラが体を反転させて仰向けになったので、彼の手が頭の下になった。「本当に信じてくださる？」

薄暗い部屋のなかで、コリンはじっと彼女を見つめた。その目を、口を、クリームのような肌を。そして恋人のように彼女の上に身をかがめ、心の底から言った。「ああ、きみを信じる」

コリンは次第に落ち着かなくなった。アレクサンドラのさわやかな香り、指に感じるうなじのあたたかさ、息づかいに合わせて上下する琥珀色《こはくいろ》の胴着《ボディス》——それらがひとつに合わさって五感を刺激する。彼はもっとこのままでいたいという欲望に逆らい、彼女の頭の下から手を抜いた。

「わたしたち、最初からやり直せるかしら？」アレクサンドラの声は低くしゃがれていた。ぼくの心の変化を感じ取ったのだろうか、とコリンはいぶかしんだ。

ぼくは最初からやり直せるのか？　殺人の従犯者としてではなく、ルーシーの友人としてアレクサンドラに接することができるだろうか？　なんといっても、彼女はまだ若い。そして利用されただけであることも間違いない。彼女自身が犠牲者とも言える。

「ああ。ぼくたちをもてなしてくれる、この家の主夫妻のために」同意したコリンは、つまらない冗談に彼女がほほえんだのでほっとした。

「あなたって堅物ね、コリン・ブラックバーン」

的を射た言葉だったので、彼は言い返せなかった。驚いたことにアレクサンドラの頬に血の気が戻り、誘惑するように肌が熱を帯びるのが感じられた。コリンは立ちあがってベッドから一歩離れた。「では、ディナーの席でまた」

突き刺すような視線を背中に感じながら、コリンは部屋を出てドアを音高く閉めた。

3

「コリン」

どきっとした彼は足を踏み外して階段を転げ落ちそうになった。手すりにしがみついて声のしたほうを見ると、ジョージが家の別の翼棟からやってくるところだった。「ジョージ」声が思わず高くなる。

「少し話をしたいんだが、いいかな」

話というのはまさか、とコリンはあせった。だが、ジョージはぼくがアレクサンドラの部屋から出てきたことを知るはずがない。もっとも、さっきのメイドがご注進に及んだのなら別だが……。

ジョージはオーク材の階段を足音も荒くおりてきた。顔を曇らせているのは、怒りではなく悲しみのように見える。「ちょっとぼくの書斎へ来てくれないか?」

「いいとも」

「前に一度話しあったことではあるが……」ジョージは階段をおりながら素早く周囲に視線を走らせ、一階に達すると右のほうへ頭を振った。コリンは彼について廊下を歩き、ゆがんだ小さなドアをくぐった。書斎は広々としているが、古びていて奇妙な形をしていた。一方の壁は幅が六メートルほどあり、それに接する壁が直角についていないのは、家のもっと古い部分に合わせてつくられたからだろう。ジョージは大きな椅子へ近づき、背もたれに寄りかかった。

「あのときはぼくの考えを……アレクサンドラに関することだが、充分に言い表せなかった気がする」

「ジョージ、それは――」

「いや、黙って聞いてくれ。ぼくは彼女がやってきたのを見て狼狽した。そこできみに説明しておきたいんだ。きみは確信していると言ったね、セントクレアが弟さんの殺害をたくらんだのだと。そのときは黙っていたが、アレクサンドラの弁護をする必要があると思う。きみが彼女を嫌ったり憎んだりするのはかまわないが、彼女はまだ若いということを忘れないでほしい」

「そのような話は――」

ジョージが片手をあげて懇願のまなざしを向けてきたので、コリンは口をつぐんだ。

「きみに頼みたいのは、この件に関して彼女に同情してほしいということだ。セントクレアが決闘へ持っていくよう仕組んだのが事実なら、社交界デビューしたばかりのうぶなアレクサンドラは利用されたことになる。かわいそうに、彼女は愛している男から手ひどく扱われたんだ」

「ジョージ、そのことなら、ぼくは知っているよ」

ジョージがため息をつくと、薄い胸がへこんだように見えた。「だったらいい。きみには彼女が男みたいに見えるんじゃないかな」

「男みたいに？」コリンはアレクサンドラの繊細な美しさを思い浮かべて不満そうな声を出したが、ジョージはまじめな顔でうなずいた。

「幼いころに母親を亡くし、やがて父親も亡くしたから、彼女の養育は兄のサマーハートの手に委《ゆだ》ねられた。もっとも、彼みずからが育てる必要はなかったけどね。彼はおばだったか、とにかく彼女を手元に置きたがった人にアレクサンドラを預けた」

「理想的な兄だったというわけだ」

「まあね。しかし、理想的な親ではなかった。わかるだろう？　そして、あの事件のあと……」ジョージは手を振って悲劇を示した。「サマーハートはずっと妹を気づかってきた。彼女はすっかり取り乱して、兄の公爵でさえどうしてやることもできなかったんだ」

「そうだろうな」コリンは彼女を傷つけたときの、あのかたくなな表情を思いだした。

「そんなわけで、きみの目には彼女が好んで醜聞を巻き起こすあばずれや、兄の領地を管理している変わり者に見えるかもしれないが、実際はそうではない。彼女は……」ジョージは言葉を探して再び手を振った。

「ジョージ、彼女を弁護する必要はないよ。正直なところ、三日前にここへ来たときは彼女をあまり快く思っていなかったが、きみの言うとおりだ。彼女は若い。ジョンを傷つけるつもりはなかったに違いない」

「そう、そうだよ。それは断言してもいい。彼女は昔から心のやさしい子だった。たしかに甘やかされて育ったから少々わがままなところはあるが、その責任は親戚であるぼくたち全員にある。なにしろ彼女には母親がいなかったんだ」

ジョージの声に不器用な愛情を聞き取り、コリンはにっこりした。「彼女の子供のころの肖像画があったら見てみたいな」

「ああ、それならたしか、そのあたりにあったはずだ」ジョージは肩の荷がおりた様子で、長い壁に沿って並んでいるたくさんの書棚を調べ始めた。「サマーハートが半年ごとに新しい細密肖像画を送ってよこしたんだよ」

かみそりのように鋭い機知の持ち主である、冷徹で聡明《そうめい》なサマーハート公爵を思いだして、コリンはほほえんだ。あの公爵にそんなやさしい一面があるとは、いったいだれが考えただろう？

ダイニングルームに現れた本物のアレクサンドラ・ハンティントンは、肖像画の彼女よりもはるかに美しく自信にあふれていた。これなら大勢の男が魅了されたのもうなずける。コリンは男たちが夢見るような目をして彼女の美しさを語るのを聞いたが、彼らの賛嘆の念を完全には理解していなかった――今夜までは。

ディナーの席で挨拶を交わしたとき、アレクサンドラはほんのり頬を染めた。最初は緊張しているようだったが、食事が進むにつれてリラックスしたようだ。彼女はわがままにも無分別にも見えなかったし、特に甘やかされて育ったようにも見えなかった。彼女の鼻にはそばかすがあった。

ばかげていると知りつつ、コリンは黄色い壁をしたダイニングルームで、鵞鳥《がちょう》や鮭《さけ》やヨークシャープディングを食べながら、彼女をじっくり眺めた——黒い巻き毛を、大きな青い目を、鼻一面に散っている目立たないそばかすを。そして悟った——彼女はふしだらな女ではないと。

それ以上に驚いたことに、彼はアレクサンドラが欲しかった。

だが、彼女をものにすることは不可能だ。アレクサンドラはまだ一九歳。イングランド人で、公爵の妹で、事実上イングランドのプリンセスでもある。彼女の過去がどうであれ、逢《あ》い引《び》きができるような女性ではない。彼女には王族の血が流れているのだ。

苦悩に満ちた思考を、ジョージのため息が妨げた。「女性が金の話をするのを聞くと頭がくらくらしてくるよ」彼は言った。

ルーシーと経費についておしゃべりしていたアレクサンドラが話すのをやめ、鼻にしわを寄せて男たちに笑いかけてから、再びルーシーのほうを向いた。「ハートが厩舎の拡張を許可してくれたから、今年の夏は馬市へ馬を買いに行くことになると思うの」

「コリンに頼めば、きっと手を貸してくれるわ」

アレクサンドラがけげんそうな視線をコリンに向けた。

「彼は馬を飼育しているのよ」ルーシーが説明する。

「まあ、知らなかった。そうなの、ブラックバーン？」アレクサンドラがいぶかしげに額にしわを寄せ、再び彼を見た。「市場であなたのお名前を耳にした覚えはないけれど」

ジョージはコリンが無名であることが愉快だったと見えて忍び笑いをした。「コリンは自分の称号を使わないからな。彼はウェストモア男爵なんだ」

「あら、そうだったの！」アレクサンドラが顔を輝かせた。「〈ウェストモア厩舎〉って、あなたのところだったのね。あなたの馬はみんなが欲しがっているわ」

彼女の声には心からの賛嘆の念がこもっていたので、コリンはにっこりした。「うちのはみな、いい馬だからね」

アレクサンドラはうなずいたものの、すぐにまた額にしわを寄せた。なにかを真剣に考えているのが表情でわかる。「あなたの名字はジョンの名字と違う……わたし、あなたとジョンは父親が違うのだと思っていたけれど、先日のあなたの話では——」

「ぼくは婚外子なんだ」

その露骨な言い方に、彼女の目が大きく見開かれた。コリンはジョージが体をすくめるのを視界の隅でとらえた。公爵家の娘が婚外子と一緒に食事をすることをどう思うだろうかと、コリンは興味深くアレクサンドラを見つめた。彼女の青い目が細くなるにつれて、彼も目を細めた。ところが不意に彼女はほほえんだ——笑みは一秒ごとに大きくなる。

「ああ、そう。婚外子ね。でも、男爵になったの？」

「父が自責の念に駆られてスコットランドの男爵の称号を買ってくれた。ぼく自身は全然立派な人間ではない」

「だったら、ここに集まっているのは似た者同士ね。婚外子に、売春婦に、魔女ですもの。このなかで立派な人間はジョージだけということになるわ」

ルーシーが笑いそうになるのをこらえて、ふふんと鼻を鳴らした。

下品な音を聞いて、コリンは眉をつりあげた。「ルーシー、きみが魔女だとは知らなかったよ」その言葉にルーシーがかっと目を見開き、忍び笑いをしていたジョージが激しく咳《せ》きこんだ。コリンはうっかりまずいことを言ったのに気づいて顔をしかめた。

シロップをかけた苺《いちご》とクリームのデザートが運ばれてきた。召使が去ったあとのダイニングルームに重苦しい沈黙が漂った。

やがてテーブルの向かい側からアレクサンドラが甘ったるく笑いかけて、コリンをいっそう気まずくさせた。「ねえ、ウェストモア卿《きょう》。あなたのお言葉からすると、売春婦はわたしってことになるけれど」彼女は両手を広げて、テーブルを囲んでいる四人を示した。「わたしが売春婦だなんて、いったいだれが言ったのかしら?」

空気が息苦しいほど重たくなり、コリンの頬が焼けるように熱くなった。ああ、なんたることだ。ぼくはディナーの席で公爵家の娘を売春婦呼ばわりしたのだ。彼は口を開けたが、言葉が出てこなかった。口を閉じて、必死に言うべき言葉を考える。突然、アレクサンドラの無邪気な表情が崩れ、彼女は大声で笑いだした。

ルーシーがまた鼻を鳴らした。「アレックスときたら、ほんとに意地悪なんだから」

「あの人の顔を見て」アレクサンドラがコリンを指さす。

彼は顔が熱くほてるのを感じた。きっと耳の付け根まで真っ赤になっているに違いない。

「責められても仕方がないさ。ぼくが悪かったんだ」

「ええ、あなたが悪かったのよ！」アレクサンドラは彼のほうへ身を乗りだして笑い続けた。気まずい状況に置かれているにもかかわらず、コリンの視線は彼女の胸の谷間に引きつけられた。彼は唇をかみしめ、アレクサンドラの寝室から逃げだしたようにこの場から逃げだしたら、礼儀知らずと思われるだろうかと考えた。結局逃げだすのをやめてワイングラスをつかみ、彼女に向かって掲げてから一気に飲み干した。

「あれでわたしに対する恨みを晴らそうとしたのでしょう」

「恨みなどないよ」コリンは正直に言った。「ぼくがほのめかしたことは弁解の余地もない」

ジョージがいくぶん弱々しいとはいえ、同情のこもった笑みを浮かべた。「このふたりはすごく頭の回転が速くて、とてもじゃないが男は太刀打ちできない。気の毒だが、きみがやりこめられるのは当然だ」

コリンはうなずき、力なく肩をすくめた。「ところでルーシー、きみが魔女なのか売春婦なのかはともかく、例の話を聞きたいものだ」

「わたしが魔女なの。というより魔女だったのよ。でもここに売春婦はいないし、そのことにはもうふれたくないわ」

アレクサンドラが目をくるりとまわしてにっこりした。

「ジョージとわたしが結婚したとき、アレックスはまだ八つで——」

「九つよ！」アレクサンドラが大声で言った。

「ごめんなさい。レディ・アレクサンドラ・ハンティントンは九歳にして成熟した女性だったの」

アレクサンドラの漏らしたくすくす笑いが、コリンの背筋をぞくぞくさせた。

「彼女はジョージに首ったけだった——」

「ルーシーったら！」

「——それでわたしをどうしても好きになれなかったのね。正直なところ、今でも疑っているのよ、彼女はわたしの殺害をたくらんだのではないかって」

「そんなことないわ。あなたを追い払いたかっただけよ」

「ありがたいことに、わたしは彼女と出会う前に結婚の誓いを述べた。さもなければ、たぶんこの人と手を切ったことでしょう」ルーシーは言葉とは裏腹のやさしいまなざしを夫に注いだ。

「それでどうしたんだ、レディ・アレクサンドラ？」そう尋ねたコリンは、彼女のいたずらっぽい笑顔を見て、うめき声をあげそうになった。

「ちょっとからかっただけ。でも、ルーシーはおもしろいと思わなかったみたい」

「彼女ったら、わたしたちの新婚のベッドに鼠《ねずみ》を入れておいたのよ！」

アレクサンドラとジョージが腹を抱えて笑いだした。

「あのときのルーシーを見せてやりたかったよ、コリン」ジョージがあえぎながら言う。「それまで頰をピンクに染めて恥じらっていたのが、急に慎みをかなぐり捨てて、悲鳴をあげながら素っ裸で寝室を逃げまわったんだ！」

「ジョージ！」ルーシーが夫をとがめながらも笑いをこらえきれないでいるのを見て、コリンも一緒になって笑った。

「新婚ほやほやの夫にとっては、さぞや魅惑的な光景だっただろう」

「まあね。ぼくがあんまり大喜びしたので、ルーシーはぼくが鼠を入れたに違いないと責めたのさ。あれをやったのがアレックスだと知っていても、ぼくはたいして驚かなかっただろうな」

「あのときはわたしたち、だれの仕業なのかはもちろん、偶然の出来事なのかどうかも知らなかった……翌日の朝食のときまでは。翌朝、にこにこしながらダイニングルームへ入ってきたアレックスがわたしを見たとたん、〝どうしてあなたがまだここにいるの？〟と大声で叫んだの」

「そうだったわね。あなたがとっくに実家へ逃げ帰って、ジョージをまたひとりじめできると思いこんでいたから」

「その言葉を聞いて、すぐにアレックスの仕業だと悟ったわたしは彼女の耳をつかんで庭へ引きずりだし、厳しくお説教をしたわ。ところが彼女ときたら、まばたきひとつしない。怖がることを知らなかったのね」

コリンは驚かなかった。おそらくアレクサンドラは生まれてこのかた、拒絶されたことがなかったのだろう。彼はルーシーに言った。「だからきみは彼女に、自分は魔女だと脅したのかい?」

「ええ、そうよ」一〇年たった今も、ルーシーは悦に入っているようだった。「知ってのとおり、わたしはまだ一七歳だった。でも、わたしの家族を覚えているでしょう、コリン? いたずら盛りの子供が大勢いるなかで育ったから、わたしはアレックスを怖がらせてやる必要があるとわかったの。そこで彼女に、もう例の鼠のしっぽと耳を切り落として焼いたから、あとは蝙蝠《こうもり》の血をまぜてすりつぶし、彼女の食べるおかゆ《ポリッジ》へこっそり入れるだけだと脅してやった……知らずに食べた彼女は、次の満月の夜に鼠に変身するだろうって」

「それに対してきみはなんと言ったんだ、レディ・アレクサンドラ?」

彼女は頬をピンクに染めてコリンの目を見つめ返した。「馬糞《ばふん》でも食べろと言い返して、乳母のところへ逃げ帰ったわ」アレクサンドラがまたいたずらっぽい笑みを浮かべたのを見て、彼の胸がきゅんとなった。「それからしばらくして、ジョージはわたしにとって本当の恋人ではないことに気づいたの」

「よほどわたしの脅しがこたえたのね」ルーシーが言う。「彼女は二年間もわたしに近づかなかったわ」

ジョージが手をのばして、誇らしげにアレクサンドラの手を軽くたたいた。「きみが起こした厄介ごとのなかには、もっと大変なものが――」慌てて口をつぐむ。「その、つまり……」

「いいのよ、ジョージ」アレクサンドラがささやいた。「気にすることないわ。ここにいるのはお友達だけですもの」彼女はワイングラスを掲げた。「乾杯しましょう。昔の思い出に！」

ルーシーが笑って一緒にワインを飲んだ。「とても一九歳の娘とは思えない言いぐさね」

「思い出に」ジョージが妻に流し目を送りながら言った。

コリンはグラスを掲げてアレクサンドラにほほえみかけた。「きみの昔の思い出に！」彼女の目が愉快そうにきらめき、ワインのせいか頬が赤く染まった。彼女は輝かしいほど美しかった。

目が合ったとたん、アレクサンドラは慌てて視線をそらしたが、すぐにまたコリンを見た。口元にはやさしい笑みが浮かんでいる。彼はピンクに染まった頬と、それよりも濃いピンクの唇を見ながらワインを飲んだ。彼女の視線が自分の口へ注がれるのに気づいたとたん、血液が下腹部へどっと集まるのを感じた。これはまずい。大いにまずい。

咳払いが聞こえたので、コリンが愛らしいアレクサンドラの顔からしぶしぶ視線を移すと、探るようにこちらを見ているジョージの視線と出合った。コリンはきまりが悪くなり、もじもじして咳をした。

「いつ家へ帰るの、コリン？」ルーシーが軽い口調できいたが、その質問にはなにか裏がありそうな感じがした。

彼は返事に困って肩をすくめた。「数週間以内には。まだイングランドでしなければならない仕事が残っているんだ」

視界の隅で動きをとらえたコリンがそちらを見ると、アレクサンドラが体をこわばらせていた。彼女は笑みの消えた顔で尋ねた。「どのようなお仕事？」

「いろいろさ。サマーハートの領地を管理しているきみなら、退屈な仕事がたくさんあることは知っているだろう」

アレクサンドラは用心深く彼を見たあと、疑惑を払いのけようとするかのように目をしばたたいた。「ええ。でも、わたしは仕事を退屈だなんて思わない。仕事はわたしを元気づけてくれるもの」

コリンは鼻を鳴らした。「ぼくだって、馬相手の仕事なら毎日でもしていたいよ」

「そう。だれにでも情熱を注ぐものがあるのね」

ふたりの視線が絡みあっているあいだに、アレクサンドラの頬に血の気が戻ってきた。

「そうだな」ようやく同意したコリンは、彼女が自分の情熱の対象になりつつあることを悟った。

中庭へ出たアレックスは、わざと大きなため息をついて自分が来たことを教えた。ここへ来る前、彼女は廊下で物音がするたびに耳をそばだてては、朝食室で一時間近くもぶらぶら過ごした。コリン・ブラックバーンとばったり会えることを期待して、書斎へ幾度か足を運びさえした。

昨夜、彼は居間で三〇分ほど一同につきあったあと、ぼそぼそとおやすみの挨拶をして早々に自室へ引きあげた。それ以来、姿を見ていない。

ルーシーはコリンが雲隠れした場所など知るはずがないと言ってから、なぜか自分の言葉をおかしいと思ったらしく、くすくす笑った。アレクサンドラは厩舎へ行ってみることにした。うまくいけば彼に会えるかもしれないし、たとえ会えなくても、歩くことで緊張をほぐせるだろうと思ったからだ。

厩舎へ向かって足を急がせながら、彼女は急に恋心を抱いた自分を叱《しか》りつけた。わたしは彼のことをほとんどなにも知らない。そして彼がわたしについて知っているのは、よくないことばかりだ。

アレックスはりんごをひとつ持って、薄暗い厩舎のなかへ足を踏み入れた。まず目に入ったのは、差しこむ朝日のなかで躍っている細かな塵《ちり》だ。続いて、いちばん近い馬房でゆっくり動くものが……。

彼女はどきりとした。心臓が打つのをやめ、頭が思考を停止したように思われた。あの人がいる。コリン・ブラックバーンが。すぐ目の前に。ズボンとブーツ以外、なにも身につけていない彼が。

アレックスは漆黒の牡馬《ぼば》の世話をしているコリンの裸の背中をむさぼるように見つめた。

馬にブラシをかける動きに合わせて、筋肉が隆起したり揺れたりする。首筋にたまった汗が透明な真珠となって背中を伝い落ち、ぴったりした灰色のズボンの腰のあたりにしみをつくった。汗がひと粒、またひと粒と、湿った生地へしみこんでいく。

生まれてこのかた、彼女はこれほど魅惑的な場面に出会ったことはなかった。握りしめた指先が手のひらに食いこみ、唇が乾いて、舌でなめなければならないほどだ。今まで上半身裸の労働者や貴族の男性は何度も見たことがあるけれど、これほど神経が高ぶったことはない。

コリンはしゃがんで馬の後ろ脚を慎重になで、痛む箇所があるかどうかを調べている。彼の手で肌をなでられることを想像したアレックスは、下腹部が熱くほてるのを覚えた。ああ、あの人がわたしをあんなふうにさわって痛む箇所を探したら、きっと胸の痛みに気づくだろう。

思わずため息をついてしまったのかもしれない、コリンがぱっと立ちあがって振り返った。

「おっと、きみか！」彼は大声をあげ、スツールからシャツをとって着始めた。ボタンをはめるあいだも、細めた目でアレックスを見つめている。

彼女はなにも言えず、たくましい胸が白いリネンで覆われるのを残念そうに見守るほかなかった。

「なにか用事でも？」

アレックスは目をしばたたいてコリンの瞳を見つめ返し、自分が望んでいることを考えて頬を赤らめた。「あの……わたし……」

コリンが小さく舌打ちをして上着をつかんだ。

「わたし――」彼の体が服の下に隠れるにつれて、アレックスの頭が回転し始めた。「ブリン！　ブリンにりんごを持ってきたの」

コリンはなにも言わずに道具を片づけて馬房の扉を閉めると、彼女を避けるようにしてかたわらを通り、厩舎の出口へ向かった。「留守中、仕事を任せている管理人に手紙を書かなくては」

「そんなに急いで書かなくてはならないの？」

「ああ」彼が肩越しに答える。

「わたしたち、仲よくなれたと思ったのに」その言葉を聞いて、ドアを出かかっていたコリンが足をとめた。「ミスター・ブラックバーン？」

彼はいかにもしぶしぶといった様子で振り返った。「悪いが、レディ――」

「アレクサンドラと呼んでちょうだい。わたしたちは親戚みたいなものですもの」

コリンはドアを横目で見た。「いいとも、アレクサンドラ。これはきみに関係のないことだ。たった今、重要なことを思いだしたんだ」

「わたしを憎んでいることを？」

「もちろん違う」

アレックスはじっとコリンを見つめ、感情を閉ざした顔から考えを読み取ろうとした。凝視されても彼はまばたきひとつしなかったが、顎のこわばりがゆるんできた。「きみを憎んでなどいないよ」目の冷たい銀色の光が、次第にあたたかな灰色へと変わる。「きみは実に興味深い女性だ」コリンはそれだけ言って厩舎を出ていった。

ドアが閉まり、厩舎のなかは薄暗くなった。あとに残されたアレックスは憤懣《ふんまん》やるかたなく悪態をついた。だが、悪態の背後に本当の怒りはひそんでいない。実際のところ、悪態は彼女自身の耳にさえ、ため息に聞こえた。

ため息が出るのは、コリン・ブラックバーンがわたしを好いているからだ。

彼は好きなだけ粗野に振る舞ったらいい。だけどわたしは、男の人がわたしを欲しがっていることに気づかないほど鈍感な娘ではない。昨日、彼は寝室で危うくわたしにキスするところだった。わたしもキスしてほしかったのに、彼はそうせずに寝室から逃げだした。あっというまの出来事だったので、単なるわたしの空想だったのかもしれないと思いそうになったけれど、たった今わかった……ええ、そうよ、彼は悩んでいるんだわ。わたしと同じくらい悩んでいる。わたしがコリン・ブラックバーンを求めているのと同じように、彼もわたしを求めている。

わたしは恋人をつくることを正しいと考えているのではない。ええ、たぶん正しいことではないだろう。でも……すてきだとは思う。つかのまの喜びだと。ロンドンでのあの夜以来、わたしは多くの友達を、大勢の人とのつながりを失った。現在の生活に満足しているし、幸せさえ感じているものの、同時に孤独にさいなまれてもいる。評判が地に落ちた最大の利点は、これ以上落ちようがないことだ。今さら評判を気にする必要がないので、どんな危険も冒すことができる。そしてコリンは間違いなく、わたしにとって危険を冒すに値する男性だ。

〝興味深い〟彼はわたしのことをそう表現した。まるで新しい動物に出会ったみたいに。

「ふん!」アレクサンドラは息巻いた。興味深いですって? いいわ、わたしがどんなに興味深い女であるか見せてあげよう。どんなに面倒な女であるかを。世間の人々は、理由もなくわたしを〝道を踏み外した女相続人〟と呼ぶわけではないのよ。

4

コリンはソアに鞍をつけて腹帯を調節し、牡馬の肩を軽くたたいた。ひとけのない早朝の厩舎のなかは、ときどき馬の動く音と、鼻を鳴らす小さな音がするだけで静かだ。彼はその静けさにふさわしい穏やかな気持ちになろうとした。

昨夜はほとんど眠れず、今朝は夜明け前に目が覚めた。眠れなかったのは、自分でも認めたくない欲望にさいなまれたせいだ。アレクサンドラのことを頭から払いのけようと奮闘していたちょうどそのとき、ソアの耳がぴくりと動いて、侵入者がいることを知らせた。

「コリン！」

悪態が舌の先まで出かかった。彼は自制心を発揮して悪態をのみこみ、声のしたほうを振り返った。「レディ・アレクサンドラ」

「ただアレクサンドラと呼んでちょうだい。わたしもご一緒してかまわないかしら？」

コリンはにらみつけてその申し出を撤回させようとしたが、彼女はたじろぎもせず、かわいらしい顔をほころばせただけだった。「のんびり馬を乗りまわしてくるわけじゃない。今日はソアをたっぷり走らせに行くんだ」

「すてき」

「遅れずについてこなくちゃならないよ」

アレクサンドラが目を輝かせてうなずいた。

コリンが彼女を置いていくためのもっといい口実を考えだそうとしているところへ、ふたりの話し声が聞こえたのだろう、眠そうな目をした少年馬丁が駆けつけてきて、アレクサンドラの牝馬を馬房から引きだした。

よほど手荒に接しなければ、アレクサンドラを思いとどまらせることはできそうになかった。彼女を傷つけたくはない。誘惑に駆られるのを避けるために遠ざけておきたいだけだ。とはいえ、彼女は明日ここを去る。昨晩のディナーの席で、彼女はちらちらとぼくを盗み見て、そのことを発表した。いいとも、ぼくは大人だ。欲望に屈することなく一日くらい彼女の相手が務まらなくてどうする。

コリンはソアを庭へ出して鞍にまたがり、じれったくて仕方がないふりをしながらアレクサンドラを待った。彼女はわざとらしいコリンの態度を無視し、ときどき視線を彼のほうへ投げては、今やすっかり目の覚めた馬丁とおしゃべりをしている。

早朝の光のなかのアレクサンドラは輝くばかりに美しかった。生き生きとして愛らしく、とても若々しい。三つ編みにしたつややかな黒髪が腰のあたりまで垂れているが、いくらきれいに編んでも巻き毛がはみだすのを押さえきれず、いくつかの房がえくぼをくすぐるように頬をなでている。

身にまとっているのは目の色に似た藤《ふじ》紫色の乗馬服だ。小さな帽子は網とリボンだけでできているように見える。帽子で鼻のそばかすを思い浮かべたコリンは、アレクサンドラがほかの女性たちとまったく違うことに思い至った。彼女は肌を美しく保とうなどとは考えない。おそらくあまりにも裕福なので、肌が白いかどうかを気にする必要がないのだろう。

馬丁がブリンを踏み台のところへ連れていき、アレクサンドラが優雅な動作でやすやすと鞍にまたがった。コリンは彼女のしぐさのひとつひとつに魅了され、目をそらせなかった。

彼女は明日ここを去る。やれやれ、ありがたい。

「用意はできたかい？」コリンは不機嫌な口調を装って尋ねた。

アレクサンドラは返事をするかわりに馬を諾足で駆けさせ、厩舎前の庭から出ていった。コリンは牝馬の美しい走りっぷりに笑みを漏らし、あとを追った。

彼は長いあいだアレクサンドラの後ろを走り続けた。鞍の上で彼女の小さな体が優雅に揺れるのを見ているのは苦痛だった。もっと悪いことに、彼女はときどき振り返ってはうれしそうな笑みを向け、コリンをどきりとさせた。そこで広い草地へ出たとき、彼はソアを全速力で駆けさせてアレクサンドラを追い抜いた。

そのまま彼女をすぐ後ろに従えて、何キロも黙ったまま馬を進めた。やがて海岸に出たふたりは、馬を速駆けさせたりゆっくり歩かせたりして浜伝いに進んだ。天頂近くのぼった太陽は燦々と輝き、海から吹き寄せる風が潮の香りを運んでくる。コリンが唇をなめると潮の味がした。目路の限り続く青い海原に白い波が立っている。ソアが足をゆるめると、アレクサンドラがブリンを促して横に並んだ。

コリンはしぶしぶ彼女のほうへ目を向けた。「前方に小さな林がある。そこへ着いたらひと休みしよう。喉が渇いただろう？」

彼女は海の青よりもっと輝かしい青い瞳をきらきらさせてうなずいた。

ソアが鼻を鳴らし、牝馬を鼻先で乱暴に押した。「こいつをブリンから離れたところにつないでおこう。どうやら雌のにおいで興奮したようだ」

アレクサンドラがソアを見て、コリンに視線を移した。「ええ、そのようね」彼女はそう言っただけだったが、コリンは顔がほてるのを感じた。アレクサンドラが視線をそらして木立のほうへ進みだしたのでほっとする。林へ達した彼はソアをブリンから三〇メートルほど離れたところにつなぎ、アレクサンドラのところへ行った。

「水を飲むかい？」コリンは水の入っている皮袋を差しだし、彼女が飲むあいだ海を眺めていた。「きみは馬に乗るのが上手だね」とうとう沈黙に耐えられなくなって言った。

「ありがとう」彼女は謙遜《けんそん》することなくほほえんだ。コリンはきらきら輝く波に視線を戻した。

「コリン」アレクサンドラが彼の腕にさわった。

彼女の唇から漏れたやさしいささやき声に、コリンはどきりとした。水の入った皮袋を受け取ろうとした拍子に指がふれあい、思わず視線をアレクサンドラの口元へさまよわせる。五秒下唇にしずくが一滴ついていた。彼はキスでそれをぬぐってやりたい衝動に駆られた。

がたち、一〇秒が過ぎた。彼女がピンクの舌でしずくをなめ取ったのを見て、コリンの血が熱くわき返った。

彼は心のうちで自分に悪態をつき、皮袋を口にあてがって水を飲んだ。冷たい水が体のほてりを冷ましてくれることを願い、飲んでいるあいだはアレクサンドラを無視できると思って長々と飲んだ。しかし、彼女は無視させてくれなかった。不意にコリンは彼女のあたたかな指が首筋をなでるのを感じた。

その愛撫《あいぶ》に驚いて水を喉に詰まらせ、体をふたつに折って咳きこんだ。アレクサンドラが手のひらで背中をたたく。コリンはぱっと身を起こして彼女から遠ざかった。

「なにをするんだ?」彼はあえいだ。

「助けてあげようとしているのよ」

「違う、そうじゃない！　その前だ……」

彼女は肩をすくめ、はにかんだような笑みを浮かべた。「つい我慢できなくなったの」

「なにを我慢できなくなったんだ?」

「あなたにさわらないでいるのを」

コリンはさらに二、三歩あとずさりし、片手を前に出してアレクサンドラを近づけまいとした。彼女が顔をしかめた。

「そんなに怖がらなくたっていいのに」

「レディ・アレクサンドラ」自分の声に必死の響きがこもっているのを聞いて、彼はたじろいだ。

「わたしがあなたに興味があるように、あなたもわたしに興味を抱いていると思ったの」

「なんてことを言うんだ。きみは公爵の妹なんだぞ」

「ええ。だけど、それがどうだというの？」

コリンは耳を疑い、口をあんぐり開けて彼女をまじまじと見た。「ぼくはスコットランド人で、そのうえ婚外子だ」

「そしてわたしは堕落した女よ。世間の人たちからすれば売春婦も同然なの」アレクサンドラが肩をすくめる。「兄が高い身分の人間だから、いっそうあれこれ言われるんだわ」

それに対して言うべき言葉を思いつけなかったので、コリンは両手をあげて目をくるりとまわしてみせた。

アレクサンドラが威嚇するように目を細め、決然たる足取りで彼のほうへ一歩踏みだした。コリンは飛びのきたい衝動をこらえて、その場に踏みとどまった。なんといっても、彼女はまだ少女にすぎないのだ。

「コリン？」アレクサンドラが愛撫するように名前をささやき、また一歩踏みだした。「わたしはてっきり……」彼女の手がのびてくる。コリンは怯えた野生馬のようにあとずさりしたくなった。「あなたがわたしを見ていることに気づいていたわ」指先が肌にふれるのと同時にアレクサンドラが言った。

腹の底から喉元へうめき声がせりあがってくるのを感じて、コリンは目をつぶった。

「わたしはてっきり、あなたもわたしを欲しがっていると思ったの」彼女が自信のなさそうな声でささやく。

応えるな、とコリンは自分に言い聞かせた。黙ってここから歩み去るんだ。だが、口が勝手に動いた。「やれやれ、アレクサンドラ。きみを欲しがる男は数えきれないほどいるだろう？」

「とんでもない、ひとりもいないわ。たとえいたとしても、わたしにはどうでもいいことよ。でも、あなたは……あなたは本当に魅力的」

コリンがぱっと目を開けると、ふたりの視線が絡みあった。「ばかなことを言わないでくれ」彼はしゃがれた声で応じ、アレクサンドラのほうへ腕をのばして、うなじに手を添えた。手のひらに肌のぬくもりがしみこんでくる。彼女が青白い首をそらしたのを見て、コリンは唇へ視線を移した。

「こんなの間違っている」口から出る言葉とは裏腹に、唇がアレクサンドラの唇に近づいていく。

彼女の漏らした吐息があたたかな息吹となってコリンの口をなでた。下唇にアレクサンドラの舌がふれたとき、熱い血潮が奔流となって体内を走った。アレクサンドラが震えるのを感じて――それとも震えたのはコリンのほうだったろうか――彼は彼女の唇をむさぼろうと口を開けた。

熱い。アレクサンドラは甘美な熱と欲情の味がした。彼女の小さな手が首から襟にかかる巻き毛へ移動したとき、コリンは下腹部がこわばるのを感じた。

くそっ、ぼくは頭がどうかしたに違いない。アレクサンドラと離れなければ。そう思いながらも、コリンは彼女の腰に手をあてて抱き寄せ、高まりを押しつけずにいられなかった。燃えるような口としがみついてくる手を感じて頭に浮かぶのは、もっと彼女をむさぼりたいという考えだけだった。

背中に添えた手のひらのすぐ下に、彼女の丸みを帯びたヒップがある。そこをまさぐりたいと思ったときには、すでに手は下へ移動して、完璧な形をしたヒップにあてがわれていた。小さな音が振動となって彼の口に伝わってくる。喉を鳴らす音ともうめき声ともつかぬ音で、欲情をいやがうえにもそそった。コリンは警戒心をかなぐり捨て、腰を彼女の腹部に押しつけた。

頭上の太陽が熱い日差しを注いでくる。コリンの上着のなかに滑りこんだ手が背中へまわされた。リネンのシャツを通してさえ、アレクサンドラの指先の感触はあまりに思いがけないものだったので、彼ははっとして離れようとしたが、彼女が喉元にキスを浴びせて名前をささやいた。けれども鋭い歯を肌に感じたとき、コリンはとうとうわれに返って飛びのいた。

「こんなことをしてはいけない」あえぎながら言う。

「なにを？　どうして？」

まごついているアレクサンドラに、彼は引きつった笑いで応じるほかなかった。

「コリン、お願い」アレクサンドラは唇をなめ、コリンの口が彼女を恐ろしい危険から救ってくれるとでもいうようにじっと見つめた。

彼女に分別を取り戻させるには、はっとさせてやる必要がある。さっきのコリンがそうだったように。「考えてもごらん、アレックス。きみはここでぼくに体を奪われたいのか？戸外の、この地面の上で？」彼は侮蔑と威嚇の入りまじった口調で言葉を投げつけたが、意図したのとは逆の効果を生んだ。

アレクサンドラは憤慨して引きさがりもしなければ、彼の頰を打ちもしなかった。熱を帯びた唇を開き、目に青い欲望の炎を燃えあがらせてささやいた。「ええ、そうよ。お願い、わたしを奪って」

「ああ、なんてことだ」いつアレクサンドラのほうへ動いたのか記憶にないが、気がつくと彼女が腕のなかにいた。コリンは彼女を抱えあげて木陰の草地へ運んでいき、そっと草の上に横たえた。

「あんなかわいらしいお願いをされたら、とても断れないよ」コリンはささやきかけ、潮風で湿っているアレクサンドラの首に唇を押しつけた。彼女のうれしそうな笑い声がコリンの運命を決めた。彼は欲情との激しい闘いに敗れたのだ。

アレックスは耳の下の敏感な箇所をコリンがたっぷり愛撫できるように首をのけぞらせた。彼が片方の太腿を容赦なく脚のあいだへ割りこませて膝をさらに大きく広げさせ、肌にキスをしたり軽くかんだりする。コリンの体を両脚のあいだに感じて、腹部の筋肉が引きしまった。

彼女は歓《よろこ》びの声が口から漏れるのを抑えられなかった。自分のため息が彼の興奮をますますかきたてるのだと知ってうれしかった。

興奮に駆られたコリンがキスをむさぼっているあいだに、アレックスは彼の上着の下に両手を滑りこませて脱がそうとした。コリンがキスを中断して身を起こし、上体を大きく揺すって上着を脱ぎ捨てる。彼女がコリンのシャツをズボンから引っ張りだそうと奮闘していると、彼が彼女の顔を両手で包んでキスをした――さっきよりも慎重に、さっきよりもずっとやさしく。

そのやさしさが、アレックスの欲望の高まりをほんの一瞬だけ押しとどめた。彼女は唇を離してコリンの胸に手をあて、彼を押しのけて、この狂気の行為を終わらせようとした。わがままな自分の体に分別を説いて聞かせようとさえした。もう少しでそれに成功するところだった。けれどもコリンがうめきながら舌を口へ入れてきたとき、彼女は分別を情欲の背後の隠れ家へ押し戻した。

海から吹き寄せる微風がアレックスを愛撫して肌のほてりを冷やそうとしたが、うまくいかなかった。彼女は太腿に風があたるのを感じ、コリンの膝によってスカートがまくりあげられたことを知った。彼の手が顔を離れて下へ移動していき、スカートをいっそうあげて、たこのある指先がストッキングのすぐ上の肌を這《は》いまわる。

怖くなるほど心地よい緊張が腹部でとぐろを巻いた。これまでも男性にふれられたことはあるが、指で軽く肌をなでられただけで、このような快感を覚えたことは一度もない。唇の上でコリンの唇と舌が巧みに動きまわっていたが、アレックスはただ目をつぶり、彼の手がもたらす快感に身を委ねるほかなかった。コリンの指が腿をなで、ゆっくりと上へ、張りつめて脈打っている彼女の中心のほうへ這いあがってくる。苦しいほどの期待に耐えきれなくなったアレックスは、彼の手が太腿の半ばへ達する前に叫び声をあげた。

うなるような声がコリンの口から漏れた。彼は一瞬アレックスの脚をきつくつかみ、続いて太腿の最後の数センチに手のひらを滑らせた。脚のあいだの茂みに軽くふれられたとき、アレックスは彼の口から口を離してあえぎ、手が肌を離れて上にかざされたときは、その残酷なじらしに耐えきれず大声で叫んだ。

アレックスはぎゅっと閉じていた目を細く開けた。コリンの顔は石を彫ってつくられたかのように鋭かった。コリンが心変わりをして行為をやめるのではないかと不安になった彼女は草の上で身もだえし、体を弓なりにして、彼の手にふれるまで腰を持ちあげた。コリンが再び唇を重ねてきて、彼女の湿っているところに指を添えた。

「コリン！」彼が指の一本をなかに滑りこませると、アレックスの口から名前が漏れた。指は次第に奥深くへ入ってくる。彼女は身をよじって抵抗したかったが、じっとして先を待った。指が滑りでて、敏感な核のまわりに小さな円を描きだす。

「ああ」アレックスはうめいて顔をそむけた。「ああ、いいわ」

それは拷問に等しかった。彼女は腹部の奥で逆巻いている快感と緊迫感で死にそうだった。

気持ちを静め、誘惑されるのではなくて誘惑する側にまわろうと思いながらも、コリンに体を押しつけて叫ぶことしかできなかった。彼の指がなでたり突き入ったりして、いたぶり続ける。

アレックスの体に小さな震えが走った。それは膝のあたりで始まり、次第に上へ伝わって、顎をがくがくさせた。

「アレックス」

喉元で名前を呼ばれるのを聞いた彼女は背中をそらして腰を激しく揺すり、すすり泣いた。感覚という感覚が旋回しながら上昇し、高みへ達したところで一点に集中してから炸裂《さくれつ》した。コリンの下で体から力が抜けていく。

「ああ、コリン」最後にもう一度ささやき、彼女は緑の草の上へ頭をおろした。

コリンの顔いっぱいに笑みが広がった。たとえ人生をまっとうしても、一生のあいだにこれほど敬愛をこめて名前を呼ばれる男はめったにいない。

彼はとっくにアレックスの魅力に逆らうのをやめていた。彼女はコリンを欲しており、コリンも彼女を欲している。そしてふたりとも大人だ。アレックスは若いとはいえ、無垢《むく》ではないのだから、彼女が望んでいることを拒む理由はない。

今、コリンが闘っているのは、スカートを頭の上までまくりあげて、彼女の熱い中心へ荒々しく押し入りたいという欲望だった。

彼はぎゅっと目をつぶり、深呼吸を繰り返した。アレックスの反応が彼の自制心を粉々に砕いた。軽くふれただけでも、彼女があまりに奔放に応じるので、こちらが夢中になったら彼女を傷つけてしまうのではないかと心配になったほどだ。アレックスの体の準備ができていなかったのではない。すでに芯《しん》は潤っていたが、彼はまだ服を脱がせてさえいなかった。

彼女のぬくもりを名残惜しく思いながら、コリンはぐったりしている体からゆっくりと指を抜いた。「まさかこのまま眠ろうとしているんじゃないだろうね」

アレックスの口元に穏やかな笑みが浮かぶのを見て、コリンは彼女の上着のボタンを外し始めた。「いいえ、とんでもない。この歓びを味わいつくさずにおくものですか」

上着を脱がし終えたコリンは、上品な白いシャツのボタンを外しにかかった。アレックスの眠たそうな目が彼の目を見つめている。最後のボタンを外した彼は、シャツをそっと脱がした。コルセットの上に盛りあがっている胸はシュミーズの薄い生地で覆われているだけだ。

コリンはシュミーズの紐が小さな蝶《ちょう》結びになっていることに目をとめ、たこのできた指で青い紐を引っ張った。蝶結びがほどけてシュミーズが分かれ、肌がゆっくりとあらわになる。

アレックスの視線を顔に感じながら、彼はシュミーズを下のほうへずらし、むきだしになった肌に指を走らせた。彼女の小さな胸は完璧な形をしていて、コリンの手のひらにぴったりおさまった。

下腹部はさっきからいきりたっているのに、奇妙にも今の彼はのんびりした気分だった。しばらく手を彼女の胸に置いて鼓動を感じたあと、その手を横へ滑らせ、顔をさげてピンクの先端のまわりに舌で円を描く。乳首がとがるのが感じられた。アレックスが吐息を漏らし、指を彼の髪のなかへ差し入れる。コリンはかたくなった乳首を口に含み、舌でもてあそんだ。

再び激しい欲求に駆られてもう一方の胸もあらわにし、同じように味わった。アレックスがうめき声をあげて膝を開き、彼の体を太腿で挟む。不意にコリンは自分の服を邪魔に感じた。

彼はアレックスの腿のあいだで膝立ちになり、クラヴァットをむしり取って、シャツのボタンを外し始めた。彼女が紅潮した顔でコリンを見あげている。美しい小ぶりの胸が呼吸に合わせて上下していた。

そのとき、彼自身の鼓動と絶え間ない海鳴りの音にまじって、歓迎したくない音が耳に入った。コリンは動きをとめ、音のしたほうへ目をやった。

「コリン、なにか——?」

彼は手をあげて静かにするよう命じたが、西のほうからちりんちりんという馬具の音がはっきり聞こえたとき、アレックスが舌打ちをした。

コリンは素早くシャツのボタンをはめ直すと、立ちあがって上着を地面から拾いあげ、半裸のアレックスにかぶせた。「だれか来る。ここでじっとしているんだ」

彼女が両手で目を覆って大きなため息をついたときには、早くもコリンは音のした方向へ歩きだしていた。

木立のなかに入り、ソアをつないであるほうへ進んでいく。馬具の鳴る音は一瞬ごとに大きくなった。

ソアのところへ来たコリンは、わだちがたくさんついている道路が二〇メートルほど先を通っていることに気づいた。道路は林の西側に沿って続いているようだ。アレックスのいる方角を振り返った彼は、彼女の姿が見えないのでほっとした。そこからではブリンの姿も見えなかった。

コリンは木立の陰にじっとしていた。やってくるのが知人や話好きの旅行者だったら、長々とおしゃべりをするはめになるかもしれない。彼は話をする気分ではなかった。とはいえ、今の気分はわずか一分前とすっかり違っていた。

残念ながら、さっきまで熱くたぎっていた血は完全に冷えてしまった。やがて木々の向こうから鋳掛け屋の荷馬車が現れて、隠れている彼の前をごろごろと音をたてて通り過ぎた。鋳掛け屋は手綱を握ったまま居眠りをしているようだ。コリンは荷馬車が遠ざかったことを確信できるまでたっぷり一〇分は待ち、大きなため息をついて、いとしいアレックスのところへ戻っていった。

頭はすでに思考力と分別を取り戻していた。くそっ。ぼくが今までふれたなかで、アレックスほど敏感に反応した女性はいない。彼女を腕に抱いていると、まるでいつ抑えがきかなくなるともしれない、燃える炎を抱いているようだ。

ほんの少し前までは、彼女のなかに自分自身を沈めないと死んでしまいそうだった。その快感を味わえないのが残念だが、今となっては、彼女が服を着るのを手伝って家へ送り届けなければならない。

なぜぼくにはきまじめな母親がいたのだろう？　ぼくが道を踏み外せないのは、母親にいやというほど責任感をたたきこまれたからだ。

戻ってみると、アレックスはまだ草の上に横たわっていた。さらに近づいたコリンは、しかめていた顔を笑顔へと変えた。彼女は眠っていた。通行人に見つかる危険があったにもかかわらず、服を直そうとさえしていない。ただスカートの裾を下におろして、上半身に彼の上着をかけ、横向きに丸くなっていた。

コリンはかたわらの草地に静かに腰をおろして膝を立て、その上に両腕をのせた。そして日陰になっているアレックスの寝顔をじっと見た。愛らしいピンクの唇がわずかに開いているのが、ほほえんでいるように見える。

ああ、なんて美しいのだろう。繊細なつくりのハート形の顔が大きな青い目を完璧に引き立てている。そして腹部や太腿の白い肌と見事な対照をなしている黒い髪。

だめだ。彼は厳しく自分を叱りつけた。そんなことを考えるな。

アレックスの欠点でさえも完璧だ。鼻のそばかすが彼女を現実の女性に見せ、突きでている顎が幼さの残る顔を成熟した女の顔にしている。

とはいえ、やはり彼女は若くてか弱い、妖精《ようせい》みたいなプリンセスだ。

そよ風に巻き毛がほつれて頬をなで、アレックスの唇を愛撫した。コリンはそっと髪を払い、身をかがめて唇にキスをした。彼女の重たいまぶたの下から青い目がのぞいた。

「コリン」そのささやき声を聞いて、自分がアレックスの口に魅了され、ついわれを忘れかけたことに気づいた。彼は狼狽を隠してほほえみかけた。

「ずいぶん楽しそうね」

彼女はにっこりして仰向けになり、健康な子猫のようにのびをした。シャツの胸元がはだけて、ピンク色の乳首があらわになる。コリンは深々と息を吸って彼女のほうへ手をのばした――そうせずにはいられなかった――が、うずく指先に命じてシャツを閉じた。ボタンをはめ始めると、アレックスのいたずらっぽい笑みがかげった。

「なにをしているの?」

コリンは大声で笑いだしたい衝動をこらえた。ほかの若い女性なら、ブラウスのボタンを外されようとしたときに、〝なにをしているの?〟と言うだろう。

「服を着せているんだ」彼はようやく答えた。

「だけどあなたは……その……わたしたち、まだ終えていないわ!」

それを聞いてコリンは笑い、次のボタンをはめにかかった。「終えたも同然さ」

アレックスが息をのみ、彼の手をたたいてボタンをはめるのをやめさせた。「だめ! やめてちょうだい!」

彼女の混乱した目を見て、コリンはやさしくほほえんだ。「アレックス、こんなことをしてはいけないよ」

「邪魔が入るまで、とてもうまくいっていたと思ったのに」

その突飛な言いぐさに、コリンは笑っていいのか叫んだらいいのかわからなかった。彼自身、ふたりの行為がうまくいっていたことをありありと覚えていた。

「アレクサンドラ、きみは――」

彼女が激しく手を振って言葉をさえぎり、険しい目でにらんだ。「また兄の称号を持ちだしたら、ぶつわよ」

「きみの社会的地位を軽んじることはできない。しかし――」アレックスが反論しようと口を開けたので、彼は片手をあげて押しとどめた。「ぼくが言おうとしたのは、きみはジョージのまたいとこで、ルーシーの友達だから、ぼくが彼らの友情を利用するのはけしからんということだ……きみと彼らの関係につけこむのは」

彼女の熟れた唇が不愉快そうに引き結ばれた。「わたしは家へ駆け戻ってふたりのしたことを言いふらすつもりはなかったわ。つけこまれたなんて言うつもりもなかったし」

自分の顔をなでたコリンは手がやけにざらざらしているのを感じた。発した声もずいぶんしゃがれているように聞こえる。「ごめんよ、アレックス。信じてくれ。本当にすまない。だが、こんなことはすべきではない」

彼女はまばたきして顔をそむけた。頑固そうな顎の動きで、歯を食いしばったりゆるめたりしているのがわかる。頬が紅潮していた。

「いいわ、ブラックバーン。きっとあなたにはあなたの理由があるのね。じゃあ、家へ帰りましょうか?」

アレックスはそそくさと残りのボタンをはめて立ちあがり、手荒にスカートの乱れを直して、シャツの裾をたくしこんだ。そのあいだ、コリンのほうをちらりとも見なかった。彼は彼女の顔から表情が消える瞬間を見た。

脱ぎ捨てた上着を探そうとアレックスが振り返ったとき、コリンは腕をのばして彼女の手をとった。「アレックス、お願いだからやめてくれ」

「なにをやめたらいいの、ミスター・ブラックバーン？」

「きみに対しては正々堂々と振る舞いたいんだ。そんなふうにぼくを無視しないでくれ」

ようやくアレックスがコリンの目を見た。彼女の瞳は凍る寸前の冷たさをたたえていた。

「これって、かなり気まずい状況よね」

「気まずいと感じる必要はないよ。ふたりでとてもすばらしい朝を過ごしたじゃないか」

アレックスの口元が引きつった。「たしかにわたしは楽しかったわ」

「そうか、よかった」コリンは我慢しきれなくなって、彼女の口に軽くキスをした。「ぼくも楽しかったよ」

アレックスは視線をそらし、無理やり顔をほころばせた。そんな嘘をつくなんて、コリンはなんてやさしいのかしら。でも、そこが問題なのだ。彼の極端なまでの人のよさが。

「もう戻らないと」彼女はささやいた。「昼食を食べ損なってしまうわ」

コリンはうなずいて上着を拾いあげ、彼女を探るように見てから、ソアのほうへ歩いていった。

彼が行ってしまうと、アレックスは両手で顔を覆ってうめいた。なんて恥ずかしい。前回、卑しい欲望に負けて辱めを受けたときに、わたしは教訓を学んだはず。もちろんあのときと今回とは似ても似つかない。いいえ、今度のは、たとえどんな辱めを受けることになろうとそれに値するものだった。

コリンが拒絶しているのに、わたしは愚かにもなかなか気づかなかった。わたしは売春婦みたいに体を差しだし、彼はそれを慇懃に断ったのだ。男の人がそんなことをするなんて考えもしなかった。

わたしがコリンを欲しがっていることに彼は気づいたに違いない。そう思ってアレックスは笑ったが、胸は屈辱感でいっぱいだった。ええ、そう、わたしは彼が欲しいのよ。

彼女はコリンが手伝ってくれるのを待たずにブリンの背中によじのぼり、海を眺めた。やがて背後でやわらかなひづめの音がした。振り返った彼女は、コリンが真剣なまなざしをこちらへ向けているのを見て、ほほえんでみせた。わたしが強要したからといって、彼が後ろめたい思いをする必要はない。

家までの長い道のりを戻るあいだ、アレックスはふたりの距離をできるだけ空ける努力をすると同時に、わざとそうしていることがわからないように気をつかった。しかし荘園《しょうえん》の手前まで来たとき、コリンが馬を横に並べて彼女の名前を呼んだ。

アレックスはうつろな笑みを向けた。

「アレクサンドラ、きみにききたいことがあったんだ……」

「なに？」

「今度またセントクレアから手紙が来たら、ぼくに連絡してくれるかい？」

彼女は眉根を寄せて目をしばたたいた。コリンが再びその話題を持ちだすとは考えてもいなかった。

「それは……でも、わたしが前に渡した情報はどうなの？」

彼はかぶりを振った。「古いものだった」

「まあ」アレックスのなかで、ますます屈辱感が膨れあがった。「今まで黙っていたのね」

コリンは後ろめたかったのか、鞍の上で体をもぞもぞさせた。「サマーハート邸を去るとき、きみが次の手紙を受け取ったか確かめるために、ぼくは二週間後に戻るつもりだった。だが今の状況を考慮すると、次回はきみから連絡をもらうほうがいいと思うんだ」

アレックスの背筋がこわばった。この人の言う〝今の状況〟とは、どういう意味だろう。それに彼がわたしに興味を示したのは、単にわたしの協力を仰ぎたかったから？

彼女がにらむとコリンはこちらを向いたが、目を合わせようとはしなかった。彼の口元が苦々しげにゆがんでいる。いいえ、違う、この人はわたしを利用したんじゃない。コリンはわたしが会ったどの貴族よりも正々堂々としている。わたしを利用するつもりなら、ふたりが親密になったほうが有利なのに、彼はそうしなかった。彼の言う〝今の状況〟とは、わたしたちの気まずい関係を指しているのだ。

「手紙が来たら連絡するわ」彼女はそれだけ言った。

家へ帰り着くと、アレックスは馬丁に手綱を渡し、コリンはソアを厩舎のなかへ引いていった。彼女は家に入って階段をあがりながら考えた――わたしを拒絶したからといって、コリンに怒りをぶつけるのはお門違いだ。兄の信頼を簡単に裏切るようなわたしを拒絶したからといって。コリンが親切に接してくれるだけでも感謝しなければ。しかし寝室へ入ってドアを閉めたときには、アレックスの胸から感謝の念は消えていた。

5

明日の朝、彼女は行ってしまう。

アレクサンドラ・ハンティントンに目が行くたびに、コリンは自分に言い聞かせた。心配するな。もうすぐ彼女はいなくなるんだ。

雪のように白い肌とほっそりした腰を際立たせる、ふわっとした赤いドレスをまとったアレックスは、ことのほか美しかった。そのドレスはまた、男の目を胸の盛りあがりへ引きつけることに成功していた。社交界の基準からすれば少しも大胆なドレスではないが、ボディスが深くくれているせいで、どうしても視線が胸へ向いてしまう。コリンは見ないように必死の努力をしたが、なかなかうまくいかなかった。昼間目にしたその形や、手のひらで包んだときの感触が、どうしても思いだされてしまうのだ。

胸の誘惑よりもっと厄介で、コリンを憤慨させたのは、彼が視線を向けるたびにアレックスがわざとらしく目をそらすことだった。ディナーの前に挨拶したときも、彼女はコリンの襟に目を据えていた。そして今、アレックスの視線は手にしたワイングラスに据えられている。そのグラスは最初の料理が運ばれてきたときから、一度も彼女の手を離れなかった。

「頭の具合はどうだい？」

アレックスが物思いから覚まされたようにまばたきした。「なんですって？」

「頭だよ。昼食を抜いたのは頭痛がしたからだろう？」

「ああ、ええ。ずっとよくなったわ。ありがとう」

「具合が悪くなったのは、馬に乗りすぎて疲れたせいでなければいいが」ようやくアレックスの目がコリンの目と合った。

彼はきまじめな顔をして、物問いたげに眉をあげた。アレックスの頬が赤く染まる。

「馬に乗ったせいではないわ、ミスター・ブラックバーン」彼女は言葉を歯のあいだから押しだすように言った。「乗馬は得意なのよ」

やられた。今夜のアレックスの態度があまりにも控えめなので、子猫の爪は小さくても鋭いことを彼は忘れていた。

「もちろんそうだろう」コリンが応じると、アレックスがまた視線をそらしたので、彼は椅子の背にぐったりもたれ、とろ火で煮こんだ果実の入っているボウルを見つめた。

「ねえ」そのあと続いた沈黙にルーシーが割りこんできた。「今夜はアレックスもコリンもずいぶん静かね、ジョージ。きっとわたしたちのもてなし方が田舎じみているから、死ぬほど退屈しているんだわ」

ふたりは否定したが、ルーシーは疑わしそうに目を細めた。

「今朝、一緒に馬で出かけたんですって？」

「そうよ」アレックスがやけに甲高い声で答え、まっすぐ座り直した。

ルーシーに疑惑のまなざしを向けられ、コリンはうなじの毛が逆立つのを感じた。むきだしの太腿の記憶が不意に脳裏によみがえった。

「口喧嘩《くちげんか》でもしたの？　コリン、またロンドンの件でアレックスを困らせたんじゃないでしょうね？」

「違う。口喧嘩などしなかった。嘘じゃないよ」

「アレックス？」

「もちろんしなかったわ、ルーシー。馬をずいぶん乗りまわしたの。たぶん度がすぎただけ。それで疲れたんだわ」

〝度がすぎた〟か。なるほど彼女は頭がいい。あまりによすぎて、一度ぎゃふんと言わせてやりたいほどだ。ぼくをペスト患者みたいに扱って。知らない人が見たら、ぼくが無垢な娘を手ごめにしたと思うだろう。ぼくが自制したのは賞賛に値することではないのか？　ぼくは彼女が間違いを犯すことから救ったのでは？

憤慨しているコリンの耳にアレックスの声が飛びこんできた。「もうやすませてもらおうかしら。失礼だとは思うけど――」

「あら、今夜はあなたがここで過ごす最後の夜じゃない！」

「わかっているわ、ルーシー。でも、明日は早く発たなくちゃならないの。夕方までにサマーハートへ着きたいから」

「馬車のなかで寝ていけばいいわ」

アレックスは笑って首を振った。「いいえ。わたしはブリンに乗って、馬車はあとからついてこさせるつもりよ。そのほうが楽しいもの」

「でも――」

「もうやめて！」アレックスは叫び、ルーシーが口をとがらせるのを見て笑った。「どうせひと月もすれば、また会うじゃないの。あなた方が大陸へ出かける前に」

ルーシーはため息をつき、大げさにしょげてみせた。「わかったわ。たしかに疲れているようだから、もうやすみなさいな。だけど明日の朝は、別れの挨拶もしないで出ていくようなことはしないでね」

「ええ、もちろんよ」アレックスはワインの残りを飲み干して立ちあがると、ルーシーの頬にキスをし、ジョージを抱きしめた。そしてコリンに軽くうなずき、逃げるように部屋を出ていった。

コリンの胸に怒りの炎が燃えあがった。あんなふうにそっけなくうなずいただけで、ぼくを追い払えるとでも思っているのだろうか？　冗談じゃない。ぼくは彼女がロンドンで慰み物にした男たちとは違うぞ。

「コリン？」

ルーシーとジョージは席に戻って腰をおろし、立ったままいつまでも戸口を見ているコリンにいぶかしげな視線を向けていた。

「大丈夫？　あなたたちふたりのあいだになにがあったのか知らないけど――」

「ぼくも失礼させてもらう」コリンはさえぎった。

部屋を出る彼の背中をルーシーの笑い声が追いかけてきた。


蓋《ふた》の開いているトランクのかたわらでダニエルが居眠りをしているのを見て、アレックスは眉をひそめた。わたしのメイドも午前中、男の人に辱められて疲れたのかしら、と怪しまずにいられなかった。

「ねえ、ダニエル。起きて、夕食をとりに行きなさい」

びっくりしたダニエルが茶色の目を見開いた。「まあ、すみません！　荷造りは終わりました」

「ありがとう。さあ、食事をしてきなさい。今夜はちゃんとベッドで寝なくてはだめよ」

メイドの意味ありげな笑みが、アレックスの疑問への答えだった。では、男の人と火遊びしたのは今日の午前中ではなくて昨夜だったのだ。ダニエルはフランス人だけあって、快楽にふけることをいとわない。アレックスに関する醜聞を耳にしたときも、ただ肩をすくめて〝それがどうだというんです？〟と問い返しただけだ。あれ以来、ダニエルはなくてはならない友人になった。

アレックスは生意気な笑みを浮かべているメイドを送りだしてドアを閉め、大きなため息をついて、古い木製のドアに背中をもたせかけた。彼女は疲れきっていた。ディナーでワインを何杯も飲んだのがいけなかったのだ。昼食を抜いたのもまずかったけれど、コリンと顔を合わせる勇気を奮い起こすのに午後いっぱいかかったのだから、仕方がない。

彼と顔を合わせたくなかったのは拒絶されたからだけではない。不首尾に終わった逢い引きから戻ってきたとき、部屋で待っていた手紙のせいでもある。執事のプレスコットときたら、個人的な手紙はこちらへまわすようにというわたしの指示を律儀に守らなくてもいいのに。

半ば期待していた鋭いノックの音が背後から聞こえた。

「まあ、大変」アレックスはつぶやき、激しく高鳴る胸に手をあてた。ノックしたのがだれかはわかっている。さっき別れの挨拶をしたとき、彼は突き刺すような視線でにらんできた。いったいわたしにどうしてほしいのだろう？

彼女は来るべき対決に備えて気持ちを奮い立たせ、振り返ってドアを細く開けた。

「アレクサンドラ」コリンがやけに冷静な声で言った。「ちょっと話をしたいのだが、いいかな？」

「ええ」

彼の唇がきつく結ばれた。「ドアを開けてくれないか」

アレックスは相手が気まずくなるほど長々と見つめてから、ドアを大きく開けた。「どのようなお話？」

彼女はコリンの怒りに気づかないふりをしたが、彼が室内に足を踏み入れてドアを閉めたときは、思わず何歩かあとずさりした。

「なぜこんなふうに振る舞うんだ？」

「どういう意味？」

「まるでぼくがひどいことをしたみたいじゃないか」

「それは言いがかりというものよ」

「きみはぼくに話しかけようともしない。それどころか、ぼくを見ようとさえしない。きみは明日ここを去るんだろう？　それなのに、別れの挨拶にそっけなくうなずくことしかできないのか？」

まあ、なんてばかげたことを。「そんなことが、どうして気になるのかしら」

コリンはうなり声を漏らして手を拳に握った。「ぼくがきちんと別れの挨拶をしたがっているとは考えないのか？」

目の前にそびえる彼の圧倒的な存在感と大量のワインによって気持ちが乱れていたアレックスは、簡単に怒りのとりこになった。「わたしたちが出会ったときは、あなたがわたしを嫌う理由はたくさんあったし、今でもわたしを嫌っていることは知っているわ。わたし……わたしは、あなたの前に身を投げだした。まるで……」それに続く言葉を口にできなかった。

「なのに、あなたはわたしを欲しがらなかった」

「それは違う」

「いいえ、違わないわ」コリンの目が不意に深い思いやりをたたえたので、アレックスは視線を合わせられずに目を伏せた。「あなたはやさしいから、はっきり言わないだけなのよ」

「こっちへおいで」

「いや」彼女はかぶりを振って拒絶した。足音が聞こえ、床を見ている彼女の視界にブーツが入ってきた。

「アレックス」コリンの声はさっきよりも穏やかだった。

彼女は再びかぶりを振った。この人、さっさと出ていけばいいのに。わたしの気持ちがこんなに乱れていなければいいのに。そう願っていたアレックスは顎の下に手を添えられるのを感じ、その手に促されるまま顔をあげてコリンの目を見た。

「男に求められたら、きみにはそれがわかるはずだ」

「そんなことないわ」

「アレックス」彼女が口をとがらせたのが愉快だったらしく、コリンの声には笑いがこもっていた。そのとき彼の息が唇をなで、続いて口がアレックスの口に押しつけられた。彼女は吐息を漏らして唇を開き、コリンを迎えた。

そのキスがあまりにもおずおずとした穏やかなものだったので、唇をふれあっただけで心臓が早鐘を打ち始めたにもかかわらず、アレックスの恐れていたことが正しかったとわかった。わたしがコリンを欲しがっているようには、彼はわたしを欲しがっていないんだわ。彼のキスは熱くも激しくもない。わたしをベッドに押し倒して服をはぎ取り、欲望を満たせばいいものを、そうしようとしない。ただわたしを抱いて、やさしく下唇をなめるだけだ。

わたしはこの人の舌が欲しい。この人の欲望のあかしが欲しい。

アレックスは体を離し、唇に残っているあたたかさをぬぐい取った。「嘘をつかないで、コリン」驚いている彼を尻目に化粧台へ歩いていき、隅の引き出しを開ける。

「ほら」彼女はかたい紙をコリンの手に押しつけた。「それを持って出ていってちょうだい」

彼は傷ついたような表情でアレックスを見つめていたが、とうとう眉間にしわを寄せて手のなかの紙へ視線を落とした。「これは？」

「なんだと思うの？」

コリンが慌てて開こうとしたせいで紙が破けた。彼の顔は表情を失い、次いで赤くなった。

アレックスはトランクのところへ行き、すでにきちんとたたまれている衣類をなでた。

怒りに駆られて渡してしまったが、早くも彼女は取り戻したくて指がむずむずした。ダミエンの手紙は情熱的で、しかも軽薄だった。コリンに見せたのは、彼女を熱心に求める男性がいることを示したかったからだ。だが見せたとたんに、自分が愚かな女に思えて後悔した。コリンに利用されている気がした。

「今日の午後、届いたの」彼女はささやいた。短い手紙なので、もうコリンは読み終えただろう。

「ありがとう。それにしても性的刺激の強い手紙だな」

アレックスが肩越しに振り返ると、コリンが彼女のほうへ手紙を差しだしていた。「あなたが持っているほうがいいんじゃない？　だって、それが欲しかったんでしょう」

「ああ。だがこれほど心のこもった記念品を、きみからとりあげたら悪いよ。あの晩における彼との楽しい記憶を、いつまでも大切にとっておきたいだろう。少なくとも彼のほうは大切にしているようだ」

アレックスはひったくるように手紙をとった。読まれる前に奪い返せばよかったのだ。彼女はトランクに詰められている衣類の上に手紙をほうり、蓋を乱暴に閉めた。

「さようなら、ミスター・ブラックバーン。いつかまたお役に立てそうな機会があったら知らせてちょうだい」背後でコリンが黙っているので、彼女は不安になった。「どうしたの？」

彼が動いたのが衣《きぬ》ずれの音でわかった。それきりなにも聞こえなくなった。

「なんなの？」

「きみにキスしたのは……というより、きみと愛を交わしたのは、情報を引きだすためではなかった」

「本当に？」

コリンが悪態をついた。英語ではなかったので確信はないが、とにかく悪態に聞こえた。おそらくゲール語だろう。もちろんアレックスはコリンに利用されたとは思わなかったが、彼女が怒っているのは自尊心と感情を傷つけられたからではなくて利用されたからだと彼に思わせておきたかった。

「きみはぼくのことをあまり知らない」すぐ後ろで彼の声がした。「だが、ぼくは断じてきみを利用したりはしない。本当はふれるつもりさえなかったんだ。でも抑えきれなかった」

その誠実な言葉を聞き、アレックスの背筋を喜びが震えとなって走った。

「普段のぼくはめったに自制心を失わないんだが」

「だから、あのときも失わなかったのね」

「失ったよ。もし荷馬車が来なかったら、結果を考えずに、喜んできみの両脚のあいだに身をうずめていただろう」

うれしさが熱い欲望となってほとばしった。アレックスは裸の腰と腰を押しつけあい、彼女の上で体を動かしているコリンの姿を思い浮かべた
背後から手がのびてアレックスの手首をつかんだ。コリンがぐいと彼女を自分のほうへ振り向かせる。「それがきみの習慣なのか？　きみをものにできなかった男たちの告白を集めるのが？」

「そんな……」間近にあるコリンの体、その目に宿る荒々しい光……。アレックスは頭をすっきりさせようと息を深く吸った。「その気になれば、あなたはわたしをものにできたわ」

「きみは男が簡単にベッドをともにできるような女ではない」

彼女は驚き、すぐに大声で笑いだした。「わたしはまさにそういう女なのよ」

「自分をそんなふうに言ってはいけない」コリンがうなるように言う。「きみはそんな女じゃない。はじめて会った瞬間、ぼくにはわかった」

「でも……」アレックスは息が詰まった。彼の言葉を聞いて混乱すると同時に、奇妙にも胸が痛んだ。

「若いときはだれしも愚かなことをするものだ、アレックス。過去に軽率な行為をしたからといって、残りの人生をあきらめる必要はない。きみはすばらしい女性だよ。頭が切れるし、やさしい心根をしている」

「まあ、コリン」彼女はため息をつき、握られている手を引き抜いた。「あなたって単純なのね。わたしは本当にふしだらな女なの。世間の人々から〝道を踏み外した女相続人〟と呼ばれているわ。公爵の悩みの種だと」

「きみは裕福で美しく、しかも公爵の妹だ。あの醜聞のあとでも、きみと結婚したがった男たちはいただろう」

アレックスは肩をすくめた。「でも、わたしが結婚したいと思う男性はいなかったわ」

「いつかきっと現れるさ。過去に過ちを犯したからといって、それ以上自分をだめにしてはいけないよ」

滑稽《こっけい》もいいところだわ。この人はこんな見当違いの倫理観から、わたしを拒もうとしているのかしら。わたしは立派で善良な人間になりたいのではない。幸せになりたいのよ。

「さようなら、アレクサンドラ。きみと過ごせて本当に楽しかった」

ああ、この人は本当に行こうとしている。彼女は自尊心をかなぐり捨てて懇願した。「せめて別れのキスをしてちょうだい」

コリンはためらったが、それもほんの一瞬だった。「いいとも」

彼の気が変わる前に、アレックスは爪先立ちになって唇を押しつけた。コリンのキスはやさしくて念入りだったが、体を数センチ離していた。彼女がひるまずに手のひらをコリンの胸にあてると、彼の体が近づいてくるのが感じられた。そう、これでいいのよ。コリンは別れを告げようとしている。わたしたちは二度と会わないかもしれないけれど、離れ離れになっても、彼はわたしのことをいつも思いだすだろう。

コリンが体を密着させてきたとき、彼女の口から思わず小さな吐息が漏れた。

彼はアレックスの髪のなかに手を差し入れて唇を離し、顔を上向かせて、彼女の目、喉元、開いている唇へと視線を移した。そして髪から手を引き抜き、彼女から離れた。

「さようなら」コリンのぬくもりが消えていくのを残念に思いながら、アレックスはささやいた。

コリン・ブラックバーンは彼女の部屋のドアを開け、彼女の人生から静かに歩み去った。

6

「ジュリアは来シーズン、社交界デビューするのでしょう?」

「ええ、そうよ」おばのオーガスタが興奮に体を震わせて言った。「やっと幼児体型から脱することができたの、アレックス! あの子がどんなに大喜びしているか、あなたには想像できないでしょうね」

アレックスは作り笑いをした。もちろん想像できた。彼女自身が同じように大喜びしてから、まだ二年とたっていないのだ。

「衣装をあつらえに、あの子をマダム・デサントのところへ連れていくことになっているの」

「そう」

「彼女によれば、今度の流行の服はジュリアにぴったりなんですって」

「すてきじゃない、オーガスタおば様。それで、ジャスティーンは? もう一三歳になるのでしょう?」

「ええ、そうよ。大変なおてんばで、やんちゃな弟以上に手がかかるわ」オーガスタはうんざりしたようにため息をつき、頬をぶるぶる震わせた。「どうにかしないと」

アレックスは顔をほころばせた。「あと何年かすれば、きっとおとなしくなるわ。今はジュリアのことだけ考えていればいいんじゃないかしら」

「そうね。ジュリアのデビューを考えると今からわくわくするわ。舞踏会にはぜひ出席してね、アレクサンドラ。あなたが来なかったら、あの子はとても寂しがるに決まっているもの」

「ええ、出席するわ」アレックスは嘘をついた。本当は田舎の生活から逃げだしてロンドンへ舞い戻るつもりも、醜聞まみれの顔を人目にさらしていとこの社交界デビューを汚すつもりもなかった。

オーガスタが反対隣のミスター・コヴィントンと話し始めたので、アレックスはテーブルを囲んでいる人々を順々に眺めていった。視線を兄に向けたとき、それに気づいたサマーハート公爵――ハートが彼女に向かってわずかにグラスを掲げた。彼女はすばらしい兄がいてよかったと思い、にっこり笑い返した。わたしが快適な生活を送れるのは、ひとえに兄のおかげだ。兄がこのように思いやり深い人物でなかったら、わたしはとっくに財産目当ての男性と結婚させられていただろう。金持ちの女相続人を妻にできるなら、過去の醜聞など喜んで無視する男性と。

次にアレックスの視線は、テーブルのなかほどからほほえみかけているロバート・ディクソンにとまった。彼女は笑みを返した。

ロバートは親戚だということだが、どのようなつながりがあるのかアレックスは知らなかった。彼とは二度会ったことがある。金髪のたいそうハンサムな男性で、洗練された物腰をしており、ディナーが始まったときからアレックスに秋波を送ってきていた。

彼女の視線はロバートを離れ、さらにテーブルを囲んでいる人々の上を進んだ。ハートが妹の二〇歳の誕生日に合わせて企画したパーティには、彼の選んだ二〇人ほどの客しか招待されていなかった――あの醜聞のあともアレックスにやさしく接した友人や親戚たちだ。それ以外の人々は、しばらくのあいだハンサムなサマーハート公と近づきになる機会を持てないだろう。

ジョージとルーシーは一週間ほど前にフランスへ旅立った。支えとなってくれた彼らがいなくなって心細さを覚えていたアレックスは、兄が妹を元気づけようと催したパーティのさなかにあっても孤独から逃れられなかった。

この数週間というもの、アレックスの心には孤独が居座り続けている。彼女の幸福を覆い隠そうとする雪のように息苦しくて寒々とした孤独が。コリン・ブラックバーンを失ったせいもあるが、それだけではない。ただひたすら寂しくて仕方がないのだ。知っている人のなかに彼女のような女はいない。土地の管理や帳簿つけをしている女は。男の仕事をすることに喜びを見いだしている女は。だがアレックスにとっては、仕事があることはありがたかった。というのは、厳しい仕事こそ、今の彼女が慰めを見いだせる唯一のものだからだ。

周囲で笑い声があがったので、アレックスは考えごとにふけっていたことを悟られまいと一緒に笑った。次第におしゃべりの声が大きくなっていくのは、ディナーが終わりに近づいたことの知らせだ。彼女はハートにうなずいて立ちあがった。

「殿方はこのままこちらでポートワインをお楽しみください。女性のみなさんはどうぞあちらへ」

テーブルを囲んでいた人々が衣ずれの音をさせていっせいに立ちあがる。華やかなドレスをまとった女性陣と黒でびしっと決めた男性陣がふたつに分かれ、女性たちが部屋を出ていき始めた。アレクサンドラは自分に注がれるロバート・ディクソンの視線を強烈に意識しながら、通りしなに男性たちと儀礼的な挨拶を交わし、最後尾を戸口へ向かった。

一五分が過ぎた——赤ん坊、編み物、夫、流行などに関する退屈きわまりない会話の一五分が。アレックスは庭園の話をしながらコリンのことを考えた。ワルツに関する冗談に笑い声をあげながらも、頭に浮かぶのは彼女の太腿をつかんだコリンの手だった。

どうしても彼を忘れることができない。

男性たちが葉巻のにおいを漂わせてダイニングルームから出てきたので、ようやくアレックスはコリンを頭から追いだすことができた。彼女はドアのわきに立っているロバート・ディクソンを念入りに眺めた。

彼はハンサムなだけでなく、態度が洗練されていて礼儀正しい。ただし、笑い顔から察するところ、性格は頑固なようだ。彼は父親からランドリー子爵の称号を受け継ぐことになっている。要するに社交界で女性たちから最も魅力的な男性と見なされるひとりなのだが、アレックスはロバートを見てもまったくときめきを覚えなかった。コリンのせいで、ほかの男性になにも感じなくなってしまったのだろうか。その答えを知るのに、たぶんミスター・ディクソンが役立ってくれるだろう。

彼女の視線に気づいたロバートが、さっそく部屋を横切って近づいてきた。

「ミスター・ディクソン」

「レディ・アレクサンドラ。今夜のきみはとても……幸せそうだ」

彼が考え抜いて口にした言葉を聞き、アレックスは笑った。「人目を避けて暮らしているあいだに、わたしがしぼんでしまったに違いないと思ったのでしょう？」

ロバートの顔に当惑の笑みが浮かんだ。「そんなふうに思うわけがないよ。それどころか、きみは満足しているように見える」

「ええ、満足しているわ。衣装やパーティのことばかり考えていたころより、今の生活のほうがずっと充実しているの」

「でも、ロンドンでの生活を楽しんだのだろう？　そう見えたよ」

「もちろんロンドンは楽しかったわ」彼女のそっけない言葉を聞いて、ロバートの顔から笑みが消えた。

「すまない。ばかなことを言った」

「とんでもない、ミスター・ディクソン」アレックスは大胆にも彼の袖に手を置いた。「わたしはそれほどか弱くないわ」

はしばみ色をしたロバートの目が熱っぽい色を帯びたので、アレックスはかすかに頬を染めて手を引っこめた。彼女はロバートをだましたり、さも気があるふりをして彼の心をそそったりはしたくなかったが、疑問の答えをどうしても知る必要があった。

ロバートが内緒話でもするように肩を少し近づけてきたとき、アレックスの鼓動が速くなった。ロンドンにいたころは、男性を相手に毎日楽しく過ごしたものだが、今ではそれが不自然で危険なものに思えた。ロバートの頭がアレックスの耳のほうへ傾けられたとき、兄がこちらへやってくるのが彼の肩越しに見え、彼女は安堵のあまり小躍りしそうになった。

「閣下！」ロバートがぱっと体を起こして言う。アレックスにはその声が単なる驚きの声には聞こえなかった。「妹君をぼくから救いだしにいらしたんですか？」

サマーハート公爵はにっこり笑い、アレックスの手をとって頬にキスしてから友人を見おろした。「妹がどうしているか見に来ただけだ。でもきみが一緒にいるのを見て、妹は死にそうなほど退屈していると確信したよ」

アレックスは目をくるりとまわした。「そんなことないわ、お兄様。意地の悪いことをおっしゃらないで」

ロバートは残念そうにほほえんでお辞儀をした。「きみをお兄さんにお譲りするよ、レディ・アレクサンドラ。どうやらお兄さんはきみに話があるようだ」

「あの人、なかなか立派な方みたいよ」ロバートが声の届かないところへ去ったのを見て、アレックスは言った。

公爵は遠ざかるロバートの背中に無関心な視線を投げた。「ああ、立派な若者のようだな。それより、おまえがどうしているのか見に来たんだ」

彼女は再び目をくるりとまわしたい衝動に駆られた。あの一件以来、兄は過保護だ。それ以前は細かいことにいちいち干渉しなかったのに。「わたしなら大丈夫よ」

「本当に？」

「知ってのとおり、もともとこういうことは得意だったの。人とおしゃべりするのはちっとも難しくないわ。たとえわたしみたいに知性の乏しいひ弱な女であっても」

兄の顔いっぱいに笑みが広がった。世の中の女性の多くは、自分にこんな笑顔が向けられたら喜びのあまり気絶してしまうだろう、とアレックスは思った。「ああ、そうだろうね」彼は言った。

アレックスは衝動に屈して目をくるりとまわした。「本当よ、ハート。心配することはなにもないわ」

サマーハート公は真顔に戻り、真剣な青い目でじっと妹を見つめたあと、彼女の手を腕にまわさせて、部屋の反対側の開いているドアのほうへ進み始めた。中庭へ出て、家から漏れる明かりの届かないところまで来ると、彼は立ちどまってアレックスと向かいあった。彼女は眉をひそめていぶかしげに兄を見あげた。

「この数週間というもの、やけに口数が少なかったじゃないか、アレックス」公爵の口調は綿毛のようにやわらかかった。

彼女は思わずかぶりを振った。「そんなことないわ。もしそうだったとしても、いろいろと考えごとをしていたからよ」兄の手が頰に添えられるのを感じたアレックスは、コリン・ブラックバーンが忘れられないのだと打ち明けてしまいたい衝動を覚えた。

「わかっていると思うが、おまえはいつでも好きなときに結婚していいんだよ。ただし、求婚者が現れたら教えてほしい。世の中には財産目当てに結婚したがる男がいるから。おまえの関心を引く男がどのような人間か、知っておきたいんだ」

「心配しないで――」

「おまえみたいに愛らしい女性なら、きっといつかふさわしい相手が現れる。心配といえば、おまえは寂しいんじゃないか?」

〝ええ、寂しいのよ〟アレックスはそう叫びたいのをこらえ、暗がりでごくりと唾をのみこんで首を振った。「求婚者なんてひとりもいなかったわ、ハート。でも、しばらくのあいだは求婚者が現れないほうがいいんじゃないかしら」

「おまえには幸せになってもらいたい」

〝本当に?〟危うくそう問い返すところだった。〝本当にそう思っているのなら、大柄なスコットランド人を連れてきて、わたしの恋人にしてちょうだい〟と。

「わたしは幸せよ。だって、わたしには甘えられるお兄様がいるんですもの」

「甘やかすつもりはないが、ここにいたいのなら、好きなだけいればいい。サマーハート邸はわたしの家であると同時に、おまえの家でもあるのだからね」

だからお兄様が大好きなのよ。アレックスは兄の腰に腕をまわし、胸に頰を押しつけた。「大好きよ、お兄様。わたしにとってはお兄様が唯一の男性なの。そろそろお客様のところへ戻りましょうか」

公爵はしばらく妹を抱いていた。兄の胸が膨らんだので、アレックスはなにか言うつもりなのだろうと思って待ったが、彼はただ妹の頭にキスをしただけで、ドアのほうへ歩きだした。屋内に入るころには、公爵は完璧な主人の顔を取り戻していた。アレックスの知る限り、兄ほどハンサムで品のいい男性はいない。だれひとり知らないことだが、兄の冷淡な外見の下には思いやりに満ちた心がひそんでいるのだ。

アレックスの口元に笑みが浮かんだ。いつかハートも恋に落ちるだろう。早くそんな兄を見てみたいものだ。不意に笑みが凍りついた。恋。わたしは恋に悩んでいるのかしら？　いいえ、違う。断じてそうではないわ。わたしが恋などに落ちるはずがない。

パーティの二日めも、いつ果てるとも知れないにぎわいのなか時間が過ぎていった。田舎での孤独な生活にすっかり慣れてしまったせいか、アレックスは邸内を大勢の人間が歩きまわっていることにいらいらした。ほんの数年前までは、こうしたにぎわいに喜びを覚えたというのに。

でも今では……わずらわしさしか覚えない。朝食、そのあとの乗馬、そして昼食。庭園の散歩、午後のお茶、自室でしばしの休憩。そして最後にディナーとちょっとした音楽会。ロバート・ディクソンがたびたびアレックスを人込みから連れだそうとしたが、彼女はふたりきりになるのをどうにか避けてきた。なぜ彼を避けるのかは自分でもわからなかった。かつてのわたしは、目にとまった男性ならだれとでもキスしたのでは？　まあ、全員とではないかもしれないけれど、機会さえあれば、わくわくする火遊びに進んで身を投じたものだ。

午前二時にベッドへ入ったときは、アレックスの頭は混乱状態にあった。体は疲れきっているのに、頭のなかでは無意味な会話の残響が鳴っている。そこで彼女はベッドに横たわり、三つ編みにした髪の先をぼんやりいじりながら、自分の新たな感情について答えを出そうとした。

原因はコリン・ブラックバーンだ。それ以外になにがあるだろう？

アレックスはほてった頬に両手をあてた。コリン。彼に対する反応は肉体的なものだけで、それはわたしが成熟して男性とのふれあいに以前より大きな歓びを感じるようになったからだと思いたい。でも、おそらくそうではない。コリンのそばにいるだけで、ほかの男性のそばにいるときとは違う気持ちになる。たぶん彼がわたしの血を汚したのだ。

ロバートはたしかに魅力的ではあるけれど、わたしを魅了しない。

だから、わたしが欲しいのはコリンだけ。そのコリンはずっと遠くにいて、わたしとは親しくなるまいと決意している。あれから彼は一度だけ手紙をよこしたけれど、個人的な事柄にはひとこともふれていなかった。それにあれを〝手紙〟と呼ぶのは間違いだろう。メモ。

そう、あれはメモだ。

〝あわやというところで、今回も彼は逃げおおせた。きみを疑っていたら、彼は二度と手紙をよこさないだろう。きみの助力に感謝する〟

そのあとに〝ブラックバーン〟と署名があるだけで、結びの言葉すらなかった。わたしが夜ごと彼に思いをはせているのに、あの人はまったく気持ちを打ち明けない。

コリンがわたしを求めていないのに、わたしは彼を思い焦がれて人生を浪費している。彼のことを考えるのは、もうやめなければ。

そうは思うものの、夜になると……コリンの口や手、鋼のような体のなめらかな感触を思いださずにはいられない。あの緊張と解放感をもう一度味わいたい。あの解放感はわたしの予想をはるかに超えるものだった。あのときと同じものをもっと味わいたい。

それにしても、なぜコリンでなければならないのだろう？　わたしはスコットランドの男性と相性がいいのかしら？　その可能性を調べるために北へ旅立つべき？

その考えが浮かんだとたん、アレックスの目がぱっちり開いた。

スコットランドへ。

だめよ。彼女は自分に言い聞かせた。絶対にだめ。

アレックスは枕《まくら》を数回殴りつけたあと、頭をのせて欲求不満のうめき声を漏らした。そして頭の下から枕を取ると、反対側の壁へ投げつけた。枕のあたるくぐもった音に続いて、なにかを引っかくような音がした。

引っかくような音？　アレックスは起きあがり、床に落ちている白い枕を見つめた。枕に爪が生えたのかしら。また引っかく音。枕のある方角からではない。音源はドアだ。

彼女はベッドを出て、素足のままドアまで歩いた。下の隙間《すきま》に足の影が見える。「なに？」

「ミスター・ジェームズからの伝言です、お嬢様」メイドのささやき声がした。「牝馬がまた餌を食べるようになったそうです」

アレックスがぐいとドアを開けたので、メイドが驚いて飛びすさった。ほつれた髪がナイトキャップの下からはみだしている。びっくりさせられたにもかかわらず、まだ寝ぼけまなこをしていた。

「ジェームズはほかになにか言った？」

「この調子ならよくなるだろうと」

「ありがとう」

「担当のメイドをお呼びしましょうか？」

「いいえ、けっこうよ……大丈夫。さあ、ベッドへ戻りなさい」

アレックスはドアを閉めて背中をもたせかけた。クウィーニーは快方に向かっている。かわいそうに、あの牝馬は春の終わりに子馬を死産したあと、感染症にかかって次第に衰弱した。厩舎の親方は死なせるべきだと主張したが、彼女は快復するかもしれないから、もう一週間だけ待つようにと命じた。だが、実際はあまり期待していなかった。

アレックスはにっこりして衣装戸棚へ行き、男物の古いズボンを出した。少なくとも今夜はコリン・ブラックバーンのことを忘れていられそうだ。

「そこを行くのは幽霊か？」

アレックスはぎょっとして立ちどまった。暗闇《くらやみ》を見まわした彼女の目が、見慣れた建物や木々の黒々とした影のなかに小さな赤い点をとらえた。葉巻の火だ。

どうしていいかわからず、彼女はそこに立ちつくしていた。赤い点が動いた。上下に揺れながら近づいてくる。草を踏む足音がした。

「幽霊ではなさそうだな。息をする音が聞こえるから」

声の主がわかったので、アレックスはようやく楽に息ができるようになった。「ミスター・ディクソン」

「レディ・アレクサンドラ？　こんな時刻に外でなにをしているんだ？」

「それは……」彼女は返事に詰まった。「仕事でちょっと用があって」

「仕事？」

アレックスはマントの襟元をかきあわせ、厩舎のほうを見やった。まさにこういう事態を避けたかったのだ。はしたない服装を見られることを。でも、厩舎へ行くのにディナー用ドレスを着ていくわけにはいかない。

「ひょっとしてぼくはきみが……だれかにこっそり会いに行くところを邪魔してしまったのかな。もしそうだとしたら謝るよ」

ようやく彼の姿がおぼろげに見えてきた。ロバート・ディクソンはまだパーティの服装のままだった。彼がこちらへ背中を向けた。

「いいえ」アレックスはささやき、次第に落ち着きを取り戻して続けた。「牝馬が一頭病気なので、様子を見に行くところなの。だれかに会いに行くわけじゃないわ」

それを聞いてロバートが振り返り、少しだけ彼女に歩み寄った。葉巻の赤い火がブーツのかかとで踏み消されるのが見えた。「こんな夜中にひとりで出てきて、怖くないのかい?」

「ここはわたしの家よ」

「それはそうだが」

「あの……」

「せめて厩舎までお供させてくれないか。いいだろう?」

「まあ、どうかしら。だってそれは……」ロバートが腕を差しだした。アレックスは連れだっていくのは好ましくないと断ろうとした。だが、そもそもこんな時刻にひとりで外へ出てくること自体が好ましくない。

そこで彼女はマントの下から手を出してロバートの腕をとった。彼がにっこりすると、歯が月の光を受けて白く光った。「真夜中に仕事で呼びだされることが、よくあるのかい?」

「そんなにないわ。実際、厩舎の親方はわたしを遠ざけておきたいようだけど、わたしは簡単に人の言いなりにはならないの」

「お兄さんはきみの頑固さに手を焼いているよ」

「本当？」

「ほんの少しだけどね」

アレックスの心がちくりと痛んだ。たしかに兄は手を焼いているでしょうね。

「そうね、わたしは頑固だから。今さら驚くことではないでしょう」

「そうだな。それに大胆な女性が好きな男もいるよ」

「あら」彼女はためらってから続けた。「それって、あなたご自身のこと？」

「まあね」

ロバートが足をとめたので、アレックスは緊張した。ロンドンにいたころは、相手の欲望の程度を知るためにしばしばキスを許した。今も許そうかどうしようか決めかねていると、ロバートが彼女のほうへ身をかがめた。彼の唇は引きしまっていてあたたかく、キスもうまかった。だが、アレックスの神経はぴくりともしなかった。

彼の神経は興奮したようだ。ロバートはため息をついていっそうキスを深め、片腕を彼女にまわすと、口を開けさせて舌を入れてきた。彼の舌は葉巻の味がした。

アレックスは葉巻のにおいを無視し、キスに熱中しているふりをして、ロバートにほかの男性と同じチャンスを与えようとした。どうやらアレックスはふりをすることに成功したらしく、ロバートが彼女の腰にまわした腕に力をこめて抱き寄せた。アレックスは彼の体が熱く燃えあがるのを腹部に感じた。

ロバートが息をのんで唇を離したので、彼女も息をのんだ。「なにを……なにを着ているんだ？」

両手をロバートの胸にあてたまま、アレックスは目をしばたたいて彼を見あげた。そのときになってようやく、彼の指がいつのまにかマントの下に忍びこんでいたことに気づいた。アレックスがとめるまもなく、ロバートはマントをまくり、彼女が着ている男物の服をまじまじと見た。その目が鋭くなるのと同時に、彼の手が下へ移動してヒップにあてがわれた。

「なんてことだ」ロバートがうめくように言い、再び彼女をきつく抱きしめた。

「待って」そう言ったときには、早くも彼の口がアレックスの口をふさぎ、舌が唇をこじ開けて押し入ってきたので、彼女は息ができなくなった。

アレックスは力いっぱいロバートを押しのけ、なんとか口を数センチ離したが、背中をそらしたために、彼の高まりがいっそう強く腹部へ押しつけられることになった。ロバートがうめき声を漏らし、痛いほど強く彼女のヒップをつかむ。そしてすぐに手を離したが、安堵したのもつかのま、彼女はシャツがズボンから引っ張りだされるのを感じた。ロバートの手がシャツの下へもぐりこもうとし、口が執拗《しつよう》に彼女の唇を奪おうとする。

心のなかに芽生えた恐怖が、みるみる大きくなって全身を満たした。アレックスは自分の体が小さいことを、そして男の腕力がいかに強いかをかつてないほど強烈に意識した。その気になればロバートは彼女を地面に押し倒し、ここで体を奪うことができる。いくらアレックスがあらがおうと、彼には傷ひとつ負わせられないだろう。

ロバートの手がシャツの下へ滑りこんできたとき、彼女はどうにか口を離して顔をそむけた。

「やめて！　なにをするつもり？」

「決まっているじゃないか」ロバートが彼女の顎に口をつけてうめくように言った。

アレックスは身を震わせ、必死に頭を働かせた。悲鳴をあげようと思えばあげられるが、こんな場面を見られるのは二度とごめんだ。駆けつけた客や使用人たちは、わたしの姿を見てどう思うだろう？

「ミスター・ディクソン、お願い、放してちょうだい」

「きみが官能的な女であることは知っていたが、これほど熱烈だとは思わなかった」彼は手でアレックスの背中をなで、もう一方の手を胸のほうへ移動させた。

「放して」彼女は怒りのこもった声でささやき、力任せにロバートを押した。彼が片腕をアレックスにまわしたまま後ろへよろめいたので、彼女は引っ張られて前のめりになり、かたい地面に膝をついた。顔に彼のズボンのボタンがこすれ、胸に冷たい風があたった。

目の前に高くそびえるロバートの黒い影。その指はまだ彼女のシャツの裾をつかんでいる。胸をあらわにされたアレックスが呆然《ぼうぜん》としているように、あらわな胸を見た彼も呆然としていた。先にわれに返った彼女は両手でシャツを引っ張り、ロバートの指からもぎ取ろうとした。それで彼もはっとしたようにうなずき、ズボンのボタンを外し始めた。

「ほら、シャツを脱ぐんだ、アレクサンドラ。きみの乳首を吸わせてくれ」

「どうかしてるわ」怯えていることを悟られないよう、彼女は声に怒りをこめてささやいた。

横へ転がって四つん這いになり、よろよろと立ちあがろうとしたとき、編んだ髪をつかまれた。

「どこへ行くんだ?」

「兄のところよ」

「お兄さんのところ?」ロバートが急に手を離したので、アレックスはよろめいて尻もちをついた。目の前に開いているズボンがあった。彼があきれたように言う。「ぼくをこんな状態にしておいて、ほうりだす気か?」

アレックスはそそり立つものを見てあとずさりし、なんとか立ちあがった。怒りが恐怖に取ってかわる。彼女は歯のあいだから吐きだすように言った。「キスまでは許したわ。そうしたらあなたは……わたしを襲った」

「襲った? きみは夜中の三時にひとりで外をうろついていた。そして最初に出会った男といちゃついて、しかも……はいているのは男物のズボンだ! 今さら上品ぶったところで無駄だよ。シュミーズさえつけていないじゃないか!」

「わたしは……」アレックスはかぶりを振った。布がこすれる音が聞こえたので、彼がズボンをあげている音であることを願った。「馬を見に行くところだったの。あなたを求めて出てきたんじゃないわ」

ロバートが近づいてきた。アレックスは身を翻して逃げだしたい衝動を必死にこらえた。ここはわたしの土地、わたしの家だ。ここではわたしが力を握っている。このことを兄に告げたら、ロバートは死んだほうがましだと思うだろう。

「これからは気をつけるんだな。だれもいない夜の暗がりで唇を差しだされたら、どんな男だってほかのことも誘われていると考えるに決まっている」

「まともな男性なら、実際に誘われるまで待つはずよ」

「まともな女性なら、疑いを招くような行動はとらないはずだ」

再び風が吹き寄せてアレックスの肌を冷ましたが、彼女の血は煮えたぎっていた。「わたしを非難しないで。わたしがしたのは、キスを許したことだけ。あなたは自分の名誉を汚したのよ」

「ふん。きみが名誉を口にするとはね」

「ミスター・ディクソン、二度とわたしに近づかないで。朝になったら口実をつくって出ていきなさい。さもないと、ここであったことを兄に話すわ。誘ったとか誘わなかったとかは、兄が決めるでしょう」

いらだたしげなため息に続き、脚を手ではたく音が聞こえた。

「いいとも」ブーツが草を踏みしだく音が近づいてきて、白い歯がアレックスの前を通り過ぎた。「だが、もう一度警告しておく。これからはもてあそぶ相手に気をつけるんだな。男というのは、いったん始めたら途中ではやめられないものだ」

「あなたのおっしゃっているのは男の子のことでしょう」

「いずれきみにもわかるさ」ロバートは吐き捨てるように言い、足音も荒く家のほうへ歩み去った。従者を起こして荷造りを始めればいいのだが。

わたしが兄に告げ口するのではないかと、戦々恐々として数年間を過ごせばいいんだわ。兄と挨拶を交わすたびに、ロバートは怒鳴りつけられるのではと冷や汗をかくに違いない。それがわたしにとって唯一の慰めだ。おそらく彼は会う人全員にわたしの悪口を言うだろう。

アレックスは短い草をブーツの爪先でつつき、かかとで蹴った。後ろめたさを覚えると同時に、ロバートの悪口によって傷つけられるかもしれないことを思い、不安になる。なるほど社会の規範は、女性を男の卑しい欲望から守るようにできている。その規範をわたしは破ったのだ。夜中にひとりで外を出歩かなければロバートとでくわすことはなかったし、欲情に駆られた彼がズボンをおろすこともなかった。でも、自分の衝動をこらえるのに苦労しているわたしが、なぜ衝動をこらえられない男性の責任まで負わなければならないの？

ロバートは間違っている。みんな間違っている。男の人は自分が犯した行為の責任をとるべきだ。本物の男性はそうしている。コリン・ブラックバーンのような本物の男性は。彼はわたしに襲いかからなかった。落ちている肉片に飛びつく犬のような、あさましいまねはしなかった。

さっきロバートに向かって言った言葉を、わたし自身が本気で信じてはいない。多くの男性は彼と同じように振る舞っただろう。みながみなロバートほど攻撃的ではなかったけれど、彼が口にしたのと同じことを何度も聞かされた。あの傲慢《ごうまん》な勝ち誇った口調。〝きみが官能的な女であることは知っていた〟ですって。女の暗い本性を暴く、あの高慢さ。女はみんな売春婦であり、男の欲望を満たすための道具だと考えているのだ。

でも、コリンは違う。ええ、そうよ。欲情に駆られ、わたしの肌に口をつけてささやいたときも、彼の口調は礼儀正しくて慎み深く、下品な言葉はひとつも口にしなかった。

アレックスは小声で悪態をつき、しわになったシャツをズボンのなかに入れながら前後を見て、どうしようか考えた。予定どおり厩舎へ馬を見に行こうか。それとも家に戻って、恋しい男性をつかまえる手段を講じようか。

恐怖が薄れて緊張が解けるにつれ、脚の力が抜けてがくがくした。彼女はマントを体に巻きつけて、再びどうするか考えた。やはり最初の予定どおり馬を見に行こう……実際的でないことにとりかかるのはそのあとだ。もっと甘美で、非現実的で、人には話せない恥ずかしい計画にとりかかるのは。

世の中の下劣な男は、みな死んでしまえばいいのよ。わたしはこれから婚外子をものにする計画を練るわ。

7

手が震えるのは、エディンバラの広い道路を進んでいく馬車の揺れのためではなくて、興奮のせいだ。街並みは美しく、新鮮であたたかな大気は夏の花の香りがしたが、アレックスが感じるのは息苦しいほどの不安だった。

この計画の成否は偶然に左右される。コリン本人が馬市に来るかどうか。彼が群衆のなかにわたしの姿を認めるかどうか。そしていちばん気になるのは……彼がわたしを追いかけようと思うかどうかだ。

「いけませんね」ダニエルが注意した。「しかめっ面で殿方を誘惑することはできませんよ」

そのとおりだが、馬車はまだ市場に入っていないし、コリンが街角をうろついているとは思えない。だが、なんとかアレックスが顔に楽しそうな笑みを浮かべたとき、馬車は角を曲がって厩舎や納屋が立ち並ぶ広い場所へ乗り入れた。どこもかしこも馬だらけだ。人を乗せている馬もいれば、紐でつながれて土の地面や草地を歩きまわっている馬もいる。

たしかにばかげた計画ではあるけれど、アレックスは自分のほうからコリンに近づきたくなかった。彼に会うためにはるばるスコットランドまで来たと思われたくない――いくらそれが真実であっても。そう、彼女は追い求められたかった。計画を練った二週間、彼女がコリンのことを考えて気もそぞろだったように、彼にも夢中になって追い求めてほしかった。

市場に入って少し進んだところで、アレックスはコリンを見つけた。馬車をおりて歩く必要はなくなった。

「あそこにいるわ」周囲の空気が濃密になって、息をするのもままならないほどだ。

二頭立て小型二輪幌《ほろ》馬車の高い座席の上で、ダニエルが身をよじった。「どこです?」

「見てはだめ。あの人に見つかるわ!」

「大丈夫。この人込みでは気づかれませんよ」

アレックスは計画が失敗に終わるかもしれないと考えてあせった。今さら恐れるものはなにもない。これに失敗したら、完全に打ちのめされて兄の領地へ逃げ帰らなければならず、そうなったら二度とコリン・ブラックバーンと会うことはないのだ。

「彼は四、五〇メートル先の右手にある赤い建物のそばにいるわ。見える?」

「ええ。この前お会《ウィ》いしたときも思いましたけど、本当に大きくて堂々とした方ですね」

「そうでしょう?」アレックスはしばらくのあいだ彼を見続けた。コリンは腕組みをし、彼より背の低い男性と話をしたりうなずいたりしている。ずいぶんくだけた服装で、上着もクラヴァットもつけておらず、大きく開いたクリーム色のシャツの胸元から日焼けした浅黒い肌がのぞいていた。その姿を見て、アレックスは拳を握りしめた。

ああ、もうあと戻りはできない。このまま引き返したら、少し疲れた顔をしたハンサムな彼の面影に一生つきまとわれることになるだろう。

馬車は人込みのなかをゆっくり進んだ。時間はたっぷりある。ありすぎるほどに。コリンに見つかるのが早すぎたら、彼はすぐにやってきて馬車をとめるかもしれない。それではだめだ。彼を一日か二日、やきもきさせてやりたい。わたしがどこに滞在しているのか、なぜエディンバラへやってきたのかを、さんざん考えさせてやるのだ。もちろん、わたしを見た彼がただ肩をすくめて仕事を続けるようなら、話は別だけれど。

ダニエルがウインクし、帽子についているベールを垂らした。「用意はいいですか、お嬢様《マドモアゼル》?」

馬車は次第に距離を詰め、コリンのところまで一〇メートル足らずになった。彼は相変わらずアレックスに気づかず、連れの男性と真剣に話をしている。

アレックスは深呼吸をひとつし、ダニエルを振り返ってうなずいた。

ダニエルがさも愉快そうに笑い声をあげた。あまりに大きな笑い声だったので、周囲の男たちが馬車のほうを振り返った。「本当ですとも、レディ・アレクサンドラ」彼女は完璧なイングランド訛りの甲高い声で言った。「いくら説得なさろうとしても、馬囲いのなかへお入れするわけにはまいりません」

メイドが選んだ話題の見事さに、アレックスは思わず顔をほころばせた。「いいえ、入るわ」そう応じた彼女は、朝目覚めたときから胃のあたりに居座っていた緊張が解けるのを感じた。「噂《うわさ》の種になることはわかっているけれど」

「そのような身勝手な振る舞いは公爵様がお許しになりません」ダニエルはしゃべりながら目を大きく開け、うなずいているかのように頭を何度も上下させた。

アレックスはうきうきしてきた。コリンがこちらを見ている。成功したと思って気分が高揚した彼女は、まっすぐ前方へ視線を戻して頭をあげ、太陽に顔を向けて大きくほほえんだ。

「なにをしようとわたしの勝手よ。どうせ一度、身を滅ぼした女ですもの」

ダニエルがまた大声で笑った。今度は本気で笑っているようだ。アレックスはコリンのほうを見たい衝動を抑え、一緒になって笑い声をあげた。彼は驚いているかしら？　わたしを見て喜んでいるかしら？

ダニエルが彼女に耳打ちした。「ミスター・ブラックバーンが雷に打たれたみたいな顔をしています」

アレックスの心臓がどきんと打った。

「こちらへ歩いてきます」

心臓が早鐘を打ち始める。アレックスは前を行く馬車をにらみつけ、口のなかで毒づいた。早く進みなさい、早く！　時間は刻々と過ぎ、手のひらからにじみでる汗で手袋が湿った。やがて渋滞していた前方の馬車の進み方が速くなり、砂利の上をゆっくりまわっていた車輪の回転速度があがった。アレックスの乗った馬車は次第に速度をあげて市場を抜け、緑豊かな郊外へ出た。

「ああ、やれやれだわ」アレックスは草のにおいのする新鮮な空気を胸いっぱいに吸いこみ、信じがたい思いで体を震わせた。「どうやらうまくいったようね」

「あの人、仰天していましたよ、マドモアゼル。ショックで青ざめていました」

「ああ、ダニエル」アレックスは感激してメイドを抱きしめた。

「土曜日の夜までに、お嬢様に会いたくて半狂乱になっているでしょうね」

「半狂乱に？」

「ウィ」

「半狂乱って、すてき」

「そうでしょう？」

アレックスは幸せな気分でゆったりと座席にもたれかかった。こんな気持ちになるのは、林のなかでコリンとキスをしたとき以来だ。「見事な演技だったわ、ダニエル。完璧だった」

「殿方をだますのは難しくありません」

アレックスは太陽のまぶしさに目をつぶり、頬にそよ風をあてて肌のほてりを冷ました。昨夜は寝返りばかり打っていて、ほとんど眠れなかった。そして今、興奮が少しずつさめるにつれて、不安が頭をもたげ始めた。「だますのに成功したのはいいけれど、ここからはわたしひとりでしなくては」

「これ以上ないほど魅力的にしてさしあげます。彼が誘惑に逆らえないほど魅力的に」

「それはどうかしら。あの人は数週間前、やすやすと誘惑に逆らったわ」

「いいえ。やすやすとではありませんでしたよ」

アレックスは閉じたまぶたの下で目をくるりとまわした。「どうしてそんなことを知っているの？　彼に二度しか会っていないくせに」

「たしかにそのとおりですが、お嬢様のまたいとこのジョージ様が、彼に男の召使をお貸しになったことを覚えておいででしょう？」

「ええ」

「その召使が言うには、ミスター・ブラックバーンはお嬢様があそこを発たれる前の夜、一睡もしなかったとか。そのあとも、あまり眠れないそうですよ」

「本当に？」アレックスは目を開けた。

「本当です」

アレックスは笑いたいのをこらえた。「ほかに悩みがあったのかもしれないわ」

ダニエルがふふんと鼻を鳴らす。「そうかどうか、じきにわかるでしょう」

コリンはしわの寄ったクラヴァットを首からむしり取り、部屋の反対側へほうった。クラヴァットは遠くへ飛ぶことなくふわふわと床に漂い落ちたので、彼は思いきり蹴飛ばした。

「手伝おうか？」

「いったいどこにいたんだ？」

ファーガスが軽快な足取りで入ってきて、深々とお辞儀をした。「指示に従って仕事をしていただけです、だんな様。なんといっても、ここへは馬を売りに来たのですからね」

「冗談はやめろ」

「きみがぞっこんだという娘さんに早く会いたいものだ」

「ふん、あまり期待するな。期待すれば、それだけ落胆も大きい。たぶん彼女は訪ねてこないだろう」

「ふうん、そうなのか」

コリンはファーガスを無視し、チェストから新しいクラヴァットを出した。「彼は署名したのか？」

「喜んでしたよ。彼は三年前からデヴィルに種付けしてもらいたくて待っていたんだ」

「待っただけの値打ちはあるさ」コリンは不満そうに言い、手にしている糊《のり》のきいたクラヴァットを見おろした。「デヴィルは優秀な種馬だ」ファーガスの手が視界に入ってきて、コリンの手からクラヴァットを奪い取った。

「こっちを向きたまえ」

「こんなもの、自分で――」

「つべこべ言わずにこっちを向くんだ。クラヴァットも満足に結べないとは、見ていて情けなくなるよ」

コリンはゆっくり向きを変えて腕組みをし、管理人をにらみつけた。貴族の弱点のひとつは、服を着るのに他人の手を借りなければならないことだ。なるほど人にブーツを磨かせたり、シャツにアイロンをかけさせたりできるのは喜ぶべきことだが、子供みたいにつっ立って上着を着せてもらったり、靴を履かせてもらったり、クラヴァットを……。いっそのこと半ズボンをはいて、子供用の上っ張りを着たらどうだろう？

ファーガスがにやりと笑った。コリンが不愉快な思いをしているのをおもしろがっているのだ。ファーガスは馬のことをよく知っているし、交渉上手でもあるが、同時に衣服や最新の流行に並々ならぬ関心を抱いている。金髪と顎ひげをいつもきれいに刈りそろえ、上等な生地で仕立てた服を着ていた。ウェストモアを訪れるフランスの男たちでさえ、ファーガスの手の込んだクラヴァットの結び方を褒める。フランスの女性たちも彼の洗練された服装を賞賛し、対照的にウェストモア卿が粗末なズボンとシャツを着た大柄な荒くれ男だと知って驚いた顔をするのだ。

「よし、できた。これでどうだ？」

ぐいと後ろ向きにされたコリンは、顔をしかめている自分の姿と向かいあった。「なかなかいい」

「なかなかいい、だって？　完璧じゃないか」

「完璧でもなんでもいいさ」コリンは眉根を寄せ、きれいなひだをなしているクラヴァットに目を凝らした。「このきらきらしているのはなんだ？」

「ピンだよ、コリン。せっかくきれいに結んでも、とめておかないと崩れてしまう」

「これはダイヤモンドだな。前にはっきり言っておいたはずだ――」

「じゃあな。ぼくはぼくでどこかへ楽しみに行くよ」

「ファーガス！」コリンは大声をあげたが、ドアは音高く閉められた。彼は今や宝石で飾られていた。このピンをとったらクラヴァットが崩れて、舞踏会へ行くのがますます遅くなるだろう。まいった。たとえアレックスがその舞踏会に出席していたとしても、今ごろはほかのパーティに移ったかもしれない。彼女がまだエディンバラにいるとしてだが。

「くそっ」コリンは悪態をつくと、光るダイヤモンドをにらみつけ、ひだを指でつまんで引っ張ってピンを隠そうとした。けれども指を離したとたん、ひだは元へ戻ってしまう。なんと見事に結わえたことか。

あきらめた彼は上着を着て部屋を出た。下で待っている馬車のことを考え、眉間にしわを寄せる。黒いズボンが汚れるから自分の馬にさえ乗っていけないなんて、ばかばかしいにもほどがある。

馬車はいらだたしくなるほど進むのが遅かった。コリンは馬車を飛びおりて歩きたかったが、泥や馬糞のついた靴で舞踏会場へ入るわけにはいかない。馬車のなかにいるしかないのだ。じりじりするあまり、筋肉がこわばって頭痛がし始めた。それもこれもアレックスのせいだ。

「あせって駆けつけても、彼女はいないかもしれないぞ」コリンはうなるようにつぶやき、胸に芽生えた期待を押しつぶそうとした。昨夜、あちこちの舞踏会や晩餐会《ばんさんかい》やパーティを探しまわったが、アレックスはどれにも出席していなかった。マクドラモンド家の舞踏会は馬市の開始を告げる催しではあるが、招待状は限られた人間にしか送られないし、おそらく彼女はまだ社交界に顔を出すのをためらっているだろうから、会える可能性は低いかもしれない。しかし、万が一ということもある。

何週間もコリンは飢えたように生きてきた。イングランドで頬にキスをして別れて以来、気高く振る舞ってアレックスの体を奪わなかった自分をさんざんののしり続けた。夜ごと、彼女はボディスを開いて青いスカートを腰までまくりあげ、コリンのベッドへ忍んでくる。そして乱れたシーツの上に身を横たえ、上にのってわたしを奪ってちょうだいと懇願する。あまりにも鮮明な夢なので、目覚めたあとも興奮した彼女の香りがはっきりと残っていた。現実には彼女を味わう機会さえなかったのに。

いっそ馬に乗ってサマーハートへ行き、アレックスを欲しいと要求しようかと考えたことが五、六回はあったし、手紙を書こうとペンを手にしたことが一〇回はあった。手紙を書く口実ならある。ダミエン・セントクレアから連絡があったかどうか尋ねるのだ。しかしそれだと、アレックスは侮辱されたと受け取るかもしれない。連絡があったら知らせると彼女は約束したのだから。

情欲は薄れていくものだ、とコリンは自分に言い聞かせた。彼女が体を差しだしているのに歩み去れたのだから、欲望が消えてなくなるまで待つことくらいできる。事実、この数週間に少しだけではあるが、薄れ始めてきた。それなのに昨日、市場の喧騒《けんそう》のなか彼女の声が聞こえた。人々のあいだを見まわすと、太陽の光を浴びて輝いているアレックスの顔があった。かたわらの女性が彼女の名前を呼んで笑いながらとがめる声を聞かなかったら、ぼくは幻を見ているのだと考えただろう。

それきりアレックスの行方はようとして知れない。なんとしても彼女を見つけたい。責任ある行動など、もううんざりした。これからはほかの女性たちを判断したのと同じ基準でアレックスを判断しよう。もし身ごもらせたら、彼女と結婚してもいいと思えるだろうか？ ああ、思えるとも。

婚外子として生まれ育ったコリンは、自分の子供には父《てて》なし子の悲哀を味わわせたくなかったので、妻として迎えるにふさわしくない女とは寝ないようにしてきた。だが、アレックスはふさわしくないどころではない。スコットランドの市場であのような娘を見かけたら、二週間後には教会で結婚式をあげているだろう。しかし彼女は、スコットランドのただの若者には手の届かない存在だ。なにしろぼくは少年馬丁とたいして違わない……事実、一時期は少年馬丁だった。そう、ぼくは彼女と結婚するにふさわしい男だなどとうぬぼれてはいない。だが、彼女と寝るにはふさわしい男ではないだろうか？

そう考えて、コリンは乾いた笑みを浮かべた。アレックスのすべてが、ぼくは寝るに値する男だと告げていた。ぼくはただ、自分を納得させる時間が欲しかったのだ。

頭上の無数の蠟燭《ろうそく》の明かりがシャンデリアのきらきらした水晶にきらめき、会場は昼間のように明るかった。アレックスはほくそえんだ。蠟燭の火は熱を放ち、溶けた熱い蠟が滴ってくる危険はあるけれど、彼女はガスよりも蠟燭のほうがはるかに好きだった。とりわけ舞踏会では。舞踏会は魔法の場でなければならない。そして今夜の彼女は魔法を必要としていた。蠟燭は吉兆だった。

血管のなかを不安がシャンパンのように泡立ち流れている。実際にシャンパンも流れていたが、アレックスの気持ちを静めてくれそうにはなかった。それどころか、少し吐き気がした。コリンを見たとたんにもどしたら、彼の注意を引くことは確実だが、そのような方法はごめんだ。

アレックスはくつろいで楽しみたかった。あの騒動以来、よその夜会に顔を出すのははじめてだし、スコットランドの社交界へはこれが初登場になる。さわさわと漂ってくるささやき声は、イングランドのものとわずかにリズムや抑揚が違い、スコットランド特有の喉音が耳につく。

客が全員スコットランド人であるはずはないのだが、アレックスはまだ知り合いにはひとりも出会わなかった。出会わずに終わるかもしれない。ロンドンは今、社交シーズンたけなわだ。そんな時期にわざわざスコットランドの舞踏会へ出かけてくる者はほとんどいないだろう。

「レディ・アレクサンドラ」

アレックスはびっくりして飛びあがり、ぱっと後ろを振り返った。ありがたいことに手のなかのグラスは空だった。「まあ、レディ・マクドラモンド。今夜はお招きいただき、ありがとうございます」

「どういたしまして。ところで、とてもきれいなドレスね。イングランドの若い女性が好んで着るものより、ずっとフランスのファッションに近いんじゃない?」

「ご存じのとおり、母がフランス人だったものですから。たぶん幼いころ、いつのまにかフランスの感覚が身についたのでしょう」

レディ・マクドラモンドがうなずくと、イヤリングの真っ赤なルビーがきらりと光った。

「そう。フランス人の血が騒ぐからといって、これ以上の厄介ごとは起こさないようにしなくてはね」

アレックスは仰天して目を見開いた。言うべき言葉を考えつく前に、レディ・マクドラモンドが共謀者のようにいたずらっぽくウインクをした。

「ええ、ロンドンでのあなたの軽率な行為は知っているわ。でも、ひそかにであれ公然とであれ、だれしも軽率な行為はするもの。あなたを非難する気は毛頭ないわ」

アレックスは目玉が飛びでそうなほど大きく目を開けていることに気づき、激しくまばたきした。「それはどうも」

祖母と言えるほど年かさの女性は、アレックスの青いドレスに真っ赤なドレスをこすりつけ、耳元に口を寄せてささやいた。「スコットランドの殿方だったら、ことに及ぶ前に必ずドアに錠をおろしたでしょう」

「まあ」アレックスはぼうっとしたまま小声で言った。「そうでしょうとも」

レディ・マクドラモンドは笑いながらスカートを大きく揺らして滑るように歩み去った。

あとに残されたアレックスは、汗で湿った手袋を縞《しま》模様の絹のドレスにこすりつけた。明るい青紫色と紺青色の細い筋が、背丈を実際よりも高く見せてくれる。それこそ彼女がフランスのファッションを好む理由のひとつだった。大きく広がっているイングランドのスカートは自分には似合わない。それを着て歩きまわると、まるで大きなプディングが床を動きまわっているように見えるのだ。

目をあげて人込みを見まわしたアレックスは、そこから移動しようと考えた。円形の舞踏室は巧妙な造りになっていた。床よりも六〇センチほど高いバルコニーがまわりをぐるりと囲んでいるため、そこへあがると会場全体が見渡せて、踊っている人々をひとり残らず見ることができる。彼女の目的にぴったりの場所だ。人々の頭越しにコリンを見つけられるだろう。だがアレックスは、彼を見つけだしたいという衝動と、いかにもなにかに気をとられているといった自然な態度を装いたい気持ちのあいだで揺れていた。

ときおりさりげなく入口へ視線を走らせながら、一五分ほどぶらぶらして過ごした。コリンはきっとやってくる。わたしに会いたいと思うなら、このマクドラモンド家の舞踏会に必ず姿を見せるはずだ。お願い、来てちょうだい。

ひとりの男性がこちらに向かってうなずいたので、アレックスはにっこりして、すぐに視線をそらした。紹介されてもいないのに、知らない男性に近づくことはできない。彼女のまわりにいるのは、若い女性のお目付け役として来た年配の女性や既婚婦人ばかりだ。そうした女性たちに囲まれているより、ひとりでいるところをコリンに見させるほうがいいのでは？

彼女が手すりから離れたとき、入口のほうからこちらへやってくる若い女性と、その背後のそびえるように背の高い男性の姿が目に入った。コリンだ。ああ、やっぱり来たわ。

アレックスは入口に背を向けたが、すでに彼の姿ははっきりと目に焼きついていた。当然ながらコリンは正装していた。彼女の膝から力が抜けてがくがくした。

バルコニーの上を近づいてきた若い女性がアレックスの横まで来た。とてもきれいな女性で、美しい赤い髪と、ひ弱さを感じさせる青白い肌をしている。体が細いせいでいっそう弱々しい印象を受けるが、胸が大きいために痩せぎすには見えない。アレックスの視線を受けて、彼女は通りしなに曖昧《あいまい》な笑みを浮かべた。

アレックスのうなじがぴりぴりし、産毛が逆立った。彼女はコリンに見つめられているのを感じた。

「こんばんは」アレックスが大声で呼びかけると、若い女性は飛びあがった。「以前、どこかでお会いしませんでした？」

「いいえ……」女性は驚いて緑色の目を見開いた。「たぶんお会いしたことはないと思います。あったら、覚えているはずですもの」

「ごめんなさい。人違いだったみたい。自己紹介してもよろしいかしら？　アレクサンドラ・ハンティントンと申します。どうぞよろしく」彼女はにこやかにほほえみ、相手が逃げださないことを願って待った。

「あの、わたしは……ジーニー。ジーニー・カークランドです」

彼女のスコットランド訛りはたいそうやわらかく、アレックスのささくれだった神経をなだめてくれた。「ミス・カークランド、なぜほかの人と間違えたのかわからないけれど、こうして知りあえたんですもの、間違えてよかったわ。それにしても美しい髪をしていらっしゃるのね」

ジーニーは頰を赤らめ、そわそわと指で髪をさわった。「まあ、お世辞がお上手ですこと。美しいだなんてとんでもない。小さなころから兄たちに、かぼちゃの中身みたいだとからかわれてばかりいたんです」

アレックスは笑いだしたが、あまりにおかしくて、しゃっくりまじりの甲高い笑い声になった。ジーニーが心配そうに眉をひそめて手をのばし、アレックスのむきだしの腕に指を一本ふれた。と同時に、彼女の目がアレックスの肩越しになにかをとらえた。ジーニーは一瞬混乱の色を浮かべたあと、すぐに理解したと見えて愉快そうな表情をした。

「彼が恐ろしいしかめっ面をしてこちらへ来るわ。近づけないようにしましょうか?」

「いいえ」アレックスはささやき、緊迫した場面に備えて目を閉じた。「いいのよ。かまわないわ」

ジーニーの含み笑いが聞こえ、アレックスが目を開けると、彼女が元気よく手を振っているのが見えた。アレックスは振り返らざるをえなかった。意識していないように見せたいなら、そうしなければおかしい。そこで彼女は振り返り、三メートルほど先に立っている彼を見た。そして驚いたふりをする必要はないことを悟った。彼女は大きく息を吐いて、コリン・ブラックバーンをじっと見た。

こんな彼を見るのははじめてだ。コリンは完璧な服装をしていた。浅黒い喉元にきちんと結ばれた真っ白なクラヴァット、肩のたくましさを際立たせている仕立てのいい黒い上着。髪は刈ったばかりらしくずいぶん短い。まるで肖像画を描《か》かせるために着飾った、かわいい少年のようだ。威圧的に見えるのに、同時にふれてみたくなるのはなぜかしら？

険しい表情をしているためか、灰色の目が黒っぽく見える。鋭い視線で見つめられたアレックスは、素知らぬ態度を装う計画を放棄しかけた。だが思い直して、そのまま続行することにした。

彼女は口元に笑みを浮かべ、手を開いたり握ったりしながらコリンのほうへ一歩踏みだした。「ウェストモア卿、ここでお会いできるなんて思いもよりませんでした」そうして狩りが始まった。

8

　彼女がいる。ぼくをみじめな気持ちにさせた、小柄でほっそりした彼女がここにいる。さて、どう接したものだろう？

　黒い髪に白い肌をしたアレックスがゆっくり近づいてきて、コリンのところから鼻のそばかすが見えるようになった。あと二歩近づいたら、身をかがめて鼻のそばかすにキスできるだろう。だが、彼女は一歩で足をとめた。

「ウェストモア卿」アレックスの隣のジーニー・カークランドが言った。「どうやらわたしのお友達に会ったことがあるみたいね」

　コリンはずっと昔から知っている少女にちらりと視線を向けた。「きみの友達だって？」

　ジーニーはかすかに顔を赤らめて顎を少しあげた。「新しいお友達なの。とてもすてきな方よ」

「ああ、知っている」コリンは視線をアレックスに戻した。彼女がそばにいると、いつまでも目をそらしているのは難しい。「レディ・アレクサンドラ、ここへなにをしに来たんだ？」

　彼女の薔薇《ばら》色《いろ》の唇が開いたのを見て、コリンはそれが自分の肌に押しつけられている場面を想像した。

「あら、もちろん馬を買いに来たのよ」

「ほう」

彼女は鮮やかなピンク色の舌で唇をなめ、上品なドレスがはちきれそうになるほど胸いっぱいに息を吸った。「お会いできてうれしいわ」

コリンがアレックスをじっと見つめ、改めてその美しさ、輝かしさに……目をみはっていると、ジーニーの咳払いの音がした。

「コリン、あとでまたお話ししましょう」ジーニーはそう言って意味ありげに目を細め、アレックスに向かってほほえんだ。「レディ・アレクサンドラ、お会いできてよかったわ」

ジーニーは歩み去ったらしく、次にアレックスの顔から視線をそらしたとき、コリンはそこに自分と彼女しかいないことに気づいた。周囲を人々が泡立つ流れのように通り過ぎていく。

「少し外を散歩しないか？」

アレックスは黒いまつげの隙間から値踏みするようにコリンを見つめていたが、やがてゆっくりと笑みを浮かべた。彼女の顔を輝かせ、彼の血を熱くさせる笑みを。

彼女はなにも言わずにコリンの腕をとり、導かれるままドアを通って、月の光に照らされている庭へ出た。涼しい風が吹いていた。彼が木立の暗がりへ連れこむと、アレックスは体を震わせた。

コリンは上着のボタンを外して脱ごうとしたが、彼女が困ったように低い声を出したので手をとめた。「どうした?」

「やめて。上着を脱がないで。着ているほうが……」アレックスの手が彼の前の空気を愛撫するように動く。「とても立派に見えるわ」

「立派に?」コリンはしばらく身じろぎもしなかった。それからわれに返って上着のボタンをはめ直した。彼女のしゃがれた笑い声が聞こえ、顔と下腹部に血がどっと流れこんでくる。アレックスには男を興奮させると同時に、当惑させては苦しめる特殊な才能があるようだ。ひねくれた機知に富む妖婦。

なぜ彼女が、この夢のように美しい女性が、ぼくなどに引かれるのだろう? コリンはそう思って混乱し、心のなかで身構えた。だが、アレックスがぼくに引かれているのはたしかだ。いくらぼくでも、そのくらいわかる。むさぼるようにぼくを見つめる彼女のまなざし、体じゅうをさまよったあげく、物欲しそうに唇に注がれる彼女の視線。

アレックスが手袋を外して小さな手をのばし、彼の耳の後ろの髪をなでた。コリンは彼女を抱き寄せ、何カ月も抑えてきた欲望に駆られて熱烈なキスをした。唇で唇をこじ開け、濡《ぬ》れたあたたかな口のなかへ舌を差し入れる。

彼女は手に力をこめてコリンの髪をつかもうとし、その手を下へずらして首をつかんだ。憤慨したからではない。アレックスはキスに夢中になって爪先立ちになり、さらに求めてくる。コリンは喜んで求めに応じ、彼女を抱きあげた。アレックスは花の香りとワインの味がした。彼女が男物の服を着ていればいいのに。そうしたらやわらかな胸にふれたり、下腹部に高まりを押しつけたりできるのに。

アレックスが舌を絡ませてくると、コリンの体を震えが走り、うっとりした気分になった。今回は彼女の魅力にあらがうどころか、これが契機になって彼女を家に連れていけたらいいと思った。もう抵抗するのは終わりだ。そもそも、なぜ抵抗などしたのだろう?

鋭い爪が首に食いこむのを感じたコリンは、ますます興奮して理性のたがが外れた。空いているほうの手でスカートのひだをつかみ、少しずつ上へずらして、彼女の中心にさわろうとした。

「まあ、驚いた!」近くで鋭い声がして、コリンはぎょっとした。彼はアレックスを隠そうと抱いたまま向きを変え、そっと地面におろした。

「本当に彼女はロクスベリーを招待したの?」

「いや、彼が勝手に忍びこんだのさ!」

アレックスがコリンの腕のなかで力を抜いた。見つかったのではなかった。コリンは花の咲いている茂みの奥へ彼女をそっと押した。頭が枝をこすったときに白い花びらが散って、彼女の黒い巻き毛や胸の谷間にとまった。

「アレックス」コリンはハート形の顔を両手で包んでささやいた。「どうしてここへ来たんだ?」

彼の苦悩に満ちた声を聞いて、アレックスはほほえんだ。その唇はキスで薔薇のように赤くなっていた。「あなたに会いたかったからよ、コリン」

「本当に？　ぼくのことなど、とっくに忘れただろうと思ったよ」

アレックスが彼の手から体を離し、耳の下へ顔を押しあててきたとき、コリンの胸を苦しみに似た痛みが走った。心にわきあがった憧憬《どうけい》の念は、情欲よりもはるかに強かった。アレックスの頭をつかもうとした拍子にピンが飛び、彼女の髪がほどけて手を覆った。アレックスは花と、雨と、かすかな欲望のにおいがした。彼に対する欲望のにおいが。

「ああ、コリン。どんなにあなたを忘れようとしたことか」首筋でささやいた彼女の息は焼けるように熱かった。

コリンは皮肉な気持ちになって、うなるように言った。「よくわかるよ」

アレックスが彼の喉元に唇を押しつけ、顎から口のほうへ這わせた。コリンはその唇を口でとらえ、再びキスをした。さっきよりもやさしく、彼自身の悲しみと寂しさのこもったキスを。唇を重ねたまま、彼女が大きな吐息を漏らす。コリンは正気を取り戻した。

「すまない」彼はアレックスの腕をとって彼女を遠ざけた。「飢えた獣みたいに襲いかかって悪かった」

彼女の黒い眉の片方がつりあがった。「飢えた獣にしては、ずいぶん簡単に欲望が満たされるのね」

「いいや、ちっとも満たされてはいない」

「本当に？　あなたってひねくれ者ね、コリン。すごく自制心が旺盛《おうせい》なくせに」

りしなかったよ」

「自制心が旺盛だったら、この二日間、きみを探してあちこちの社交場を駆けずりまわった

つりあがっていた眉がおりた。「なんですって？」

「市場で馬車に乗っているきみを見て以来、ぼくはどうかなってしまいそうだった」

アレックスの笑い声がコリンの肌をなで、血をあたためた。不意に幻想が襲いかかってくる——彼と体を重ねながら、うれしそうな笑い声をあげているアレックス。この数カ月間、何度もそんな夢を見たものだ。彼女はそうやってコリンを悩ませ続けた。

「あなたを苦しめたのなら、ごめんなさいね。でも、それは自業自得というものよ」

「ほう？」

「歩み去ったのはだれなのかを忘れないで」

「忘れはしないさ」

彼女はにっこり笑い、こんもりした茂みから小道へコリンを引っ張りだした。彼はうめき声をのみこみ、アレックスと並んで庭の暗がりのほうへそぞろ歩きを始めた。

「それぞれ好奇心を満足させて、やっとお互いに理解しあえたわね」

「そう思うかい？」

アレックスが肩をすくめた拍子に小さな胸が盛りあがるのを、コリンはむさぼるように見つめた。

「ええ、たぶん。たしかに期待や疑惑のために、わたしはとても……」再び肩をすくめる。

コリンは唾をのみこんだ。「とても、なんだい?」

彼女は眉間にしわを寄せ、左手でさっと下腹部をこすりあげた。「満たされない思いをしたわ」

彼が食いしばった歯のあいだから息を吐くと、アレックスの目がきらめいた。

「あなたがわたしを誘惑したのよ、コリン・ブラックバーン」彼が黙っていると、アレックスはほほえんで悲しそうに頭を振った。「明日の午後、ここを離れるわ」

「明日?」コリンはうろたえた。「なぜ?」

「家へ帰るの。ここにとどまってほしいふりをしても無駄よ」

「ああ」考えもせずに言った彼は、アレックスがにっこりして視線をそらしたのを見て、自分をののしった。

「あなたはここでわたしを見つけ、庭へ引っ張りだして、飢えた獣みたいに襲いかかった。これはあなた自身が言ったことよ。なにがお望みなの、コリン? 散歩の連れが欲しかったのでないことはたしかね」

「ああ」

「じゃあ、なんなの?」アレックスは彼の手から手を抜いて腕組みをした。

「ぼくがなにを望んでいるのか、きみは知っているじゃないか」

「いいえ、知らないわ。自分がなにを望んでいるかなら知っているけど。わたしはあなたとベッドをともにしたい。あなたが同じことを望んでいたなら、わたしたちはとっくにそうしていたわ」

「ふむ。するときみは今夜、ぼくに部屋へ忍んできて奪ってもらいたいのか？　渇きを癒《いや》したら、夜が明ける前に窓からこっそり出ていってほしいのかい？」

「いいえ」

「では、この塀の陰できみを壁に押しつけて奪ったら、満足するんだね？」

「違うわ」

「違う？」彼は怒鳴りつけたい衝動をこらえ、ごくりと唾をのみこんだ。

「あなたにイングランドへ戻ってほしいの」

コリンは両手をあげ、低い声で悪態をついた。どうして彼女はいつもぼくをいらだたせるのだろう。

「聞いて、コリン。わたしは来週、あるところへ行く予定なの。兄の領地のすぐ外にある小さな別荘で、わたしが母から譲り受けたものなのよ。そこで会ってちょうだい」

彼は驚いてアレックスを見つめた。彼女の胸が激しく上下している。興奮のせいか、それとも怒りのせいかはわからない。「そこできみと会うのか？」

「ええ。一緒に泊まってほしいの。一週間か二週間。お互いの欲望が静まるまでのあいだ」

コリンの頭がめまぐるしく働き、アレックスの太腿の記憶に夜ごと悩まされたことが思いだされた。彼女と一緒に泊まる。ああ、なんと恐ろしく、なんとすばらしい考えだろう。こうなったら彼女と愛を交わさなかった理由なんてどうでもいい。ぼくは聖人ではないのだ。

「その別荘はどこにあるんだ？」

アレックスの顔に浮かんだ笑みが次第に大きくなり、とうとう彼女は子供みたいな叫び声をあげると、コリンの腕のなかへ身を投げて顔じゅうにキスを浴びせた。

「まだ同意したわけではないよ」彼は無駄と知りつつ抗議し、キスを返そうと口を開けてアレックスの舌を迎え入れた。言葉とは裏腹に体はかたくなって脈打っている。もはや引き返せないのは明らかだ。とうとう彼女をものにする。それとも、彼女がぼくをものにするのだろうか？

「今夜は」コリンは激しい口調でささやいた。「ここで一緒に過ごそう。このエディンバラで――」

アレックスが首を振るのを見た彼は突然、今すぐ彼女のなかに入らなかったら燃えつきて灰になりそうな気がした。

「だめ」首筋に歯をあてられて、アレックスはあえぐように言った。「ここではだめよ。あなたとふたりきりになりたいの。隣人も召使もいない。ただあなただけ」彼女はうめいた。

「あの別荘なら完璧よ。森のなかにあるの。だれにも知られないわ」

不意にコリンは鋭い怒りに胸を刺し貫かれた。「前にもそこで男と泊まったんだな」

「いいえ！」彼女が身を引いてよろめいた。「そこへは家族と一緒に一度行ったことがあるだけよ」

コリンはアレックスを信じたかった。彼女がこれまでに犯した軽率な行為の相手のひとりではなく、彼女の人生における特別な存在でありたかった。だが、腕のなかの彼女はあまりにも生き生きとしている。オールドミスとして静かに一生を送るような女性ではない。ぼくは彼女の最初の男ではないにしても、三番めの男になるのだろうか？　四番め？　それとも五番めか？　そんなことはどうでもいい。

「いいのよ」彼女の声はたいそう小さく、風にそよぐ木の葉のざわめきにかき消されそうだった。「気にしないで」

「いいや、アレックス。ごめんよ。あんなことは言うべきでなかった」

「でも、言ったじゃない。どうして言うべきではなかったの？」

「許してくれ。嫉妬に駆られて口走っただけだ。理由があって言ったのではない」

「当然だわ」アレックスは肩をすくめてほほえんだが、目が意味ありげに光っていた。

「あんなことは二度と言わない。誓ってもいい。実際、ぼくだって経験がないわけではないんだ。将来ぼくと喧嘩したときに利用できるよう、ぼくが犯した罪を話してあげようか？」

彼女が楽しそうな顔に戻って笑ったので、コリンはいくぶんほっとした。

「じゃあ、ひとつだけ」

「小さいのでいいかい？」

アレックスはかぶりを振り、誘惑するようにスカートを揺らして歩きだした。

「大きいのを？　じゃあ……」コリンは彼女を追いかけ、貝殻の敷かれている小道を並んで歩きながら、女性をめぐる過去の罪に考えをめぐらした。すぐにひとつの経験が頭に浮かんだ。

「なにか考えついたのね？」

「だれにもまだ話したことのないものだ」

「まあ、完璧じゃない！　秘密の罪というわけね」

コリンは顔をしかめ、どのように話したらよく聞こえるだろうかと頭を絞ったが、うまい考えは浮かばなかった。「ぼくの最初の相手は結婚している女性だった」

「コリン・ブラックバーン、姦通《かんつう》はカトリックでは大罪ではないかしら？」

彼はさも困ったように目をくるりとまわしてみせた。「ぼくはカトリック教徒ではないんだ」

「あら、そう」

「とはいえ過ちは過ちだし、ぼくは恥じた。もっとも、終わったあとでだが」

「たいていそういうものじゃない？」

「まあね。言い訳をさせてもらうなら、当時のぼくは若くて、女性とはどんなものかを早く知りたかったんだ。彼女は喜んで教えてくれたよ」

「そうでしょうね。あら、はっきり言っておくけれど、わたしは結婚した女性と過ちを犯したことはないわよ」

コリンは喉を詰まらせて頭を振った。「本当に？」

「なんですって？　どうしてわたしが……だって、ほら、なぜ女性を相手に……」アレックスの顔が真っ赤になったのが月明かりでもわかった。「もういいわ。それ以上知りたくない」

「本当に？」彼女の顔が狼狽から悔しそうな表情へと変わったのを見て、コリンは大声で笑った。「からかっただけだ、アレックス。女まで相手に含めなくても、きみは充分醜聞の種になっているよ」

「女性を相手にするなんて、考えたこともないわ」アレックスがつぶやく。

「そうだね。ぼくの言ったことは忘れてくれ。ところで、ずっと元気だったかい？」

「ええ。あなたは？　セントクレアについてなにか聞いた？」

「いや。彼がまだフランスにいるかどうかもわからない。われわれがアパルトマンを見つけたとき、やつは裏窓から逃走した」

「あなた自身がそこへ行ったの？」

「ああ、人に任せておけなかったんだ。あの男は逃げ足が速い。たぶん、きみにはもう連絡をよこさないだろう。彼はきみがぼくに情報を流したことを知っているに違いないからね」

小道は再び弧を描いて明るい中庭へと通じていた。コリンは歩いているアレックスを見つめ、彼女の首を、むきだしの腕を、乱れた髪を記憶に刻もうとした。

「その髪をどうにかしたほうがいいんじゃないかな？」

「髪を？」アレックスが髪に手をやった。「まあ」そばかすの散った鼻にしわが寄る。「どうしましょう」

「直せそうにない？」

「ええ、無理みたい」

「裏口からこっそり出て、宿まで送っていこうか？」

アレックスは不満そうにため息をついた。「あなたと踊りたかったのに」

彼女が言い終わる前に、コリンはかぶりを振った。「ぼくは踊れないんだ」彼女が反論しようと口を開けたが、かまわず続けた。「ぼくは婚外子で、一二歳になるまで部屋がふたつしかない小屋で育ったんだよ。ダンスなんて習わなかった。踊り方を知らないんだ」

「教えてあげるわ」

「またいつかね、今夜はやめておこう」

「そうね、そのほうがいい……でも、習う気はあるんでしょう？」再び顔を輝かせたアレックスがあまりにも若々しく見えたので、彼はからかいたくなった。

「ぼくの降伏条件については、きみの別荘で交渉することにしよう」

「まあ、大賛成よ。さっそく条件のリストづくりを始めないと」

彼女が愉快そうに流し目を送ってよこしたので、コリンは忍び笑いを漏らし、さらに大声で笑いだした。笑うことなどめったにないが、アレックスと一緒にいると、ついおかしくて笑ってしまう。彼女は火花のようにユーモアをまき散らす。コリンを笑わせたことがうれしかったのだろう、彼女は目をきらめかせた。彼は我慢できなくなってアレックスの鼻に口を近づけ、大好きなそばかすにそっとキスをした。

「長いリストにしたほうがいい。どうせ地獄へ落ちるのなら、そこで名を残したいからね」

「わたしもまったく同じ考えよ……知らないといけないから言っておくけれど」

コリンの笑い声が中庭じゅうに響き渡り、家の石壁にあたって跳ね返ってきた。

ジーニー・カークランドは聖人のごとき母親から厳しく忍耐をたたきこまれていた。どうやら今夜はそれが役に立ったようだ。彼女は中庭へ通じるドアから片時も目を離さず、ただひたすら待ち続けた。そのうちに、彼は裏口からこっそり帰ったのではないかと思えてきた。アレクサンドラ・ハンティントンと一緒に姿を消して一時間近くたったころ、ようやくコリン・ブラックバーンが舞踏室へ戻ってきた。

先ほどまでとは別人で、もはや夏の嵐《あらし》のなかにたたずむ馬のような緊張をみなぎらせてはいなかった。今のコリンは疲れていて、しかも幸せそうに見える。ジーニーは目をしばたたいた。まさか彼は……。

まあ、戻ってきたと思ったら、早くも玄関のほうへ行こうとしている。まったく、こそこそしちゃって。ジーニーは寄りかかっていた円柱を離れ、滑るようにコリンのほうへ進んでいった。彼は近づいてくるジーニーを見なかったし、彼女のことなどまったく考えていないようだった。彼女はコリンの腕をとって次のドアのほうへ連れていった。その向こうは廊下で、人影はなかった。

ジーニーが腕を放すと、コリンは後ろへさがって顎を引き、用心深い目つきで彼女を見た。たっぷり時間をかけて彼の頭のてっぺんから足の先まで眺めまわしたジーニーは、ボタンが全部かけ違いになっていることや、髪がぼさぼさになっていることに気づいた。

「コリン・ブラックバーン、その髪についているのはライラックの花びら？」

「なんだって？」彼は証拠を隠そうとするように両手を頭にやった。

「この楽しい夕べに庭いじりをしていたの？」

「なあ、ジーニー――」

「ほんとにたまげちゃったわ、色男さん」彼女は頑固だった祖母の訛りの強い発音をまねて言った。三人の夫に先立たれた祖母は、わたしがみんなを死なせたのよと自慢げに話していたものだった。「高潔で知られるあなたが、立派な市民であるあなたが、後ろめたそうにここそこ帰ろうとするなんて。わたしみたいな気の弱い人間にはショックだわ」

「ジーニー――」

「ねえ、コリン。全部話してちょうだい。彼女はだれ？」

「だれ？　彼女はきみの友達なんだろう？」

「まあ、やめてちょうだい。彼女はまだ外にいるの？　わかっているでしょうね、コリン。庭で女性と逢い引きしたら、最初に女性をなかへ戻して、数分後にあなたが戻ってこなくちゃだめなのよ。暗い外に置き去りにしてくるなんて、礼儀知らずもいいところ――」

「きみの兄さんの言うとおりだ、ジーニー。きみは本の読みすぎだよ」

「〝きみの兄さん〟って、だれのこと？　わたしには兄が八人もいるのよ。兄たちのことなんてどうでもいいわ。それより彼女はどこにいるの？」

「もう行ってしまった」

「行ってしまった？　どこへ？」ジーニーははっと気づいて口に手をあて、真っ赤になっているコリンの顔を見あげた。「あなたの部屋で会うことになっているのね？」

「ジーニー・カークランド、恥を知りなさい」

「恥を知るべきなのはあなたのほうよ。上着がすごくおかしなことになっているわ」

「なんだって？」彼は再び後ろへさがり、ボタンと襟に手を走らせた。「どこがおかしいんだ？」

「まず上着のボタンがかけ違いになっている。それから髪と同じように、服にも花びらがついているわ」

コリンがボタンをかけ直し、上着を手荒にはたいたり髪を整えたりするのを、ジーニーはにやにやしながら眺めていた。身づくろいを終えた彼は明るい廊下を見渡して、ドアのある奥まった場所へジーニーを引っ張りこんだ。「あら、いいにおいをさせているじゃない」彼女は甘ったるい声で言った。

「このことはだれにも話してはだめだよ、ジーニー。彼女は身分の高い女性だ。ぼくなんかのせいで名前に傷がついたら申し訳ないからね」

「あら。わたしを噂好きのおしゃべり女だと思っているの？」

「いや、ただ……もちろん思っていないさ」

「とてもよさそうな人だから、彼女が近くに住むようになったらいいなと思って。だって、わたしには近くに女性の友達がひとりもいないんですもの」

うつろな目で見つめるコリンは、ジーニーに自分の兄たちを思いださせた。

「彼女は人妻なのね、コリン。あなたが彼女に恋しているのは明らかよ。そんなに悩ましそうなあなたは見たことないもの」

ぼうっとしていた彼が急に怒りだした。「恋してなどいない。彼女はただの友達だ」

「わたしもあなたの友達だけど、庭の暗がりへ引っ張っていって、みだらな行為に及ぼうとしたことは一度もなかったじゃない。わたしのためにダイヤモンドをつけたことだってないし」ジーニーは彼のクラヴァットに指を突きつけた。

「聞いてくれ」コリンがしゃがれ声でささやき、彼女の手首をつかんだ。「彼女はさる公爵の妹君だ。庭で彼女にみだらな行為をしたわけでもないし、彼女に結婚を申しこむつもりもない」にらみつけられて、ジーニーは肩をすくめた。彼がむっとして言い添える。「しかも人妻だなんて誤解もいいところだ」

ジーニーはつかまれていた手首を振りほどいて舌を出した。「好きなだけ否定したらいいわ。彼女に恋していないのなら、わたしがどうしようとかまわないわね」

「かまわないよ」

「よかった。彼女の住所を教えてくれる？」

「なんだって？　なぜだ？」

「手紙を書きたいの」

コリンは灰色の目でまじまじとジーニーを見つめた。「教えるのはよそう」

「いいわ。だったらほかの人にきくから」立ち去ろうと向きを変えた彼女は、コリンのあきらめたようなため息を聞いてにやりとした。

「彼女はヨークシャーのサマーハートに住んでいる。頼むから仲をとり持とうなんて考えないでくれよ」

「そんなことは考えたこともないわ、ウェストモア卿。本当よ」ジーニーは指を組みあわせ、弾む足取りで舞踏会場へ戻った。大好きな隣人を哀れむ気持ちはこれっぽっちもなかった。

9

四時間。あと四時間で別荘に着く。コリンもすぐあとからやってくるだろう。アレックスは座席の上で身じろぎした。馬車に乗って一時間もしないうちに、彼女はじっとしているのがつらくなった。

「少し馬に乗っていこうかしら」彼女は手をあげて馬車の屋根をたたいた。

ダニエルが眠たそうに手を振った。「お疲れにならないよう気をつけてくださいな、マドモアゼル」

御者がアレックスを馬車から助けおろしてブリンの綱をほどいた。鞍の上に落ち着いた彼女は、なだらかにうねる田園風景を眺めまわした。薄暗い馬車のなかに座っているよりも、鞍の上のほうがずっと気持ちがいい。ここならコリンのことをくよくよ考えてばかりいないで気を紛らわすことができるし、新鮮な空気を感じていられる。

馬車が進みだしたので、ついていこうと馬の向きを変えたとき、さっきおりてきた丘のてっぺんになにか動くものが見えた。馬に乗った人物がひとり、こちらへやってくる。遠くてだれなのかわからないが、コリンかもしれないという考えが脳裏に浮かんだ。そのとたん、鼓動が速くなった。でも、コリンであるはずがない。きっとわたしの想像力がたくましすぎるのだ。アレックスは今夜をどのように過ごそうかということに意識を向けた。

コリンは今夜までに到着するだろうか。別荘での最初の夜を彼なしで過ごすなんて耐えられないけれど、彼は遠くから来るのだから、いろいろな事情で遅れるかもしれない。だけどわたしが一心に願ったら、あの人は今日じゅうに姿を見せるのではないかしら。

三〇分後、大きく弧を描いている道を曲がったとき、さっきの馬に乗った人物が木々のあいだに見えた。少し距離が縮まったように思えたが、木の葉が邪魔で、だれなのか見定めることはできなかった。

きっとコリンだ。早めに着いて、馬車の安全を見守るためにあとをついてくるなんて、いかにもあの人らしい。アレックスは馬の速度をゆるめた。馬車はそのまま進んでいく。コリンなら――ああ、そうでありますように――近づく機会を与えてあげよう。

彼女と馬車の距離が一〇メートル、さらに二〇メートルと空いた。背後から近づいてくるひづめの音が、かすかに聞こえるようになった。彼は旅に疲れた埃《ほこり》まみれのわたしを見てどう思うかしら。そう考えてアレックスは笑みを浮かべた。

彼女は上着の袖で額をぬぐい、さらに口元をこすってから背後を振り返った……そして期待に反し、金髪が日差しを受けて明るく輝くのを見た。コリンではない。アレックスは愕然《がくぜん》とした。彼ではない。五秒がたち、一〇秒がたった。彼女は勇気を奮って再び振り返り、目を凝らした。

馬に乗った人物は、頑固そうな顎の線が見えるところまで近づいていた。アレックスは見覚えのあるその細い顎を見てぎょっとした。男が手をあげて上品に振ったときには、サマーハートからつけてきた人物が何者なのか、すでに彼女にはわかっていた。ダミエンだ。ダミエン・セントクレア。彼がここにいる。このイングランドに。

ああ、なんてこと。アレックスは鞍の上で体をひねり、できるだけ素早く周囲の様子をうかがった。主人の不安を感じ取ったブリンが横へ跳ねたが、彼女は意に介さなかった。

近くにはだれもいない。だれひとり。遠くに立ちのぼる煙さえ見えない。ここにいるのはわたしと、メイドのダニエルと、御者のウィルだけだ。ウィルが拳銃《けんじゅう》を携えていることは知っているけれど、死に物狂いで逃げまわっているダミエンは完全武装しているだろう。ウィルが彼とやりあうはめになったら……だめよ、ダミエンは射撃が得意であることをすでに証明したわ。そんな事態を招くわけにはいかない。

アレックスは手綱を引いて馬をとめた。〝彼はきみがぼくに情報を流したことを知っているに違いない〟とコリンは言った。ダミエンはわたしがコリンに居場所を教えたことを知っていて、復讐《ふくしゅう》しようとやってきたのだ。彼女は深く息を吸ってブリンの向きを変え、ダミエンと向かいあった。

二〇メートル離れていても、不機嫌そうに引き結ばれていたダミエンの口がゆるんで、ほほえむのが見えた。茶色の目は無表情のままだ。

「ダミエン！」声をかけなかったら変に思われるだろうと考えて、アレックスは呼びかけた。

彼は馬を走らせてやってくると、ブリンの鼻面のすぐ手前でとめた。

「やあ、レディ・アレクサンドラ！」その声には氷の冷たさがひそんでいたが、彼女は気づかないふりをした。

「ダミエン、本当にあなただなんて信じられない！　幻を見ているのかと思ったわ。ここでなにをしているの？　もう問題は……？」

先を行く馬車の音がしなくなったので、アレックスが振り返ると、ウィルが御者台の上に立ってこちらを見ていた。彼女は手をあげて、なんでもないことを知らせた。ウィルがうなずく。視線を戻した彼女は、ダミエンがうれしそうに笑っているのを見た。

アレックスは安堵したふりをしようとした。「じゃあ、すべて解決したのね？」

「すべて？」

「国へ帰ってきたのは問題がすべて片づいたからでしょう？」

ダミエンの目が細くなった。彼は疑っていることを隠そうともしなかった。不安と恐怖で神経がぴりぴりしていたが、そんな状態にあってさえ彼女は、こんな男のどこにわたしは引かれたのかしらと不思議に思わずにはいられなかった。髪の色は薄すぎるし、顎は弱々しく、肩は貧弱で、目つきは卑しい。

「きみは世間知らずだね。そこがまたいいところだが」ようやく彼が言った。「だが違う。問題はまだ片づいていないんだ、いとしいアレクサンドラ」

「でも、ここにいるじゃない」

「ああ」

「だったら……危険だわ！」ダミエンはアレックスの大げさな反応が気にならないようだった。それどころか、彼女が息をのんで口を手で押さえると、得意げな顔をした。

「たしかに危険だ。ぼくの安全はひとえにきみにかかっているんだよ」

「まあ、ダミエン！」

「本当だ。ところで、コリン・ブラックバーンと知りあいになったのかい？」

「コリン……」アレックスは演技力を総動員して言った。「名前は聞いたことがあるけれど、知りあいとは言えないわ」

「そうか。彼がきみのところへ押しかけなかったと知って安心したよ。あいつは残忍な男だ。でも、本当なんだろうね？　あのスコットランド人は図体《ずうたい》がでかく、粗野で、そのうえ陰険ときている」

「そんな人に追われているの？」

「そうだ」

「なんて恐ろしい！　襲われて怪我《けが》でもしたらどうするの？」

アレックスは演技過剰な気がしたが、神経が張りつめていて巧妙に立ちまわることができなかった。しかしありがたいことに、ダミエンは彼女を愚かな女と思いこんでいるようだ。

彼は冷たい目を見開き、まじめな顔でうなずいた。

「相手が名誉を重んじる男なら対処のしようもあるが、ああいう野蛮な男では……寝首をかかれるかもしれない」

「なんてこと！」

「そこできみの助けが必要なんだ、ダーリン」

「そうでしょうとも」

「ぼくはずっと願ってきた……」ダミエンは大きなため息をついて地平線に目をやった。「いつかこの問題が自然に解決して、きみに結婚を申しこめる日が来ることを。礼儀正しく求婚できることを」

彼が視線を戻したので、アレックスは小さくうなずいた。

「先日のぼくの求婚をなぜきみが受けられなかったのか、理由はわかるよ。もっとも、ぼくの心はすごく傷ついたけどね」

「それは……」

「でもきみは、新しい生活を築こうとしているぼくに喜んで手を貸してくれるだろう？　実はアメリカへ渡ろうと考えているんだ」

「アメリカ！　ずいぶん遠いところね」

「ああ。そんなわけで、またきみに無心せざるをえなくなった。もちろん落ち着き次第、金は返すよ」

アレックスは解決策を見いだそうと懸命に頭を働かせた。今さら家に引き返すことはできない。兄のハートは明後日にならなければロンドンから戻ってこない。彼女は出てくる前にそれを確かめておいた。

地元の治安判事はいい人だけれど、ダミエンには太刀打ちできないだろう。アレックスは二度と彼に金を渡すまいと決意していた。彼女はダミエンを逮捕させたかった。それには彼をコリンに引き渡して……。

「馬車のなかに二五ポンドあるわ。それで足りるかしら?」足りるはずがないと知っていながら尋ねる。予想どおり、ダミエンの表情が険悪になった。

「二五ポンド? そんな金では船賃にもならない」

「まあ、ええ……当然よね。想像もつかないほど長い旅をするんですもの。だけど、ほら、兄が……」

「お兄さんがどうした?」

「わたしがあなたにお金を送ったことが、なぜか兄にわかってしまったの。それで兄はわたしのおこづかいを減らしたのよ」

「お兄さんにばれてしまったのか。だったら金を工面できないのも仕方がないな。それで、きみはどこへ行くんだ?」

「わたし? グリーンデイルへお買い物に行くの。そこにすてきな帽子を扱っているお店があって、わたしがつけで買えるように、ハートが手紙を出しておいてくれたのよ。だから――」

「このまま引き返して、家計用の口座から金を引きだしてくれ」

「でも、ハートは自分が承認したもの以外は金を出すなと命じているの。それに兄は家にいないわ。ロンドンへ行ったのよ。だけど……もしかしたら……」

「もしかしたら？」

「いいえ、それでは時間がかかりすぎるわ」

「なんのことだ？」ダミエンが目をトパーズのように光らせてせっついた。

「グリーンデイルに着き次第、兄に手紙を書いてもいいわ。新しい四輪馬車を買ってくれる約束なの。それに駿馬《しゅんめ》を二頭！　すてきな二頭の白馬と小型の四輪馬車を見つけたと手紙に書けば……一〇〇〇ポンドもあれば足りるかしら、ダミエン？」

彼の目がきらりと光った。「必ず返すよ」

「そのかわり、わたしは四輪馬車をあきらめなくてはならないわね」

「必ずその償いはする」ダミエンがぴしゃりと言った。「お兄さんはきっときみを許してくれるさ」

「ええ、たぶん。いいわ。じゃあ、ここでまた会うことにしましょうか。土曜日でどう？兄の返事をもらうまで数日はかかるでしょうけど、きっと一週間もあれば――」

「わかった。じゃあ、土曜日に。ここから八キロほど先に一軒の宿屋がある。その隣の果樹園で会うことにしよう」

アレックスは眉をつりあげた。「ずっと隠れていなくてはならないの、ダミエン？」

「ああ、そうなんだ」

「ダミエン……あの……ハートがあなたについて恐ろしいことを言ったの。あなたがジョン・ティベナムの死を望んでいたって。でも、そんなことはありえないわよね。わたし、そんなの嘘だって兄に言ってやったわ」ダミエンの顔に勝ち誇った表情が浮かぶのを見て、アレックスの口のなかに苦いものがこみあげてきた。

「もちろん嘘に決まっているじゃないか。あれはひどい誤解だったんだ。もう一度やり直せるなら……」

「わかっているわ」彼女は気力を奮い起こして言った。そして、ダミエンをコリンに引き渡せたらどんなに清々するかしらと思った。コリンと過ごす一週間――それをどんなに待ち焦がれていたことか――そのあとで、彼が待ち望んでいたものを与えてあげることができるのだ。

アレックスはぱっと椅子から立ちあがり、裸足《はだし》で窓辺へ駆け寄って外をのぞいた。これで何度めだろう。窓枠に腕をもたせかけて手首に顎をのせ、古い木材と汚れ落としの酢のにおいを胸いっぱいに吸いこむ。そのにおいを、もう二時間以上も吸い続けていた。

コリンはきっと来る。来るはずよ。

彼女は爪先立ちになって腰を左右に揺らし、今の自分はたくましい若い恋人を待っている純情な農家の娘なのだと想像した。裸の脚にスカートがこすれ、ほどいた髪が背中に垂れて、レースのついた真っ白な綿の部屋着の上で躍っている。

純情な農家の娘。ときどき厩舎で働いたから、まったく違うというわけでもないわ。兄の領地で穀物をつくっているのは事実だし。それにコリンがたくましいことは、だれも否定できない。

窓ガラスに頬を押しつけると、黒っぽい木造の馬小屋がどうにか見えた。一週間、夢のような生活を送りたいなら、なんとかコリンを誘惑して、わたしをあそこへ連れこむ気にさせなくては。午後の暑い時間に、細かな塵が舞っている馬小屋で新鮮な干し草の上に横たわり……農家の娘はだれでも一度は納屋で恋人と愛を交わすのでは？

アレックスの顔に浮かんだ笑みは、体のなかで膨らみつつある期待の表れだった。彼女は激しくコリンを求めるあまり、腹部の奥に強いうずきを覚え、太腿に力が入らない状態で何日も過ごした。今日の神経の高ぶりは欲望をいっそう燃えあがらせた。

きっとコリンはここへ来ることに同意したのを後悔している、とアレックスは思った。できれば考え直したいと思っているはずだが、あの人のことだ、そうはしないだろう。パトロンを待ち焦がれている高級娼婦《しょうふ》みたいにこの別荘に座っているわたしを、ほったらかしにはしないはず。少なくともここへ来て、こんなことはやめようとわたしを説得するに違いない。そんな場合の対処の仕方は心得ている。なんといっても彼を追いかけたのは、このわたしなのだ。わたしのしていることは物笑いの種になるかもしれないけれど、この渇きを癒すために、せめて彼と体を重ねなくては。

そのとき馬に乗った人物の姿が視界に入り、アレックスは凍りついた。あれほど用心深く振る舞ったのに、ダミエンにつけられたのだろうか？　だが、林のなかをゆったり曲がっている道を馬が近づいてくるにつれ、乗っている人物の顔が見えてきた。

ああ、これは現実なのだ。顔をしかめて物思いにふけり、緊張しているコリン。アレックスはほほえんだ。ええ、そうよ、彼はこれをよくない計画だと思っているんだわ。彼にとって非常にまずいと。

彼女は顔を大きくほころばせ、鼻歌を歌いながら踊るようにドアへ行った。そして二〇まで数えてから、獲物をとらえるために日差しのなかへ歩みでた。

小さな馬小屋をうさんくさそうに眺めたコリンは、なかは清潔だろうかと不安を覚えた。別荘そのものは頑丈そうだし、よく手入れがなされていて居心地よさそうに見える。ふたりの人生を厄介なものにする前に、このまま向きを変えて去るべきではないのか？　そう考えたものの、彼は馬をおりた。

手綱を引いて馬小屋へ行こうとしたとき、小さな青いドアが開いた。コリンの肺が空気を吸うのを忘れた。ドアから出てきた人物を見定める前に――というより、肺が呼吸を再開する前に――アレックスが駆け寄ってきた。

コリンは飛びついてきた彼女を空中で受けとめ、怯えている馬の反対側へぐるりとまわした。

「密会の場所へようこそ」アレックスは大声をあげ、体を弓なりにした。彼女が目をきらめかせてほほえみかけたので、コリンも笑みを返した。

「密会の場所？　するとぼくは野外劇のまっただなかへ踏みこんでしまったのかな？」

「そうよ」彼女が顎をあげて応じる。「〝堕落への坂道〟と呼ばれている野外劇なの。せいぜい楽しんでちょうだい」

コリンは頭をのけぞらせて、胸に巣くっていた不安を笑い飛ばした。疑惑や否定的な考えが消えて心が軽くなった彼はアレックスの体を上にずらし、唇を彼女の口に近づけた。彼女が目を閉じてキスを待つ。

「まだキスするわけにはいかないよ。そんなことをしてしまったら、サムソンを一週間も庭で過ごさせることになりそうだからね」

アレックスが目を閉じたまますうなずいた。少しだけ開いている唇が弧を描いて笑みになる。

コリンはうめき声を漏らし、彼女を少し離れた地面におろした。

「さあ、ぼくが馬の世話をしているあいだに、この愛の巣のことを教えてくれ」

「ブリンにはもう餌を与えたわ」アレックスは快活に言ってコリンの手をとり、軽やかな足取りで一緒に馬小屋へ向かった。

「馬丁を連れてきたかい？」

「連れてこなかったわ！」

スカートの下から裸足の爪先がのぞいているのにコリンは気づいた。

「ねえ、コリン、馬の世話をできるのは自分だけだと考えているの？」

彼は疑わしげに眉をあげてアレックスを見つめ、頭を振った。「きみは自分で馬にブラシをかけたりするのかい?」

「毎日ではないわ。でも厩舎にはしょっちゅう入るし、馬の世話もできないほど役立たずじゃないのよ」

「それはそうだろう」コリンは正確に狙《ねら》って蹴りだされた小さな足をよけた。「それにしても、貴族階級の女性でそんなことができる人がほかにいるかい? いたら驚きだよ」

アレックスがふふんと鼻を鳴らしたが、憤慨しているせいではなかった。彼女の顎が頑固そうにこわばるのをこれまで何度か目にしたが、今は少しもこわばっていない。

「女帝エカテリーナ」

「なんだって?」

「女帝エカテリーナよ。高貴な生まれの女性なのに、自分の馬は自分で世話をしたの」

コリンは馬小屋の入口の前で足をとめ、アレックスをじっと見つめた。彼女が言おうとしているのは、まさか……。そのとき、アレックスが顔を上に向けて大胆な笑みを浮かべた。

「彼女はきっと馬が大好きだったのね」そう言って、彼女は薄暗い馬小屋のなかへ入った。

アレックスがなにを言おうとしたのか、コリンはまだ疑問に思って頭を振った。

「きみは偽者ではないかと思えてきたよ。公爵の妹に扮《ふん》した居酒屋の女中ではないかと」

「居酒屋の女中ではなくて――」アレックスが牝馬の横腹をなでながら応じた。「生意気な農家の娘よ」

　コリンは鼻を鳴らし、サムソンをいちばん奥の馬房へ連れていった。今回はがっしりした去勢馬に乗ってきた。ブリンみたいに愛らしい牝馬と一週間も同じ馬小屋にいたら、ソアはとても耐えられないだろうと思ったからだ。サムソンにブラシをかけて餌をやるあいだ、彼はさりげなくブリンをちらちら見た。アレックスの仕事ぶりを調べているようにとられたくなかったのだ。ブリンは申し分ない世話を受けているようだった。

　アレックスは板壁に寄りかかってコリンの作業を眺めながら、どのようにここの手配をしたのか説明した。

「じゃあ、ぼくたちの食事はきみがつくるのか？」

「まさか。朝、お掃除をしに来る女性が、帰る前に一日分の食事をつくってくれることになっているの。毎朝九時には帰ると約束したから、顔を合わせることさえないでしょう」

「きみは若いのに、悪巧みに長《た》けているんだね」

　アレックスは肩をすくめ、愉快そうに目をきらめかせた。「ロンドンで仕こまれたの」

「なるほど。きみに伝授できるスコットランドの技巧が、まだ残っていればいいのだが」コリンにじっと見つめられて、彼女はもじもじした。

「わたしの女性家庭教師は、自分を向上させる余地は常に残されているという考えの持ち主だったわ」

　サムソンが首を曲げて鼻面でコリンを押した。うっかり二分近くも同じところにブラシをかけていたのだ。彼はため息をつき、目下の仕事に専念しようとした。一五分もあれば雑用をすべて終えて、これからの一週間をふたりで好きなように過ごせる。彼は仕事が終わるまで二度とアレックスを見ないように努めたが、うまくいかなかった。

ようやく最後の水をバケツにくんで池から運んできたとき、薔薇色の頰をしたアレックスの姿が見えないことに気づいた。彼女は家のなかにいた。眉根を寄せて、キッチンテーブルの上の大皿にのっている赤いものをいぶかしげに見ている。

「夕食をこしらえているのかい？」

アレックスが飛びあがって振り返った。「パイを冷ますために窓のところへ置いておくように言われたの」

「もう冷めているように見えるよ」コリンはキッチンの薄暗い窓のほうを見やった。木の窓枠にくねくねした赤い筋がいくつもついている。「ともかく、烏《からす》がついばめる程度には冷めているようだ」

彼女は惨憺《さんたん》たる状態のパイを見おろして目をしばたたいた。「キッチンメイドとして、わたしは失格だわ」

「よし、キッチンメイドの仕事なら経験があるから、ここからはぼくがやろう」

「本当に？」アレックスがまた目をしばたたき、いたずらっぽい笑みを浮かべてコリンを見た。「あなたの体格では、メイドの服をつくるのにウールの生地がたくさんいるわね」

「幸い母は台所仕事をするのに、ぼくにメイドの服を着ろとまでは要求しなかった」

アレックスの笑い声がやけに甲高く響いた。そのときになってようやくコリンは、彼女が神経質になっていることに気づいた。おそらくそれまでは違ったのだろうが、今では両手でスカートをつかみ、不安そうに下唇をかんで室内を見まわしている。こういう状況にあっては、彼女がまだ一九歳の娘であることをつい忘れそうになる……いや、二〇歳だ。普段の彼女は二〇歳にして自信にあふれている。

コリンは歩み寄ってアレックスの鼻にキスをした。「ランプをともそう。もうすぐ日が暮れる」

彼女は目が合うのを避けて、キッチンにある品々を眺めまわした。「テーブルの用意をするわ。あなたにディナーを召しあがっていただかなくては」

「おなかがすいていないんだ」

「あら、そう？」アレックスの視線がようやく彼のブーツに落ちた。「でも、喉が渇いているでしょう？」

「ああ」コリンは認め、たこのできている指を彼女の顎に添えて上を向かせた。「ワインを一杯いただこうかな」ほっとしたのか、アレックスは急に元気づき、髪を後ろへなびかせてテーブルへ急いだ。

別荘は質素で小さく、さっと見まわしただけで一階の造りを把握することができた。キッチンの奥の階段は寝室につながっているのだろう。石と木でできた建物は整頓《せいとん》が行き届き、かたいオーク材の床を保護するためにきれいな敷物が置かれている。

ここにだれが住んでいたのだろう、とコリンは首をかしげた。きっとだれも住んでいなかったに違いない。おそらくここは逢い引きの場所であり、隠れ家だったのだ。だからこそ人里離れた場所にある。木の葉を通して届く太陽の光が次第に薄れ、室内はますます暗くなってきた。彼はランプのところへ行って明かりをともした。

それから夜に備えて暖炉に薪《まき》を積み、今すぐ火をつけようか迷っていると、肩に影が落ちた。振り返ったコリンは、アレックスが不安げな笑みを浮かべて、一メートルほど離れたところに立っているのを見た。両手に赤ワインの入ったグラスを持っている。

コリンの喉がごくりと鳴った。

「ワインよ」彼女がかすれた声でささやく。

「ああ」コリンはアレックスの口元を見つめたまま応え、彼女の舌が唇をなめるのを見た。独特のしぐさ……彼が好ましく思っているしぐさだ。彼はグラスを受け取ってほほえみ、アレックスの頬が赤く染まるのを見てうれしくなった。彼女はぼくを手中におさめておきながら、どう扱ったらいいのかわからないらしい。自分がついに誘惑する側にまわったことを知って、コリンはほっとした。

彼はアレックスに視線を注いだままワインをすすった。彼女は手にしたグラスの中身を一気に飲み干し、棚へ行ってもう一杯注《つ》ぐと、ぶらぶらと窓辺へ向かって、暮れなずむ空や林をぼんやりと眺めた。

コリンの神経が熱く波立ち、獲物のにおいをかぎつけたように、期待で下腹部がこわばり始めた。欲求は常に感じていたが、今やアレックスを興奮させてためらいを捨てさせようという挑戦の色合いを帯びてきた。コリンはテーブルにグラスを置き、獲物を狙う猟犬のごとく目を細めて彼女に近づいていった。

綿の部屋着に包まれたアレックスの肩が緊張している。おそらくコリンの足音を聞き、窓ガラスに映っている彼の姿を見たはずだが、彼女は気づかないふりをして、兎《うさぎ》のようにじっとしていた。コリンの笑みが大きくなった。

彼女の背中に胸がふれる寸前で立ちどまったコリンは、甘い花の香りがする髪のにおいを胸いっぱいに吸いこんだ。下腹部がさらにこわばる。

うなじからかきあげようと髪に手をふれたとき、アレックスの口からあえぎ声が漏れた。そしてキスをしようと身をかがめたときには、大きなため息が漏れた。だが、コリンはキスしなかった。この数カ月間、夜ごと悩まされたにおいを吸って味わっただけだ――彼女の肌の香り、情熱の香りを。

アレックスはじっと立ち、息を詰めて待っている。コリンは目をつぶって彼女のうなじに唇をつけ、指を大きく広げて腰に添わせた。

彼女が身を震わせてあえいだとき、コリンは獣になりたいと願った。鋭い牙《きば》を肉に深く突き刺し、彼女を壁に押しつけて、犬のように、獣のように、背後から奪いたかった。

アレックスが相手だとまったく欲求を抑えられないのに、彼女はぼくを自制心の強い人間だと思いこんでいる。そんな彼女を罰してやりたい。アレックスのそばにいるとぼくが傷つくように、彼女を傷つけてやりたい。でも、今ではない。こんなふうにではない。とはいえ……野蛮なぼくが彼女に提供できる最高のものは野蛮な快楽だ。

コリンは彼女から離れ、埃だらけの上着を乱暴に脱いだ。アレックスが振り向いて彼を見た。赤く染まった顔に浮かんでいるのはもはや恥じらいではなく、欲望だ。ランプの明かりを受けて、彼女の目が貪欲《どんよく》な光を放った。

「今回はやさしくできないかもしれないよ、アレックス」

彼女はうなずいた。「ええ」

「明日は、たぶん」

アレックスは口元に小さな笑みを浮かべたが、コリンがシャツのボタンを外し始めると、視線を彼の胸に落とした。そして唇をわずかに開き、彼の手の動きを食い入るように見つめていたが、コリンがズボンからシャツを手荒に引っ張りだそうとするのを見て、手を貸そうと歩みでた。

アレックスの指が軽くふれたとき、筋肉が緊張して震えた。彼女は両手をコリンの胸にあてて上へ滑らせ、シャツを肩から脱がせた。彼はアレックスの手の感触と、美しい顔に浮かんでいるうっとりした表情に圧倒され、目をつぶって頭をのけぞらせた。彼女がこれほど熱っぽい目でぼくを見るとは……。

「こうなることをわたしがどんなに望んでいたか、あなたは知らないでしょうね、コリン。厩舎であなたを見た日以来……毎日何時間もあなたの体を夢見て過ごしたわ」

アレックスの手が探るように体を動きまわり、乳首の上でしばらくとどまったあと、胸毛を指でもてあそんだ。

欲望のうなり声が喉からあふれそうになり、コリンは彼女の手をつかんでとめた。「そんなことをされたら、始める前に果ててしまう」目を開けて見おろすと、アレックスが愉快そうにほほえんだ。いつのまにか狩る側が狩られる側になっていたのだ。

その考えがおかしくて、コリンは忍び笑いをした。

「どうしたの？」

「なんでもない。ばかげた考えが浮かんだだけだ」

アレックスは不思議そうにまばたきしたが、顔の笑みは消えなかった。彼女は後ろにさがって部屋着を脱ぎ始めた。コリンの忍び笑いが、じれったそうなうめき声へと変わった。

ボディスの小さなリボンが、彼女の指によって気が遠くなるほどゆっくりとほどかれていく。リボンは縦に数えきれないほどついていて、腰の下で終わっていた。コリンは手伝いたくて指がむずむずした。腹部の真ん中までリボンがほどかれたとき、彼女がその下になにも着ていないのがわかった。コリンは我慢できなくなって手をのばし、襟をつかんで大きく広げた。アレックスがあえぎ声を漏らす。コリンはボディスを彼女の腕から脱がし、腰から上をあらわにした。彼女はとめようとしなかった。

「ああ」コリンはささやき、とうとう彼女にキスをして、ワインの味がする熱い口をたっぷりと味わった。肌にあたたかな胸を押しつけられたときは、もう少しで果ててしまいそうだった。震える手をアレックスの髪のなかに差し入れる。「ああ」再びささやいて口を離し、彼女の前にひざまずいた。目の前で小さな乳房が荒い呼吸に合わせて上下している。

畏敬《いけい》の念をこめて、コリンはアレックスを見あげた。やわらかな曲線を描く肌にふれるのが、彼女の力に屈するのが、そら恐ろしかった。彼女はコリンを見つめ、服を脱がせてくれるのを待っている。彼はアレックスの腰に両手をやって服を押しさげた。

服が床へ滑り落ちて、あとに静寂を残した。コリンは息をするのもままならず、言葉を発することができなかった。アレックスは恥じらいもせず、彼の前にすばらしい裸体をさらしている。コリンの心臓がよじれて苦痛の悲鳴をあげた。

「アレックス」彼はうめき、両手を彼女の腰から胸へと滑らせた。「どうしてきみはこんなに美しいんだ？」

アレックスの腹部へ、ぴくぴくしている力強い筋肉へ、すべすべした肌へ、顔を押しつける。そして絹のような肌に唇を這わせ、そのにおいをかいだ。最初に探りあてた肋骨《ろっこつ》を軽くかんだとき、彼女の脚の力が抜けてくずおれそうになったので、コリンは両腕で抱きとめ、目の前にあるピンクの乳首の片方を口に含んだ。

アレックスがのけぞって懇願の叫びをあげた。コリンが吸うと彼女は泣き、かむと悲鳴をあげる。彼女はコリンの頭を抱えて体に両脚を巻きつけ、濡れている熱い部分を押しつけてきた。

ふたりはあえぎながら強く体を押しつけあった。それからコリンは床に座り、膝に彼女をのせた。

アレックスの口が彼の口を求めてくる。コリンはひとつになりたい衝動を覚えつつ舌を差し入れ、両手を下へ移動させて、弾力のあるヒップを手のひらで包んだ。ズボンのなかでは欲望のあかしが痛いほどいきり立っている。手は獲得した戦利品を手放したがらなかったが、いったん離れて急いでズボンを脱がなければ、彼女のなかへ入る前に果ててしまう。これほど長く待ち続けたのだから。

アレックスが体を揺すり、舌を吸ってくる。コリンはズボンのことを忘れて、片方の手をなめらかな中心へと滑らせていった。

指先を入れると、アレックスがびくりとして叫んだ。歓びの源へ向けてさらに深く指を進めるにつれ、彼女は悲鳴をあげた。アレックスが早くも絶頂に達しかけているのを知って、コリンは愕然とした。彼女の内部がきつく締めつけたりゆるんだりするのを感じる。

最後の痙攣《けいれん》の波が去るのを待って、彼はアレックスを暗紅色の敷物の上に横たえ、乗馬ズボンのボタンを外しにかかった。そのあいだも目はあえいでいる彼女の口に、とがっている乳首に注がれていた。やがてその視線が彼女の中心に、熱く潤った場所に落ち着いた。

「長くはかからないよ、ぼくの子猫《モ・カイテン》ちゃん。きみよりも長くは。すまない」コリンがようやく服を脱ぎ終えたとき、彼女の体が小さく震えた。

アレックスが手をのばしてきたのを見て、コリンはやめさせようとしたが、彼が言葉を発する前に指が下腹部のこわばりにふれた。アレックスの小さな手が、ほっそりした指が、高まりを握ろうとしているのが見える。その手は小さすぎて握りきれそうにない。我慢できなくなったコリンは彼女の手の届かないところへさがって床に両膝をつき、先端を彼女のなかへ滑りこませた。

体はすでに張りつめ、早くも炸裂しようとしている。ぐずぐずしていたら、始まる前に終わってしまうだろう。

「すまない」再びうめくように言い、強く、深く突き入れた。

アレックスの悲鳴を聞きながら絶頂に達しかけたコリンは、不意に抵抗を感じた。その抵抗は急に消えた。なにか非常にまずいことが起きたのに気づき、彼はひどくショックを受けた。

コリンの体が張りつめた。アレックスの体内に精が放たれると同時に、彼女が小さな白い手で彼の肩を押し、体を離そうとした。

10

部屋が本来のキッチンの姿を次第に取り戻してきた。コリンはアレックスのなかに身を沈めたまま上体を起こし、彼女の大きな目をじっとのぞきこんだ。頭がどうにか正常に働きだすと、たった今自分がしでかしたことを否定しようとした。

そんなはずはない。ぼくが彼女の処女を奪ったなどということは断じてありえない。

だがアレックスは青白い顔を引きつらせ、彼の下で震えていた。「お願い」彼女は腹部を手で押さえて泣きそうな声を出した。

顔をしかめて後ろへさがったコリンは、自分の肌についている血痕《けっこん》を信じがたい思いで見つめた。かぶりを振って立ちあがり、シンクへ行って布を水で濡らすと、それをアレックスに渡した。そして体を覆えるように自分のシャツをほうってやってから、ズボンをはき始めた。心は波立ち騒いでいた。

「ごめんなさい」彼女が背後から声をかけた。

「ごめんなさい、か」コリンは感覚のない指でズボンのボタンをはめた。

「ええ」

振り返ると、アレックスはまだ床の上に縮こまったまま、彼のシャツをぎゅっと体に押しあてていた。彼女が顎をあげたのを見て、コリンはなぜか頬を平手打ちしてやりたい衝動を覚えた。「それだけか？」

「なんですって？」

「謝るのはそれでおしまいか？」

「そんな……」アレックスはごくりと唾をのみこみ、散らばっている衣服を見まわした。「説明させてちょうだい」

「説明？ なんの説明をするんだ？ きみが嘘つきのぺてん師であることか？ ぼくをだましてここへ来させたことか？ きみの処女を奪ったからには、ぼくは高潔に振る舞ってきみと結婚しなければならないことについてか？ やれやれ、目撃者として証言させるために、物置にだれかを隠しているんじゃないだろうな？」

アレックスの顔がこわばり、表情がかたくなった。「ばかなことを言わないで」

怒りのあまり、コリンは喉が詰まって咳きこんだ。「いったいきみはなにをしでかしたんだ、アレクサンドラ？」

彼女は再び室内を見まわした。「服を着るから、あっちを向いていてくれない？」

「あっちを向けだって？」自分が怒鳴っているのはわかっていたが、コリンはまったく意に介さなかった。「驚いたな。それが、たった今きみの処女を奪った男に向かって言う言葉か？」

アレックスは青白かった頬を怒りで赤く染め、背筋をぴんとのばした。「いいわ」立ちあがった彼女は、シャツを丸めてコリンの顔へ投げつけた。腿の内側を赤い筋が伝い落ちるのがちらりと見える。彼は背を向けた。

彼女が衣服を身につける音と低く悪態をつく声がコリンの耳に届いた。事態の深刻さがのみこめるにつれて、鼓動のリズムが狂い始める。こうなったらアレックスを妻にするしかない。ぼくの妻に。

少なくとも、ジーニー・カークランドは喜ぶだろう。

「ここへ来たのは、あなたをだまして結婚するためじゃないわ」服を着終えたアレックスは、コリンの背中に向かって吐き捨てるように言った。彼がくるりと振り返る。

「今さら言い訳をしたところで遅すぎるよ」

「いいえ、コリン、聞いて。あなたと結婚したいんじゃないの。ただ――」

コリンは鼻を鳴らしてアレックスの言葉をさえぎり、両手を大きく広げた。「もう遅すぎる」

彼女はうずいている下腹部を手で押さえたい衝動をこらえた。

「まったく見さげ果てた女だ。ぼくのほうから求婚しないからといって、罠《わな》にかけて結婚させようとは。いいかい、きみはイングランド人だ。イングランドのプリンセスだ。そのきみをいったい全体、馬の飼育場でどう扱ったらいいんだ？　どうもできやしない！」コリンが裸足の足で蹴りあげた小さな椅子が、部屋の反対側へ飛んだ。

アレックスは苦痛と突然の恐怖に襲われてあえいだ。コリンが不満に思うであろうことは最初からわかっていたが、これほど激怒するとは考えもしなかった。それにしても、なにが問題なのだろう？　彼が最初だろうと一〇番めだろうと、かまわないではないか。

「きみは処女だった。その気になれば、だれとでも結婚できたんだ。それなのに、なぜぼくにこんなことをした？」

アレックスはまばたきして涙をこらえ、コリンを殴りたい衝動を抑えた。「ばかなことを言わないで」殴るかわりに怒鳴る。「なぜわたしがあなたなんかと結婚したがらなくてはならないの？」コリンは彼女のほうを見ようともせずに、荒い息をしながら歩きまわっているだけだ。これから一生、わたしの存在を我慢し続けなければならないと考えて、怒っているんだわ。

「わたしは公爵家の娘で裕福よ。あなたが一生かかってもなれないほどのお金持ちなのよ、コリン・ブラックバーン。そのわたしが、馬の飼育で生活費を稼いでいるスコットランドの婚外子なんかと結婚したがると思う？」それを聞いて、コリンが足をとめた。「ばかね。わたしは結婚したいなんて思っていなかった。さっきあなたが言ったように、処女を奪ってほしかっただけ。実際のところ、たまには楽しい思いができなかったら、売春婦であることになんの意味があるの？」

「楽しい思い、か」

彼の目に浮かんだ憎悪の色を見て、アレックスの怒りがわいたときと同じくらい急に消えた。コリンが一歩前へ出たのに合わせて、彼女は後ろへさがった。

「身勝手なあばずれめ。生まれたときからなにもかも与えられてきたのに、それでもまだ足りず、お兄さんと自分の人生を破滅させずにはいられないんだな。きみのせいで弟は死んだ。そして今度はぼくを破滅させようとしている。ぼくはきみの欲しがっていた、おもちゃのひとつだったんだろう？　新しいおもちゃを手に入れて、楽しみたかったんだろう？　そしてきみはぼくを手に入れた。期待どおりに楽しめたかい？　生まれの卑しいスコットランド人のために脚を広げたかいがあったか？」

再びわきあがってきた怒りに、アレックスの顎がわなわなと震えた。彼女は歯を食いしばってコリンをにらみつけた。「いいえ」きっぱりと断言する。「まったくの期待外れだったわ」

その悪意に満ちた言葉を聞き、ただでさえ怒り狂っていたコリンが、ますますいきり立った。顔は引きつって青ざめ、灰色の目がぎらぎらしている。彼が腕を振りあげたので、アレックスはたじろいであとずさりした。そして大きな手を見あげ、振りおろされるのを待ったが、コリンは髪に手を走らせただけだった。

彼は怯えているアレックスを不愉快そうに見た。「ぼくを獣だと思っているのか、アレックス？　だからぼくが欲しかったのか？　必要なときに殴ってくれる危険な男だから？」

「いいえ……」彼女は必死に泣くまいと努めたが、涙で喉が詰まって声がうまく出なかった。

「あなたと一緒にいたかっただけよ」

「ぼくがこんなことを望んでいないのを、きみは知っていた。そう、きみは知っていたんだ。処女だとわかっていたら、ぼくは絶対にこんなことをしなかっただろうと」

「ええ、知っていたわ」アレックスは虚勢を張った。「でも、嘘はつかなかった。あなたが勝手に処女ではないと思いこんだのよ」

コリンが頭を振って悲しそうな顔をした。「たしかにぼくは勝手に思いこんだ。きみの言うとおりだ。こうなったからには、望もうと望むまいと、きみはぼくと結婚しなくてはならない」

「いやよ」

「お兄さんのところへ行って、起こったことを話そうと思う」

「だめよ。話しても、わたしは否定する……処女だったことを。あなたはわたしの財産を狙っているのだと兄に話すわ」

コリンは後ろへさがり、冷たい目で彼女をじっと見つめた。「本当にそうするつもりか?」

「ええ」

彼は顔をそむけ、窓の外の暗がりをぼんやりと眺めた。その顔から怒りの表情が消えて、肩ががくりと落ちた。

「きみをふしだらな女と考えていたときも、ぼくはきみを辱めないように努力した。それがこんなことになるとは……」引きつった彼の笑い声が、アレックスの胸をさいなんだ。「ぼくを苦しめることになるのが、きみにはわかっていたんだ」

「ごめんなさい」彼女はささやき、こらえていた涙がとうとうあふれだした。「ごめんなさい。そうよ、わたしはあなたが欲しかったの。だけど、こんなの不公平よ。わたしが男なら――」

「だが、きみは男ではない。女だ。少女と言ってもいい」

「結婚なんてしたくない」アレックスは不満と傷心で大声をあげた。「あなたとであれ、ほかのだれとであれ。わたしの人生は今がいちばん充実しているわ。なにをしようとわたしの勝手よ」

「子供じみたことを言うんじゃない」コリンが吐き捨てた。「勝手であるものか。きみの友人たちはどこにいるんだ？　求婚者たちは？　男の服を着て労働者たちと大声でおしゃべりするのは勝手だが、夫はどうなる？　子供はどうなる？」

「夫も子供も欲しくは――」

「それにお兄さんだって、いつか結婚して家庭を築くだろう。きみがいつまでも家にいて領地の切り盛りをしていたら、公爵夫人は喜ぶだろうか？」

コリンに自分の生き方をこきおろされて憤慨し、彼女はせせら笑った。「兄はわたしがいるのをいやがるような女性とは絶対に結婚しないわ」

「きみのせいで、お兄さんの花嫁候補は人数が絞られてしまうわけだ」

額にかかっている髪を払おうと手をあげたアレックスは、その手がぶるぶる震えているのを見てぎょっとした。だが、コリンは気づいていなかった。こんなことになったのは床のせいだと言わんばかりに、床をじっとにらんでいる。やがて彼は大きく息を吐くと、アレックスをちらりと見てすぐに目をそらし、ブーツを探した。

「考えなくては」

口をきくのが怖くてただコリンを見ていたアレックスは、彼は出ていく気なのだろうかと考えた。馬に鞍をつけ直し、乗っていってしまうかしら？　彼女が見ている前で、コリンはシャツの裾をズボンに押しこみ、ボタンをはめ、ブーツを履き、上着を着た。そして彼女には目もくれず、無言のまま外へ出てドアを静かに閉めた。

膝の力が抜けて、アレックスは床にぺたりと座りこんだ。そこはたった今、処女を奪われた場所だ。コリンはひどく怒っていた。あんなに怒るなんて考えもしなかった。最初の男であることに、男性はみな誇りを覚えるものではないの？　でも、あの人はちっとも喜んでいなかったわ。

「悔しい！」アレックスはうめき声をあげ、敷物の上に仰向けに倒れた。「ばか、ばか、ばか！」これではとうてい計画どおりには運ばない。お荷物だった処女をようやく捨てることができたと思ったら、痛いのを我慢しながら血を流し、床にひとり取り残されて泣くはめになるなんて。なかでも最悪なのは、後ろめたさを覚えることだ。

コリンはわたしを憎んでいる。わたしに誘惑され、堕落させられたから。わたしはもっと賢明に振る舞うべきだった。アダムとイヴの物語を聞いたことがある人なら、よく知っているはずだ。罪に問われるのは常に女であることを。

とはいえ、彼をわからず屋だと責めることはできない。真実を知ったらコリンがどう感じるかを知りながら、そう、彼が恥じ入ることを知りながら、わたしは彼を欺いたのだ。そしてそれは無駄に終わった。数カ月前の彼との最初の行為を完結させようとあせるあまり、わたしは軽率な行動に出た——前奏曲でさえあれほどすばらしかったのだから、フィナーレはもっとすばらしいに違いないと考えて。

もしかしたらコリンは気づかないかもしれないと期待したし、ダミエンとのみだらな行為のあとでは、もう自分は処女ではないかもしれないと考えさえした。そして処女かどうかはごまかせるとダニエルに聞いてからは、二種類のヴィンテージワインの違いを見分けるのと同じくらい、微妙な問題だと考えるようになった。

でも、ちっとも微妙ではなかった。わたしはやすに突き刺されてもがいている魚になったような気がした。床に血の海が広がっていかないことに驚きもした。

そこまで考えて興味を覚えたアレックスは、濡れた布をスカートの下へ入れて脚のあいだにあてがった。見ると、白い布に何箇所か血がついているだけだった。なんてつまらないこと。

これでようやくわかった。女の義務や妻の本分についてささやかれていることは、どうやら真実らしい。あの行為そのものは、まさに男を満足させるためのものだ。でも、行為に先立つもの。あれはすばらしい。あとのつらさを補って余りある。さもなければ、女はだれもあんな行為をしようと思わないだろう。

アレックスはため息をついて膝立ちになり、そろそろと立ちあがった。真実を知ったらコリンは結婚を申しこむだろうが、そのときは理性的に、そしてやんわりと、結婚する意思のないことを説いて聞かせるつもりだった。彼があれほど強く結婚に反発するとは予想外だ。身勝手なあばずれとは恐れ入った。わたしはコリンよりも身勝手というわけではない。彼は結婚のために童貞を保ってはいなかった。そうでしょう?

コリンが去ったかどうか確かめようと、アレックスは忍び足で玄関へ行き、ドアを細く開けた。なにも見えない。彼女は草のにおいのする大気のなかに頭を出した。あたりはすっかり暗闇に閉ざされ、物音ひとつしない。コリンがすぐ近くにいて、驚いた牛のようにおどおどしている自分を見ていないことを願いながら、アレックスは目が暗さに慣れるのを待った。そしてようやく、庭にはだれもいないことがわかった。馬小屋のほうを見たが、明かりはついておらず、眠そうな馬の鼻息がかすかに聞こえてくるだけだ。

アレックスは小さく悪態をつき、玄関先の階段をおりて、草の生えている暗い庭を馬小屋のほうへ進んだ。開いているドアの手前まで来て、思わず小声で祈りの言葉を唱える。コリンがなかにいたら、なんと話しかけようか。〝あら、こんばんは。まだいらしたのね。ちょっと馬を見に来ただけよ〟そして彼がまたわたしを怒鳴りつけようとしたら……それって、いい愉快なことじゃない?

けれどもコリンはいなかった。もしかしたら、暗い隅にうずくまっているのでは? いいえ、やっぱりいない。だけど彼の馬はいる。コリンはわたしを置き去りにしたのではなかった。

目からあふれた涙が熱いしずくとなって頬を伝い落ちた。手の甲で涙をぬぐい、大きな音をさせて洟をすすると、コリンの馬が驚いていなないた。

「ごめんなさい」馬にささやいて外へ出たアレックスはひんやりした草の上を歩いて、あたたかな明かりが満ちている家へ戻った。

あの人はどこへ行ったのかしら？　いちばん近い村でも一キロ半は離れているし、コリンが出ていったときはすでに暗かった。でも彼は田舎育ちだから、昼でも夜でもこのような場所を自由に動きまわれる。知らない土地の夜道を歩きまわることなど、彼にとってはなんでもないのだろう。

その考えにアレックスは身震いし、ドアを閉めて、錠をおろそうかと一瞬考えてから思い直した。夕食のことも考えたが、飢えよりもはるかに不快ななにかが胃に居座っていた。夕食はとらずにベッドへ入ろう。ひどい終わり方をした一日だったが、疲れていて、すぐに眠れそうだった。ランプを消した彼女は、蠟燭を手に階段をあがっていった。ときどき脚のあいだに痛みが走った。

コリンがわたしとかかわりたがらないことを喜ぶべきよ。アレックスは自分に言い聞かせた。そう、もう一度刺し貫かれるよりもずっといい。だけど、ああ、あれで終わりだなんて寂しい。彼の体を調べつくす暇がなかった。残念だわ。

アレックスはのろのろと服を脱いだ。あたたかな男の肌が待っているわけでなし、急ぐ必要はない。裸になるとぬるい湯で体の汚れをふき取り、リネンのシュミーズを着た。そして冷たいベッドに横たわり、自分自身を哀れんだり、コリンの心配をしたりした。月光が窓を明るく照らすころ、まぶたが閉じた。眠りに落ちた彼女は、肌をなでる浅黒い手と、快感をもたらす熱いキスの夢を見た。

日差しがまぶしくて、うめき声とともに目が覚めた。コリンが頭をもたげ、ざらざらした顎を手のひらでこすったとき、再びうめき声がした。自分のうめき声だった。昨晩はウイスキーを見つけられなかったので、かわりにエールを何杯も飲んだ。記憶が次第によみがえってきて、ここがどこで昨夜なにがあったのかを思いだすと、彼は頭を後ろへどさりとおろした。

「寝室の片づけが終わりました、だんな様《サー》。よろしければ、キッチンのお掃除を始めたいのですが」

コリンはしぶしぶ片目を開け、すぐに閉じた。アレックスでないことは見るまでもなかった。彼女は絶対にこのような言葉づかいをしない。それにこの女性の声は、アレックスの声よりもかなり低い。

「お茶をお飲みになりますか、サー?」

「いや」しゃがれ声で応じたコリンはすぐに言い直した。「もらおう」

　女性は鼻を鳴らし、衣ずれの音をさせて近づいてきた。まぶたを閉じていても、まぶしい日差しを彼女の影がさえぎるのがわかった。

「ありがとう」

　女性は洟をすすった。「体をお洗いになりたかったら、馬小屋の向こうに池がありますよ」

　コリンは両目を開け、そばに立っている黒々とした女性の姿を見あげた。彼がティーカップを受け取ると、女性が後ろへさがったので、ようやく金髪と面長の顔が見えた。思っていたよりも若い。せいぜい三〇歳といったところか。彼女は眉をひそめてコリンにちらりと視線を投げ、部屋を出ていこうとした。

「ありがとう」彼はもう一度礼を述べた。すぐに隣の部屋で、どたばたする音がし始めた。床に脚をのばしたコリンは、服に泥がついているのを見て顔をしかめた。いや、泥でよかったのかもしれない。

　紅茶は舌がやけどしそうなほど熱かったが、彼は急いで飲んだ。早く池へ行って、水につかりたかった。冷たい水が背中の痛みをやわらげ、二日酔いの頭をすっきりさせてくれるだろう。汗と泥のにおいをぷんぷんさせながら、アレックスと口論したくはない。

「二階にタオルやなにかがあります」コリンがキッチンへ行ってティーカップをテーブルに置いたとき、女性が言った。

「そうか」彼は階段を見やったが、二階へあがる気はなかった。

「ここにはおられません」

「えっ？」

「お嬢様はおられません」

　コリンは女性の眉が心配そうに曇るのを見た。頬が冷たくなるのを感じた彼は、顔から血の気が失せたせいだと悟った。アレックスは行ってしまった。憤慨して、彼の人生に登場したときと同じくらい唐突に消えてしまった。

「出ていったのはいつだ？」

「ちょうどわたしが来たときで、日がのぼるころです。服を着るのを手伝ってさしあげなければなりませんでした。でも、ここを去られたのではありません。乗馬に出かけられただけです」

「乗馬に」コリンは閉まっている玄関ドアを見やった。それが女性の言葉を裏づけてくれるとでもいうように。「間違いないね？」

「ええ、間違いありません」女性は茶色の目をきらめかせ、奥歯が一本欠けているのがわかるほど大きく口を開けてにっこりした。「喧嘩をなさったんですね？」

「ああ、ちょっと」

　女性はくすくす笑い、水の入ったたらいのほうを向いてワイングラスをすすぐと、ほかに汚れた食器はないかとキッチンを見まわした。その視線がパイの残骸《ざんがい》の上に落ちた。「食器棚にお皿やナイフが入っているんですよ」

「皿？」コリンは女性と一緒にパイを見つめた。心はまだアレックスに逃げられたショックでざわついていた。「ああ。ぼくたちが食べる前に鳥に食べられたんだ」

「まあ。わたしはてっきり、お嬢様があなた様の顔にパイを押しつけたのかと思いました」

コリンは目を細めて女性をにらんだ。その目つきに少年馬丁の多くが震えあがったものだが、彼女はふふんと鼻を鳴らしただけで仕事に戻った。キッチンのなかを動きまわりながら、楽しそうに鼻歌さえ歌っている。

コリンはくるりと向きを変えて階段を目指した。二階には部屋がふたつあって、廊下の突きあたりの小さなほうは屋根裏部屋になっていた。大きいほうの部屋もドアが開けっ放しになっており、四柱式の大きなベッドや、鮮やかな黄色の上掛けが見える。窓から差しこむ陽光がその上に木の葉の影を落としていた。

衣装戸棚を見つけたコリンはつかつかと室内へ歩み入って扉を開け、タオルと石鹼《せっけん》を探した。だが、なかに入っていたのは薄いシュミーズと色鮮やかなドレスだった。彼は扉をぴしゃりと閉め、化粧台を調べることにした。

最初の引き出しは空っぽだった。二番めの引き出しから出てきたのは、くしゃくしゃになった白いレースと絹の下着で、さっきのドレスよりもっと驚かされた。力任せに引き出しを閉めたので、衣装戸棚の扉ががたがた鳴った。

アレックスのストッキングが出てきたらタオルはあきらめようと決め、コリンはいちばん下の引き出しを開けた。

「やっとあった」彼はタオルと石鹼を手に部屋を出て、階段を駆けおりた。

「たっぷり泳いでいらっしゃいまし」女性の声が呼びかけた。

「ありがとう、ええと……」コリンは玄関ドアをつかんだまま振り返った。

「ベッツィです」

「ベッツィ、ありがとう」

11

コリンは眉間にしわを寄せ、ここにいたくないと思いながら、重い足取りで別荘へ戻っていった。さっぱりして頭もすっきりしたが、やはりアレックスと話をするのは気が進まない。彼女になんと言えばいいのだろう。怒りで神経がささくれ立っていたが、彼女に対してよりも自分に対する怒りのほうが大きかった。そもそも、こんなところへ来なければよかったのだ。はじめて会ったとき、この女性は大きな面倒ごとをもたらすだろうという予感がした。それなのにぼくは、にやにや笑って厄介ごとのただなかへ飛びこんでいったのだ。下腹部をこわばらせて。

バッグを戻そうと馬小屋に寄ってみると——昨夜はバッグを馬小屋に置いておいた——アレックスの馬がまだ帰っていなかったので、ほっとした。だが、彼女はもうすぐ帰ってくるだろう。きっとぼくと同じように、おなかをすかせているに違いない。朝食の支度をしておいたほうがいい。食べているあいだは話をしなくてすむ。

調理台の上の無残なパイは片づけられて、ミートパイと果物が置いてあった。コリンはテーブルに皿を並べ、保冷容器のなかから新鮮な牛乳の入っている水差しをとりだした。それから、さくらんぼの入ったミートパイの大皿と、調理台からパンとチーズを薄く切って皿にのせ、っているボウルを移した。テーブルに食べ物を並べ終えてしまうと手持ち無沙汰《ぶさた》になり、キッチンのなかをうろうろと歩きまわった。窓のところへ行ってアレックスの帰りを待つのはいやだが、耳だけはそばだてていた。やがてひづめの音が聞こえたので、コリンが舌打ちをして窓へ歩きかけたとき、馬のいななきが聞こえた。サムソンのいななきではなかった。

ドアが細く開いて、アレックスがなかをのぞいた。コリンのなかで怒りと苦悩がせめぎあううちに数秒が過ぎた。それ以上の沈黙に耐えられなくなり、彼はさっとテーブルのほうへ手を振った。「おなかがすいただろう?」

アレックスは答えようとも、動こうともしなかった。コリンの怒りと苦悩にいらだちが加わった。

「アレックス?」

「ええ」ようやく彼女は答えた。「おなかがすいたわ」

アレックスはドアをさっと開けてなかに入り、まっすぐテーブルへ行って椅子に座った。コリンが向かい側の椅子に腰をおろすと、彼女は驚いたように目をぱちくりさせた。

「すてきな朝食ね。ありがとう」

彼が最初に気づいたのは、アレックスが乗馬服を着ていることだった。ジョージとルーシーの家で着ていたのと同じものだ。ぼくにあの日のことを思いださせようと持ってきたのだろうか? 出会ったばかりのぼくに海辺の草地で処女を捧《ささ》げようとしたことを思いださせるために？　そう考えてコリンは顔をしかめたが、アレックスは気づいていないようだった。彼女は食事をしながら、牛乳の入った水差しをじっと見つめていた。

顔が不自然なほど青白いせいで、鼻のそばかすがやけに目立った。目の下のきめの細かな肌に疲労の隈《くま》ができている。コリンは出かかった悪態をのみこんだ。

昨夜、彼はアレックスの気持ちをほとんど考えなかった。彼自身が傷つき怒り狂っていたので、彼女から遠ざかりたい一心だった。しかし今、アレックスを見て、不意に思い至った。はじめて男に体を許したあとの夜を、彼女はたったひとりで過ごしたのだ。

しかもアレックスは若い。彼が考えていたよりも。

「アレックス」コリンの声に彼女が飛びあがった。「出ていって悪かった。ひとりになりたかったんだ」

「当然よね。わたしも謝らなくては。あなたをだましたことを申し訳ないと思っているわ」

アレックスの視線は手にしたパンを片時も離れなかった。

「ぼくをだましたことはすまないと思っても、これを企てたことは悪いと思わないんだね？」

コリンは彼女の顎が突きでてピンクの唇が引き結ばれるのを見た。

「ええ」やっとアレックスが彼の目を見て答えた。「そのことは悪いと思わないわ。はじめて女性とベッドをともにしたとき、あなたは悪いと思った？」

「アレクサンドラ……」

彼女は弓形の眉をつりあげ、コリンがなにを言うかと期待をこめて待っている。彼はかぶりを振って口をつぐんだ。

「わたしは本当に結婚を望んではいないのよ、コリン。そしてそれはあなたと関係のないことなの。ほかの女性たちと同じように、わたしも幼いころからいつかは結婚するだろうと思っていたけれど、真剣に考えたことはなかったし、どんな男性が夫になるんだろうなんて想像したことさえなかった。それにわたしが結婚するチャンスは……」アレックスはうんざりしたように肩をすくめた。「わたしはただ生きたかったの。処刑前の短い執行猶予期間みたいに感じたわ。あらゆることを経験したかったのよ。お酒、煙草、観劇、賭《か》けごと、そして禁断の恋」

コリンがたじろいだのを見て、彼女は愉快そうにほほえんだが、すぐに真顔に戻って続けた。「見つかったときは、これがわたしの望んでいた結果かしらと首をかしげなければならなかった」

「だが、子供が欲しくはないのか？　家庭は？」

「あなたはどうなの？」

「ぼくは……」コリンはびっくりして口ごもった。「それは……もちろん。いつかは」

「そうよね。わたしもいつか家庭を持つかもしれない。念のために言っておくけれど、わたしはあなたよりずっと年下なのよ」

彼は目をくるりとまわし、椅子の背にもたれて両脚を前にのばした。「要するに、きみとぼくはたいして違わないと言いたいんだな？」

「夫に馬車での送り迎えや買い物や友人宅の訪問しか期待しないような女性と結婚することに、あなたは耐えられる？」

「もちろん耐えられない」

「当然よね。わたしがいちばん幸せなのは、兄の領地の管理を手伝っているときなの。それをやめて妻になれると思う？」

「妻になれば家庭を切り盛りする仕事があるよ」

アレックスは憤慨したようにコリンをにらんだ。「三〇人のディナーパーティを計画することくらい、眠っていたってできるわ。ちっとも難しいことじゃない」

コリンはかたい手で顔をごしごしこすった。

「とにかく今の生活が気に入っているの。でも、ときどき寂しくなる。そんなところへ、あなたが現れたのよ」

「狼《おおかみ》の巣穴へ飛びこむ兎みたいに」

アレックスが鼻を鳴らす音を聞いて、彼は口元に笑みを浮かべた。彼女の目がきらきら輝くのを見ているうちに、怒りは太陽に照らされた霧のように消え、今さらながらコリンは自分が彼女に対していかに愚かであったかを悟った。

「ぼくに誤解を抱かせるべきではなかった」こんなふうに非難するなんてどうかしているとわれながら思った。

「わかっているわ。それに、あなたが去ろうとしていることも理解できる。そのことであなたを責めはしない」

「ぼくは去るべきなんだ。きみもここを離れたほうがいい。だからといって、ぼくがそうしたがっているというわけじゃないよ」

アレックスが二度まばたきしてから見つめてきた。コリンはのばしていた脚を引いて立ちあがり、手を差しだした。

「散歩に行こう。林のなかに小道があるんだ」

「まあ。ええ、いいわ」アレックスは目を見開き、小さく頭を振って立ちあがった。「ちょっと待っていて。服を着替えたいの」

「いいよ」

アレックスは神経質そうにかすかにほほえみ、キッチンを出て、階段を駆けあがっていった。

コリンは眉をひそめて天井を見あげ、二階を歩きまわるブーツの音を聞きながら、いったいぼくはなにをしているのだろうといぶかった。

彼はとどまるかしら?

アレックスは乗馬服を脱いで床へほうってから、それを自分で手入れして、しわのつかないようにしまわなければならないのだと気づいた。ここへはバッグをひとつしか持ってきていない。そこで彼女は乗馬服を拾いあげ、手でさっと埃を払い、衣装戸棚に慎重につるしてから、一歩さがってほかの服を眺めた。ゆるめたコルセットの上に着られる質素なドレスが三着。軽い肩掛けが一枚。それらが役立つことになるとは考えもしなかった。アレックスは肩をすくめて薄紫色のドレスを出し、引き出しからシュミーズをとりだすと、コリンがなにをたくらんでいるのか、なるべく考えないようにして身支度を始めた。

彼はとどまるかもしれない。不安と興奮がアレックスの胸のなかで渦巻いた。あの人がとどまるだろうとは考えもしなかった。わたしはそれを望んでいるの？　どうして彼に言える？　わたしが……彼をもう一度自分のなかに迎え入れたいと願ってはいないと。

不満のため息が口から漏れた。なんてひどいことになったのかしら。やっぱりコリンが正しかったのでは？　たぶんわたしは行きずりの情事に身を委ねられるような女ではないのだ。自分ではいくらそう思っていようとも。

アレックスは鏡に映っている自分の姿を見てぎょっとした。これではとうてい愛人に見えない。顔色は青白くて、シニヨンに結った髪は乱れ、疲れきった様子をしている。彼女はピンを抜き、もつれた髪を手早くとかした。そしてスカートの裾をくるぶしまであげ、ブーツを見て顔をしかめた。そのブーツは散歩用のものではないが、バッグに押しこんできた絹の室内履きで行くわけにはいかない。アレックスは床に座りこんで乗馬用のブーツを脱ぎ、裸足になった。これがいちばんだ。でも、ドレスの背中のホックをコリンにとめてもらわなければならない。

しばしためらったものの、アレックスは覚悟を決めて立ちあがり、階下へおりていった。すでにコリンは外へ出たあとで、日差しを受けた茶色の髪が銅色に輝いていた。

彼を見て、アレックスの胸がきゅっと締めつけられた。ぴんとのびた背筋、いかめしい容貌。なぜかわからないが、彼女は泣きたくなった。コリンがもうそれほど怒っていないので、安心したからだろうか？　それともほかの理由があるの？

アレックスはかぶりを振って背筋をのばし、彼を愛しているという考えを退けた。あの人の態度を見れば、わたしに対する気持ちはわかる——たぶん彼はわたしを好いているけれど、信頼してはいない。そもそも、コリンがだれかに永遠の愛を誓うなんてことがあるのかしら？　きまじめで、古くさい考え方をする、わたしのスコットランド人。自制心が強くて、恋に分別を失うようなことはないスコットランドの男。いいわ。だったら、わたしも彼を愛さないようにしよう。それに、二度と体を重ねたりもするまい。

ふたりは馬小屋の前を通り、頭上に緑の枝葉が茂る小道をぶらぶら歩いていった。アレックスはコリンとの距離が気になった。手をつないだほうがいいだろうか？　それとも互いの服がふれあうほど近くへ身を寄せるべき？　だが、ふたりは気まずい沈黙を保ったまま歩き続けた。

いくら気まずくても絶対にわたしからは話しかけないわ、とアレックスは心に誓った。だいたい、なにを話せばいいの？　〝お願い、ここにいてちょうだい。ここにいて、わたしを愛してちょうだい。でも気が進まないのなら、愛は交わさなくてもいいわ〃とでも？　いいえ、だめ。そんなことを言ったら、結局は喧嘩別れになるだろう。ああ、二日めにして早くも彼に出ていってほしいと願うことになるなんて、いったいだれが予想したかしら。

「出ていかなくては」突然、コリンが口を開いた。あまりにも暗い口調だったので、アレックスはひとりごとかと思った。「ぼくは出ていくべきだ」今度は彼女のほうを向いて言った。「だが、どうやらきみの実利的な考え方がぼくにも伝染したらしい」

「実利的な考え方？」

アレックスは彼の肩越しに水のきらめきを見て、ああ、あそこに池があるんだった、とぼんやり考えた。

「ぼくの心の半分は怒っているが、残りの半分は……」コリンが髪に手を走らせた。「小さな声で、〝もう過ぎたことだ。今さらどうなるんだ？〟とささやきかけてくる」

「その小さな声に、あなたはどう答えるの？」

彼の苦々しげな笑い声に、アレックスの腹部がむずむずした。「なにも答えない。ぞっとして震えるだけだ」

ああ、なんてこと。「あのね、コリン……」彼女は言葉に詰まり、震える手をスカートで隠した。コリンが物問いたげに眉をあげる。「わたしとあなたは……合わないんじゃないかしら」

「合わない？　ぼくらはうまくいかないってことか？」

「いえ、そうではなくて……」ああ、なんと言えばいいの？　どうしてこんな会話をするはめになったのだろう。

「アレックス？」

「あなたは大きすぎる。家へ帰るべきだと思うわ」

「なんだって？」コリンが目をしばばたたき、彼女の言葉の意味を読み解こうとするように唇を動かした。

その唇が一文字に引き結ばれて顔が曇ったことから、アレックスは彼が理解したことを悟った。彼女は立ちどまって目を両手で覆った。

「アレクサンドラ、きみは処女だった——」

「わかっているわ！　はじめてのときは痛いものだということも知っている。でも、コリン、わたしを見て。なぜもっと早くそのことを考えなかったのかしら。わたしは小さいのよ！」

彼女は指のあいだからのぞいた。「でもあなたは……違う！」

「ぼくを非難しないでくれ。大きいからこそ与えられる歓びがあるんだよ。きみがはじめてだと知っていたら……たしかに処女にはつらいだろうが、そのつらさを軽くするやり方があるんだ。そんなことで……あんなふうにぼくを追い払おうとするなんて」

アレックスは両手で顔を覆ったまま、うめくように言った。「もう二度とできないわ、コリン。お願い」

彼がゲール語で悪態をついた。ゲール語はひとことも理解できないアレックスだが、その悪態の意味はわかった。彼女は再び指のあいだからのぞいた。コリンは木の葉の隙間から青空を見あげている。彼の唇が祈りを唱えるように動いた。

不意にコリンが顔を下に向け、彼女が見ているのに気づいてこわばった笑みを浮かべた。

「じゃあ、それで決まりだね」

アレックスはほっとする一方で、心の底から悲しくなった。「ごめんなさい。わがままを――」

「ぼくはとどまらなくてはならない」

「とどまる？」

「きみを誘惑する機会を簡単に手放してたまるものか」

「誘惑する？」わたしは愚かな子供になってしまったみたい、とアレックスは思った。彼の言葉を繰り返せば意味が理解できるとでもいうように、ただ繰り返している。

「自分がばかげたことを言っているのに気づいているだろう、アレックス？　きみは知的で、しかも情熱的な女性だ。女だってたまには性の歓びを楽しむべきだということを知っているよね」

「女が楽しめるのは前戯だけよ！」アレックスは恥ずかしさをかなぐり捨て、両手をおろして叫んだ。「あなたは……そう、大きすぎるの。あなたのものはあまりにも大きくて――」

それ以上続けないほうが賢明だと考えて、手を口にあてる。

コリンの顔をさまざまな感情がよぎった――おかしさ、恐怖、誇り。最後におかしさが勝利をおさめた。「そんなことで文句を言われたことはないよ。小さすぎるとか、大きすぎるとかいうことでは。そうとも、一度だってない」

彼女は口を開くのが怖くて、ただ見つめるほかなかった。

「ぼくはいたって普通だと思う。それに、なぜ大きさのことをきみが知っているんだ、レディ・アレクサンドラ?」

「わたしは処女だったけれど」小声で言った。「尼僧だったわけじゃないのよ」

「そうかい? てっきり、きみは修道院で育ったのかと思った」

「どうしてそんなに愉快そうなの?」

「おもしろがっていなかったら、居酒屋へすっ飛んでいって酒をがぶ飲みし、不名誉な死を遂げるしかないからさ」

「恥じることは全然ないのよ、コリン。ほかはとてもすてきだったんですもの。すてきどころか、本当にすばらしかった! あなたが悪いんじゃないわ。わたしたちは不釣りあいなだけよ」

「ぼくを信じてくれ」

この人を信じる? 信じない理由はひとつもない……。「でも、信じていいのかどうか」

うつむいているコリンの顔や髪を見たとたん、アレックスの心は決まった。ああ、出ていかないでほしい。ここにいたら、彼の髪をなであげて、首にキスしてあげられる。彼がわたしの体にしたことを、わたしが彼の体にしてあげられるのだ。

「いいわ」彼女は認めた。「わかった、やってみる。でも、一度だけよ」

コリンはうなずいて歩きだした。アレックスは急いで追いかけた。

「わかっているだろうね。子供ができたら結婚しなくてはならないんだよ。エディンバラにいるときに、そのことをはっきり言っておくべきだった」コリンが彼女の手をそっと握った。「ぼくの子を婚外子として育てさせたくないんだ」

「そうね、わかるわ。その可能性が……子供のできる可能性があるかしら？」握りあっている手を通して、彼の指を小さな震えが走るのが伝わってきた。

「尋ねるつもりはなかったが、アレックス、ぼくらのしたことは知っているね……きみが楽しめなかった部分……あれによって女性は妊娠するのだということを？」

彼女の口から笑い声がほとばしった。「もちろん知っているわ。ばかなことを言わないで」

「きみは見かけよりも世間知らずのようだからさ、子猫《カイテン》ちゃん。確かめておきたかったんだ」

「ええ、どうすれば妊娠するかくらい知っているわ。だけどわたしのメイドは、あなたなら妊娠しなくてすむ方法を知っているだろうって言うの」

「それは、まあ」コリンはじっと見つめられて身じろぎした。「ああ、知っているよ。だが昨晩は、その方法をとり損なった。それにその方法をとったからといって、絶対に安全とは言いきれない。さもなければ、あれほど多くの若い娘が教会の祭壇へ駆けつけはしないだろう」

「どうすればいいの？」

彼は咳をして笑い声をあげ、耳まで真っ赤になった。「きみのなかに出さなければいいんだ」

「まあ」アレックスはきまじめな顔で応じた。「じゃあ、タイミングの問題ね」

「そう、要はタイミングだ」コリンはそう言って、歩きながら彼女を見た。あまりにしげしげと見るので、アレックスは顔を赤らめた。不意に彼が白い歯を見せて笑った。日差しを受けて目が光り歯がきらめいたせいで、まるで狼みたいに見える。彼女はごくりと唾をのみこんだ。でも、そんなふうに考えるのは間違っている。わたしのコリンが？　狼ですって？　そんなの、ありえないわ。


「大変な重労働をさせてしまったわね」

「とんでもない」コリンは熱い湯の入ったバケツを浴槽のかたわらに置き、額を手でぬぐった。「温度を調べてくれ」

アレックスが浴槽を半分満たしている湯に指を入れた。「あとほんの少しあたたかくしたら完璧よ」

彼女は立ちあがり、コリンがバケツの湯を注ぎ足すのを見守った。彼が体を起こして横に並ぶと、アレックスは神経質そうに唇を引き結んだ。「ありがとう、コリン」

彼はアレックスのドレスの背中に手をのばした。

「部屋のなかにいるつもり?」

「いるだけではなくて、きみを風呂に入れてやるつもりだ」

「まあ」彼女はけっこうよというように手をひらひら振ったものの、抗議はしなかったし、慎み深いふりもしなかった。「手伝いましょうか、それとも……?」

「いや、ぼくにさせてくれ」コリンはドレスの背中の小さなホックを外した。アレックスの顔はほんの少し日焼けしているが、ドレスの下から現れた肌は雪のように白かった。今は薄織りのやわらかなシュミーズを着ている。ドレスを押しさげた彼は、淡いピンクのコルセットが胸を高く押しあげているのを見た。

コリンがなにを見ているのか確かめようと、アレックスが顔を下に向けた。そして、仕事で荒れたコリンの手が鎖骨から肩をなぞり、腕の内側に沿って手首までおりていくのを見つめた。

「なんて美しくつくられているのだろう」彼はため息まじりにささやいた。「まるで生まれたばかりの赤ん坊みたいだ」

アレックスがかぶりを振るのを横目に、彼はドレスを下までさげて脱がせた。彼女がコルセットのホックを外す。残るはシュミーズだけだ。腹部と腰を覆っている薄い生地の下に、両脚の付け根の黒い茂みが透けて見える。

距離を保ったまま、コリンはアレックスを目で愛撫し、体の美しさに酔いしれた。いったいどうして彼女が処女であることを疑ったりしたのだろう?

コリンが見つめるうちに、アレックスはますます高ぶってあえぐように息をし始めた。牡馬のにおいをかいだだけで発情する牝馬のようだ。アレックスの反応によって情熱を呼び覚まされたコリンは、彼女を支配して屈服させ、欲望のおもむくままにむさぼりたかった。もちろん彼女は屈服しないだろう。そうさせるにはかなりの時間がかかるに違いない。すると再び争いが始まることになる。

コリンは歯を食いしばり、両手の親指を肩の細いレースのリボンにあてて両側へそっとずらした。シュミーズがするりと落ち、一糸まとわぬ姿になったアレックスが彼を見あげてほほえんだ。

「浴槽のなかへ」コリンがしゃがれた声でやさしく言った。

アレックスが前を通るときに、腕が彼のシャツとその下のたくましい胸にこすれた。彼女は自分がこの男性に及ぼす影響を楽しんだ。少しふれただけで、コリンは息を荒くしたり、逆にとめたりする。

彼女は片足を浴槽のなかへ入れて熱い湯につけた。湯が膝まで来た。

コリンが魅入られたように見つめている。アレックスはもう一方の足を浴槽に入れ、湯に体を沈めていった。底にヒップがついたとき、湯がちょうどみぞおちに達して、乳房の下側に小さな波が打ち寄せた。コリンは片時も目をそらさない。

彼のまなざしに愛撫されたかのように乳首が熱くなり、腹のなかでなにかがよじれた。それは周囲の湯のように熱く、ほとんど痛みを覚えるほどだった。コリンの目線が上にずれてふたりの視線が絡みあったとき、彼の目の荒々しい光にアレックスの息が詰まり、腹部の痛みが増した。

そんなふうにぎらぎらした目を、炎の熱さと氷の冷たさを同時に放つ目を、アレックスは見たことがなかった。不意に彼女は、無謀にも自分自身がたきつけた炎によって焼かれる危険を感じた。コリンはおもちゃではない。れっきとしたひとりの男性だ。その彼を、わたしは自制心の限界まで押しやったのだ。彼女は熱い湯のなかで身震いし、危険に対して目を閉じた。

室内の冷たい空気が動いた。コリンがアレックスのまわりを動いているのだ。彼女は緊張に身を震わせて、さわられるのを、なにかされるのを待った。

「前かがみになるんだ」

勢いよく体を動かしたアレックスは、湯がさざなみとなって肌に打ち寄せるのを、うなじから髪が持ちあげられるのを感じた。それからコリンが片手を湯につけるのを感じ、濡れた石鹸が泡立てられる音を聞き、湯気にまじるラベンダーの香りをかいだ。

まず両肩に押しつけられたコリンの手が首を滑っていき、そこから胸の膨らみへとおりていく。指が開いて乳首を挟み、敏感な先端をもてあそんでから、手のひらがすっぽりと乳房を包みこんだ。

アレックスはあえぎ、指で乳首をぎゅっとつままれたときは切ない泣き声を漏らした。彼の手の動きが変わった。親指がとがった乳首をかすめて前後に動き、その周囲に円を描く。彼女は身もだえした。

「コリン！」

「ああ」耳の近くで彼の心臓が音高く打っているのを聞いたアレックスは、頭をのけぞらせてかたい胸板に押しあてた。

親指がようやく乳首を離れ、かわって手のひらが膨らみ全体を包んで動き始める。アレックスはその手で全身をくまなく愛撫されたかった。

「しいっ」深みのある声が彼女の神経を静めた。手が肌から離れたときは思わずため息が出た。

再び湯と石鹸の音が聞こえたあと、コリンがアレックスを洗い始めた。腕や手、わきの下に石鹸を塗っていく。彼の洗い方は肋骨を一本一本、背骨のくぼみをひとつひとつ磨こうとするかのように念入りだ。あたかも舌で体をくまなくなめつくそうとするように、泡でつるつるする手が肌の上を動きまわる。

コリンが彼女の髪を持ちあげて、肩と両腕に新しい湯をかけた。

「立って」命令は短かったが、やさしかった。アレックスは立ちあがった。

彼が手でさらに石鹸を泡立て、腰と腹部に塗っていく。アレックスは体の震えをとめられなかった。コリンの手が通り過ぎるたびに、そのすばらしい感触に腹部の筋肉がひくひくする。

背後にひざまずいている彼の息が腰にあたって、濡れた肌を冷ますのが感じられた。アレックスは後ろにいるコリンの様子を思い描こうとした。両手を腹部の曲線に沿って下へ滑らせ、しずくを垂らしている茂みに指を絡ませて、肌にゆっくりと口を近づけていくコリン。彼女の喉をあえぎがせりあがってきた。アレックスはキスしてもらいたかった。腰に歯をあて、指をなかに入れてもらいたい。だが、コリンはひたすら洗い続けている。茂みに石鹸をこすりつけたあと、再び両手を濡らすために彼女から離れた。

仕事を再開したコリンの手つきは少々荒っぽかった。指でアレックスの腰をきつくつかみ、しばらくそのままでいてから、太腿に沿って下へ滑らせ、次にヒップのほうへ押しあげる。両足と両膝と腿の力が抜けて、彼女はへなへなと湯のなかに座りこんでしまいそうだった。心臓が早鐘を打ち、鼓動に合わせて子宮の入口が脈打っている。彼に呼びかける太鼓の音のようだ。

コリンが彼女のヒップに手をあてがって指を大きく広げ、ゆっくりと前後に動かした。そうやって何度も愛撫を繰り返し、アレックスの中心に近づいては遠ざかって、いたぶり続ける。彼女は身を震わせてうめきながら、コリンの両手がふた手に分かれて、ヒップから脚に石鹸を塗りたくるのを感じていた。

「脚をあげて」

まあ、コリンったら、そっけない声を出そうとしているけれど、喉が詰まったみたいな声しか出せないじゃない。アレックスはからかいたかったが、彼女自身が懇願の声をのみこむのに必死だったので、命じられたとおりに左脚をあげ、浴槽の縁に足をのせた。

　頭をめぐらしたアレックスは、コリンの目が大きく見開かれてきらりと光るのを見た。彼は両手で石鹸を泡立て始めたが、あまりに激しくこすったので石鹸が手から飛びだし、湯のなかにぽしゃんと落ちた。

　コリンがアレックスの足をあげようとしたとき、彼の肩が彼女にふれた。バランスを崩した彼女は慌ててコリンの髪をつかんだが、彼は気づかなかったようだ。

　コリンは足の指を洗い、さらに土踏まずからくるぶしへと進んだ。両手で足首やふくらはぎや膝を万力のように強く挟まれるのが、なんともエロティックだ。彼の指がゆっくりと太腿を這いあがってくる。上へ。黒い茂みのすぐ下まで。

　体がぴんと張りつめ、脈が狂ったように打っている。アレックスはコリンがふれてくれるのを待った――ふれて、苦痛をやわらげてくれるのを。もう我慢できそうにない。

「お願い、コリン。もう――」

「だめだ」彼の手がとまった。

「お願い。これ以上は――」

「いいや。まだだめだ。待っていろ」

　アレックスはかぶりを振り、彼の髪をつかんでいる指に力をこめた。

「そうだ、カイテン。待っているんだ」そう言ってコリンは離れた。彼女の中心から遠くへ。彼女を拒み、打ちのめして。

アレックスは身もだえし、彼がふれてくれないのならと、わきに垂らしていたほうの手でみずからの体にさわった。

「自分でするほうがいいのなら、アレックス、ぼくがこのイングランドにいなくてはならない理由はないよ」

「あなたにしてもらうほうがいいわ！」

「もう一方の足も洗わなくては」

アレックスはコリンをにらんで不満の声を漏らすと、湯をはねあげて足をおろし、くるりと彼のほうを向いた。そして右足をあげて浴槽の縁に置き、彼の目の前で脚を開いた。

「さあ、洗って」ささやいたあとで、懇願しているように聞こえなかったかしらと思った。

コリンはアレックスの顔を見あげてしばらく目を見つめていたあと、目の前の開かれたものに視線を移して身を乗りだした。近くへ、近くへ。彼女は息を詰めてコリンの髪をかきむしった。だが、彼は石鹸を探していただけだった。浴槽の底から石鹸をつかみあげると、コリンは後ろへ体を引いた。

懇願したほうがいいの？　彼が床に座りこんだのを見て、アレックスは考えた。そうしようかしら？　だが、その必要はなかった。コリンが彼女の足に手をのばしたとき、その手が震えているのが見えたのだ。

彼は丹念に石鹸をこすりつけ、先ほどよりもっとゆっくり足を洗った。中断したことへの罰であるのはたしかだが、アレックスは不平をこぼさなかった。いくらでも待てた。コリンもまた欲望で震えていることを知ったからだ。彼女の体はなおもぴんと張りつめているものの、下腹部のうずきはやわらいだ。彼の高まりがぴったりおさまるかもしれない。そう思うと、刺し貫かれる恐怖は薄らいだ。

ふたりはともにコリンの手の動きを見つめた。この人もわたしと同じものを見ているのかしら、とアレックスはいぶかった。彼の指の激しい動きのかなたを、数分後にそれらの指がわたしにしているであろうことを見ているの？　今度もコリンは忍耐強いところを示した。彼が太腿を洗いだしたころには、アレックスの腰は彼の注意を引こうと大胆にも前に突きだされた。彼の視線が手を離れて、目の前に差しだされたものへと移った。

勝利に酔いしれているせいか、視界がぼやけ、コリンの顔しか見えなくなった。その顔が、口が、次第に近づいてくる。ひんやりした息が、今回は腹部とその下の肌にあたった。一瞬、動きをとめた手が片方の腿をつかみ、次いでもう一方をつかむ。彼は黒い茂みに唇を押しつけた。

アレックスの両手が――全身が――目の前の光景に震えた。むきだしの腹部にあたっている乱れて色濃くなった髪、彼女の手の下のたくましい肩。

「アレクサンドラ」彼の発した言葉がアレックスの指を、胃を、骨盤を振動させて、背骨まで伝わった。「信じられないほどいいにおいがするよ」

彼女はおかしくて吹きだしそうになり、目に涙がにじんだ。

「それに味もすばらしい」

そうよ、とアレックスは大声で叫びたかった。あなたを愛しているわ、と叫びたい。だが、言葉にならないつぶやきを漏らしただけだった。なぜなら、欲望と愛を混同してはならないことを知っていたから——たとえコリンに対する気持ちが欲望以上のものに思えたとしても。愛ではない。濡れた肌にキスを浴びせていた彼が、頭をもたげてアレックスの顔を探るように見ながら、ついに指で中心を探しあてた。

彼女は叫んだが、愛の叫びではなかった。

コリンの指が羽根のように軽く周囲をなぞる。恥知らずにもアレックスは腰をいっそう突きだして、言葉ではなく身ぶりで懇願した。そしてついに……たこのできた長い指が一本、濡れたひだのなかに滑りこんできた。指は彼女をいたぶり、欲望をあおって、うめき声をあげさせた。

それでもコリンはアレックスのなかに身を沈めるのを拒み、指と手で潤った場所をこすり続けた。ああ、お願い、と彼女は心のなかでつぶやいた。

「座って」

アレックスは腿をきつく閉じてコリンの手を挟んだ。彼が手を抜く。

「座るんだ」

「ろくでなし」彼女は勢いよく座り、体についている石鹸をすすぎながら湯を彼にはねかけた。

コリンが笑い声をあげた。「ろくでなしでけっこう」

アレックスが後悔している暇はなかった。コリンは服が濡れるのもかまわず彼女を浴槽から抱えあげると、階段を駆けあがって、支度のできているベッドに横たえた。アレックスが身震いする間もなく、彼が濡れた服を脱ぎ捨てて覆いかぶさってきた。

ベッドがきしんだが、コリンの重みがちょうどよく感じられた。彼の高まりが太腿をこする感触も、あたたかくなめらかで気持ちがいい。

コリンの口が近づいてきたので、アレックスは唇を開いて迎え入れた。力強い舌が入ってきて、熱い欲望に促されるまま彼女をむさぼる。アレックスの両手は飢えたように彼の背中を、腰を、肩を、首を這いまわって、肌の感触を味わった。指はピアノの鍵盤《けんばん》の上を走るようにコリンの胸の上を走り、弾力を確かめるようにヒップをつかんだ。彼はその指の動きが気に入ったようだ。腰をぴったり押しつけて、ますます深く舌を差し入れてくる。そこでアレックスも彼に対して同じ動きを繰り返した。コリンがあえいで背中をそらす。

「頼む。怖くないと言ってくれ」

「ええ、怖くなんかないわ。続けてほしいの、お願い」

体重を移動させたコリンは空いたほうの手を彼女の腹部に這わせて、両脚のあいだで脈打っているやわらかな部分にかぶせた。指でそっと押されたとき、アレックスの全身を小さな震えが走った。

「痛むのか？」

彼女は激しくかぶりを振った。

「ここはどうだ？」長い指が一本、入ってきた。

「ああ！」大きく身をよじる。「いいえ！」

「こうしたら？」

「ああ」二本めの指が押し入ってこようとするのを感じて、アレックスは繰り返した。かすかな不快感を覚えながら、その指も迎え入れる。「ほんの少し痛いわ」

「そうか。じゃあ、ここは？」

コリンがにやりとして円を描くように手を強くこすりつけ、またにやりとした。アレックスは頭がくらくらした。

濡れた熱いものを胸に感じて目を開けると、コリンが乳首を舌でもてあそぼうとしていた。

「ああ、いいわ」彼女はうめいた。熱い戦慄《せんりつ》が乳房と子宮をつなぐ見えない糸を何往復もする。

コリンの口と指が離れたのを感じて、アレックスは抗議のうめき声をあげたが、快感の火花がはじけるあまり口がきけなかった。そっとふれた手が彼女に脚を開くよう促す。重たいまぶたを開けたアレックスは、真剣で荒々しい表情をしたコリンの顔がすぐ上にあるのを見た。彼の高まりが腿をこすり、再び火花を飛び散らせる。コリンが腰をゆっくりと突きだして、彼女のなかへ入ってきた。

アレックスは口を大きく開けて息を吸った。すさまじい圧迫感に少し不安を覚えたが、それをはるかにしのぐ歓びを感じた。コリンはアレックスの奥深くにあった緊張を解きほぐし、広く押し開いて、彼女の体内に自分の居場所を確保した。

ついにふたりの体がひとつに結ばれた。ほら。ほら。合ったじゃない。彼女の目に涙が浮かんだ。アレックスは彼の荒い息づかいを聞きながら、涙を隠そうと頭をのけぞらせた。

「アレックス?」コリンが身を起こし始めた。

「ええ」アレックスはあえぎ、彼の首の後ろで両手を握りあわせた。

彼はため息をついて上体をあげると、背中を丸めて唇を重ね、深いキスをした。コリンが離れるのを感じてアレックスは身もだえしたが、彼はすぐにまた押し入ってきた。さっきよりも荒々しかった。再び離れる。彼が体を少し上へずらして強く突き入れてきたとき、もろいガラスにひびが入るようにアレックスの体を快感が走った。

甲高いしゃがれ声が喉からほとばしる。

「ああ」コリンも歓喜のあえぎを漏らした。

再び彼が動く。突かれ、満たされて、アレックスは叫んだ。ああ、そうよ。入っては出て、入っては出る。そのなめらかな動きがひとつの長い攻撃になって、めくるめく快感をもたらした。

アレックスは自分の爪がコリンの肩に食いこむのを感じ、彼が苦痛の声をあげるのを聞いてうっとりした。なぜかコリンの苦痛は彼女の歓びにつながっていた。やめなければいけないとわかっていながら、やめられない。爪を強く食いこませれば食いこませるほど、彼が強く突いてくる。腹部のなかできつく巻かれたコイルがはじけ、強烈な力でアレックスを圧倒した。

アレックスは声を限りに叫んだ。喉が痛くなるほど叫び、そのあともコリンの首にしがみついて、あえいだりすすり泣いたりした。彼がやめようとしなかったからだ。甘い攻撃を繰り返されるうちに再び快感の波に襲われた彼女は、重い体にのしかかられながらも腰を動かした。

もう耐えられない、やめてと頼もう。そう思って、かたく閉じていた目を開けたアレックスは、コリンの顔を見て言葉をのみこんだ。彼は美しかった。快感に酔いしれている張りつめた顔。首の筋がくっきり浮きあがっている。彼女は二度めの絶頂に達しながらも、コリンがのぼりつめるのを見た。アレックスがまぶたを閉じて自分自身を開くと、彼は動きを速めて身を震わせた。コリンが体のなかから出ていったとき、彼女は泣きたくなったが、快感の残り火に震えている彼をしっかり抱きしめた。

ベッドの周囲でぐるぐるまわっていた世界が、次第に回転速度をゆるめて落ち着いた。アレックスは信じがたい思いで天井を見あげた。

「あなたは……」かすれた声をのみこんで言い直す。「あなたは正しかった。わたしたちはとてもよく合うわ」

アレックスの上で彼の体が震えた。笑っているのかと思ったが、コリンは声を出さなかった。彼がアレックスの肩にキスをしてささやいた。「こんなにぴったり合ったのははじめてだ」

「そう？」あたたかな喜びに満たされて、彼女はにっこりした。
コリンが肘をついて体をずらし、ほほえみ返す。「ああ」
アレックスは彼の首に腕をまわして大声で笑った。

12

コリンが目覚めたときは、窓から差しこむ夕日がまともにふたりの体にあたっていた。毛布をはねのけて寝ているアレックスの裸体が、日差しを受けて淡い桃色に輝いている。

彼は仰向けになった。アレックスを見る必要はなかったし、見ているのは耐えられないほどつらかった。彼女といられるのはあと数日、長くて一週間だ。だがすでに彼女の体については、なだらかな曲線からくぼみに至るまで残らず記憶してしまった。

ふれあっている腿を通して、しっとりしたぬくもりが伝わってくる。その感触で、コリンはアレックスがのびをするずっと前から目覚めていることに気づいていた。

「夕食を」手足をのばした彼女は、ヒップを揺らしてシーツにもぐりこんだ。コリンは天井に向かってほほえみ、腰を彼女のヒップにぴったり押しつけた。

「朝食はぼくが用意したのだから、夕食はきみの番ではないのかな？」

アレックスがシーツの下から手を出し、彼を追い立てるように振る。「おなかがすいたわ。なにか食べさせて」

コリンは頭を振り、言うことを聞いてやることにした。今夜のために、ここで貸しをつくっておくほうがいい。そうすればアレックスは、食べ物よりもっと心をそそるものを提供してくれるだろう。そう考えたとたん、彼の体が生き生きと脈打ち始めた。

コリンはベッドを出て裸のままキッチンへ行き、食べ物と皿とワインと水を用意した。それらを持って部屋に戻ると、アレックスが眠たげな笑みを向けてきた。

「こんばんは、ミスター・ブラックバーン」その猫なで声を聞いて、コリンは肌の上をサテンが滑っていったように感じた。「ベッドで食べさせてくださる？」大胆なせりふとは裏腹に、アレックスの頰は恥じらいに赤く染まっていた。それとは正反対に彼女のなにもかもが甘美なものに彩られている。

「承知しました」コリンはオーク材のトレーを持ってベッドに近づいた。「なにごとも仰せに従いましょう」

「まあ、ふざけないで。心にもないことを。失礼な人ね」

コリンはグラスにワインをなみなみと注いで慎重に差しだした。「わたくしはあなた様の幸せのみを願っているのです、お嬢様。あなた様はある方面の熟達にずいぶんあせっているのだとか」

「そうね、それは認めるわ。今日のあなたはとても指導が上手だったわね」

「では、わたくしを教師に取り立てていただけますか？」

アレックスがワインを長々と飲んだ。コリンは白い喉が上下するのを眺めた。彼女は唇についたしずくをなめて視線をさげ、彼の下腹部にそそり立つものに目をとめた。「教師ね。

いいわ、とても役立ちそうだもの」コリンの体が張りつめる。「あなたを歓ばせる方法も教えてくださるんでしょう?」アレックスが再び唇をなめ、まつげのあいだから彼の反応をうかがった。

「やれやれ」コリンは笑った。「まったく恥知らずなお嬢さんだ」その口調も、股間《こかん》のものも、彼がどういう気持ちでいるのかをあからさまに語っていた。アレックスの恥知らずなところが、彼を興奮へと駆り立てるのだ。「夕食をとりなさい、カイテン。この話はそのあとでしよう」

アレックスは残念そうにため息をついて食事を始めたが、むさぼるような食べ方から、本当におなかがすいているのだとわかった。シーツが落ちてあらわになった小さな乳房に、コリンの手がむずむずした。彼はじっと乳房に視線を据えたままベッドに腰をおろした。ふたりを隔てるものはトレーしかない。アレックスはみじんも恥じらいの色を見せず、裸のディナーパーティに参加し慣れているかのように、平然と食事をしている。コリンがベッドをともにした最も経験豊富な女でさえ、ことを終えたあとは不思議にも裸体を意識したものだ。だが、アレックスは違う。きらきらした目で親しげにコリンを見ながら、パンにバターを塗ったり、グラスを傾けたりしている。それらの動きに合わせて乳房が揺れていた。コリンは気もそぞろだった。

「食べないの?」彼女がきいた。

「もちろん食べるよ」コリンは食べ始めたが、まったく味がわからなかった。

ああ、アレックスは実に美しい。そんな彼女をどうしたらいいのだろう？　もうすぐ彼女はサマーハートへ帰っていく。そして、そのあとは？　別の恋人を見つけるのだろうか？　これから先、ずっと禁欲生活を貫くとは思えない。処女だったときでさえ、体じゅうに欲望をたぎらせていたのだ。ましてや性の歓びを知った今は……。静かな室内でコリンの喉がごくりと鳴った。

だが、アレックスは気づかなかったようだ。桃のタルトを見つけた彼女はうっとりした表情で目をつぶり、それを頬張っていた。もつれた巻き毛が肩を滑り落ちて背中を覆っている。彼女が体を動かすたびに、肌にしみついたラベンダーとセックスのにおいがあたりに漂った。

不意にコリンは恐怖に襲われ、グラスのワインをぐいとあおった。こうなったらアレックスと結婚しなくては。財産や身分などかまうものか。彼女がほかの恋人をつくるなんて考えただけでぞっとするし、かといって一生独身で通させたいとも思わない。毎朝ひとりで目覚めるのは寂しいものだ。眠っている彼女の太腿のあいだにそっと割りこみ、体の奥深くへこわばりを押し入れて目覚めさせてやりたい。

コリンの視線に気づいたアレックスが驚いて目を見開いた。彼は胸で燃え盛っている情熱の激しさを隠そうと視線をそらした。「もっとワインをどうだい？」

彼が瓶を手にするとすぐ、アレックスはベッドからトレーを持ちあげて、重さに少しよろめきながらテーブルへ置きに行った。それから戻ってきてグラスを差しだし、彼が注ぐのを見守った。

グラスが満たされると、彼女はそれを持ってぶらぶらと窓辺へ行き、迫りくる夕暮れを眺めた。コリンは濃い青に縁取られた彼女の姿をむさぼるように見つめた。

「一日のうちで、この時間がいちばん好きよ」アレックスがささやく。「どこにいても世界が美しく見えるわ」

「きみは美しい」

彼女がはにかんだ笑みをコリンに向けた。「わたしって、男の子みたいに見えるでしょう？」

彼はワインにむせた。「男の子みたいに？」しゃがれ声で問い返す。

「胸は小さいし、お尻だってこんなだもの」アレックスはコリンのほうを向いて窓枠に背中をもたせかけた。

「きみの胸は完璧だよ、アレックス。お尻だって申し分ない」彼女が目をくるりとまわしてみせる。「そのお尻だけでも、男たちを泣くほど歓ばせることができる」

「本当に？」

「ああ、本当だとも。まるでメロンをふたつに切って並べたようだ。甘い蜜《みつ》の味がしそうで、眺めているだけでよだれが垂れる」

「まあ、いやだ！」アレックスは笑い声をあげ、本当にメロンみたいか確かめようと自分のヒップを振り返って見た。

「信じないのか？」コリンはわざと不満そうに言って立ちあがった。

「信じなくちゃいけないみたいね」

「こっちへおいで、カイテン」

「あら、さっそく教師の務めを果たしてもらわなくては。〝カイテン〟というのはゲール語でしょう? どういう意味?」

「子猫という意味さ。きみは子猫を連想させる。しなやかで、小さくて、敏捷《びんしょう》だ」

「気に入ったわ」アレックスの視線がコリンの体をさまよい、彼の高まりを褒めたたえるようにあたたかみを帯びた。コリンは彼女の前に立ち、その視線を受けとめた。「それで、それはなんて呼ぶの?」

彼は下を見おろした。「クーリューク。英語のコックだ」

アレックスがすり寄ってきて、指先で先端にふれた。コリンは小さくうめいて彼女の手首をつかんだ。

「きみが欲しくて死にそうだが、カイテン、まだ痛むんだろう?」

「そうね、たしかに少し痛みがあるわ」

コリンはアレックスの手首をつかんだものの、払いのけることはできなかった。彼女の指がこわばりの先端をくるりとなぞった。

「でも知ってのとおり、わたしは修道院で育ったわけではないのよ。それに男の人はいろいろな楽しみ方を知っていると聞いたわ」そう言うと、根元から先端へ指を走らせる。

「女性と同じようにね」コリンは低い声でつぶやき、つかんでいた彼女の手首を放した。ひんやりした指が熱いものをそっと握る。

アレックスが体を前へ傾け、まるで子猫のように頬をコリンの胸にこすりつけた。彼女の息がかかる。「なにごともあなたの仰せのままに、閣下」

コリンは暗い眠りの靄《もや》のなかで身動きし、わき腹にあたる熱いものから遠ざかろうとした。シーツが汗で湿っている。彼はシーツを蹴りのけ、反転してうつ伏せになった。心地よくなった。さわやかな空気がほてった肌を冷やしてくれる。少し頭が働きだした彼は、目を閉じたまま枕に向かって顔をしかめた。なにかが足りない。

ああ。ぼくの女だ。

しつこいシーツが腕に巻きついている。コリンはいらだちの声をあげてそれを払いのけ、アレックスのほうへ手をのばした。手がふれたのは火だった。

「くそっ」彼はかすれた声で言い、肘をついて上半身を起こした。まばたきをして、月明かりに目を慣らそうとする。ベッドの反対側に、まばゆいばかりに美しいアレックスが横たわっていた。コリンは恐る恐る彼女を見つめた。また少し活発になった脳が、ばかな振る舞いはよせと命じる。

漠然とした不安に促され、コリンは手をのばして彼女の腕にふれた。

「なんてことだ」彼は息をのんだ。アレックスの肌は焼けるように熱かった。今や完全に目覚めたコリンの喉から、心臓が飛びでそうになった。「アレックス？」恐怖に駆られて大声で呼んだにもかかわらず、彼女は目を覚まさなかった。

彼は上半身を起こした姿勢で凍りついた。このままじっとしていたら、立ちあがってランプをつけに行かなかったら、このまま再び眠ってしまったら、これは夜中に見た夢で終わるのではないだろうか。コリンは熱くなったアイロンのような肌から離した手を、彼女の髪へ走らせた。

「カイテン、目を覚ましてくれ、頼む」反応はない。「どうしたんだ?」

コリンはベッドを飛びだして反対側へまわり、マッチでランプに火をつけた。ランプの芯がじりじりと音をたてる。彼はアレックスの顔を両手で包んだ。白く輝いていた肌が、ランプの炎が大きくなるにつれて、ますます白くなる。鼻のそばかすさえも、熱で燃えつきたかのごとく消えている。やけどをしたように頬が赤いせいで、いかにも健康そうに見えるのがかえって不気味だ。

コリンは息を詰め、彼女の頰に手のひらを添えた。「ああ、アレックス」これほど高熱を出しながら助かる人間はいないに違いない。ましてや彼女みたいに華奢な体をしていたのでは。きっと死んでしまう。

彼は衣類につまずいたりブーツを蹴飛ばしたりしながら走り、タオルを水で濡らしてくると、再びアレックスに近づいた。本当は彼女のぐったりした顔を見たくなかったので、近づきたくはなかった。濡れたタオルで肌をこすると、アレックスはかすかに身じろぎをして小さくうめいた。

「カイテン、聞いてくれ」彼女の目がまぶたの下で動いた。「しっかりするんだ。これからきみを医者へ連れていく、いいね」タオルはあっというまに乾いたが、それでも少し熱がさがったように思われた。コリンの手のなかのタオルがあたたまった。「アレックス?」

今度は目すら動かなかった。

恐怖がコリンのはらわたをわしづかみにした。ここにはぼくとアレックスしかいない。近くに小さな村があるだけだ。おそらくそこに医者はいないだろう。村の人々が頼りにするのは、たいてい薬草医だ。だがアレックスが熱を出してから、まだそれほどたっていない。考える時間はある。人は普通、数時間のうちに熱で死んだりはしない。そうとも、少なくとも数日はかかる。

アレックスが死ぬかもしれないと考えたとたん、コリンはいてもたってもいられなくなった。化粧台の引き出しをかきまわし、絹の下着をほうり投げて、彼女の裸体を覆う衣類を探す。一緒に連れていかなければならない。アレックスをここに残して、ぼくだけ村へ行くわけにはいかない。ひとりにして、もしものことがあったら……。

コリンは足元の下着の山を見るともなく見て、考えをめぐらした。高熱に対しては、いったいどのような手を打てるだろうか? おそらく医者は彼女の目と脈を調べてから、スープを飲ませて、あとは神に祈りなさいと言うだけだろう。〝最悪の事態を覚悟して、最善の結果になるよう祈りなさい。すべては神の御手《みて》に委ねられているのです〟子供のころから幾度、その言葉を聞かされてきたことか。彼女をサマーハートの家へ連れていかなくては。

コリンは衣装戸棚へ走ってドレスを出し、ベッドの上へほうった。そして手首や服に水をはねかけながら、たらいをベッドのわきへ運んでくると、タオルを絞って青ざめた唇や真っ赤な頬をぬぐい、さらに胸や腹部や腕をふいた。サマーハートがここよりも南方にあることは知っている。道路の先にある村を通って南へ行くのだ。きっと村人のなかに最短の道を知っている者がいるだろう。

彼は細心の注意を払ってアレックスに服を着せた。彼女の弱々しい泣き声を聞いては怯え、落ち着かせようとやさしくささやきかける。身支度が整うと、コリンはベッドの下に落ちていた毛布を拾いあげて彼女を包み、抱えあげて階下へおりた。

「大丈夫だよ、アレックス」彼女をソファにおろしてささやく。「ここで待っていてくれ。馬の用意をしたら、すぐに戻ってくるからね」

ドアに向かって駆けだしたコリンは、恐怖を覚えてはたと立ちどまり、キッチンのアレックスを振り返った。彼女のそばを離れたくない。だが、馬の用意をしなければ出かけられない。それにそばについていたところで、なにをしてやれるというんだ?

「くそっ」彼は悪態をついてドアを開け、外へ出ようとして再び悪態をつくと、くるりと向きを変えてキッチンへ引き返し、シンクへ行ってグラスに水を注いだ。

「飲むんだ」アレックスの口にグラスをあてがって言う。彼女の喉が上下したが、飲んだのはスプーン一杯程度で、しかもすぐに激しくむせた。

アレックスが喉元に手をやって叫んだ。グラスが木の床に落ちて砕け散る。コリンは喉が詰まったのだろうと考えて抱えあげようとしたが、彼女は顔を横に向けて、ほんの数時間前に食べたものをもどした。

「ああ、なんてことだ」うろたえたコリンは、震える手で彼女の髪を後ろへなでつけた。水さえ飲めないのでは、どうしてやればいいのだろう？「なんてことだ」彼は繰り返した。

こうなったらぐずぐずしてはいられない。コリンは嘔吐物《おうとぶつ》を手早く掃除し、馬小屋へ駆けていって二頭の馬に鞍をつけた。途中で頻繁に乗り換えていけば、馬を乗りつぶすことなく目的地までたどり着けるだろう。とはいえ、一度にふたりを乗せて暗い道を行くのだ……なにが起こるか知れたものではない。妙な時間に起こされたのと、コリンの興奮を感じたのとで、庭へ引きだされた二頭の馬が足を踏み鳴らしていないた。馬をなだめる余裕はなかった。彼は家へ駆け戻ってアレックスを抱えてくると、二度めでなんとかサムソンにまたがった。

「大丈夫だよ、カイテン。ぼくがついているからね」本当に大丈夫かどうかは考えたくなかった。

厚い木製のドアを拳でたたく音が、暗い夜道に大きく響き渡った。

「おいおい、そんなにたたきなさんな！」なかから不機嫌そうな声が怒鳴った。ドアがさっと開いて、寝巻き姿のでっぷりした男が現れた。

「助けてほしい。サマーハートへ行く道を知っていたら教えてくれないか？」

「サマー……なんだって？　おまえさん、いったい今が何時かわかっているのかね？」

「ああ、夜中の一二時過ぎだ。サマーハートを知っているか？　公爵の屋敷を？」

「公爵がこのわしとなんの関係があるんだ？」

コリンは怒鳴りたいのをこらえて質問を変えた。「ベッツィという女性はどこに住んでいる？」

「だれだって？」

「くそったれ――」

「ベッツィなら、その並びの二軒先に住んでるよ」隣の家から大声がした。

コリンは手をあげて感謝の意を示し、教えられた家へ向かった。その家は広くてまとまりがなく、そのうえたいそう古かった。玄関に出てきたのはベッツィ本人だった。

「ベッツィ」コリンは息せき切って言った。「レディ・アレクサンドラの具合が悪いんだ。病気らしい。近くに医者はいないか？」

「いいえ、いません」ベッツィが震える声で答えた。「なんの病気です？」

「わからない。ものすごい熱で、水さえ喉を通らないありさまだ」

彼女は目をしばたたいてあとずさりした。「きっと悪性の咽喉炎《いんこうえん》です。隣町の子供が何人もかかりました」

「サマーハートへ行く道を知っているか？　いちばん近い道を？」

ベッツィが途方に暮れたようにかぶりを振る。「三キロほど行くと、道がふた手に分かれているので、東の道を行ってください。わたしが知っているのはそのくらいです。でも、サマーハートまでは何時間もかかりますよ」

「わかっている。だれかがレディ・アレクサンドラを訪ねてきたら、ぼくが家へ連れていったと言ってくれ、わかったね？　彼女のメイドか御者が……」

ベッツィはドアをそろそろと閉めながらささやいた。「承知しました。どうぞお気をつけて」

13

時間のたつのがあまりにも遅いので、コリンは夜明けのない悪夢の世界に入ってしまったのではないかと思い始めた。慎重に進まなければならなかった。いくら気がせいても、知らない夜道で馬を駆けさせることはできない。しかも頻繁にとまっては馬を乗り換えたり、アレックスの乾いた唇を水で湿らせたりしなければならなかった。彼女の具合は悪くなったりよくなったりを繰り返した。一度などは目を開けさえしたので、コリンはびっくりして危うく彼女を落としそうになった。

「わたしたち、いったいなにをしているの？」アレックスがしゃがれ声で尋ねた。コリンの胸に希望がわいたのもつかのま、彼女はすぐにまた眠りこんだ。遠くまで来すぎて地球の端から転落したのではと考えだしたころ、ようやく東の空が白んで、道が遠くまで見えるようになった。

コリンはさっそくサムソンに乗り換え、あとで烏麦と干し草をたっぷり食べさせてやるぞとささやきかけて、疲れた馬を駆けさせた。今まさに目覚めようとしている、見覚えのある町に差しかかったので、目的地まであと一〇キロ足らずであることがわかった。

着いたらどのように自分のことを説明しようかと思い悩んで時間を無駄にしたりせず、コリンは同じ疑問を繰り返し胸に問い続けた。サマーハート公爵は屋敷にいるだろうか？　彼は近くに信頼できる医者を置いているだろうか？　それともアレックスは兄に看取《みと》られることなく、やぶ医者にかかって死ぬのか？

さらに一時間近くが過ぎたころ、〈レッド・ローズ〉が目に入った。あと一五分。コリンは肩の荷が軽くなった気がした。少なくともアレックスを家に送り届けることができる。彼女自身のベッドに。

知っている顔を見て、コリンは手綱を引いた。〈レッド・ローズ〉の主人だ。「ミスター・シムズ」彼は道路を隔てて呼びかけた。

「はい？」

「この町に医者がいるか？　公爵家の人たちを診ている医者が？」

シムズが眉をひそめて近づいてきた。そして探るようにコリンを上から下まで眺めまわし、毛布のなかをのぞきこもうとした。「ええ。マドックスという医者がいますよ。ときどき公爵家へうかがっています」

「すまないが、その医者を屋敷へ来させてくれないか。急を要するんだ」

シムズが相変わらず毛布のなかをのぞきこもうとしながらうなずいた。コリンは馬を駆けさせようと拍車をかけた。サムソンはいらだって首を立てたが、すぐに疾風《はやて》のごとく駆けだし、サマーハート邸に着くまで速度をゆるめなかった。

「サマーハート卿!」コリンはドアから駆けこんで叫んだ。数人の召使が小さな叫びやいぶかしげな声をあげながら玄関へ駆けてきた。「公爵はご在宅か?」前回ここを訪ねたときに見かけた男がいたので、コリンは尋ねた。

「どのようなご用件で——」

コリンは毛布をまくって病人を見せた。執事はドレスからのぞいている青白い肌を見て息をのんだ。ひとりのメイドが甲高い悲鳴をあげる。

「レディ・アレクサンドラの具合がたいそう悪いんだ」

「ジョーンズ」執事が姿の見えないだれかに怒鳴った。「だんな様は乗馬をしておられるから、すぐにお知らせしてきなさい。ブリジェット、この方をお嬢様の部屋へご案内して」執事は周囲を見まわした。緊急事態に動揺してはいるものの、あくまでも威厳を崩さない。

「トムはどこにいる? 医者を呼びに行かせなければ」

「医者はこちらへ向かっているはずだ。町で伝言を頼んでおいた」

ブリジェットと呼ばれたメイドが階段のほうへ駆けだした。コリンはささやき声やざわめきをあとに残してメイドについていった。厚い絨毯の敷かれた階段を駆けあがる。腕が疲れているはずなのに、アレックスの重さは感じなかった。彼女をベッドにおろすと、急に抱きかかえるものを失った腕の筋肉がぴくぴく震えた。

ブリジェットは女主人と見知らぬ男を不安そうにちらちら見ながら、どうしたらいいかわからずにうろうろしている。「水を持ってきてくれ」コリンは大声で命じた。「それとタオルを」

「わたしがします」

居丈高な声がしたので振り返ると、身長一八〇センチはあろうかという家政婦らしき女が目に怒りをたぎらせて、すぐ後ろに立っていた。彼女はコリンを肩で押しのけ、アレックスの顔や手足をふき始めた。タオルを絞るたびに頭を振っては舌打ちをする。コリンは手持ち無沙汰になって後ろにさがった。

「夜中の一二時ごろに具合が悪くなったんだ」ようやく彼は言った。家政婦が緑色の目で刺すようにコリンを見る。「ひどく熱が高くて、水を飲ませようとしても喉を通らない」彼は家政婦からアレックスへ視線を移した。彼女の歯ががちがち鳴り始めて、コリンはぞっとした。

「出ていってください！　服を着替えさせなければなりません」

コリンはその場にいたかったが、そんな権利はないと考えて、寝室の隣の居間へ移った。そしてドアの近くをうろうろしながら室内をぼんやり見まわし、奇妙なものがいろいろあることに気づいた――炉棚の上の、後ろ脚で立ちあがった翡翠《ひすい》の馬、椅子の背もたれに立てかけられた真っ赤な丸いクッション。窓際のテーブルにのっている黄色い革手袋は、古くなってひびが入っている。おそらくだれかの形見だろう。

廊下に面したドアが開き、重そうなトレーを持ったメイドが入ってきた。コリンは高級な紅茶のにおいに引かれ、メイドについて寝室へ戻った。

家政婦もメイドもコリンを無視して、彼がアレックスを見つめていてもとがめなかった。明るい光の下で彼女を見たのは何時間も前のことだ。あのときも頬骨は今と同じくらい目立っていたし、口のまわりの肌はもともと青白かった。これほど短時間に重病にかかるなんて、ありえない。彼女と愛しあってから、まだ半日とたっていないのに。

不意に室内の空気が変わったのをコリンは感じた。家政婦もメイドもまっすぐ立って、彼の肩越しにある一点を見つめた。メイドが膝を折ってお辞儀をする。

サマーハート公爵がコリンには目もくれずに横を通り過ぎた。そして妹のベッドへ駆け寄り、そっと頬に手を添えた。「アレックス？」

返事はない。コリンが見ていると、公爵は清潔なシーツのなかに手を入れて妹の手を出した。兄と妹は髪と目の色が同じだった。どちらも黒髪で目は青い。だが、似ているのはそこまでだ。サマーハート公は背の高い強靭《きょうじん》な体つきに、軽蔑の視線を向けただけで相手を縮みあがらせる鋭い目をしている。その顔は今、目よりもさらに鋭かった。彼は妹の手を握りしめて親指でなで、冷たい青い目をコリンに向けた。

「妹になにをした？」

「彼女は――」

「妹には近づくなとはっきり言っておいたはずだ」

「言い訳のしようもありません」

「これがきみの復讐なのか？」

「いいえ」

コリンとの話はもうすんだと言わんばかりに公爵はアレックスに視線を戻し、ベッドにそっと腰をおろして、ぐったりした彼女の指を唇に押しあてた。そして耳に口を近づけて、なにごとかささやく。アレックスはかすかに身じろぎしたが、まぶたは震えただけで開かなかった。

「さがって」

コリンは部屋そのものが命令を発したのかと思って後ろへさがった。黒い服に身を包んだ小柄な男が横を通り過ぎたときにはじめて、医者が室内の全員に向かって言ったのだと気づいた。いかにも有能そうな医者は道具の入った鞄《かばん》を置き、てきぱきとアレックスの診察を開始した。まず目と喉と耳を診て、脈拍と呼吸を調べる。それから家政婦が着せたウールのナイトガウンのボタンを外し始めたので、コリンは視線をそらした。膝ががくがくする。〝医者が来た〟ということしか考えられなかった。

「猩紅熱《しょうこうねつ》です」医者の声はしゃがれていた。「ここに発疹《はっしん》が出始めているのが見えるでしょう？」

サマーハート公が低い声でぼそぼそと答えた。

「水分をとらせなくてはなりません。柳の皮を煎《せん》じたお茶を飲ませるのがいちばんです」医者は鞄から広口瓶を出して蓋を開けた。「できるだけ安静にして、あたたかくしてあげてください」瓶から蛭《ひる》を一匹出して、アレックスの首に押しつける。「お茶を飲めるようでしたら、骨の煮出し汁も与えてください」

彼女の肌の上で黒い蛭がのたくるのを見たコリンは、胃液が食道をのぼってくるのを感じた。くねくねした長いものが白い肌に吸いついて彼女の尊い血を吸うさまはひどく醜悪で、吐き気を催させる。医者はさらに瓶から蛭を出して、手首と腕の内側に這わせた。

「ブラックバーン」公爵の声がコリンめがけて拳のように飛んできた。「書斎へ行って待っていろ」

これがアレックスを見る最後になるかもしれないと考えて、コリンはためらった。だが、今は心のこもった別れの挨拶をしているときではない。サマーハート公に謝罪と説明をしなければならないのだ。公爵が彼女に近づくことを禁止したら、塀を乗り越えてでも会いに来よう。

コリンは言うことを聞かない足に命じて向きを変え、部屋を出て階段をおりていった。執事が頭を振り、書斎のある方角を示した。そこに入って待つあいだ飲み物は運ばれてこなかったが、彼は驚かなかった。

公爵が入ってきてねめつけたときは、室内の空気が怒りで濃くなったように感じられた。

「会うなと命じられていたにもかかわらず、妹君に会いに来ました」

「それは何カ月も前のことだ」

「ええ。そのときはちょっと話をしただけです。そのあと親戚の家で偶然再会しました。あなたのまたいとこのジョージ・テートは、ぼくの親戚であるルーシーの夫なのです」

「そのことは知っている」サマーハート公はつかつかとサイドテーブルへ歩いていって、ひとつのグラスに飲み物を注いだ。コリンには勧めなかった。

「そのときに、ぼくたちは親しくなりました」

「つまり、妹を誘惑したというわけだ」

「いえ、そうではありません。ぼくと彼女は……」コリンは拳で額をこすり、疲労で朦朧《もうろう》としている頭を必死に働かせようとした。「ぼくたちは戯れに関係を持ったのです」

「戯れに？　するときみは妹を傷つけるつもりだったのだな？　罰したかったのか？」

「もちろん違います。弟の死を彼女のせいにするつもりはまったくありません」

「嘘をつくな」公爵は食いしばった歯のあいだから吐き捨てるように言った。「最初に話をしたとき、その顔にはっきりと表れていたぞ。きみは妹を軽蔑していた」

「たしかに当時は軽蔑していました。しかし、彼女と会ってからは……」肩をすくめたとたん、腕に痛みが走った。

「それで、なぜ妹は死ぬほどの病にかかり、きみの世話になったのだ？」

「妹君は……エディンバラの馬市に来たのです。そこでぼくが彼女を見かけ……」コリンは真実を話せなかった。あなたの妹が男に性的な誘いをかけたのですよ、などと公爵に言えるわけがない。「ぼくたちは別の場所で会う手はずを整えました。彼女の別荘で一週間過ごす約束をしたのです」

「一週間」サマーハート公は大理石のテーブルに慎重にグラスを置いた。「では、きみの意図については疑問の余地がないわけだな」

「ええ、そうです。ぼくは彼女をものにするつもりでした」

サマーハート公が近づいてきたときコリンはあとずさりしなかったし、公爵が拳を振りあげたときもよけようとしなかった。彼は衝撃に備えて足を踏ん張り、歯を食いしばったが、それでも拳を見舞われたときは後ろへすっ飛んで尻もちをついた。顎がどうかなってしまったと思えるほど痛く、頭痛までしてきた。

きっとさらに殴られるだろうとぼんやり思ったが、驚いたことに公爵はコリンを見おろしているだけだった。両手を握りしめて荒い息をしていることから、もっと暴力を振るいたいのをこらえているのだとわかる。

コリンは痛む顎をさすりながらよろよろと立ちあがり、揺れている部屋が落ち着くのを待った。グラスの鳴る小さな音が、公爵が遠ざかったことを告げた。

「妹は売春婦ではないぞ、このごろつきめ。まだ少女だ。大人になりきっていない」

「彼女は処女でした」

公爵の手がぴたりととまり、歯がぐっと食いしばられた。「なんだと?」かみそりの刃のように鋭いそのひとことが、コリンの良心にぐさりと突き刺さった。

「彼女は処女だったのです」

「だった?」

「ええ。それに気づいたときは遅すぎました」

「要するに、挿入したあとで気づいたというわけだ」

コリンは応えないでおくほうが賢明だと思った。サマーハート公がグラスから目をあげ、さも軽蔑したようにコリンを見る。

「そして今では妹と結婚するつもりでいるのだろう。身分が高くて、きみの二倍は年収のある女と」

「処女だったと知ってすぐに、ぼくは結婚を申しこみました。ところが即座に断られました」

「妹が断ったというのか？」

「夫も子供も欲しくはないというのです」

「では、いったいなにを求めているんだ？」

どう答えていいかわからずに咳払いをしたが、公爵はコリンを見つめて答えを待っていた。

「おそらく彼女はあなたが今持っているものを求めているのでしょう。つまり、望みどおりに行動する自由を」

「そんな自由なら最初から持っていたはずだ」

「そう思いたいです」

サマーハート公が腕を振りあげた直後、反対側の壁にグラスがあたって砕ける大きな音がした。「そんなものはくそくらえだ！」公爵が急に凶暴な表情になって怒鳴った。顔に失望の色が浮かんでいる。いや、失望ではない。恐怖だ。

「妹が意識を失ったのはいつだ？」

「昨夜です。昨夜の一〇時ごろです。真夜中にぼくが目を覚ましたときは、すでに今と同じ状態でした」

「妹を虐待したのではないだろうな？」

コリンは怒りをこらえた。現状を考えれば、公爵がそんな質問をするのは当然と言える。

「もちろんです。彼女にだまされて憤慨してはいましたが、断じてそのようなことは……今さら弁解したところで始まりませんが、処女だと知っていたら、ぼくは絶対に彼女と寝なかったし、彼女もそれを知っていました」公爵が刺すような視線でにらみつけていたが、彼はたじろがずに見つめ返した。「ぼくはあなたの妹君を大切に思っています。彼女が傷つくのを見るのは我慢できません」

「相手の身分や体面も考えずに未婚の若い娘と逢い引きするのは、相手を傷つけることになると考えなかったのか？」

「正しいことだとは思いませんでしたが、そうしてしまったのです。弁解の余地もありません」

氷のような目がコリンをしげしげと見た。「ふん、弁解ならできるぞ。アレックスはいったん夢中になると、断固として我を通すことで知られているからな」

咳きこんだコリンは顔が赤くほてってくるのを感じた。

「一六歳のとき、妹は乗馬用に牡馬が欲しいと言い張った。牝馬や去勢馬ではだめだというのだ。いくら思いとどまらせようとしても言うことを聞かない。数カ月ものあいだうるさくねだられ続けて、とうとうこちらが折れざるをえなかった」

「そうでしょうね」コリンは体重を反対の足へ移し、髪に手を走らせた。「快復したら、もう一度求婚してみます。彼女は頑固に拒絶しましたが、気持ちを変えさせることができるかもしれません」

「それを望んでいいものかどうか、わからないよ」

「そう思われるのも無理はありません。なにしろぼくは彼女よりはるかに身分が下で、財産もありませんから」

「そのとおり」公爵は仲買人が馬を値踏みするような目でコリンを観察した。「だがきみは、われを忘れて暴力に走る人間ではなさそうだ。誠実だし、知性もある。きみを悪く言う人間には会ったことがない」

「ぼくはほとんどロンドンにいませんので、閣下」

「〝閣下〟などと呼ぶな、しらじらしい。妹を傷つけておきながら、今さらそんな呼び方をしたところで遅すぎる」

コリンは新たにわきあがったいらだちを隠そうと下を向いた。どのように扱われても抗議できる立場ではない。

「いずれにしても求婚するつもりだったのか？　処女であろうとなかろうと？」

コリンは正直に答えようと口を開けてから、正直に答えるわけにいかないことを悟った。

〃いいえ〃と答えるつもりだったが、ぼくはルーシーの家を訪問中にそのことをちらりと考えたのではなかったか？　それについて考え、即座に退けたのでは？　そしてもう一度別荘でも？　だがたとえアレックスが処女でなかったとしても、彼女のベッドで一週間過ごしたあとで、あっさり別れることができただろうか？

「きみの沈黙でおのずと答えはわかる」

「いいえ、そうではありません。ぼく自身、答えがわからないのです。結婚するつもりだったら、別荘で会ったりはしませんでした。しかし、そのあとの自分の気持ちについては？わかりません。彼女は本当にすばらしい女性です」

「そう思うかね？」サマーハート公は純粋に尋ねただけで、アレックスにかわって非難しているのではなかった。

「彼女があなたの妹君でなく、スコットランドのお針子かなにかだったら、処女であろうとなかろうとぼくは求婚したでしょう」

「ふむ」再び値踏みするような冷たい視線がコリンに注がれた。「妹を家に連れ帰ってくれたことを感謝する。少なくともきみは病気の妹を見捨てなかった」

コリンはかっとなった。「見損なわないでください」

優美な黒い眉の片方が、さも驚いたようにつりあがった。「ほう。では、きみをどう考えればいいのかな？」

「スコットランド人ならだれでもそうである人間とお考えいただきたい。どこの国民よりも礼節を重んじる人間と」

「そうか。たった今きみはわたしの同国人を侮辱したも同然だが、そうはいっても、たしかにきみはイングランド人の恋人よりましなようだ」

「あの男は彼女の恋人ではありませんでした」コリンは吐き捨てるように言った。

「ああ」サマーハート公はコリンの怒りを見てほほえんだが、少しもおかしそうではなかった。「彼は妹にとって大切な人間だったが、恋人ではなかったらしい。妹を連れ帰ってくれたことにもう一度感謝する。容体に変化があったら、きみに知らせよう」

コリンは勇気を奮い立たせて言った。「ぼくは彼女を玄関前にほうりだして逃げ去るような男ではない。彼女がよくなるまでここを離れません」

「ほう?」ほんの一瞬、氷のような公爵の目をあたたかな光がよぎった。「わかった。妹がよくなるまでとどまることを許可しよう。しかし、この屋敷に住まわせはしない。町に宿屋があるから――」

「知っています」

「そうだったな。きみが前に一度この屋敷へ来たことがあるのを忘れていたよ。出口は知っているな」

それだけ言うと、公爵はすたすたと部屋を出ていった。あとには不安で胸がいっぱいのコリンがひとり残された。

〝熱がさがった〟

コリンは手紙をまるまる一分間眺めていたが、文面は変わらなかった。

〝熱がさがった〟

五日。五日ものあいだ、アレックスはうわごとを言ったりもがいたりして苦しみ続けたのだ。コリンは熱くなった目頭を指で押さえた。ありがたいことに、彼女は死ななかった。神に感謝しなくては。

「じゃあ、それは……」コリンの様子を見た宿屋の主人の女房が、ためらいがちに声をかけた。「悪い知らせですか？」

「いや」コリンは声に安堵の色をにじませて答えた。「違う。彼女の熱がさがったそうだ。すぐに行かなくては」

木の床を駆けていくブーツの音がした。宿屋の少年馬丁がサムソンに鞍をつけに行ったのだろう。コリンは顔をごしごしこすって椅子から立ちあがった。目を開けると、いつになくやさしいまなざしで彼を見ている、でっぷりした宿屋のおかみの顔があった。エールを運んできたり、汚れた衣類を洗ったりしてくれたのは、このおかみだ。

「出かけられる前に朝食を召しあがります？」

「いや」

コリンは階段を駆けあがって部屋へ入ると、冷たい水でひげをそったり体をふいたりしてから服を着替えた。煙草やウイスキーのにおいをぷんぷんさせてアレックスの寝室に入りたくなかったし、屋敷から追いだす口実を公爵に与えたくなかった。

ようやく身なりを整えたコリンは階段を駆けおりてドアを走りでると、宿屋の前で待っていたサムソンにまたがってサマーハート邸を目指した。彼女に会わせてもらえたのは二度しかなく、二度とも兄の厳しい監視のもとだった。そこでコリンはぐったりしているアレックスの手をとり、彼女の体と魂についてゲール語でささやきかけた――病気などに負けてはだめだ、と。コリンにふれられた彼女が落ち着くのを見て、サマーハート公は冷たいまなざしをやわらげた。

一度アレックスはコリンの名をささやいたが、あまりにも小さな声だったので、本当にささやいたのか、それとも空耳だったのか、いまだに彼は確信を持てなかった。それでも、そのときは胸に希望が膨らみ……。ところがまもなく彼女は手足をばたつかせたり、体を震わせたりし始めたので、公爵はすさまじい目つきでドアのほうへ首を振り、コリンに退室するよう命じた。それ以来、彼女には会っていない。

サマーハート邸の正面玄関の前では青いお仕着せを着た馬丁が待っていて、コリンが馬をおりるや否や手綱を受け取った。玄関へ足を踏み入れた彼は大きな不安に襲われた。アレックスは目覚めているのか？　家族のなかにぼくの姿を見て、恐怖に目を見開くだろうか？　彼女はなにが起こったのかを知らない可能性がある。ふたりの秘密があらわになったことを、まだ知らないかもしれない。

前回は執事を無視して寝室へ駆けていったが、今回は丁寧に挨拶した。執事の応対は冷ややかだった……ほかのだれに対しても同じなのかもしれないが。

「だんな様は書斎でお待ちです」執事は淡々とした口調で言うとコリンの帽子を受け取り、先に立って歩きだした。

コリンは二階を見あげたものの、文句を言わずに執事のあとをついていった。書斎が先だ。アレックスは危機を脱した。少し待ったところで、どうということはない。

ドアが開いて窓辺に立っているサマーハート公の姿が見えたとき、恐怖がコリンを襲った。なにかまずいことがあったのだ。いつも非の打ちどころのない公爵が髪を振り乱し、疲れた顔をして、眉間にしわを寄せている。

「どうしました?」

サマーハート公が振り返ってコリンを見た。手には磁器のティーカップが握られている。公爵は部屋へ入ってきた男が何者なのかわからないかのように、彼を見て目をしばたたいた。

コリンの胸がぎゅっとよじれた。「容体が悪化したのですね」

「いや、そうではない。妹は眠っている。快復に向かっているよ。逆にわたしは疲労でどうかなってしまいそうだ」

コリンはほっとした。安堵のあまり膝の力が抜けて床にくずおれそうだったので、慌てて手近な椅子に座った。

「わたしはひどい様子をしているだろうな」

「彼女に会わせてもらえますか?」

「つい今しがたまでそばにいたのだが、妹は眠ったばかりだ」

まばたきを忘れていたコリンは熱を帯びた眼球が痛んで膨張するように感じ、目を閉じて慎重にまぶたを押さえた。公爵が近くの椅子へどさりと腰をおろす音がした。

「昨夜、妹は危うく死ぬところだった。気が気ではなかったよ」

「しかし、熱はさがったのでしょう？」

「ああ。今朝の三時ごろ、ようやく静かになり、熱かった肌が冷えてきた。わたしはてっきり死んだのかと思った。死んで肌が冷たくなったと思ったんだ。だが違った。熱がさがっただけだ」

眼球の痛みがおさまってまぶたを開けたコリンは、目に涙が浮かんでいることに気づいた。サマーハート公が顔をゆがめて泣きだしそうな表情をしたが、目は濡れていなかった。乾いて落ちくぼんでいる。

「結婚を申しこみたいのならそうすればいい。だが、わたしはなにごとも妹に強要したくない。彼女が生きていること、それがわたしにとっていちばん重要なのだ。彼女のしたいようにさせてやりたい。ロンドンに移り住んで男物のズボンで舞踏会に出るというのなら、喜んでそうさせてやるつもりだ」

「いやがる女性を妻に迎える気はありません」

「そうか。では、きみの幸運を祈ろう」

コリンはティーカップの取っ手を力なくつかんでいるサマーハート公の指を見た。ティーカップは空だった。コリンの胸のなかも空っぽな感じがした。アレックスが危機を脱したことを自分の目で確かめない限り、安心はできない。立ちあがろうと腰を浮かせたとき、公爵が血走った目で彼を押しとどめた。

「必ず幸せにできるという確信がなければ、妹との結婚を許可することはできない。妹を傷つけたりしたら、生かしてはおかないからな」

コリンはうなずいた。「必ず幸せにします」

公爵はまたもや値踏みするように鋭い目でコリンをしげしげと見た。やがて納得したのだろう、椅子の背に寄りかかってうなずいた。「では、最善を尽くしたまえ。結婚式にこぎつけるかどうかは、きみの手腕次第だ」

「ええ。しかし、ぼくは有利な立場にありますよ。彼女はまだ弱っていて、頭がまともに働かないでしょうからね」

部屋を出たコリンを、サマーハート公のしゃがれた笑い声が追いかけてきた。

14

〝コリンが顔をしかめたり悪態をついたりしても、だまされないでね。今まで彼がだれかに心を奪われたところを見たことがないの。だから推測するしかないけれど、彼はあなたに夢中だとしか思えないのよ。

それと、あなたが醜聞まみれの女性だと知って、わたしがどんなに興奮したか想像できるかしら？　これほどすてきな隣人は願っても得られるものではないわ。もうコリンに求婚されたかどうか知らないけれど、申しこまれたら、ぜひお受けしてちょうだい。ローランド地方のこのあたりには、興味をそそる女性がほとんどいなくて寂しい限りなの。もちろんコリンならだれよりも立派な夫になるでしょう。こんな褒め言葉しか思いつかないけれど、あなたなら当然、彼の美点をよくご存じよね〟

アレックスは手紙を枕の下へ戻し、口元をゆがめてほほえんだ。ジーニー・カークランドというのは、なんて変わった女性かしら。きっと彼女はすばらしい友達になるだろう。

コリンはまだ結婚を申しこんでこない。少なくとも二度めはまだだ。でも、いずれ申しこんでくる。その気もないのに兄の屋敷の近くをうろうろしているはずがない。

そうよ、ミスター・ブラックバーン、お願いだから来てちょうだい。そうしたらみんなはわたしとあなたがベッドで愛しあえるように、ふたりきりにしてくれるでしょう。

アレックスは忍び笑いを押し殺した。今はふざけているときではない。集中しなければ。コリンがサマーハート邸に出入りを許されていることはおろか、町に滞在していることさえもだれひとり教えてくれなかったので、今朝彼が訪ねてきたとき、アレックスは心の準備がまったくできていなかった。実際のところ、だれもコリンのことを口にしなかったし、彼女も怖くて尋ねなかったのだ。そんなとき、寝室のドアのすぐ外で彼の声がとどろき、それに応えるメイドの低いささやき声がしたので、アレックスは隠れ場所を求める栗鼠《りす》のように慌てて上掛けの下へもぐりこもうとしたのだった。どうして隠れようとしたのか、理由は彼女自身にもわからなかったが、とにかく上掛けを鼻まで引っ張りあげ、髪で頰を隠した。

臆病な自分を思いだして、アレックスはおかしくなった。あれから一時間以上たった今も、コリンに向かってなんと言ったらいいのか思いつかない。謝らなければならないのはたしかだ。この家へ来るに際して、彼が愉快な思いをしたとは考えられない。コリンは良心に恥じるところがあって苦しんでいただろうし、悪くすれば、わたしの兄に暴力を振るわれたかもしれない。

そして今や彼はもう一度求婚しなければならないのだ。今回は簡単に断らないでおこう。コリンの気持ちを、誇りや名誉を、そして女たらしの烙印を押される屈辱を考慮しなくては。女たらしというのは彼にまったくそぐわず、考えただけで胸が痛む。

兄のことも考慮しなければならない。今ごろ兄はわたしを恥じているだろう。わたしは兄に嘘をつき、身勝手にも兄の気持ちをないがしろにして、ハンティントン家の名誉を汚した。最初は世間知らずだったからと言い訳することもできたが、今ではふしだらな性格だと言うしかない。そうなると、コリンの申し出を断った場合、ふたりの男性を苦しめることになる。

そして、このわたしも苦しむことになるだろうか？　アレックスはコリンが部屋に入ってきたときのことを思いだした――彼独特の姿と香りを、彼が戸口に現れたとたん自分の体を襲った震えを。コリンが指でそっと頬をなでたとき、身を寄せて感謝の祈りをささやいたとき……わたしは幸せのあまり、彼の腕のなかに身を投げて泣きたかった。だから、ええ、そうよ、彼を追い返したら、わたしも傷つくわ。きっとだれよりも深く。あの人を愛している。心から愛している。どうして愛さずにいられるだろう。

だけどわたしは、コリンが言ったように実利的な考え方をする女だ。彼はわたしを愛していないし、これからも愛さないのではないだろうか。それにわたしの自由はどうなるの？　わたしが大切にしている自立した生き方は？

腕をのばしてティーカップをとったアレックスは、手が震えて中身をこぼしそうになった。ああ、わたしはまだ生まれたばかりの子馬みたいに弱いんだわ。事実、ほかの人から見たら子馬みたいなものではないかしら。

彼女はテーブルの上の受け皿にがちゃりとティーカップを置き、その横の小さな呼び鈴をとりあげた。最初の呼び鈴の音が消えないうちに、化粧室からダニエルが飛びこんできた。

「マドモアゼル？」彼女に深々とお辞儀をされ、アレックスの疲れた頭がくらくらした。

「まあ、やめてちょうだい。あなたに対して怒っているのは兄よ。わたしではないわ」

「わたしがお給料をいただいているのは、お兄様からです」

「だったら、これからはわたしが払ってあげる。そうすればあなたの身分も安定するでしょう。解雇される心配はなくなるわ。わたしにしても、あなたの弁護をする必要はなくなるし。わたしのせいであなたが危うい立場に置かれたことは、ハートだって知っているわよ」

「昨日は少しもおわかりになっていないようでしたが」

「兄はわたしが心配でたまらなかったのよ」

「みんなが心配していました」ダニエルはブラシとリボンを手にとり、アレックスのほうへ来るついでに呼び鈴の紐を引っ張った。「本当に九死に一生だったのですよ。お兄様は絶望しておいででした」

「そう。わたしがしでかしたことは、簡単にはけりをつけられそうにないわね。それはそうと、あなた、コリンがここにいることを教えてくれなかったじゃない」

「わたしも知らなかったのです。だれひとり、わたしに話しかけようとしないものですから」

「ごめんなさいね、ダニエル。ものごとはわたしの計画どおりには運ばなかったわ」

「いいんです。わたしはわたしで一週間、楽しい思いをしましたもの。もっとも、お嬢様の命を危険にさらすだけの値打ちはありませんでしたけど」

「わたしの楽しみも、それは同じよ」アレックスはため息をついて枕にもたれ、髪をとかしてもらいながら、楽しい思い出にふけった。ダニエルをちらりと見ると、目がきらきら輝いていた。

「そんなによかったのですか、あの方？」

「ええ、それはもう。予想もしていなかったくらい」

「では、結婚なさるのですね？」

アレックスの幸福感が薄らいでいくのと呼応するように、ダニエルの手にしたブラシがもつれた髪に絡まった。「今、考えているところ」アレックスは肌の上を滑るように動くコリンの手を思いだした。「かなりその気になっているの。あなたはどう思う？」

「スコットランドの召使がミスター・ブラックバーンのような殿方でしたら、わたしは喜んで北へ移り住みます」

「まあ」

「あの方に魅了されていて、その気になっていらっしゃるのなら、結婚するのが賢明ではないでしょうか。わたしが思いだせる限り、お嬢様が男性に魅了されたことは一度もありませんでした」

「そうね」アレックスは再びコリンのことを考えた。年老いて髪が灰色になったコリン。幼子をたくましい腕に抱いているコリン。彼女は胸が熱くなってとろけるのを感じた。「彼はいい人よ。きっと立派な夫、立派な父親になるでしょう」コリンの品格と道義心について考える。「彼が不貞を働くとは思えないわ」

「あの方を愛していらっしゃるのですね？」

アレックスの口元に笑みがよぎった。「彼を愛さずにはいられないの」

「そういう殿方がいちばんです」

「あなたは恋をしたことがある、ダニエル？」

メイドはかわいらしい鼻にしわを寄せた。「一度もありません」

「ほんの少しもないの？」

「ふふん」ダニエルはあざけり、鼻をつんとあげた。「なまっちろいイングランドの青二才なんかに恋をしてたまるものですか。わたしは父を愛していました。恋をするなら、父みたいに頼りになる殿方でないと。ロンドンをお発ちになる前にお兄様が雇われた料理人はかなりいい線をいっていましたけど、見かけによらず農夫みたいなキスをしたんですよ」

「農夫みたいなキス？」アレックスは笑った。「どんなキスなの？」

「楽しむ時間がたっぷりあるのでなく、急いで畑に戻らなくてはならない人のするキスです」

「ふうん」

「それで、あのスコットランド人は？　あの方はどのようなキスをするのです？」

アレックスは目をつぶり、近づいてくるコリンの唇を思い描いた。「彼のキスはまるで……まるで、自分の求めているものがなにかわかっていて、二度とそれを味わえないことを知っている人のキスなの」彼女は唇をかんだ。体はすでに歓びの記憶で張りつめている。

目を開けたアレックスは、ダニエルのいたずらっぽい笑顔を見て頰を赤らめた。「あの方はお嬢様を愛してらっしゃいます。ご結婚なさいませ」

「そんなに簡単なことならいいけど」

「あの方は貧しいのですね？」

「貧しくたってかまわないわ。わたしにはうなるほどお金があるもの。問題は彼の自尊心よ。貧しいことよりも、そのほうがはるかに厄介だわ。それに彼は……本当はわたしとの結婚を望んでいないの」

「ばかばかしい。このような事柄に関しては男性をあてにしてはいけません。お嬢様の望むとおりに行動するんです。そうすれば男の人はついてきます……常に彼を歓ばせておきさえすれば」

「そうね」アレックスは顔がほてるのを感じたが、それは当惑のせいではなく、どちらかといえば自意識によるものだった。「ええ、できるだけのことをやってみるわ」

ダニエルがとかした黒髪を三つ編みにし始めたところへ、若いメイドが駆けこんできてお辞儀をした。頰がピンクに染まっているのは走ってきたからなのか、醜聞まみれのレディ・アレクサンドラを前にしたからなのかはわからない。

「お湯をたらいに入れて持ってきて。それから石鹼とタオルも」ダニエルが若いメイドに言った。

「ねえ、お風呂に入らせてちょうだい」アレックスは訴えた。

「いけません。たぶん明日は入れるでしょう。お医者様に体を冷やさないよう命じられているのです」

若いメイドはダニエルににらまれて軽く頭をさげ、部屋を走りでていった。ダニエルは編んだ髪をまとめてピンでとめると居間へ行き、レースとリネンの下着を腕いっぱいに抱えて戻ってきた。

「かわいらしいのがいいですね。ミスター・ブラックバーンはまだ階下《した》にいます」

心臓が急に早鐘を打ちだしたので、アレックスはまた熱がぶり返したのかと思った。だが、そうではなかった。時間がたつごとに、萎《な》えた手足に力がよみがえるのが感じられる。そう、たしかに熱があるけれど、病気によるものではない。

「じゃあ、彼は待っているの？」

「そう思います」

「兄にひどい目に遭わされたのではないかしら。さあ、早くこのナイトガウンを脱がせてちょうだい」

一五分後、アレックスは体をふいてもらって、できるだけきちんと身なりを整えた。薄く紅を差すと、頬と唇から病的な青白さが消えた。ダニエルが顔におしろいをはたいて目の下の隈を隠す。おかげで少なくとも死後一日たった死体のようには見えなくなった。

最初に入ってきたのは兄で、なんと公爵みずからアレックスの食事をのせたトレーを持っていた。彼の青い目は悲しみの色をたたえていたが、妹を見てほほえんだ。

アレックスは兄を愛しているものの、一緒にいると気づまりを覚えることがときどきある。このときもそうだった。今朝はほんの短時間しか顔を合わせていないし、あまりに疲れていたので、兄にどう思われているかについて考える余裕がなかったが、今は……そういうわけにはいかない。

「顔色がいいね、アレクサンドラ。気分はどうだ?」

「いいわ」

サマーハート公はトレーをサイドテーブルに置いてベッドに歩み寄り、身をかがめて妹の額にキスをした。「気が気ではなかったよ。二度とあのような心配をかけないでくれ。おまえのせいで、少なくとも一〇年は寿命が縮んだ」

公爵がベッドのアレックスのそばに腰をおろす。彼女は兄のハンサムな顔に疲労の色が刻まれているのに気づいた。

「二度と病気にならないと約束するわ」ほほえんでまじめに言う。

公爵はなにも言わずに長いあいだアレックスの顔を見つめていたが、やがて白い歯を見せてにっこりした。「今回の高熱は、おまえが最近犯した過ちからわたしの目をそらすための巧みな策略だったというわけだ」彼女のうつろな胸のなかで心臓が激しく打ったが、兄はほほえんだまま続けた。「まんまと策略にはまったのだから、わたしは本当なら怒っていなくてはいけないのに、たいして怒っていない」

「本当に？」アレックスの目が涙で熱くなった。

「ああ、本当だ。おまえは彼を愛しているのか？　それとも遊びでつきあったのか？」

「それは……自分でもよくわからないの。そうかもしれない。つまり、彼を愛しているかもしれないってことよ」

「彼が結婚を申しこんだのに、おまえは断ったそうじゃないか」

「そのとおりよ」

「それなのに、彼を愛しているかもしれないと？　問題は彼の身分か？　血筋か？」

「いいえ、違う。そんなことじゃないの」

「では、なんだ？」

「本当はあの人、わたしとの結婚を望んでいないのよ、ハート。彼が結婚を申しこんだのは、あのあと……あれのあとだった……」

「なんのあとだ？」

アレックスは肩をすくめ、涙が頬を伝っておしろいに跡を残さないよう、うつむいて手を見つめた。

「彼の言ったことは本当か？　おまえは処女だったのか？」

彼女は黙っていた。なにを言えるだろう？　処女喪失について、まさか兄と話しあうことになろうとは夢にも思わなかった。

公爵が彼女の手をとり、長い指であたたかく包んだ。「なぜ彼におまえはふしだらな女だと思わせたんだ、アレクサンドラ？　なぜわたしにそう思わせた？」

目をしばたたいて涙を払ったアレックスは、おなじみの怒りがわくのを覚えた。「だれもわたしにきかなかったからよ。わたしがふしだらな女なのか、それともふしだらなふりをしているだけなのか、だれもきかなかった。そうよ、わたしはふりをしていただけ。でも、いったん見つかってしまったら……実際のところ、肩の重荷がおりたようでほっとしたわ」

「アレックス、どうして――」

「はじめてロンドンで思いどおりに振る舞えたら、どんな気持ちになるか想像できる？　ダンスをしたり、お酒を飲んだり、男性と戯れたり、笑いあったりして、人生における最高の時を過ごす。そうしながらも心の片隅では常に、早く生涯の伴侶《はんりょ》を見つけて楽しい時間に終わりを告げなければならないことを知っている。こう言ってはなんだけど、お兄様は結婚したいという気持ちになったことがないんじゃない？　急いで結婚する必要がないんですもの。わたしはすべてが欲しかった。お兄様が当然と考えているものすべてが」

サマーハート公は口を開けたが、言うべき言葉が見つからないかのようだった。何度かまばたきして、ようやく絞りだすように声を出した。「おまえが不幸だったとは知らなかった」

「不幸だったわけではないの。というより、自分が不幸かどうかも知らなかった。ただ、欲しかったのよ。なんていうか、その、言葉ではうまく言い表せないけれど」

「セックスか？」

彼女はいらだたしげに咳きこんだ。「いいえ、そうじゃない。そうね、執行猶予とでも言ったらいいかしら」

「アレックス、いくら時間をかけてもよかったんだぞ。二シーズン、いや、三シーズンでも四シーズンでも。わたしは気にしなかっただろう」

「あら、わたしは少なくとも二シーズンを予定していたの。だけど実際は、たった半シーズンで終わってしまった。とんだ執行猶予ね。おかげで結婚の宣告から完全に自由になったわ」

「それがおまえの望んでいたことなのか？」

アレックスは薄青色の上掛けを両手でなでながら、言うべき言葉を探した。「それ以来、幸せだった気がする。このわたしでも役に立つことができるんだと思って。でも今は……単に役立てるという喜び以上のものが欲しいの」

「ブラックバーンは立派な人間に見えるぞ。少なくともおまえを腕に抱いてこの家の玄関に現れるまでは、そう見えた」

「あの人がわたしを抱いてきたの？」真一文字に引き結ばれた兄の口元を見て、彼女は顔を赤らめた。

「どうやらなにも覚えていないようだな？」

アレックスの顔がほてり、首のほうまで赤くなった。「あるところから先はまったく記憶がないの」

サマーハート公は顔をしかめたが、口調はやさしかった。「そうか。ブラックバーンの話によれば、真夜中に熱を出したおまえを地元の産婆や薬草医に任せたくなかったので、馬に乗せてここまで連れてきたそうだ。彼はおまえを残して去ろうとはしなかった」

「それで、お兄様は彼をここにいさせたの？」

「この屋敷にはいさせなかった」

「そうでしょうね。わたしはどのくらい病気で寝ていたの？」

「五日間だ」

アレックスは驚きと恐怖に襲われて体を震わせた。「五日間も？　今日は何曜日？」

「日曜日だよ」

「日曜日？　まあ、大変！」ダミエン。最初にコリンに話しておくべきだった。たぶんダミエンは別荘のそばをすぐには離れなかっただろう。そして今ではわたしを憎んでいるに違いない。

「どうかしたのか？」

「いえ、その……きっと彼は……コリンは……家へ帰らなくちゃならないわ」

「もともと彼はおまえの別荘にしばらく滞在する予定だったらしいじゃないか」

「ええ、まあ、そうだったみたい」頭が混乱して言うべき言葉を考えつけず、彼女は上掛けを指でつまんで引っ張った。

「よし、それでは彼をここへ来させるとしよう。きっと求婚するだろうが、はっきり言っておく、わたしがそうするように頼んだのではないぞ。わかっているな？　わたしはおまえたちのどちらにも結婚を強要するつもりはない」

アレックスはうなずいた。

「おまえの好きなようにすればいい。幸せになれると思わなかったら、結婚するのはやめなさい。自分で決めればいいんだ」

「わかったわ、ハート」

「本気で言っているんだぞ」

再びうなずいた彼女は突然兄に抱きしめられて驚き、身をこわばらせた。

「だれよりもおまえを愛している、アレクサンドラ。それに理解もしているつもりだ。わたしとおまえは似た者同士だから」

「まあ!」アレックスは喉から無理やり笑い声を出し、兄の肩に顔を押しつけた。「わたしを侮辱しないで」

「言葉に気をつけろ。まだおまえへの罰をすませていないのだからな」

サマーハート公は笑っているアレックスを放して部屋を出ていった。兄の姿が見えなくなると、彼女は笑うのをやめた。コリンがドアの外で待っているのだろうか? すぐに入ってくるかしら? それとも、彼に会う準備をする時間が三〇分くらいはあるの? その答えはすぐにわかった。

「アレックス」

コリンの表情からは緊張以外になにも読み取れなかった。だがアレックスは、今朝彼がささやいた言葉を思いだして作り笑いをした。たぶん彼はわたしを嫌ってはいない。おそらくわたしは事態を正すことができるだろう。

「コリン」その名前を口にしただけで、アレックスは喜びに震えた。それとも喜びをもたらしたのは、大きくて男らしい彼が自分の寝室にいることだろうか。作り笑いが心からの笑みへと変わった。

近づいてきたコリンの表情が、彼女の笑顔を見てかすかに明るくなった。それでも彼が神経質になっているのに気づいて、アレックスは驚いた。コリンはベッドから二メートルほどのところで立ちどまった。

「気分はどうだい？」

「いいわ」

「元気そうに見えるよ。とても元気そうに」

「ありがとう。ここへ来て座らない？」コリンが目をしばたたいてベッドを見た。彼が断ろうとしていることに気づき、アレックスは慌てて言い添えた。「あなたがここにいるのを見ても、だれも驚きはしないわ」

ああ、またそんなにきつく歯を食いしばって。彼女はコリンの表情を見て思った。

「そうだね、たぶんだれも驚かないだろう」

「ごめんなさいね、コリン。厄介な状況に巻きこんでしまって、本当に申し訳ないと思っているわ」彼の顎に青い痣《あざ》ができていることに気づいて、アレックスは縮みあがった。とはいえ、顎に打撲傷を負うほうが鼻を折られるよりはましだ。

ベッドへ歩み寄ったコリンは雨のにおいがした。彼がそばに腰をおろしたとき、アレックスは我慢できなくなって手を握った。彼がアレックスの手を見つめ、親指で指の関節をなでる。その目に激しい苦痛の色が浮かんでいるのを見て、アレックスは驚いた。コリンが身を乗りだして彼女にキスをする。

「アレックス」唇を重ねたまま、彼がささやいた。手のひらをやさしく頬に添えられ、アレックスは心がぱっと開いて輝くような気がした。まだ結婚してくれるかときかれもしないのに〝いいわ!〟と叫びそうになる。

コリンの口が彼女の唇を離れ、頬に、まぶたに、鼻にキスをした。「きみが心配で死にそうだったよ、アレックス」

「兄と同じようなことを言うのね」

彼が不満げな声を出して後ろへさがり、アレックスの顔をじっと見つめた。彼女は顎の痣に指をそっとふれた。

「兄が殴ったのね。ごめんなさい」

「お兄さんが殴るのは当然だ」コリンは親指で彼女の眉をなぞり、その指を頬のほうへさげていった。指の通った跡が熱くほてり、血流にのって腹部へとおりていく。

「わたしが死んだら寂しがってくれた？」

顎までたどっていった親指がぴたりととまった。またもや彼の目に苦痛の色が宿ったのを見て、アレックスの顔から笑みが消えた。「もちろんだ。時間がたっぷりあったから、きみがいなくなったらどんなに寂しいか、そればかり考えて過ごしたよ」

涙で目がちくちくしてきたアレックスは、コリンの苦しみをやわらげ、胸に燃えあがった恋の炎を静めようと、彼のうなじに手をまわして指をシャツの襟の下へ入れ、あたたかな肌にふれた。そしてコリンを抱き寄せ、彼がしたよりも熱く激しいキスをした。

コリンがなだめようとしたが、アレックスは口を開けて彼の下唇をなめ、舌を唇のあいだに押しつけたので、とうとう彼はうめいて悪態をつき、キスを返してきた。

アレックスは思わず勝利の笑い声を漏らし、その声をコリンの物問いたげな口が受けとめた。彼の舌がアレックスの舌の上をなめらかに動きまわる。ああ、コリンの舌はなんて熱いのかしら。彼はお茶と、なにか甘いものと、わたしが欲しがっている男性の味がする。彼の舌が自分に対してできることを考えて、アレックスはうめき声をあげた。それに応えるかのようにキスがますます激しくなる。彼女は枕の上に頭をおろしてコリンを抱き寄せた。

彼の手が下へさまよって乳首にあてがわれたとき、アレックスが大きな叫び声をあげたので、コリンはぎょっとしたようにキスをやめた。

「ああ、なんてことだ」彼は舌打ちをし、アレックスの手の届かないところまでさがった。

彼女は口をとがらせた。

「きみやきみのお兄さんを、ぼくはさんざん辱めた。今後は二度ときみにふれないつもりだったのに」

「二度とですって？」アレックスはうろたえたが、コリンがにっこりしたので安心した。

「少なくとも結婚するまでは」

「結婚？」

「そうだ。ぼくと結婚してくれるかい、カイテン？　これまできみがしてきたような贅沢《ぜいたく》な暮らしはさせてやれないが、養ってやることはできる。家があるし、召使だっているよ。きみが乗りきれないほどたくさん馬も持っている」

「いいわ」

「それだけでなく、きっと――いいだって？」

「ええ。あなたと結婚するわ、コリン・ブラックバーン」

「本当か？」

「あなたが心からわたしを欲しがっているのなら」

「ああ、きみが欲しいとも」

「あなたの自尊心をなだめるためではないわね？」

「なにを言うんだ」コリンの手がのびてきて、アレックスの髪をなでた。「今、病みあがりのきみを奪わずにいられないほどだよ。自尊心など関係ない。きみはどうなんだ？　ぼくと結婚するのは家族の名誉を守るためか？」

「まあ。そうでないことくらい知っているでしょう。自尊心や名誉なんて、これっぽっちも気にしないわ」

コリンは目を細めて答えを探るように、そして理由を説明しろと促すようにアレックスをじっと見たが、彼女は唇をかたく結んでいた。結婚するのは、あなたを愛しているからよ。そう思ったものの、それを口にする気はなかった。この人はわたしを愛していない。口では否定したけれど、彼が結婚を申しこんだのは自尊心がいちばんの理由だ。でも、わたしを欲しがっているのも事実だし、少しはわたしを好いてくれている。それで充分ではないかしら。わたしは彼をとても愛していて、いい妻になるつもりでいる。きっと彼は一年もたたないうちに、わたしに首ったけになるだろう。

あの問題さえ解決できれば。

「コリン……」

彼の目に不安の色が浮かんだ。「どうした？」

「その前に話さなければならないことがあるの。結婚話を進める前に」

「気になることを言うね、カイテン。なんだい？」

「なんとか……うまくおさめたかったのよ」

「きっとうまくおさまるさ」

彼女はほほえもうとしたが、顔が引きつってしまったので、うつむいて手を見つめた。

「アレックス？」

「ダミエン・セントクレアに会ったの。別荘へ行く途中で。日を改めてまた会おうと説得したわ。あなたを彼のところへ行かせようと思ったけれど、話すのはあとにしようと……ええ、あとで話すつもりだった。でも、病気になってしまって……」

視線をあげたアレックスの前に、呆然としているコリンの顔があった。「土曜日に宿屋の隣の果樹園で会うことになっていたの。彼はもうどこかへ行ってしまったでしょう。ごめんなさい」

コリンは怒り狂っているようには見えなかった。「そんなことがあったのに、ぼくに黙っていたのか？」

「ええ」彼女はうなずいた。「あなたと一緒にいたかったから。話したら、あなたはすぐに行ってしまう。土曜日まではまだ時間があったので、話すのはあとでいいと思ったの。でも、もちろん間違っていたわ。自分勝手だった」

「自分勝手、か」

「ごめんなさい」

「やつになにかされなかったか、アレックス？　脅されなかったかい？　もしやつが――」

「いいえ。すごく怖かったけれど、なにも知らないふりをしたら彼は信じたわ」

コリンの大きなため息で、アレックスの髪が揺れた。驚いたことに彼がほほえんだ。引きつった笑みではあったものの、彼女には美しく感じられた。「きみを絞め殺したいところだが、そんな形で婚約にけりをつけるのは不幸というものだ。それにきみは病みあがりだしね」

「コリン？」

「きみが病気になったことは、おそらくやつの耳にも入っただろう。となると、まだそこにとどまっているかもしれない」

「わたしがブラックバーンという名のスコットランド人に世話をされていることも、彼の耳に入ったのではないかしら」

「たぶん入っただろうな」コリンは身をかがめて彼女の鼻にキスをした。「だが、きみは生きている、アレクサンドラ。そしてやつは永久に隠れてはいられないだろう。その宿屋を教えてくれ」

あたたかなまなざしに胸を打たれたアレックスは涙を浮かべて起きあがり、コリンのシャツに顔をうずめて、恋人であり、未来の夫である男性のにおいをかいだ。「ごめんなさいね。わたしはろくでもない恋人だけど、立派な妻になるよう努力するわ。本当よ」

彼が大声で笑った。「脅かさないでくれ、カイテン。これ以上立派になられたら、こっちがたまらないよ」

15

「さらにノーサンバーランドの土地ですか？　それは娘さんに譲渡されるべきではないでしょうか？」

コリンは目をしばたたいて、居眠りしないよう懸命に努めた。眠気を誘う事務弁護士の単調な声が延々と続く。宝石、土地、収入、家具。それらすべてを明らかにし、書類にしなければならないのだ。アレックスの財産をすべて数えあげて記録するのだが、コリンは彼女の財産など欲しくなかった。彼女の金はこれからも彼女の金だ。子供ができれば、宝石や土地と同様、金は子供に遺《のこ》される。家具は……そう、家具は難しい問題だった。結局、アレックスが持ってくる家具は、コリンのものになることが決まった。さらに四頭立て四輪大型馬車も。今まで馬車を所有したことはないが、妻子に馬で旅行をさせたり野宿をさせたりするわけにはいかない。つまり……一台の馬車、なにがしかの家具、それに妻が自分のものになるのだ。

事務弁護士の説明はまだまだ続いている。もはやコリンには、彼らがなにを話しているのかわからなくなった。もっとも、〝子供〟とか〝子孫〟という言葉が発せられるたびに、奇妙な興奮に胸が躍った。子供……赤ん坊……ぼくの子を身ごもっておなかの大きくなったアレックス。考えただけでわくわくする。

期待に胸を高鳴らせる一方で、不安も覚えた。アレックスはとても小柄だ。その彼女にぼくの子供を身ごもることができるだろうか？　いや、きっとできる。現にぼくの母親はアレックスより五センチほど背が高いだけだったが、ぼくのような大男を産んだのだから。

アレックスはいったいどんな母親に――。

「もう目を覚ましてもいいぞ。彼らはいなくなった」

コリンが目を開けると、サマーハート公がウイスキーの入ったグラスをふたつ持って、にやにやしながら見おろしていた。

「終わったのですか？」

「ああ。妹への財産分与は法律にのっとって無事に終了した。明日、最終的な書類が作成されることになっている」

コリンは礼を述べてグラスを受け取り、ウイスキーを一気に半分以上も飲んだ。

「きみがこれほど裕福だとは知らなかったよ、ウェストモア卿？」

「コリンと呼んでください。もうすぐわれわれは兄弟になるのですから」

あざけりか辛辣な言葉を浴びせられるだろうと思ったが、公爵はうなずいただけだった。

「コリン。では、わたしのことはハートと呼んでもらおう。ただし断っておくが、アレックスがわたしに用いるあだ名は使わないでくれよ」

「わかりました。ハートと呼ばせていただきます」

「きみは質問に答えるのを避けている」

「どのような質問です？」

「きみの暮らし向きがいいことをアレックスは知っているのか？」

「ぼくの資産は彼女よりも少ないですよ」

「妹は相当な資産家だからな」

コリンは肩をすくめ、ひと息に残りのウイスキーを飲み干した。

「結婚の契約を結ぶにあたって、きみはずいぶん気前がよかった」

「アレックスであれ、ほかのだれであれ、ぼくが金のために結婚したと邪推されたくないんです」

公爵は眉をつりあげ、コリンに向かってグラスを掲げた。「妹のためにと願っていた以上の結果になった。正直なところ、あの醜聞が起こる前でさえ、これほどいい結果は望んでいなかった」

「ご冗談を。アレックスなら、相手はよりどりみどりではありませんか」

「たしかに妹は愛らしくて聡明だから、彼女を欲しがる男も多いだろう。だがアレックスが女相続人であり、公爵の妹でもあるからこそ、ある種の男どもは彼女をわがものにしようと必死だったのではないかな。セントクレアより、もっとあくどい男どもが」公爵が拳を握りしめると、指の関節の白さが琥珀色のウイスキーと際立った対照をなした。「アレックスを守れなかったわたしこそ、責任を問われるべきだ」

「彼女には付き添いの女性がいたのでしょう？」

「いたことはいたが、アレックス自身が選んだ女性だ。親戚のメリウェザーはひどくだらしない女で、付き添いとしてなんの役にも立たなかった。だからこそ、アレックスは彼女を選んだのだろう。その代償を払わされるはめになったというわけだ。もちろん、わたしがみずから妹を監視していればよかったのだが、結婚市場に首を突っこむのは気が進まなくてね」

コリンはたじろいだ。公爵の自責の念が完全に理解できた。アレックスはぼくをそれと似た立場に追いこんだのだ。「あなたがおっしゃったように、彼女はいったん夢中になると、なにがなんでも我を通そうとします。彼女が自分を破滅させようと決めたなら、まわりがいくらとめても、いずれはそうなったでしょう」

公爵はなにやらぶつぶつ言い、ウイスキーを飲み干すと、今回はグラスを壁へ投げつけずにテーブルに置いてにらみつけた。

「あの男のことは、まだなにもわからないのか？」

「ええ」この一週間、コリンは消息を求めて田舎を探しまわったが、ダミエン・セントクレアはすでにどこかへ去ったか、うまく身を隠したようだった。しかし、アレックスと会う予定だった場所の近くに、火をたいた跡が数箇所あった。どうやらセントクレアは人目につくのを恐れて野宿をしたようだ。

そのくせ、ずうずうしくアレックスに手紙を書いてよこした。まったく見さげ果てた男だ。

〝ぼくを裏切ったな、かわいいあばずれ。このことは忘れないぞ〟あからさまに脅してはいないが、それを読んだときの彼女の表情を見て、コリンはセントクレアを殺してやりたくなった。

コリンはいらだち、とげとげしい口調で言った。「まだ結婚式まで一週間あります。やつは身を隠していますが、ちょっとでも顔を出したら見つけだしてやりますよ」

「わたしが彼を追えばよかった」サマーハート公がつぶやいた。「そうしなかったのは、情けをかけてやってくれとアレックスに懇願されたからだ。妹は全部自分が悪いのだから、彼を見逃してほしいと泣いて頼んだ。もちろんわたしは彼を殺したかったが、妹は……」

公爵は自嘲《じちょう》的に肩をすくめた。「アレックスは利用されたのだときみから聞かされて、ようやく悟ったよ。妹の頼みを聞くべきではなかったと」

「あなたは彼女を守ろうとしたのです」

「だが、やり方が間違っていた。わたしは見かけ以上のものはなにもないと考えたんだ。遊びで男と戯れ、それがまずい結果になったのだと。だがきみの話を聞いたあとで、いろいろと調べてみたよ、コリン。あちこちきいてまわった。セントクレアときみの弟さんはハロー校の同級生だったそうだな」

「ええ。ふたりは友人だったそうです」

「そのようだが、ある時点でセントクレアはきみの弟のジョンに憎しみを抱き始めた。彼の資産や将来受け継ぐ称号などに嫉妬したのだろう。ある晩、セントクレアは賭けごとでジョンに大負けし、ジョンがそれを帳消しにしてやった。ところがセントクレアはそれが気に食わなかったと見え、ジョンを逆恨みしただけでなく、金持ち貴族に対する憎悪をつのらせ始めたらしい」

「それはいつのことです？」ジョンとセントクレアの確執に関する新事実に興味をそそられ、コリンは身を乗りだした。

「決闘の数年前だ。たぶん五年ほど前だろう」

「その程度のことだったのですか？　愚かなふたりの若者のいさかいが原因だったと？」コリンは急に痛みだした頭をさすった。「セントクレアはジョンの親切に復讐するために命をかけたのですか？」

「わたしの調べた限りでは、それが唯一のたしかな事実だ。セントクレアはあの事件のあと、きみの弟さんは友達でもなんでもないと明言した。被害者は明らかにジョンのほうなのに」

「では……つまり、やつは弟の富を憎んでいたというのですか？」コリンは憤慨して頭を振った。なんたることだ。ぼくにだって金持ちを憎む理由はあるが、なんといってもぼくにはプライドがある。金持ちに対する憎悪を糧に、事業を起こして生活の基盤を築いた。母の家柄を理由にぼくをさげすむ人間どもから金をむしり取ってやろうと決意したのだ。そして今、ぼくはイングランドで最も美しく、最も裕福な娘のひとりと結婚しようとしている。努力が報われることのいい例だ。もっとも、ぼくは金持ちとの結婚を望んだわけではないが。

「ある噂が流れている」サマーハート公が慎重な言いまわしをした。

「どのような？」

「確かめたわけではないが、負けを帳消しにしてもらったあと、セントクレアは再びトランプの賭けごとに手を出し始めた……そして、ジョンにまた大負けしたらしい」

「決闘のすぐ前のことですか？」

「二カ月前だ」

コリンは安楽椅子の背にもたれて頭をのけぞらせ、天井の精巧なレリーフを見あげた。雲間からのぞく智天使《ケルビム》の巻き毛の細かな房が、名工の手によって丹念に彫られている。書斎にケルビム。ああ、アレックスが新居を見たら、どんなにがっかりするだろう。

「コリン？」

「おそらく……いえ、きっとそのとおりでしょう。セントクレアはジョンをやっつけてプライドを取り戻そうとした。ところがまた負けてしまったので、ジョンが愛している女性の名誉を傷つけることにした。ジョンが決闘を申しこむことまで予想していたかどうかはわかりません。彼を殺したのはおまけみたいなものにすぎなかったのかも」

「セントクレアを見つけだすのに、できる限り手を貸そう。つかまえたら起訴してやる」

「今のところ、これ以上の手は打てそうにありません。部下たちはフランスでやつが戻るのを待っているし、ぼくはやつの弁護士を買収しました。あとは待つだけです」

コリンがサマーハート公を見ると、公爵も天井を見あげていた。たぶんケルビムは悩ましい考えから気をそらせる役目を果たしているのだろう。

「だんな様」

ふたりが驚いてドアのほうを振り返ると、立派な身なりをしたプレスコットが戸口に立っていた。執事のまとっている服は、コリンが持っているどの服よりも値が張りそうだ。サマーハート家の執事が例によって非の打ちどころのない外見をしているのに対し、コリンは一週間馬に乗りっぱなしのように見える。

「レディ・アレクサンドラのご要望を――」

不意にプレスコットが左へ寄り、レースと薄地の亜麻布をまとったアレックスが肩を怒らせて現れた。

「ハート、もうベッドにいる必要はないわ。お医者様もはっきりおっしゃった――コリン！」彼女はほんの数日前に死にかけていた女性とは思えない元気な足取りで駆けてきた。コリンが立ち上がる前にアレックスが飛びついてきた。彼女の部屋着が開いて、下のかなり派手なナイトガウンがのぞいた。再び椅子に座りこんだ彼の膝の上に、アレックスのあたたかいヒップがのる。コリンはうめき声を漏らしたが、彼女は気にしなかった。

「いつからここにいらしたの？　どうしてすぐ二階へ来なかったの？　退屈で死にそうだったのよ」アレックスが唇をコリンの耳に押しつけた。「あなた、お風呂に入ったほうがいいわ。今度はわたしが入れてあげるわね」

「お兄さんがすぐそこにいらっしゃるんだよ」コリンはできるだけ落ち着いた口調で応じた。

「だから？」

「アレックス……」

「あなたの負けよ」彼女はさっと立ちあがってサマーハート公にほほえみかけ、部屋の反対側へぶらぶら歩いていった。「ふたりでなにをこそこそ話していたの？」

コリンは未来の義兄に警戒するような視線を向けたが、公爵は肩をすくめただけで立ちあがった。

「婚姻契約について話しあっていたんだ、アレックス。おまえの財産譲渡についてきちんと決めておかなければならないからね」

「あら、そう？」彼女に用心深いまなざしで見つめられ、コリンは肌が焼けそうな気がした。

「もうすんだのでしょう？」

「おまえの結婚相手は非常に気前のいい男だということがわかるだろう」

「もちろんよ」そう応じたアレックスの目に安堵の色が浮かぶのを、コリンは見逃さなかった。

まったくなんていやな状況だ、と彼は胸のなかで舌打ちした。アレックスが居酒屋の主人の娘ならよかったのに。あるいは大地主の妹でもいい。なぜぼくはプリンセスなんかに恋してしまったんだ？

大きなテーブルの上を滑っていったアレックスの手が、ある契約の下書きの上でとまった。一瞬、彼女は背筋をのばし、それから身をかがめて書類をまじまじと見た。コリンは体をこわばらせた。

「これはなに?」

彼は歯を食いしばった。アレックスに数字を見られたくなかった。まるで自分の人生が紙の上にむきだしにされ、評価されるのを待っている気分だ。だが、彼女には見る権利がある。当然だ。

「マクティベナム?」

コリンが咳払いするのと同時に、サマーハート公のほうから紛れもないせせら笑いがはっきりと聞こえた。

「マクティベナム・コリン・ブラックバーン? それがあなたの名前なの?」

「ああ、まあ……」

公爵がやけに大きな音をさせて咳きこんだ。

「母が子供を身ごもらせた男に敬意を表するつもりだったのか、それとも辱めるつもりだったのかは知らないが、ぼくにその男の名前をつけようと決めたらしいんだ」

「そうだったの」コリンはアレックスの表情をじっと見たが、彼女は作り笑いも忍び笑いもしなかった。

「その名前を使ったことは――」

「短くマックと呼んでいいかしら? とても舌がまわりそうにないもの――」

「コリンでいいよ」

「わかった。コリンにするわ」笑いをこらえようとしているのか、アレックスの唇がひくついている。

「笑うのはよしたほうがいい。さもないと、きみとのあいだに生まれた最初の息子に父親の名前をつけてやる」

アレックスはぞっとしたような表情を浮かべて、そんな舌をかみそうな名前をつけたら子供がかわいそうだと懇願し始めたので、コリン自身も我慢できなくなって笑いだした。

「階上《うえ》へ行って着替えたらどうだい、アレックス?」サマーハート公が口を挟んだ。「さっき、お茶を持ってこさせようとしていたんだ」

「本当に? 誓ってもいいけど、入ってきたときにウイスキーのにおいがしたわ。てっきりわたし抜きでティータイムを始めたのかと思った」

今度はコリンがせせら笑う番だった。公爵は妹の三つ編みにした髪をつかんでドアのほうへ引っ張っていこうとした。「さあ、来なさい。お行儀よくしたら、あとで婚約者と数分間ふたりきりにしてやろう」

「何分間?」

「五分」

「一五分にしてちょうだい!」アレックスが廊下に引っ張られていきながら言った。ひとり残されたコリンは顔をあげて天井のケルビムに笑いかけ、その一五分間になにをしようかと考えて、そのときが来るのを心待ちにした。

「奥さん」どんな響きがするものか確かめようと、アレックスは声に出してみた。「ミセス・コリン・ブラックバーン」

薄暗い馬車のなかでコリンの白い歯がきらりと光った。

「ミセス・ブラックバーン。レディ・ウェストモア。ねえ、称号は用いないの、コリン？」

「ああ、奥さん——」

アレックスはくすくす笑った。

「馬を売るときだけは便利だから用いるけどね。でも、きみが用いたいなら——」

「いいえ！　ブラックバーンがいいわ。いかにもスコットランド人という感じがするもの」

「たしかにスコットランドに多い名前だ」再び彼が白い歯を光らせてほほえむ。

「あなたも、いかにもスコットランド人という感じね」どうしてコリンは距離を保ち続けるのかしら、と彼女はいぶかった。

「そうかな」コリンはそれしか言わなかった。

アレックスはふかふかの座席に身を沈め、いらだたしげにカーテンを開けた。サマーハート邸での結婚披露宴が終わり、見送りに出た招待客に馬車の窓から手を振って別れを告げるや否や、彼女はカーテンを全部閉めたのだった。なぜなら、花婿に馬車のなかで体を奪ってもらえるかもしれないと期待していたからだ。

それから三〇分近くが沈黙のうちに過ぎた。けれどもアレックスは、今回は自分のほうから催促はしないと決めていた。男を追い求めたのは過去の話だ。今はもう——。

「ねえ、いったいどうしたというの？」アレックスは大声をあげた。コリンが含み笑いをして体をずらし、かさばる彼女のスカートに膝をうずめた。「なんのことだい、奥さん？」

アレックスはちらりとほほえんでから、また口をとがらせた。

「そこに座って、ぼくになにをさせようか知恵を絞っているのかい？」

彼女は腕組みをして肩をすくめた。コリンの言葉だけで体が興奮に震えるのを気づかれたくなかった。

「なぜぼくがキスしないのか不思議に思っているんじゃないか？　スカートの下に手を入れて、あそこが濡れているかどうか確かめればいいのに、なぜそうしないんだろうと思っているのだろう？」

アレックスはぐっと顎に力を入れて沈黙を保った。

「そうなのか、奥さん？　ぼくのことを考えて、もう濡れているのかい？」

「それは……」彼女がうずく唇をなめると、コリンがまたもや含み笑いをした。その笑い声を聞いて、脚のほうまで震えが伝わっていった。口のなかはからからに乾いているのに、彼がほのめかしたとおり、ひそやかな場所はたっぷり潤っている。アレックスはもじもじした。

「きみなら聖者だって誘惑できるだろうな、ミセス・ブラックバーン。正直に打ち明けると、今すぐきみと愛を交わしたくてうずうずしているんだ。しかし、今日はきみの結婚式だ。願わくは人生でただ一度の結婚式。その仕あげを馬車のなかでしたくはない」

「お願いよ」

アレックスの懇願を聞き、コリンは高らかに笑って震える手を髪に走らせた。彼女はそれを見て少しだけ元気づけられた。「もちろんぼくだって今すぐしたい。できればきみをひざまずかせて――」言葉を切って咳払いをする。「だが、きみはもうぼくのものだ、アレックス。急ぐことはない。ちゃんとしたベッドに入るまで待つことにするよ」

彼女の腹部が何度もきゅっと引きつった。でもこの人が待てるのなら、わたしだって待てる。もっとも、コリンの言ったことは屁理屈にしか思えない。実際、結婚式の仕あげをするのに、披露宴から走り去る馬車のなかほどロマンティックな場所があるかしら。たぶんコリンにはロマンスが理解できないのよ。彼が自制心の強い人で本当に残念だわ。そんなのは欠点と言ってもいい。

「わかったわ。わたしだって欲望の奴隷ではないもの。じゃあ、暇つぶしになにをして過ごしましょうか?」

「欲望の奴隷か」コリンが笑い声をあげたので、アレックスはますますいらだった。「きみが欲望の奴隷でも、ぼくはいっこうにかまわないよ」

「違うと言ったでしょう。さあ、なにをして過ごす?」

こんなに笑ってばかりいる人だなんて、ちっとも知らなかった。アレックスはそう思い、コリンを蹴飛ばしたいのをこらえた。馬車のなかですげなく断られたことは、将来孫たちに話して聞かせられることではない。というより、だれにも話せることではない。でも、結婚式そのものは滞りなく運んだ。教会のなかで結婚に反対する叫び声はあがらなかったし、乳房がボディスから飛びでることもなかった。それに評判を落とすようなまねもしないですんだ。それもこれも、コリンが自制心を発揮して礼儀正しく振る舞ったからだ。わたしはなんという堅物と結ばれてしまったのかしら。

「もう言ったかな？　今日のきみはとても愛らしいよ」

アレックスはびっくりして物思いから覚めた。鮮やかな黄色のドレスをまとった彼女をコリンがあたたかなまなざしで見ているのに気づき、いらだちは消えた。

「あなたはわたしが今までに結婚したなかでいちばんハンサムだわ」

「本当か？」

「本当よ」

「こいつめ」

ささやかな仕返しができたことがうれしくて、彼女は笑い声をあげた。「夫の務めを果たしたくないのなら、話でもしましょうか」

「いいね」

「これから行く家のことを話してくださる？　あなたの家族についても」

「ああ」コリンは額にしわを寄せて窓から曇り空をのぞいた。彼が真剣になにを話そうかと考えているので、アレックスは驚いた。「ウェストモア城はとても古くて大きいんだ。土地は美しいが荒涼としている。きみが慣れ親しんだところとは違う」

「きっと好きになるわ」

彼の口元がこわばった。「いずれわかるよ。家族については……あまり話すことはない。母は五年前からダンディーに住んでいる。今は結婚していて、めったに顔を合わせないが、きっときみに会いたがるだろう」

「わたしのことを話したの？」

「結婚が決まってすぐに手紙を書いた。きっと喜んでいるに違いない」

「わたしがイングランド人だということも書いたの？」

「ああ」コリンの口元がゆるむ。ふたりの目が合ったとき、アレックスは肩の荷がおりた気がした。「母は気にしないよ、カイテン。父の血筋を受け入れるよう、うるさくぼくに勧めて、よく口論したものだ」

「どうして？」

「父は手当金を定期的に送ってきたものの、最初のうち、庶子であるぼくにあまり関心を払わなかった。それが変わったのは嫡子のジョンが生まれてからだ。良心の呵責《かしゃく》を覚えたんだろうね。九歳になったとき、ぼくの生活は一変した。急に家庭教師が何人もついたと思ったら、次は学校へ行けと言われた。ぼくは不安だったが、母が行くように言い張るものだから、仕方なくエディンバラへ行った」

「自分の意思に反して？」

「まあ、そんなところだ。もちろん鎖につながれて引きずられていったわけじゃないよ。だが、ぼくは父と母の両方にひどい言葉を浴びせてしまった。学校では最初の数週間、ゲール語しか話さなかったので、さんざんからかわれた。イングランドの学校へ行けと父が言わなかったのが、せめてもの救いだ。イングランドへやられるくらいなら、ぼくは出奔して船乗りになっただろう」

それを聞いてアレックスはかすかに顔をゆがめたが、コリンは気づかなかった。彼は思いだし笑いをしていた。

「母は立派な女性だ」

「どんな方？」

「親切で、機知に富み、大胆で、とても鷹揚《おうよう》だ。ぼくはいつも不思議に思ったよ。母が父の愛人になったのは、大胆だったからだろうか、それとも鷹揚だったからだろうか、と。たぶん、その両方だろう」

アレックスはコリンと一緒になって笑った。彼が母親にあたたかな気持ちを抱いていることを知ってうれしかった。なかには卑しい生まれを母親のせいにする男もいるが、彼は愛情をもって母親のことを語っている。

「母は熟練した織工なんだ。客室担当のメイドをしていて、宿泊した貴族に見染められたのとは違う。父に関してはいい思い出しかないと、しょっちゅう口にしていた」

「すてきね」

コリンが驚いたような視線を彼女に向けた。「ありがとう」

「それで、お父様は？　よく訪ねてこられた？」

「ぼくが一〇歳のときにはじめて会いに来て、それ以後は毎年訪ねてきた。ときどきジョンを連れてきたよ。兄弟なのだから、互いに相手をそのように扱えと言ってね」

不意に目が潤んできたので、アレックスはまばたきして涙をこらえた。「とてもすばらしい方に思えるわ」

「正直なところ、アレックス」コリンは鼻を鳴らし、彼女にハンカチを差しだした。「それほどロマンティックな話ではないんだ。父は大酒飲みで、馬が大好きだった。父の前でスコットランド訛りで話すと、ひどく怒鳴られたものだ。父と学校の両方に厳しくしつけられたのに、スコットランド訛りが消えなかったのは不思議なくらいだよ」

アレックスはうなずいたものの、やはり涙をすすらずにはいられなかった。

「父からウェストモアの称号が記された捺印《なついん》証書を渡され、金で称号を買ったことや、それがぼくのものになることを聞かされたときは……くそっ、父を殴り倒したかった。完全に父と縁を切って、二度と会いたくないと思ったよ」

「どうして？」

コリンはたくましい肩をすくめ、再び窓の外へ目をやった。「ずっと憎んできたものになりたくなかったんだ。しかし、ウェストモアのことは知っていた。そこから一時間足らずのところで育ったからね。空っぽの厩舎や青々とした牧草地を知っていたので、なによりも馬の飼育をしたかったぼくにはとても魅力的だった」

「あなたが生まれながらにして持っていた権利にすぎないわ、コリン」

「違う。婚外子にはなんの権利もありはしない。きみだって知っているじゃないか」

「でも、あなたは彼の息子よ。お父様はあなたを愛していたからこそ、そんなふうにしてくださったんだわ」

「まあ、彼なりに愛していたのだとは思う。いずれにせよ、ぼくは捺印証書を受け取ってウェストモアの称号を名乗った。最初は断じて使うまいと思ったが、仕事をするのに便利だとわかって、称号を使うことにしたんだ」

「ちっとも恥じることないわ。それよりもっとくだらない理由で称号を買う人だって大勢いるんですもの」

コリンが険しい視線を彼女に向けた。「ぼくは恥じてなどいない」

「そうね」急に彼が怒りだしたので、アレックスは驚いた。「わたしはそんな意味で――」

「ぼくの体に流れている血は、きみのものほど高貴ではないかもしれないが――」

「やめて」

「なんだって？」コリンの顔から怒りの表情は消えたものの、口は真一文字に引き結ばれていた。

「なにかというとわたしの血筋を問題にするのね。あなたと同様、わたしだって生まれは自分でどうこうできないのよ」

彼はアレックスを見つめたまま微動だにしなかった。彼女は首筋から肩のほうへ不安が広がるのを感じた。これはわたしたちふたりの出発点。この結婚の行く末を指し示すことになるものだ。ひょっとしてコリンは、わたしが想像していたような夫にならないのではないかしら。はじめてアレックスはそんな恐れを抱いた。

やがてコリンがまばたきをした。「もちろんきみの言うとおりだ」

彼女の口から吐息が漏れた。

「怒って悪かった」

「謝る必要はないわ」アレックスはほほえんで応じた。先ほどまでの高揚した気分を取り戻す。「きっとわたしたち、ときどき喧嘩をすることになるでしょうね」

「そう思うかい？」

「ええ」

コリンの顔が笑みでやわらぎ、目に熱い光が宿った。「最初に断っておくよ。夫に無礼な振る舞いをしたら、お尻ぺんぺんするからね」

その場面を思い描いて、アレックスはあんぐりと口を開けた。彼女の荷物のなかには、いつだったか兄の友人が書斎に置き忘れていった、ひどく猥褻《わいせつ》な本が一冊忍ばせてある。挿し絵のなかに書かれていることがどのくらい正確なのか、彼女は急に興味がわいてきた。そこにはあまりにばかばかしくて、とうてい現実にはありえないと思えるものがあったけれど、今では新婚の夫といろいろ試してみたら愉快ではないかと思えてきた。この結婚はけっこう楽しいものになるかもしれない。

「カイテン、そんなに驚かないでくれ。冗談のつもりだったんだ」

「まあ！　ええ、もちろんよ……」アレックスは目に宿った光を隠そうと顔を伏せた。彼女が思い浮かべたのは細部まで念入りに描かれた挿し絵で、そこではひとりの男が――。

「アレックス」夫の手がのびてきて頬にふれ、物思いを妨げた。「きみがどれほど純真か、ぼくはときどき忘れてしまう。絶対にきみをたたいたりはしないよ、カイテン」

「あら、わたしはそんなに純真じゃないわ」彼女はくすくす笑った。

「いや、純真だ。にもかかわらず、とてもそうは見えない。そこがぼくは好きなんだ」

やれやれ！　アレックスは笑ってコリンの手をとった。わたしの別荘に着いてしまえば、それほど長く純真ではいられない。いったん別荘に入ったら、あの猥褻な本の二六ページに書いてあることを実践するつもりだもの。それでもまだ夫はわたしを純真だと思うかしら？

16

ウェストモアまでもうすぐだ。近づくにつれて、コリンの肩は緊張にこわばっていった。

ウェストモアはたしかに城ではあるが、プリンセスのためにつくられた城ではない。元は兵士や騎士を住まわせるために建造された要塞《ようさい》で、現在では嘆き悲しむ幽霊が徘徊《はいかい》したり、栗鼠が冬眠したりするのにもってこいの場所になっている。

一四世紀初頭に建てられた城の石壁やスレートの屋根は、時の試練にも、イングランドの度重なる襲撃にも耐えてきたが、コリンが移り住むまで五〇年以上も住む人がなく放置されていた。修繕しようとした者はだれもいない。

ウェストモア城にはガス灯も水道もなければ、趣味のいい部屋もない。要塞としてつくられたために窓が少なく、その窓にはガラスさえはまっていない。吹きこむ雨や冷気を防ぐには鎧戸《よろいど》を閉めるしかないが、夏でさえ隙間風に悩まされる始末だ。

実際、最も古い部類の城と言える。一階はキッチンとだだっ広い大広間で占められており、全員が一緒にその大広間で食事をする。

コリンは目をしばたたいた。くそっ、それをうっかり忘れていたぞ。サマーハートのプリンセスだったレディ・アレクサンドラ――いや、今ではブラックバーン夫人だ――は馬丁や召使たちと一緒に食事をするのだ。ああ、まったく！

今のうちにそのことを教えておくべきだろうか？　もちろんそうだろう。それから現在、家を――丘の上に現代風の立派な家を――新築中であることも話しておかなくては。新しい家にはガラスのはまった本物の窓がついていて、上品な部屋があり……大理石の浴槽といった贅沢品さえ備わっている。

コリンはそれを話したかった。話そうと口を開きさえした。だが再び閉じた。

これはアレックスに対する一種の試験なのだ。彼女を試すなど間違っているのはわかっている。わかっていながらも、彼は話そうとしなかった。

残り数キロになったころには、アレックスは興奮状態で、座席にまともに座っていられないありさまだった。大きな目をきらきらさせて、田舎の風景をむさぼるように眺めている。これから自分が住むことになる土地を、両腕で抱きしめられないかわりに目で抱擁しようとするかのように。

「とてもいいにおいがするわ。もう秋みたい！」

コリンはぶつぶつ言った。アレックスが喜んでいるのを見ると、なぜかいらだちを覚えた。気乗りしない様子をしていたほうが、かえってほっとしただろう。そう、九月の半ばにして、早くもすでに秋だ。あとひと月もすれば雪が降る。そしてそのあとは？　寒々とした暗い季節が何カ月も続くのだ。それなのに、いとしいアレックスを住まわせるのに寒風の吹きこむ要塞しかないときた。彼女はどう思うだろう？

「あとどれくらい、コリン？」幸せそうな視線を向けられ、彼の良心がうずいた。結婚する前に、ぼくの生活ぶりをすべて話しておくべきだった。いや、求婚する前に、だ。もう遅すぎる。今さら話しても言い訳にしか聞こえないだろう。

「あと数分」コリンは答えた。「それ以上はかからないよ」

「本当？」彼の妻は文字どおり座席の上で飛び跳ねた。興奮を抑えられなくなった彼女は、とうとう馬車の窓から首をのばして馬たちの前方を見ようとした。

「まあ、もうすぐ丘の頂上に達するわ！　ウェストモアはその向こう側にあるの？」

「いや、まだひとつ丘がある」

「なんて美しいのかしら」アレックスは馬車のなかに首を引っこめ、ごつごつした岩や巨石や木のある風景に感嘆して頭を振った。「着いたらすぐにあちこち案内してくれるんでしょう？」

「仕事がたくさん待っているんだ」

彼女は大きな青い目をしばたたき、黒い眉をかすかにひそめたが、すぐに晴れやかな表情に戻った。「そうよね。無理は言わないわ。あなたは長いあいだ、家を空けていたんですもの」

「ああ」

コリンは冷静を装ってアレックスの目を見つめ返したが、内心は穏やかでなかった。彼女は再び顔を曇らせ、目に不安の色を浮かべて視線をそらした。

この数日間、彼はふたりの違いをなるべく考えないようにしてきた。結婚に関する懸念をわきに置き、新婦のみずみずしい体を楽しむことに専念したのだ。だが、これからともに送る人生を、毎日二四時間ベッドのなかで過ごすことはできない。結婚によってアレックスを低い身分に落としたのは否定しようのない事実だ。それを今のうちに彼女に悟らせたほうがいい。それでもし彼女が去りたいと願うのなら、仕方がないではないか。

「みんな、わたしを受け入れてくれるかしら?」

「うん?」コリンは窓の外を流れていく見慣れた景色に目をやったまま顔をしかめた。

「わたしがイングランド人と知って、いやな顔をしないかしら?」

「だれが?」

「わからないわ」

暗い物思いから覚めた彼は不安そうな表情をしているアレックスを見て、両腕で抱きしめたい衝動に駆られた。「みんな驚くだろうが、城の管理人のファーガスは、きみがイングランド人であることをまったく気にしないだろう。それからいちばん近くに住んでいるのはカークランド一家だが、そこのジーニーを覚えているだろう? 彼女はきみを好いている。彼女から手紙が届いたんじゃないか?」

アレックスの頬が淡いピンク色に染まった。「ええ」

言葉を続けようとする彼女を、コリンは手をあげて押しとどめた。「ジーニーがなにを書いてきたのか話さないでくれ。知らずにいたほうがいい」

アレックスの顔に明るい笑みが戻った。

「ファーガスとジーニー以外の使用人たちの考えを代弁することはできないが、きっと彼らも気にしないと思うよ」

「そうだといいけれど」

ごろごろ鳴り続ける単調な車輪の音にまじって、小さな叫び声がコリンの耳に入った。窓の外へ目をやると、馬車はウェストモア城を見おろす丘の頂上へ達したところだった。馬車を引いている馬の一頭が大きくいなないた。丘のふもとの厩舎にいる仲間たちのにおいをかぎつけたのだろう。

コリンはアレックスが耳をそばだてたことに気づいた。彼女が声のしたほうを見ようと窓から上半身を突きだす。少なくともウェストモアの人々は、彼女を堅苦しい高慢な人間とは思わないに違いない。

アレックスの体が動かなくなった。コリンには彼女の顎の線しか見えなかったが、口をあんぐり開けて前方を眺めていることが察せられた。

彼はアレックスの目を通して自分の家を見ようとした。まず目に入るのは、ウェストモアの丘のふもとにある古い石造りの厩舎だ。その藁《わら》ぶき屋根が陽光を受けて金色に輝いているに違いない。続いて、その厩舎から斜めにのびている、もっと新しい大きな厩舎が見えるはずだ。白いペンキを塗った木製の壁が夕日に照り映えているだろう。

そこから踏みならされた道をたどっていくと、鍛冶場《かじ》や干し草小屋、家畜小屋、納屋など、母屋に付属する建物に行きあたる。それらはどれも、元は城の外壁を形成していた古い石でつくられていた。

ありがたいことに濠《ほり》はいつの時代にか埋め立てられたので、道は妨げられることなく坂をのぼり、丘の上に鎮座している奇怪で巨大な低い建物へと続いている。

アレックスがゆっくりと馬車のなかに上半身を引っこめた。「お城だわ」目を見開いてささやく。

「要塞だ」コリンは主張した。

「想像もしていなかった……」彼女が身震いすると、肩で巻き毛が揺れた。「わくわくするわ！」

彼は笑いをかみ殺した。わくわくするという言葉に嘘はないかもしれないが、まだアレックスは内部を見ていない。古い城にどんなロマンティックな考えを抱いているのか知らないが、なかへ一歩足を踏み入れたとたん、幻滅するに決まっている。城のなかは黄泉《よみ》の国のように暗く――。

「塔のなかで寝るの？」

その質問に、コリンはほほえまずにいられなかった。「いいや。でも、きみにあてがおうと考えている部屋のすぐ隣に小さな塔があるよ」

「あなたと同じ部屋ではないの？」

小川の上に建てられた肉類や酪農品の貯蔵小屋の廃墟《はいきょ》が窓の外を通り過ぎ、彼の注意を会話からそらした。あと少ししたら——。

「コリン？　わたしたちは別々のベッドで寝るの？」

「とんでもない！　ほとんどの部屋が狭いんだ。きみの衣装戸棚をぼくの部屋に入れるのは無理だろうな。きみの大きな部屋で一緒に寝て、ぼくの部屋は着替えや入浴に使おうと思う。一日の終わりには、たいていぼくは堆肥《たいひ》や馬糞で汚れている。そんな汚れた体できみの部屋に入りたくないからね」

「それを聞いて安心したわ。だって、わたし……夜、ひとりで寝るのはいやだもの」

コリンが弱々しくほほえんだのは、馬車が古い厩舎の石壁に沿って進んでいるときだった。薄暗い馬房のひとつから、彼自慢の優秀な種馬の一頭が黒い鼻面をのぞかせた。

「あの馬を見て、コリン！」

「あれはオセロだ」

「まあ、立派な馬ね。明日はせめて馬くらい見せてくれるんでしょう？　忙しいのはわかっているけれど——」

「おーい！」前方で大声がした。

腹のなかでとぐろを巻いていた不安が急に鎌首《かまくび》をもたげた気がして、コリンは顔をしかめた。ファーガスが出迎えに来たのだ。馬車がやってくるのを見たら、彼が出てくるのは当然だが。

納屋や家畜小屋が後ろへ去り、馬車は古い外壁を過ぎて平らな庭を進んだ。手のひらに扉の取っ手が食いこむのを感じたコリンは、知らず知らずのうちにきつく握りしめていたことに気づいた。そのとき、ファーガスの顔が窓の外に現れた。

「ウェストモアへようこそ！」ファーガスが大声を出し、馬車の扉をぐいと引き開けたので、コリンは指を引きちぎられたような気がした。「いらっしゃいませ、レディ・ウェストモア」

ファーガスは差しだされたアレックスの手をとって馬車から助けおろした。青いスカートが広がって揺れ、彼女の目が興奮にきらめく。

「こちらは城の管理人、ファーガス・マクレーンだ。ファーガス、こちらはアレクサンドラ・ブラックバーン。ぼくの妻だ」

「お初にお目にかかります」ファーガスはにっこりして、アレックスの手の上に身をかがめた。コリンは素早く馬車をおり、ファーガスの唇が妻の手にふれる寸前に肩をたたいてやめさせた。

このことをすっかり忘れていた——ハンサムで、育ちがよく、粋《いき》で、機知に富む友人の存在を。貧乏ではあるものの、ファーガスが魅力的で、男爵の息子であるのは紛れもない事実だ。なるほど四男にすぎないとはいえ、社会的地位はぼくよりも高い。ファーガスは貴族の一員として育てられたのだ。

アレックスはファーガスとひとことふたこと言葉を交わし、屈託のない彼の笑顔につられて明るい笑い声をあげると、手をのばして彼の袖にふれようとした。コリンは彼女の手をにらみつけた。

「おいで」ぴしゃりと言ったコリンは、妻の指がぱっと友人から離れたのを見て満足した。

アレックスはうなずいて夫の腕をとった。コリンは妻をちらりとも見ずに、まっすぐ前方を見据えたまま庭を横切って、質素な木製の玄関ドアへ近づいていった。これからふたりが住む家にはじめて足を踏み入れるときの、アレックスの反応や表情を見たかった。彼女が顔に浮かべるのは恐怖の色だろうか？　それとも嫌悪感？　あきらめ？　あるいは、ぼくが期待もしていなかった喜びだろうか？

しかし、彼は妻の顔を見る勇気がなかった。

石と真水――コリンの家へ足を踏み入れたとき、まずアレックスが感じたのはそのにおいだった。城は戸外のにおいがした――清潔なにおいが。そして涼しい……というよりは寒い。体を襲った震えはとめようとしてもとまらなかった。

暗くてほとんど見えなかったが、あたりを見まわしているうちに、そこがとても広い部屋であることがわかってきた。反対側の壁まで少なくとも一五メートル近くあって、高さは彼女の背丈の三倍以上もある。

ようやく暗さに慣れてくると、アレックスは驚きに目をみはった。まるで絵で見た古城のようだ。ずらりと並んだ長い木製のテーブルと、その前の大きな暖炉。これほど巨大な暖炉は見たことがない。そのなかで動物を丸焼きにするのだろうか。灰色の石の床には豪華な敷物が敷いてある。粗末ないぐさのむしろではない。壁の古いタペストリーと奇妙な対照をなしている。隅に置かれた現代的なソファと椅子が、ベンチに囲まれた低いテーブルがあって、上に革と道具がのっていた。アーチ形の戸口の向こうにもうひとつ部屋があり、がちゃがちゃとにぎやかな音がしている。おそらくキッチンだろう。

アレックスはあたりを見まわして広さを目測し、外から見たときの大きさと比べてみた。一階はおそらくこの広間とキッチンで全部なのだろう。右手の小さなドアは階段に通じているに違いない。

なるほど、たいしたことはない。けれどウェストモアについて尋ねてもコリンは答えようとしなかったし、あまりうるさく尋ねては悪いと思ったので、ここへ着いたときは新居についてなんの予備知識もなかった。わたしは厩舎の上に住むことになるのではと心配したほどだ。そう、コリンは厩舎のことは話したが、家のことは話さなかった。要塞。笑っては悪いけれど、本当に要塞だ。コリンに甲冑《かっちゅう》を身につけさせたら、ふたりで騎士と乙女ごっこができるのではないかしら。

アレックスが口元をひくつかせてコリンを見ると、彼の顔は冷たい仮面のようだった。彼女の口元から笑みが消えた。もちろんコリンはわたしがここをどう思ったのか知りたいのだ。彼の前で笑ったりしたら、誤解されるかもしれない。

「ここは少し寒いけれど、もっと狭い部屋に落ち着いたら、隙間風も防げるでしょう。それ以外は本当にすてきな住まいだわ。さあ、寝室に案内してくださらない？」

ああ、コリンときたら、その気になれば人をとことん怯えさせることができるのね。まるで今にもかみつきそうな蛇を見るような目で、わたしをにらむなんて。

「ここが今日からわたしの家になるんですもの、コリン。すべて見ておきたいわ」

「いやなことはできるだけ早くすませようというわけか？」

「ずっと不機嫌を通そうと決めこんでいるの？　あなたを見ていると、なんだか……わたしがここの粗末さに怖じ気《おけ》づいて、元の贅沢な生活へ逃げ帰っていくのを期待しているみたいよ。贅沢な生活が望みだったら、社交界デビューしたときに求婚された伯爵と結婚していたわ」

「粗末だって？」

「だって、現に粗末でしょう？　ここは女が手を加える必要があるわね。幸い、あなたは女をひとり連れ帰ったじゃない」

コリンが舌打ちをした。

「こんなに広いんですもの、部屋をいくつか増設できるわ。それに窓も。そうそう、甲冑を飾ったら、とても見栄えがするんじゃないかしら」せっかく冗談を言ったのに、彼が少しも愉快そうな顔をしないので、アレックスは眉をひそめた。

「そんなことをする金がどこにある？」

ああ、厄介な問題を持ちだすのね。アレックスは咳払いをした。この城の内部を改修する程度の資金はわたしが出せるけれど、コリンは孔雀みたいに見栄っ張りだから、そんなことを言いだしたらつむじを曲げるだろう。

そのとき背後で咳払いが聞こえ、アレックスは難しい質問に答えずにすんだ。「ミスター・マクレーン！」彼女は不自然なほど大きな声を出して振り返った。

「どうかファーガスと呼んでください、奥様」

彼の目にからかうような光が宿っているのを見て、アレックスは笑った。「じゃあ、ファーガス、わたしのことはアレックスと呼んでちょうだい。もちろん礼儀にかなってはいないけれど、もともとわたしは礼儀正しい女ではないの」

耳元で聞こえた大きなうなり声にアレックスは飛びあがった。きっと大型の猟犬だろうと思って振り返ったが、うなり声を発したのは夫だった。

ファーガスがもう一度アレックスにほほえみかけ、コリンに物問いたげな視線を向けた。コリンが大きくかぶりを振って彼女の腕をとる。このふたりはなにをいがみあっているのかしら、とアレックスは首をかしげた。彼らのあいだにはなにかがある。そう思ったものの、すぐにそのことを忘れた。キッチンのドアからこちらへ、女性たちの短い列ができていることに気づいたからだ。召使たちだ。

最初にアレックスの目を引いたのは、列のいちばん前にいる長身の若い女性だった。背筋をぴんとのばして立ち、氷よりも冷たい笑みを浮かべている。家政婦だ。ずいぶん若いが、家政婦であることは間違いない。腰につけている鍵束《かぎたば》が彼女の身分を示している。

「ここの家政婦だ」コリンが紹介した。「彼女はレベッカ・バーンサイド」近づくと、すぐに
「はじめまして」この女性はただ笑顔がこわばっているだけならいいけれど。そう思いながら、アレックスは声をかけた。

「奥様」レベッカは低い声で応じ、深々とお辞儀をしたが、敬意を欠いていることは明らかだった。彼女が厄介の種になることを、アレックスはたちどころに見て取った。結婚して見ず知らずの土地へ来たばかりなのに、早くもこんな問題を抱えこむなんて、と彼女は吐息を漏らした。

「彼女はミセス・クック」コリンが紹介を続けた。「ここの料理人だ」丸々太った頑丈そうな女性がお辞儀をした。

列に沿って進みながら紹介が続いた――部屋付きのメイドのブライディ、キッチンメイドのジェス、皿洗いのナン。ナンは小さくて、まだ一二歳くらいだ。ここで働いている者はほかにもいるとコリンが説明した。ブライディには息子と娘がひとりずついて、よく手伝いに来るし、男手が必要なときには若い男が何人か来てくれるという。

アレックスはひとりひとりにほほえんでうなずき、顔をじっくり見ては、敵意を持っているかどうか探った。だが、彼女たちはただ新しい女主人に好奇心を抱いているだけのようだった。ただし、レベッカ・バーンサイドは別だ。

レベッカは顔に冷たい笑みを張りつけ、紹介がすむと、やはり笑顔のまま全員にさっさとキッチンへ戻るよう促した。やがてひとり残った彼女は、振り返ってコリンと目を合わせた。

とたんにレベッカの笑顔が、それまでとは打って変わってあたたかなものになった。

「おかえりなさいませ、だんな様」

「やっぱり家がいちばんだよ、レベッカ」

〝レベッカ〟ですって？　アレックスの背筋がこわばった。

ファーガスがやってきて、コリンの横に立った。「奥様を階上の部屋にご案内したらどうだ、レベッカ？　きっと長旅で疲れておいでに違いない」

家政婦は憎らしげにファーガスをにらんだ。彼の笑みが大きくなる。「もちろんよ」ようやくレベッカは甲高い声を出し、案内しようと彼らの前を通り過ぎた。そしてアレックスを見ようともせずに、ただ「こちらへ」とだけ声をかけ、階段のほうへすたすた歩いていった。

アレックスはため息を隠してあとを追い始めたが、すぐに立ちどまってコリンを待った。だが、ついてくる気配がない。振り返ってみると、すでに夫は背を向けて、ファーガスとなにやら真剣に話しあっている。彼女は眉をひそめ、このまま階上へ行こうかどうしようか迷った。

ファーガスがアレックスに気づいて同じように眉をひそめ、コリンを肘でつついた。コリンはちらりと妻を見て、さっさと行けというふうに手を振っただけだった。それにはファーガスでさえも不満だったと見えて、口をゆがめて薄笑いを浮かべた。コリンは頭を振って話し続けている。妻から焼けつくような視線を注がれていることには気づきもしない。とうとうアレックスはあきらめて、レベッカについていこうと向きを変えた。すると目の前に、うれしくてたまらないといった様子の家政婦の笑顔があった。

アレックスは口まで出かかった悪態をぐっとのみこみ、レベッカの背中をにらみつけて階段をあがっていった。この年齢で家政婦をしているなんて、いったいどういうことかしら。彼女はせいぜい二五歳くらいにしか見えない。かといって、どう見てもメイドではない。肌は象牙《ぞうげ》のように白くなめらかで、金髪を頭の上で複雑なシニヨンに結っているため、長い首がいっそう長く見える。事情を知らない人間はレベッカをコリンの愛人と思うかもしれないが、アレックスはその考えをたちどころに退けた。彼は自宅に愛人を囲うような人ではないし、たとえ囲っていたとしても、結婚したあとまで置いてはおかないはずだ。

階段の上のドアが開けっぱなしになっていた。レベッカは再びアレックスについてくるよう合図をして、素早くなかへ入った。どうやらこの家政婦は新しい女主人に話しかけたくないらしい。イングランド人すべてが嫌いなのだろうか？　それとも主人と結婚した女だけを嫌っているの？　それを突きとめようと決意して室内へ歩み入ったが、入ったとたんに部屋に目を奪われた。アレックスはゆっくりと室内を歩きまわった。

部屋のほとんどを大きなベッドが占めていた。高くて広いベッド全体を黒貂《くろてん》の毛皮が覆っている。アレックスは目をぱちくりさせた。黒貂。おずおずと歩み寄り、毛皮をそっとなでてみる。間違いない、黒貂だわ。まあ、驚いた。

頬をすり寄せたい衝動をこらえて、室内のほかのものに目を向けた。アレックスの化粧台と衣装戸棚が運びこんであった。ひとつしかない窓の鎧戸は開いているが、あまりに細くて深い窓なので、暮れゆく戸外の光がわずかしか差しこんでこない。

右手の壁についているドアがコリンの説明を思いださせた。アレックスが期待に胸をときめかせてドアを開けると、そこは小塔のなかの円形の部屋で、上品なテーブルと椅子が置かれており、いかにも居心地よさそうだ。ここで着替えをしたり、朝食をとったりしたら、さぞかしすてきだろう。明かりの設備はなさそうだが、窓がいくつもついているから、昼間は太陽の光が差しこむに違いない。わたしにぴったりの魅力的な部屋だ。

小さな物音で背後にレベッカがいることを思いだし、アレックスの顔から笑みが消えた。

「家政婦にしては、あなたはずいぶん若いのね」彼女は目を向けずに言った。

「コリンと……ウェストモア卿とわたしは古くからの知りあいなのです。彼は喜んでわたしにこの地位を与えてくださいました」

アレックスは顎を突きだして振り返り、冷たいまなざしでレベッカを上から下まで眺めまわした。「では、わたしたちはきっと仲よくやっていけるわね」

レベッカがかすかにうなずく。

「コリンの手紙には驚いたでしょう」

「はい」

「彼の妻の到着に備える時間が充分にあったのならいいけれど」

「もちろんです」

こんなやりとりでは埒が明かない。さっきの謎《なぞ》はあとで解決することにしようとアレックスは考えたが、レベッカの彼女に対する嫌悪感はイングランドとはなんの関係もないように思えた。

「ありがとう、レベッカ。もうすぐわたしのメイドの馬車が到着するはずよ。必要なことはそのメイドにやってもらうわ。彼女の部屋を用意しておいてちょうだい」

「承知しました」家政婦はそう言い残し、お辞儀もせずにさっさと部屋を出ていった。

アレックスは閉じたドアに向かって舌を出したが、ベッドのほうを振り返ったとたん、いやなことは忘れた。黒貂の毛皮を見ただけで背筋がぞくぞくする。ダニエルが到着する前に、裸になってベッドの上を転がってみようかしら？

17

アレックスはベッドの上に寝転がり、信じられないほどやわらかな毛皮に頬をすり寄せたり、指をうずめたりした。そうしているうちに眠りこんだ。

おなかのぐうぐう鳴る音で目覚めた彼女が最初に気づいたのは、部屋に陽光が差しこんでいることだった。細い窓から差す日の光が閉じたドアにあたっている。変ね。この部屋へあがったのは、すでに黄昏《たそがれ》どきではなかったかしら？

そこではっと息をのんだ。突然、事態がのみこめた。ああ、なんてこと。コリンの家で過ごす最初の夜を、わたしはずっと眠りっぱなしだったんだわ。アレックスはひと声叫んで起きあがり、室内をぐるりと見まわした。香水や粉おしろい、ブラシ、ヘアピンが化粧台の上に並べてある。床に脱ぎ捨てておいた旅行用の服はどこかに消え、かわりに肩掛けと室内履きが用意してあった。ダニエルが到着したのだ。

それで、夫は？

「ああ、そんな」アレックスはぞっとしてうめいた。夫はひとりで寝たのだろうか？　いいえ。だって、ベッドのシーツはわたしの側だけでなく、全体がしわくちゃになっているもの。

コリンはわたしをどう思ったかしら？　みんなはわたしをどう思っているの？　きっとミセス・クックは、わたしたちの到着を歓迎する特別な料理を用意したに違いない。コリンは結婚後はじめての帰館の仕あげを、新婚の妻と新しいベッドでするつもりだっただろう。ああ、なぜ起こしてくれなかったの？

胸に無念さが膨れあがった。どうしてコリンはわたしを眠らせておいたの？　なぜ起こして、新しい家での最初の食事をさせてくれなかったの？　なぜ新しいベッドでわたしを愛そうとしなかったの？　不満の声が喉をせりあがって口から出ようとした寸前、ドアがさっと開いた。

「お目覚めになられたのですね、奥様《マダム》」

「ダニエル、今何時？」

「まだ八時です。朝食をお持ちしましょうか？」

「それは……どうしようかしら。ゆうべはなぜ起こしてくれなかったの？　夕食をとりに行かなくてはならなかったのに。それから……」アレックスはいらだって両手をあげた。

「だんな様が眠らせておくようにとおっしゃったのです。このところあまり寝ていなかったから、と」ダニエルは口元をゆがめていたずらっぽい笑みを浮かべた。「本当ですか、マダム？　毎晩、だんな様に眠らせてもらえなかったのですか？」

「ええ、まあ……」急に怒りがしぼんで、アレックスは両手を膝の上へおろした。じゃあ、わたしを起こさなかったのは思いやりからだったのだ。たしかに幾晩も眠らせてもらえなかった。全部で五晩――最初のふた晩はわたしの別荘で夢のような夜を過ごし、続く三晩は旅の途中の三つの宿屋ですてきな夜を過ごした。わたしを眠らせておいたのは、夫がよかれと思ってしたことですもの、許してあげなくては。

そうよ。くだらないことで口論して、ウェストモアで過ごす最初の日を台なしにしたくないわ。

「陛下でまだ朝食をとれるかしら？」

「いいえ。平民はもう朝食をすませて仕事に出かけました」

「ダニエル！」

「だって、ひどいとお思いになりません？　全員が大広間に集まって同じ食事をとるんですよ！　幸い、村人たちはそれぞれ自分の家で朝食をとるそうですけど。わたしが奥様だったら、昼食には階下へ行かないでおきます」

「ここではディナーと呼ぶみたいよ。それに忘れたの？　わたしは何度も労働者たちと一緒に食事をしたわ」

「奥様にとっては、仕事は胸躍る体験でしたものね。でも、あの人たちは夜も昼もここにいるのですよ」

アレックスはベッドを出ながら、ダニエルの言葉について考えをめぐらした。彼女の言うとおり、わたしにとって仕事は胸躍る体験にすぎなかったのだろうか？　なにかの役に立っていると感じていたけれど、たしかに小柄すぎるため肉体労働には不向きだった。だから、兄の領地をよくしているつもりではあっても、実際の貢献度は低かったかもしれない。サマーハートで役立っていると考えたのは、自分でそう思いこもうとしていただけなのだ。でも、ここウェストモアでは……実際に役立つことができるに違いない。すべきことはたくさんある。さっそく今日から始めよう。

「大広間で朝食をとるわ。だれもいなくたってかまわない。そうしたらインスピレーションがわくかもしれないもの」

「なんのためのインスピレーションです、マダム？　蝙蝠になって古い城に住み着くためのですか？」

「ダニエル！」彼女がシュミーズを着せようと頭からかぶせたので、アレックスの叱責《しっせき》の声がくぐもった。「ここはわたしたちの家なのよ。けなさないでちょうだい」

メイドはフランス風に眉をつりあげて不満を表したが、口を閉ざしたまま手際よくコルセットを締めつけた。

「たしかにあちこち手直しが必要だけど、時間をかけてゆっくりやればいいわ。今から冬に備えてあれこれ改良を始めても遅すぎるから、なんとか寒さをやり過ごさなければならないでしょう。でも春になったら、あの空いている場所に立派な部屋を三つは増設できる。たいしてお金はかからないわ。コリンが窓をいくつかつくらせてくれればいいんだけど」

「でも、なぜです？」

アレックスは小首をかしげた。「なぜって、どういう意味？」

「なぜわざわざここを改良しなくてはいけないんですか?」

「なにを言ってるの?」ドレスのボディスで視界が一瞬さえぎられた。アレックスは早口にまくしたてた。「ここは立派な住まいだけど、手直しが必要よ。これから一生、太陽の光が差しこまない暗い部屋で過ごすのはいやだもの。そうでしょう?」

ダニエルが当惑したように鼻にしわを寄せてアレックスを見つめた。

「馬車に揺られすぎて頭がどうかなったの、ダニエル?」

「さっぱりわかりませんね、マダム。ブライディの話では、来年新しい家が完成するそうです。それなのに、どうしてこの古い建物を直すのです? 無駄としか思えません」

「新しい家ですって?」その言葉が口を出る前から、アレックスはだまされたのではないかという恐ろしい予感を抱いた。ファーガスに物問いたげな視線を向けられたコリンが、かぶりを振ったことを思いだす。

ダニエルの顔がショックでうつろになった。彼女は唇をなめ、消え入りそうな声で言った。

「新しい家を建設中です。丘の上に。みな、とてもすてきな家だと言っています」

「ええ、そうだったわね」アレックスはもごもごと言った。胸のなかで心臓が不規則に打っている。「新しい家を建てているんだったわ」

「マダム……」ダニエルの顔はもはやうつろではなく、同情と哀れみにゆがんでいた。

「ボディスを締めてちょうだい」

ボディスの紐を結ぶあいだ、ダニエルはアレックスと目を合わせないようにしていた。やわらかなウールのドレスを整える手が震えているように見えたのは、怒り狂っているアレックスの目の錯覚だったかもしれない。

新しい家。夫はそのことを話そうとしなかった。来年、移り住む予定のすてきな新しい家。だれもが知っているのに、わたしだけが知らない家。

コリンがわたしを驚かせて喜ばせるために仕組んだわけでないのは明らかだ。わたしの夫は人を驚かせることをたくらむような人ではないもの。そう考えてすぐに、アレックスはコリンの意図を悟った。これは試験だ。わたしの人格に対する試験。彼はわたしに、ここは仮の住まいだという予備知識を与えないでウェストモア城を見せようとした。わたしが婚外子の妻にふさわしく、暗くて寒い洞穴みたいな古城に喜んで住むかどうかを見たかったのだ。わたしが足を踏み鳴らして不平を漏らし、甘やかされて育ったわがまま女の本性を現すかどうかを。

それならそれで、こちらにも考えがあるわ。そう思いながら、アレックスはダニエルが支えている黒い革製の室内履きに足を入れた。これから厩舎へ行って、公爵の妹にふさわしい家に住まわせなさいとコリンに要求してやろう。でも、夫と駆け引きをする気分ではない。そんなまどろっこしいことをするよりは、頰を一発平手打ちしたほうがいい。

ダニエルがブラシをとって髪をとかそうとしたが、アレックスはその手を払いのけて言った。「いいわ」

部屋を出て階下へ駆けおりたときは、心臓が破裂しそうなほど激しく打っていた。階段をあがりかけていた少年が慌てて端に寄り、目を丸くしてアレックスを見送った。

開けっぱなしのドアから走りでた彼女をうららかな秋の日が迎えたが、黄金に変わりつつある木の葉のにおいも、今日は息苦しく感じられるだけだった。ふたりの新生活を始めるにあたって、なぜコリンはこんなやり方ができるのだろう？　いったいどうして？

蹄鉄工《ていてつ》の仕事場をのぞいたが、だれもいなかった。コリンが倉庫でぶらぶらしているとは思えなかったので、アレックスは丘のふもとにある厩舎を目指した。彼はすぐに見つかった。なにか力仕事をしているらしく、古いシャツの下で広い肩の筋肉が盛りあがっているのが見えた。コリンの動きはすっかり見慣れたので、今では背中を向けられていても彼だとわかる。たとえ暗がりのなかでも、動いてさえいれば、彼であることがわかるだろう。

ファーガスが一緒だった。最初にアレックスに気づいたのは彼で、手をあげてにっこりほほえんだ。だが近づいていく彼女を見て、顔から笑みが消えた。

「コリン、ちょっと」

「どうした？」コリンの声がアレックスの怒りをあおった。

「お客さんだ」

彼女が立ちどまるのと同時に、ファーガスがコリンから離れた。

「アレックスか？」薄暗い厩舎のなかで、コリンの顔がこちらを向いた。「ディナーのあとで馬を見せてあげるよ」そう言ったきり、彼はアレックスを無視して仕事に戻った。

「なあ、コリン」ファーガスがさらに離れた。

「なんだ？」

「そんなことをしていないで……」

「あなたのお友達は、わたしが馬を見に来たのではないことを、あなたに教えようとしているんだと思うわ」

コリンが体を起こし、今度は彼女をまともに見ようと向きを変えた。

「昨夜は起こしてやらなくて悪かった。疲れているようだから、眠らせておいたほうがいいと思ったんだ」

当惑したアレックスは、すでに怒りで熱くなっていた血がいっそうわき返って、頬がほてるのを感じた。「起きていなくてよかったわ。あなたの嘘を聞かされなくてすんだもの」

厩舎全体を重苦しい静寂が包んだ。身じろぎもしなくなったコリンの目は、深い闇のなかにあって表情を読むことができない。遅まきながらアレックスは、ほかに何人が厩舎内にいるのかわからないのだから、用心深く振る舞う必要があることに気づいた。でも、高ぶった気持ちを抑えられない。もしダニエルに教えられなかったら、そしてレベッカやブライディの処遇をどうするかについておしゃべりをしていたら……。新たな怒りがアレックスの胸にわきあがった。

「わたしのメイドが、来年には新しい家が完成することを教えてくれたわ。わたしのメイドがよ」

土を踏むブーツのくぐもった音で、ファーガスが遠ざかっていくのがわかった。コリンが道具を置いて光のなかへ歩みでてきた。

アレックスは夫が怒っているか、少なくとも独善的な言葉を吐くだろうと思ったが、彼の顔には気づかわしげな表情が浮かんでいるだけだった。「話すつもりだったんだ」

「〝つもりだった〟って、どういう意味？　この六日間、ずっとふたりきりだったのよ。話す機会はいくらでもあったじゃない」

コリンが厩舎内を振り返って頭を振ると、少年がひとり暗がりから出てきて、夫婦喧嘩から逃れられるのを感謝するように走り去った。

まあ、すてき。きっとあの少年はまっすぐ母親のところへ駆けていって、たった今ここで見聞きしたことを話して聞かせるんでしょうね。

「新しい家といっても、たいしたことはないんだよ、アレックス。きみのために立派な家を建てていると自慢したくなかったんだ」

「なんとでも言い繕えばいいわ。あなた、わたしを試そうとしたのね。わたしが貧しい牧畜業者の妻になれるかどうかを見ようとしたんだわ。だったら、はっきり言っておきましょう、マクティベナム・コリン・ブラックバーン。現にわたしは牧畜業者の妻よ。今さらわたしに疑いを抱いたり、結婚したことを後悔したりしても、遅すぎるわ」

「きみを疑っているわけではないよ」コリンが嘘をついた。

「この結婚は間違いだったと悔やみたいなら、勝手に悔やめばいい。これ以上あなたのくだらない言い訳を聞かされるのは我慢できないわ」

その場を去ろうと向きを変えたアレックスの顔に髪がかかり、口のなかに入って舌に絡みついた。髪を払いのけようとした彼女は、人影が近くの小屋の陰にさっと隠れるのを目の端でとらえた。盗み聞きをしている者がいたのだ。たいしたものね。

「アレックス、待ってくれ」

彼女は無視して何歩か歩いた。でも、どこへ行けばいいのだろう？ この知らない家の、なじみのない自分の部屋へ？ そこへ行って、どんな慰めが得られるだろうか。

「アレックス」コリンの手が肩に置かれた――軽く、おずおずと。おずおずしていて当然だ。

「すまない、ぼくが悪かった」

彼女は顔にさっと手を走らせた。髪を払いのけるためだったが、涙をぬぐう目的もあった。

「ごめんよ」

「これがわたしにとって、あなたの家で過ごす初日の思い出になるのね」

肩に置かれた手がずっしりと重たくなり、コリンの体から力が抜けていくのがわかった。耳にそっとキスをされると、アレックスは夫の胸に背中をもたせかけたくなった。

「頼む、少し一緒に歩かないか？」

夫が悔やんでいることを愚かにもうれしく思い、アレックスがためらっていると、コリンは彼女が黙っているのを同意と解釈して手をとった。

「おいで。新しい家を見せてあげよう」

今となってはたいして見たいとも思わないが、見たくないと言ったらすねているように聞こえそうだ。

どう振る舞えばいいかわからなかったので、アレックスは最初、地面に目を伏せ、次にこっそり周囲に視線を走らせながら夫についていった。

コリンは彼女を連れて、ウェストモアの丘のふもとに大きく弧を描いている浅い谷間の道をたどっていった。丘は岩と木々に覆われていたが、道がふたつの小さな丘のあいだを抜けたとたん、目の前に青々とした牧草地が広がった。

近づけば近づくほど、牧草地はどこまでも続いているように思われる。露で湿った草をはんでいる馬の群れが遠くに見えた。

一分がたち、五分がたった。ふたりは草を踏みしだいて進んだ。やがてついにそれが見えた。コリンの新しい家。

アレックスがじっくり見ようとして立ちどまると、彼が手を離した。まるでジグソーパズルみたいにびっしり敷きつめられた土台の丸石、灰色の石壁、戸口の周囲の漆喰《しっくい》塗りの壁、たくさんの煙突、長い建物のあちこちに施されたオーク材。二階までしかないのに、かわらぶきの灰色の屋根が急角度でそそり立っているので、北側の丘のてっぺんと同じくらいの高さがある。

家はとても美しくて大きく、彼女の別荘と同じくらい居心地よさそうに見えた。なにも知らずに突然この家にでくわしたら、そして窓ガラスがはまっていて煙突から煙が立ちのぼっていたら、地方の大地主一家がずっと昔から住んでいる家に思えただろう。まさしく人が住む家に見えた。

アレックスの目に熱い涙がにじんだ。「なんて美しいのかしら、コリン。どうして黙っていたの？」

「では、気に入ってくれたんだね？」

「もちろんよ。これほどすてきな家を気に入らない人がいる？」

「ぼくは……」

アレックスはコリンが説明なり否定なりをするだろうと思って待ったが、彼はただ大きく息を吐いただけだった。それは後悔とやりきれなさのまじったため息に聞こえた。彼女は夫のためらいが悲しくて心がくじけそうになり、涙を流して彼のほうを向いた。この世で欲しいのはただひとり、この人だけだ。

彼女は夫に体を押しつけ、両手を拳にして胸をたたきながらも、彼の肩に顔をうずめた。

「ごめんよ」コリンが彼女を抱きしめてささやいた。「この家と、きみに対するぼくの思いとはなんの関係もない。ただ……これがきみの思い描いていた家であるはずがないよ。こんなのはサマーハート邸の翼棟のひとつにすぎないからね」

「どうしてそんなに卑屈なの？」アレックスは息巻いてとがめた。コリンが放つ香りをかいで、彼の肌に歯を立てたい衝動をこらえる。心のなかで怒りと欲望が闘いを繰り広げ、そのどちらもが彼にかみつけとそそのかした。「今まで将来の夫や家のことを思い描いて過ごしたことなど一度もないわ。前にも言ったように、わたしは宮殿みたいな住まいにも富にも関心がないの。結婚したいと思った男性はあなただけよ、コリン。それがわからないの？　あなたさえいれば、それで充分なの」

コリンは仕事のにおいがした——馬と、干し草と、男のにおい。それらによって別の情熱を呼び覚まされたアレックスは、背中をなでられて飛びあがった。

「なかに入ってみるかい？　まだ完成にはほど遠いが、できれば——」

「いいえ」

「そうか、わかった。じゃあ、厩舎へ行こう。馬を見たいと言っただろう——」

「いいえ。家へ連れて帰ってちょうだい、コリン」

「家へ？」彼の眉間のしわがいっそう深くなった。「サマーハート邸へか？」

「ウェストモア城へよ、おばかさん。あなたのベッドへ」

「ぼくの……ああ」ようやくコリンはアレックスの頬が赤いのは怒りではなく別の感情のせいだと悟ったらしく、目を細めた。「いいとも」彼女の腹部に生じたしこりが次第に大きくなる。「家へ帰ろう」

家に着いてふかふかの毛皮の上に横たえられ、コリンが両脚のあいだに身を沈めてきたとき、アレックスはやっとふたりのいさかいを忘れることができた。

この人は沈思黙考型なんだわ。それに引き替え、わたしはたいていの男性が耐えられないほど気性が激しくて大胆だ。でも、あるがままのコリンを愛しているし、あるがままのわたしを受け入れてくれる彼が好き。

〝最初の数カ月はとても大変よ〟ルーシーがそう言ったのは、たった一週間前のことだった。〝時間をかけなくてはだめ。そのうち、なにごともうまくいくようになるわ〟

でも、わたしが細かなことにいちいち不平をこぼしていたら、いつまでたってもうまくはいかないだろう。そう思ったアレックスはコリンの試験を黙って受け入れ、ものごとが順調に運び始めるのを待とうと誓った。

「ジーニー・カークランド、忌まわしい悪魔の申し子め、ぼくの酒瓶をどこへやった?」

ジーニーは顔をしかめ、忍び笑いをしているアレックスの口に手をあてた。彼女の黒い巻き毛に鼻をくすぐられたジーニーは、出かかったくしゃみを懸命にこらえた。「しいっ」

ふたりは体をさらにぴったり壁に押しつけた。かびくさいタペストリーの下から足がのぞいていたが、ジーニーの兄は気づかずに通り過ぎて廊下を遠ざかり、足音も荒く階段をおりていく。

遠くで「ジーニー!」と怒鳴る声を聞き、ふたりは笑い転げながら、埃と一緒に隠れ場所から飛びだした。ジーニーは新しい友達を連れていこうと手を引っ張った。

「こっちよ、アレックス。ここへあがったことがないなんて信じられないわ」

ふたりはウェストモア城の裏手の短い廊下をこっそり進み、突きあたりのゆがんだドアを通り抜けた。狭い階段がゆったり弧を描いて暗闇のなかへ消えている。

先に立って階段をあがったジーニーは跳ねあげ戸を開けて、星の輝く夜空の下に歩みでた。

手に掲げた酒瓶が月の光を受けて銀色に輝く。

「こんなに上等なウイスキーはめったに口にできないのよ。大金を払わないと手に入らないの」ジーニーはぐいとあおって顔をしかめ、瓶をアレックスに差しだした。

ひと口すすったアレックスは咳きこみはしなかったものの、しゃがれた声で言った。「おいしいわ。すごく」

ジーニーは笑った。「嘘つきね。心配いらないわ、飲めば飲むほどよくなるから」

アレックスはもうひと口すすり、瓶をジーニーに返した。再び酒瓶を高く掲げたジーニーは、熱い感触が食道を通って胃に達するのと同時に、上へのぼって目と鼻がちりちりするのを感じた。

ああ、ここはなんて気持ちがいいのだろう、とジーニーは思った。この胸壁の上が昔から好きだった。頭上には無数の星がきらめき、東の空には臨月を迎えた腹のように大きな月が、それ以上のぼるのは大儀そうに浮かんでいる。ここから見る眺めはとても美しいけれど、寒い。でもウイスキーを飲めば寒くなくなる。

「それで？」ジーニーはまたひと口飲んで、物憂げに尋ねた。

「それでって？」

「まあ、しらばくれないで。コリンとの結婚生活はどんな具合？　兄たちが新婚夫婦の邪魔をするなと言うから来るのを控えていたけれど、三週間も我慢したら、さすがに兄たちでさえ限界だったみたい。みんなあなたに会いたがっていたわ」

ジーニーと四人の兄は今日の午後遅く、花嫁に会いたいと言って、突然ウェストモア城を訪れたのだった。新妻のミセス・ブラックバーンは彼らに会って大はしゃぎをしたが、今はすっかり黙りこんでいる。

「そんなに悪くはないでしょう?」ジーニーは促した。

「ええ、そんなに悪くない。というより、むしろいいほうではないかしら」

「ふうん。コリンはきっとすてきなベッドの相手になるだろうって、いつも思っていたわ」

アレックスが喉の詰まったような音を出したが、気分を害したのではないことはわかった。男兄弟に囲まれて育つ利点は視野が広がることだ。

「まあ、そうね。たしかに彼はすてきよ」

ジーニーは将来自分があたためることになるであろうベッドを空想し、思わずため息を漏らした。

「あなたは……」アレックスが言いかけた。「その……コリンはあなたに一度も求婚しなかったの?」

「なんですって?」ジーニーは物思いから覚めた。「まあ、そんなことありえないわ。わたしたち、昔から知りあいだったのよ」

「でも、それほど長い期間おつきあいをしていたら……あなたたちはとても親しそうに見えるし」

「ええ、たしかに親しいわ。だけどそれはわたしが兄たちに感じる親しさと同じものよ。はじめてコリンに会ったのは、わたしが七つか八つのときで、ちょうど男の子たちに死ぬほどうんざりしていたころなの。正直に言うと、彼が隣に越してきたときはすごくがっかりしたわ。だって、わたしが欲しかったのは友達になれる女の子だったんですもの」

「それで、大きくなってからは？」

「そうねえ」ジーニーは酒瓶をアレックスに渡した。「彼をまったく意識しなかったと言えば嘘になるわね。でも兄たちはハンサムでしょう……というか、みんなからそう言われていたし――」

「そのとおりよ」

「小さなころからハンサムな男たちに囲まれていたせいかしら、コリンに会っても膝が震えたりはしなかったわ。胸のときめきを覚えたことは一度もないのよ」

アレックスはため息をついて壁に寄りかかった。「そう。わたしなんて、膝の力が抜けて床に座りこんでしまいそうになるわ。もちろん、結婚してまだひと月もたたないからでしょうけれど」

「それで、仲はうまくいっているの？」

「ええ。もっとも……」アレックスがちらりとこちらを見たとき、ジーニーはその顔が苦痛でゆがんでいることに気づいた。「ときどき彼はすごく不機嫌になるの。それに、わたしたちが結婚したいきさつは――」

「どういういきさつだったの？」

「それは、その、少し軽率な行為が原因だったのよ。兄が彼にわたしと結婚するよう無理強いしたわけではないけれど、たぶんコリンは考えたのではないかしら……結婚しないのは道義にもとるって」

「そんなふうに考えないほうがいいわ、アレックス。あなたのことを話すとき、彼はとても情熱的な口調になるのよ」

「あの人がわたしのことを話すの？」

「ええ。エディンバラで舞踏会があった夜、彼が髪にライラックの花びらをつけて外からこそこそ戻ってきたところをつかまえたの」そのときのことを思いだして、ジーニーとアレックスはくすくす笑った。「コリンは気もそぞろだった。そして〝このことはだれにも話してはだめだよ。彼女は身分の高い女性だ〟と言ったのよ。わたし、すごく興奮しちゃった」アレックスは笑いすぎて目に涙をにじませている。ジーニーは恋に悩むコリンを思い浮かべておかしくなり、にっこりした。以前の彼は修道士みたいな暮らしをしているようだったけれど、今では……。

「実際のところ、アレックス、コリンが女の人といちゃついているところは一度も見たことがないわ。彼はあなたを心から愛している。それを疑ってはだめよ。今夜だって、夕食のあいだじゅう、あなたばかり見ていたじゃない！」

「ええ……たしかに。だけどあの人、怒っているように見えなかった？」

「妬《や》いているだけよ。兄たちがあなたをちやほやするのが気に食わなかっただけ。それにフアーガスのことも」

ジーニーはファーガスのことを思った。わたしを疫病患者みたいに避けているファーガス。わたしがこの胸壁の上から何時間も見て過ごしたファーガス。

アレックスが体をすり寄せてささやいた。「ジーニー、わたし、気づいたんだけど……」

「ああ、彼を愛しているわ！」ジーニーは声を張りあげた。何年も前から口にしたいと思ってきた言葉を、かすれた声で叫ぶ。「あの人を愛しているの、アレックス。どうしたらいいかしら？」

「ファーガスを？」

「そう、ファーガスを。だけど彼は……耳を貸そうとしないのよ。絶対にわたしの父が認めないだろうと言って」

「そうなの？」

「ええ。まったく、冷酷で頑固なんだから！　ファーガスにはお金も土地もないし、将来それらを手にする見込みもないなんて言うのよ」

「まあ」

ジーニーは両手を拳にして目に押しあてた。「アレックス、どうしたらいい？　もう一年になるわ。どうかなってしまいそう」

「一年前になにがあったの？」

「彼がわたしにキスしたの。それなのに今では無関心で、よそよそしく振る舞っている。一年前には廊下でわたしをつかまえて、〝ぼくの前で衣ずれの音をさせるな。さもないときみの気に入らないことをするぞ〟と言ったのよ。そこでもちろん、わたしは彼に〝やれるものならやってみなさいよ〟と――」

「よく言ったわ」

「そうしたら、ああ、あんなにすてきなことってなかった。それに……とにかくすばらしかったの！　彼はずっと前からわたしが欲しかったんだと言ったわ。もうこれ以上我慢できないって。それなのに急にやめてしまって、今ではわたしを見ようとさえしない。わたしがこんなに愛しているのに！」

「あら、彼はあなたを見ているわよ。でもあなたが見たとたん、視線をそらしてしまうの」

ジーニーの胸に喜びがわきあがった。「本当？　本当にわたしを見てる？」

「ええ、誓ってもいいわ」

「男の人って、なぜあんなにばかなのかしら？　父のところへ行って、結婚させてくれと頼めばいいじゃない。それでだめなら、わたしをさらっていくとか。どうしてそうしないの？」

「わたしにきかないで、ジーニー。わたしだってコリンを誘惑して、ようやくベッドへ誘いこんだのよ。いやだ、言っちゃった」アレックスは片手で口をふさぎ、もう一方の手で酒瓶を振った。

「ふうん、彼を誘惑したの」ジーニーはファーガスのキスや、腰を動きまわる彼の熱い手の感触を思いだした。「誘惑ね。結局はそれしかないのかも」

「あまりいい考えとは思えないわ。コリンは不愉快らしくて、いまだにそのことでわたしを恨んでいるみたいだもの」

「そう。わたしにはいい考えに思えるけれどね。それにコリンなら大丈夫、すぐに立ち直るでしょう。心配いらないわ」

アレックスが目をこすってため息をつき、酒瓶をジーニーに返した。「はい、どうぞ。酔ったのかしら、なんだか涙もろくなっちゃって」

ジーニーは瓶を傾けてウイスキーを飲み干し、気持ちを奮い立たせてファーガスのことを頭から追いだそうとした。「コリンのことは心配しないで、アレックス。彼は今まで恋をしたことがなかったの。自分の感情をどう処理したらいいのか、懸命に見つけようとしているところだと思うわ」

「恋? そんなことではないと思うけど」

「いいえ、彼があなたに恋をしているのはたしかよ。時間をあげなさい。これまで彼は規律を重んじ、仕事に明け暮れてきた。それが突然恋に落ちたものだから、どうしていいかわからないんだわ。それはそうと、ウイスキーがなくなっちゃった。みんなのところへ戻らない?」

「そうね。あなたのお兄様たちのお話を聞きたいわ」

「じゃあ、階下へ行きましょう。コリンはわたしの父に負けない上等なウイスキーを持っているのよ」

ふたりはくすくす笑いながら、跳ねあげ戸をくぐり抜けて階段をおり、男たちのいるところへ戻っていった。


このときだけは、なぜかコリンには大広間が窮屈に感じられた。窮屈でないことはひと目でわかる――妻と客人たちは全員が暖炉の前に椅子を集めて座っている――けれども彼は、暑苦しくて落ち着かなかった。立ちあがってドアを抜け、ひんやりした夜気のなかへ出ていきたかったが、なんとかこらえて座っていた。にやにや笑ったり、ウインクしたりして妻の頰を赤くさせている男たちのなかに、彼女を残していきたくはない。

コリンは生まれてこのかた女性にウインクした経験はないし、すべきだと感じたこともなかったが、アレックスはウインクされて喜んでいるようだ。彼女はカークランド家の男たちのみだらな話に忍び笑いを漏らしたり、笑い声をあげたり、非難したりしている。そしてファーガスを……ああ、ファーガスを用心深く見ている。なにを探っているのか知らないし、知りたくもないが、くそっ、むしゃくしゃする。少なくとも、彼らが土地活用の話をしているのでないことはたしかだ。

だが、ファーガスはおまえのいちばんの親友で、カークランド家の男たちは古くからの知りあいじゃないか。コリンはそう自分に言い聞かせた。それにアレックスはもちろんおまえの妻だ。それを忘れてはならない。でも彼女のそばにいると絶えず不安に駆られるし、夫婦となった今は、逆になにを話したらいいかわからない。馬や仕事の話をすべきだろうか？　新築中の家の仕あげを彼女に任せるのがいいのか？　アレックスはこちらの話に興味を持って応じるが、あまりに注意深く耳をそばだてるので、かえってまごついてしまう。彼女は毎晩ぼくの帰りを待っていて、ぼくには提供できないなにかを求めている気がする。

この数週間のうちに、アレックスは目つきが用心深くなった。おとなしくしているときや、ぼくが近くにいることを知らないときは、縮んだかしぼんだかしたように見える。たぶん牧畜業者の妻としての生活には刺激も魅力もないことを、ようやく理解し始めたのだろう。彼女がここへ来て三週間。カークランド家のきょうだいが最初の客だ。寝室以外の場所で、どうしたらアレックスを楽しませてやれるのか、ぼくには皆目わからない。

しかしファーガスはアレックスになにを話したらいいのかわきまえているようだし、どうすれば彼女をほほえませたり、笑い声をあげさせたり、興味を抱かせたりできるのかを心得ているらしい。ファーガスは彼女の友達になった——おそらくいちばんの親友に。そしてアレックスは美しさにおいても性的魅力においてもいちばんだ。ああ、彼女に対する疑惑が渦巻き、頭がどうかなりそうだ。根拠がない疑惑だとわかっているだけに、ますますいらいらする。ぼくは彼女を信じているぞ。ああ、信じているとも。

「コリン？」

「なんだ？」視線をあげると、ダグラス・カークランドが片方の眉をつりあげて彼を見ていた。ほかのみんなも愉快そうな目をしてこちらを眺めている。ただしアレックスだけは気まずそうに下唇をかんでいた。

「公爵に殺されないで、どうやって逃げおおせたのかときいたんだ」ダグラスが言った。

アレックスがコリンのほうを見て困ったように肩をすくめてみせた。

「公爵に？」コリンは顔を曇らせた。

「ああ。いくらここが田舎でも、噂くらいは伝わってきたぞ。醜聞を巻き起こしたのでなければ、なぜこんなに慌ただしく結婚したんだ、ブラックバーン？」

「さあ、なぜだろうな？」不機嫌な口調で問い返す。

「たいした醜聞ではなかったわ！」アレックスが甲高い声で早口に言った。「だから彼は殺されずにすんだのよ」

「そんなことだろうと思った。コリンはまっとうな男だ。彼が公爵の鼻先からかわいい妹を盗みだすなんて、とうてい考えられないよ」

カークランド家の男たちが大笑いした。コリンとアレックスがこっそり目を見交わしたことにはだれも気づかなかった。コリンは彼らがアレックスでなく自分に注意を向けていることにほっとしてうなずいた。そしてアレックスにほほえみかけようとしたが、すでに彼女は唇をかんだまま顔をそむけていた。

「コリン」笑い声がやんだところへ、ジェームズの大声がとどろいた。「ぼくの新しい乗用馬を見に行かないか？　きみのところの子馬に比べたら見劣りするかもしれないが、それでもけっこういい馬だよ」

コリンが妻に視線を向けると、彼女は椅子から身を乗りだして、なにやらジーニーとささやき交わしていた。おそらく慌ただしく結婚した理由を説明しているのだろう。新しい友人にいったいなにを話したのやら。

「コリン？」

「よし、見に行こう」

断じて肩越しに振り返らないぞと決意して、コリンは出口へ向かった。戻ってきたとき、アレックスはここにいるだろう。

18

彼女はいなかった。いったいどこへ行ったんだ? 大広間をぐるりと見まわしたコリンは、アレックスが鼠を狙う猫のようにうずくまっているのではないかと、薄暗い隅をひとつひとつ念入りに調べた。ここを離れていたのは三〇分足らずだし、そのあいだ彼はずっとアレックスのことばかり考えていた。それなのに戻ってみたら、彼女はいなかった。ファーガスの姿も見えない。大広間にいたのはジーニーとその兄たちだけで、彼女はやけにそわそわし、兄たちは妹を無視していた。

早くも怒りに分別を失いかけたコリンは、ひとことも口をきかずにすたすたとキッチンへ行った。「妻はいるか?」ミセス・クックとふたりのメイドが凍りつき、彼に向かって眉をひそめた。キッチンに隠れる場所はない。「いや、いいんだ」

大広間へ戻ったコリンは、ジーニーのすぐ前を通り、玄関ドアのほうを、続いて階段室のほうを見やった。薄暗がりにレベッカがいて、階段の一段めに片足をかけたまま彼を手招きした。

「だんな様」近づいていったコリンにレベッカがささやいた。彼は階段の上の暗がりに目を凝らした。「あの……こんなことはお話しすべきでないと思って、今まで黙っていたんですけど……」

「なんだ?」

「いいこととは思えないのです、あなたという夫がありながら、あのような……いえ、やはりお話しできません」

「話せ、レベッカ」焼けるような喉から言葉を発することができたことさえ、不思議なくらいだった。

「あの人たちがふたりきりでいるところを、よく見かけます。たしかに友達同士なのでしょうけれど、あんなふうにこそこそ一緒に忍びでていくべきではありません」

「忍びでていくだって?」

「いえ、その……はい」

胸の底にくすぶっていた怒りがぱっと燃えあがった。くそっ、まさかそんなはずはない。心はやめろと言っているのに、コリンの足が一段、また一段と階段をあがり始めた。

「いえ、そちらではありません。こちらです」レベッカの指が左側の細いドアをためらいがちに指し示した。昔はそのドアを出たところに礼拝堂があったらしいが、現在では庭に大きな石が積み重なっているだけだ。そんなところに、いったいなんの用事があるのだろう?

用事があって行ったのではない。彼の卑しい心が叫んだ。楽しみに行ったのだ。

コリンがレベッカに頭を振ると、彼女は階段を駆けあがって暗闇に消えた。これから不快な場面を目撃することになるかもしれないのだ。自分でさえ見たくないものを、ほかの人間に見られたくはない。

木製のドアに手をあててそっと押した。奇妙なことに、なんの抵抗も感じられなかった。ドアがさっと開き、庭の向こうの黒々とした木立と星のきらめく夜空が広がった。コリンはドアを出たところでためらった。

夜のしじまを破って男の声がした。「違うよ、アレックス」

「でも——」

「そんなことはありえない」

「まあ、ファーガス。どうしてそんなに意固地なの？　あなたが見ていることに気づいたわ——」

「違う！」

霜枯れた草の上を走り去る足音が聞こえ、続いて低く悪態をつくアレックスの声が聞こえた。

コリンは頭がくらくらした。〝あなたが見ていることに気づいたわ〟とアレックスは言った。それと同じことを、ぼくにも言ったのではなかったか？　〝あなたがわたしを見ていることに気づいていたわ〟ああ、そうとも。ぼくは彼女を見ていた。

頼む、なにかの間違いであってくれ。きっと間違いだ。アレックスは売春婦ではない。ぼくの親友に身を任せるような女ではない。彼女は純潔だった。積極的で愛情深い女性ではあるものの、純潔だった。

違う、純潔なんかじゃなかった。コリンの卑しい心がそう言ってあざ笑った。処女ではあったが、男を知らなかったわけではない。

彼は足音をたてないよう慎重に凍《い》てついた地面に歩みでた。月明かりに照らされ、こちらに背を向けて厩舎のほうを見つめているアレックスの姿が見える。するとコリンの脳裏に、林のなかの草地に横たわっている彼女の姿が浮かんだ。あのとき、アレックスは彼に体を奪ってくれと懇願し、積極的に誘った。次にコリンは結婚初夜を思いだした。アレックスは彼の前にひざまずき、満足そうに喉を鳴らして欲望のあかしを口にくわえたのだ。それから別荘近くの林のなかを散歩しているとき、彼女は内気で慎み深い顔をしながら〝あなたのものはあまりにも大きくて――〟と言いかけ、かわいらしい口を慌てて手でふさいだ。そのときコリンは、なぜ大きさのことを知っているのかと尋ねた。いったいきみは何人の男を知っているのか、ぼくのはだれよりも大きいのか、ときくべきだった。

「コリン！」

アレックスが彼に気づいて呼びかけた。その声には驚きの響きがこもっていたものの、こちらへ近づいてくる足取りは落ち着いていた。白い歯が光ったので、彼女がほほえんでいるのがわかった。

「ジェームズの馬はどうだった？」

コリンは喉が引きつって声を出すことができなかった。

「ファーガスを探しているのなら無駄よ。彼は家に帰ったわ」

「ファーガスを探していたのではない」うなるように言う。「探してはいなかったが、見つけてしまった」

立ちどまったアレックスの足が草の上でわずかに滑った。「どういう意味?」

「ぼくが探していたのはきみだ、アレックス。そうしたらファーガスも見つけたんだ」

「ああ、そういうこと」コリンの袖にふれようとあげられた彼女の手が、彼の肌が発する熱い怒りを感じ取ったかのように途中でとまった。「あの人と話をしたかったの……あることについて」

「あること?」

「ええ。それがどうかしたの、コリン?」

「どうもこうもしないさ」

「だったら、なんなの?」アレックスの口調がためらいがちなものから、きびきびした厳しい調子へと変わった。

なぜぼくにいらだちを示すんだ、とコリンはいぶかしく思った。「ぼくの城の管理人とここへ忍んできて、暗がりでささやき交わすことが正しいことだと思うのか?」

「ささやき交わしてなどいないわ」

コリンのあげた笑い声が、石をこするやすりの音のように響いた。アレックスはささやき交わしたことは否定したが、ここへ忍んできたことは否定しなかった。まあ、いいさ。なるほど彼女はささやいていなかった。懇願していたのだ。

「いったいどうしたというの?」

「ひとつだけ答えてくれ。ロンドンから家に逃げ帰った理由はなんだったんだ?」

「なにを言っているのかわからないわ」

「きみとセントクレアがいた部屋のドアを開けたとき、弟はなにを見た?」

アレックスが背筋をのばしてコリンから離れた。「わたしを非難しているの……ファーガスとなにかしていたって?」

「ぼくがしているのは単純な質問だ。きみの過去に興味があるのでね。いつだったかロンドンで、少なくともきみとキスしたことがあると主張する男ふたりの話を聞く機会があった。キスはきみにとって気晴らしだったんだろう。ほかになにをした?」

「わたし……ファーガスとキスしたことなどないわ。そんなの、考えたこともない」

「本当か?」

「本当よ! どうしてそんなことをきくの?」

「なあ、アレクサンドラ。きみはセントクレアとキス以上のことをしたんだろう? あの野良犬にも劣る男と」

「コリン、わたしはあなたの妻なのよ」声にこめられた恐怖の響きが、彼を鞭のごとく打った。コリンは夢から覚めたようによろよろとあとずさりした。アレックスが恐怖に駆られてぼくに話しかけたことは一度もない。ただの一度も。彼は感覚がなくなるほど手をきつく握りしめていたことに気づいた。

「わたしが不貞を働いたのではないかなんて、よくも考えられたものね。わたしは……ただの一度も、あなたに憎まれなくてはならないようなことをした覚えはないわ」

「だったら、なぜこんな暗がりに隠れていたんだ？」

彼女が震える息を吐きだした直後、コリンの背後で悪態をつく声がした。「ジーニー？」アレックスが叫んだ。

「ええ、そうよ」ジーニーはやさしく応じたあと、氷のように冷たい声で続けた。「こんなところでなにをしているの、ブラックバーン？」彼女はコリンをよけるのではなく押しのけてアレックスのところへ行った。

「さあ、なかへ入りましょう、アレックス。なかはあたたかいわ。こんな人、ここで凍えさせておけばいいのよ」コリンはわきにどいてふたりを通した。「ねえ、このけだものになんて言われたの？」

ふたりがなかに入ってドアが閉まった。コリンは震えだした。ぼくはけだものなのか？それともスコットランド一の大ばか者なのか？

アレックスは肌を刺す風のなかに立って目に涙を浮かべ、帰っていくジーニーとカークランド兄弟に手を振った。ジーニーにいつまでもいてもらいたかった。そうしたら、彼女の怒りの背後にずっと隠れていられるだろう。

昨夜、コリンは遅くにこっそりベッドへ入ってきて、妻の空寝を信じるふりをし続けた。そして今朝は同じようにこっそり出ていって、客が帰るころ、ようやく見送るために戻ってきた。

カークランド家の馬車が丘の向こうに消えてかなりたってから、アレックスは勇気を奮い起こして夫のほうを向いた。

「寒いわ」彼女はつぶやき、コリンのかたわらを足早に通って、外より少しはあたたかい城のなかに入った。彼がすぐあとからドアを入ってきたのがわかった。

「階上で少し話をしないか？」

アレックスの胃がきゅっと縮んだ。話をするって、なんの？　なにを話せばいいのだろう。わめいたり泣き叫んだりする？　それとも口をつぐんでいようか？

コリンは立ちつくしている彼女の前を通って階段をのぼっていった。アレックスはあとについて階段をあがり、小塔のなかの円形の居間に入った。

「昨夜はひどいことを言って悪かった」

「ええ」

彼がアレックスをじっと見つめる。わたしが告白するのを待っているんだわ、と彼女は思った。本当のことを打ち明けて、コリンの目に後悔の色が浮かぶのを見たいという衝動に駆られる。この人に苦痛を与えてやれたら、どんなに清々するかしら。

「単なる思いつきで言ったわけではないんだ、アレクサンドラ」

あら、今やわたしはアレクサンドラなのね。たぶん次は〝レディ・ウェストモア〟と呼ばれるんだわ。

「使用人のひとりから聞いたが、きみとファーガスはよく一緒にどこかへ消えるそうだね」

「使用人のひとり？　だれのこと？　レベッカ？」

「そんなことはどうでもいい」

「よくないわ。あの人はとんでもないあばずれよ。さかりのついた雌犬みたいに、あなたにまつわりついている」

「ぼくに教えたのがレベッカだからといって、彼女を侮辱するんじゃない」

「そう。この際はっきり言っておくけれど、今まで幾度となく心のなかで彼女を侮辱してやったわ」

「彼女がぼくに嘘をついたとでも？」

「ええ……いいえ、知らないわよ、そんなこと！　どこかへ消えるって、彼女はどういう意味で言ったの？　わたしたちはよく一緒に厩舎へ行くわ。大広間に座って話をするし。どうしてそんなことをいちいちあなたに教えなくてはいけないの？　わたしはあなたの妻なのよ」

「それをきみが忘れさえしなければ、こんな話は二度としなくてすむだろう」

「コリン……」悲しみがアレックスの胸をかきむしり、喉を這いあがって、口から嗚咽《おえつ》となって漏れそうだった。彼女は怒りとばからしさとで頭が混乱し、気が変になりそうだった。

突然、わたしがファーガスのあとから出ていったことをコリンに話したのは、カークランド兄弟のひとりだったのかしら、という疑念が頭に浮かんだ。彼らはわたしが出ていくのを見て眉をつりあげたの？　そう考えたとたん、アレックスの顔がかっとほてった。「ごめんなさい」口ごもりながら言う。「お客様にどう見えるのかを考えなかったわ」

「それだけか？」

「間違ったことはしていないわ、コリン。なにひとつ」昨夜、コリンに非難されたアレックスを慰めようとジーニーがかけてくれた言葉を思いだした。〝彼に本当のことを話しなさい。自分の愚かさを気づかせるの。そうしたらきっと分別を取り戻すわ〟だったら本当のことを話そう。「コリン、ファーガスに話したのはジーニーのことだったの。その話をするために、彼について外へ出たのよ」

「ジーニーがどうしたというんだ？」

「あのふたりは……引かれあっているわ」

「ばかばかしい。ファーガスはジーニーを子供のころから知っているんだぞ」

「彼女はわたしよりもふたつ年下なだけよ。自分の望みがなんなのか、ちゃんと知っているわ。それなのにファーガスはそのことを認めようとしないの」

「だったら、ほうっておくんだな。それと、きみが本当のことを話しているのなら……謝るよ、アレックス。悪かった。つい怒りにわれを忘れてしまったんだ」

なんとなく釈然としなかったものの、アレックスはうなずいた。そのとき、心の底にわだかまっていた怒りが急に表へ飛びだしてきた。「あの人をどこかへやってちょうだい」

「レベッカのことか？」

「彼女は最初の日から失礼な態度をとったわ。しかも、わたしの行動をこそこそとかぎまわっていた……」コリンの引き結ばれた口を見て、レベッカのことを話すのはもう少しあとにすべきだったとアレックスは悟った。この件が片づくまで一週間か二週間、待てばよかったのだ。

「彼女を首にしろというのか？」

「ええ」

「レベッカとは二〇年来の知りあいなんだぞ。彼女の母親はぼくの母の友人だったんだ」

「彼女はわたしに敬意をもって接しないのよ、コリン」

「それで、彼女をどこへやれというんだ？　寒いなか外へほうりだして凍えさせるのか？　彼女は母親に死なれて家族はいない。推薦状を書いてやれば飢え死にはしないだろうと言いたいのか？」

「あの人がどこへ行こうとかまわないわ。彼女はあなたを欲しがっているのよ、コリン！　飢えた犬がテーブルの残飯を見るような目であなたを見ている。そのうえ、わたしに消えてもらいたいと願っているわ。そのくらいのことはあなたにもわかるでしょう」

「ぼくにわかるのは、レベッカが友人としてぼくを気づかっていることだ。きみの言いなりになって彼女をほうりだしたら、ぼくは友人として失格だよ。きみは彼女のような暮らしを経験したことがないだろう、アレックス。ひもじい思いをしたことも、寒さに震えて冬を過ごしたこともない。頭にあるのは、どのドレスを着たら最も見栄えがするかということだけだ」コリンが言葉を切った。もう言うだけ言って気がすんだのだろうとアレックスは思ったが、そうではなかった。彼は息を深く吸って攻撃を再開した。

「レベッカは優秀な家政婦だ。勤勉で、仕事に落ち度はない。たしかにきみの大胆さに驚いているかもしれないが、そんなことで彼女を首にしたら、ほかのみんなも首にしなければならなくなる。なぜなら、きみに接する者はだれでも驚かずにいられないからね」

コリンはさっと身を翻し、妻の心が血を流していることも気にかけず、足早に部屋を出ていった。

重苦しい沈黙のうちに長い一日が過ぎ、アレックスは今夜も眠れないことを覚悟してベッドに入った。だが昨夜は一睡もしなかったせいだろう、ベッドに横たわるや否や、世界が回転して忘却のかなたへ飛び去った。

あたたかな感触に、彼女は暗闇のなかで目覚めた。

「ごめんよ、アレックス」背中に唇が押しつけられ、熱い息が肩にかかった。

彼女はまばたきして目を開けたが、暗闇しか見えなかったので、すぐに眠りの世界へ引き戻されそうになった。腰に重たいものがまわされ、コリンの手が体の線をなぞりだしたのを感じて、歓びの吐息を漏らす。

「しいっ」彼がささやいた。「眠りなさい」

コリンの口が肩から首筋を軽くついばみ、手が腰をなでまわす。アレックスはベッドの上でとろけながら、彼の指が太腿を這っていくのを感じていた。

「きみはとても美しくてやわらかい。そして夏のように熱くて激しい」

コリンの体が背中全体に押しつけられた。アレックスはため息をついて体をのばし、彼にいっそうすり寄った。

太腿を滑っていった手が脚のあいだにあてがわれた。「カイテン」彼がささやく。

これは夢なんだわ。アレックスはそう思い、ますます深く快感のなかへ沈んでいった。コリンに背後から抱かれたまま体を弓なりにして、彼の熱いこわばりを肌に感じるまでヒップを押しつける。するとそれに応えるようにコリンが指でひそやかな場所を愛撫してきた。

「ああ!」

「しいっ」コリンはアレックスを快楽でさいなみながらも、耳に口を寄せてささやいた。ゆっくりと目覚めた神経は、今やすっかり敏感になっている。指で何度もこすられたり円を描くようになぞられたりするうちに、彼女はとうとう我慢できなくなって甘い泣き声を漏らした。

コリンの指の動きは慈しむようで、とてもやさしい。アレックスは激しさが欲しくなり、彼の手をつかんで促したが、指は従うことを拒んでそっといたぶり続ける。彼女は片脚をあげて彼の太腿にのせた。「コリン、お願い」

「ああ」コリンの胸が振動して音を発した。腰がこすりつけられる。アレックスは後ろに手をまわして彼のうなじをつかもうとした。コリンがゲール語でなにかつぶやき、ついに指を奥へ滑りこませた。

「ああ、いいわ」アレックスは暗闇に向かってすすり泣いた。

「すごく熱い」彼がため息まじりにささやく。「とてもなめらかだよ、アレックス」

「ええ」彼女は膝を曲げてコリンの脚にかけ、彼のために体を開いた。コリンが腰を移動させ、かたくそそり立ったものを脚のあいだに押しつける。「そうよ」アレックスはうめき声をあげた。

コリンが再び手を彼女の下腹部にあてがい、体を前後に動かした。アレックスは欲求不満の悲鳴をのみこんだ。今すぐに押し入って、激しくむさぼってもらいたかった。けれども彼は、無慈悲にもじらし続けている。

室内の闇が肌を圧迫するようだ。アレックスは息を詰め、コリンが入ってくる瞬間を待った。やがて彼がなかへ滑りこんできた。ほんの数センチ。こわばりの先端部分だけ。

「もっと」アレックスはあえいだ。「お願いよ」コリンが中心を押し広げて、もう少し入ってきた。彼女は爪を彼の腰に食いこませて引き寄せ、奥まで迎え入れようとした。快感が苦痛になるほど、歓びの炎で焼きつくされたかった。

「どうかなってしまいそうだ、アレックス」コリンの声が闇のなかを幽霊のごとく漂う。彼は痛くなるほど強く彼女をつかみ、とうとういちばん奥まで進んだ。

「ああ」

コリンはいったん滑りでたあと、さらに強く押し入った。それを何度も繰り返し、そのたびに激しさを増していく。アレックスの体は強烈な快感のきわみに達しかけていた。突かれるごとに甲高いうめき声が口から漏れる。彼女は爪を深く食いこませ、容赦なく奪うように促した。

ようやくコリンが求めに応じた。アレックスの片方の腿に手をまわして高くあげさせ、体を開かせて奥深くへ突き入る。頭をのけぞらせた彼女は、自分の指を脚のあいだへ押しつけた。そのとたん、めくるめく快感が熱い石炭のようにはじけた。体内で炎が燃え盛り、神経を焼きつくしていく。彼女は体をこわばらせて悲鳴をあげた。

彼が最後のひと突きをして叫んだ。ふたりの叫び声はもつれあって夜の闇のなかに消えた。

「すまない」コリンがささやいた。彼の吐く息がアレックスのこめかみの汗を冷ます。「あんなことを言って悪かった」

アレックスは夢から覚めたくなかった。だから、ただうなずき、枕が湿るまで涙を流し続けた。

19

「これほど美しい花嫁に会えるなんて幸せだな。スコットランドへようこそ、レディ・ウェストモア」

「ありがとう、ミスター・ナッシュ」

花嫁。わたしはまだ花嫁かしら。もうそんな気はしない。だけど考えてみれば、結婚してまだ二カ月しかたっていないのだ。時間がたつごとに、状況はますます悪くなっていくのだろうか？　それともよくなっていく？　ルーシーは細かなことまでいちいち話さなかったけれど、どうやらわたしの場合はうまくいきそうにない。

コリンはにぎやかな会場のなかにアレックスと並んで立ち、知人たちと気楽に会話を交わしている。カークランド家はアレックスが考えていたよりもずっと社会的地位が高かった。ジーニーの父親は貴族ではないが、その兄は伯爵だし、一族の者はたいてい大金持ちで贅沢な暮らしをしている。今日のパーティに出席している貴族は、その伯爵だけではなかった。このパーティなら、ロンドンでさえ一流と見なされるだろう。というのも、今は冬で旅行の時節ではないため、上流階級の人々がこぞって出席しているからだ。

ダンスが始まったが、アレックスは踊りの輪に加わらなかった。招待状を受け取ったとき、彼女はダンスを習うというコリンの約束を思いだしたものの、どんな答えが返ってくるのか怖くて、その話を持ちだせなかった。彼が習うのはやめたと答えたら、アレックスは傷ついて激しい非難の言葉を浴びせ、ふたりのあいだのもろい休戦協定をぶち壊してしまうかもしれない。そんなわけで、ふたりは何週間もほとんど言葉を交わさず、気まずい沈黙のうちに過ごした。たまに話をすることがあっても、相手を傷つけないよう丁寧な言葉づかいに終始した。まるで互いに距離をとってぐるぐるまわっているような感じだ。最後に接近したとき、それが抱擁で終わるのか、それとも殴りあいで終わるのかは、彼女にもわからなかった。

絶えずコリンの存在を意識していたアレックスは、彼の視線を感じて顔をあげ、にっこり笑いかけた。今夜のコリンはうっとりするほどすてきだ。慎重に選んだドレスに身を包んだアレックスを見て、彼は目を輝かせた。銀色の縮緬《ちりめん》を賞賛するように眺め、そばへやってきて褒め言葉をささやいたり、首にキスしたりもした。それを思いだして、彼女は体を震わせた。

コリンの愛の営みは少しも変わらなかった。いまだに両手と口とすばらしい肉体のすべてを用いてアレックスを愛撫する。ただし、行うのは常に真夜中だ。いつも時刻が遅くなってから始めるので、この人はまったく眠らないのではないかと不思議に思うほどだ。彼はやさしくアレックスを起こし、ゲール語で歌うようにささやきかけながら体のなかへ入ってくる。言葉の意味は皆目わからなかったけれど、ささやかれると決まって目に涙が浮かんだ。なかでもコリンが繰り返しささやく言葉があった。〝マー・ゴーヴ〟という言葉だ。それがどんな意味なのかを勝手に想像して顔を赤らめながら、いつだったかジーニーに尋ねたことがある。

「〝許してくれ〟という意味よ」ジーニーはそう訳して、物問いたげにアレックスを見たが、彼女はなにも言わなかった。

〝許してくれ〟コリンはわたしに理解できないと知りながら、繰り返しそう言ったのだ。いったいどういうつもりだろう？　今度、愛の営みのさなかにその言葉を口にしたらきいてみようかしら、とさえ思った。そしてこの数日間に勇気を奮い起こし、カークランド邸へ行く馬車のなかで尋ねようと決意した。だが今朝になって、その決意はもろくも崩れた。

林の際に沿ってブリンを歩かせているとき、知らない若者が樅《もみ》の木立のなかから現れてアレックスに手紙を渡し、彼女の質問を無視して再び木立のなかへ姿を消した。

そのときのことを思いだすと、いまだに胃がきゅっと縮む。アレックスはこっそりあたりを見まわして、大勢のパーティ客のなかからダミエン・セントクレアがこちらをうかがっていないかどうか探った。

〝いとしいアレックス〟手紙はそう始まっていた。〝きみは敵と寝ているね。きみの恋人を追いまわしている男と、なぜ結婚できたのだ？　きみの裏切り行為に対して賠償金を請求する〟

一年前なら、いや、ほんの数週間前であっても、こんな泣きごとは一笑に付して、手紙をくずかごへ投げこんだだろう。スコットランドへ来たばかりのときにダミエンが脅迫してきたら、彼をつかまえたがっている夫に喜んで手を貸し、一緒になって罠を仕掛けたに違いない。でも、今は違う。そうよ、今は違うわ。なぜならダミエンは、どうすればわたしを脅せるのか知ってしまったもの。

〝ローランド地方に流れている噂によれば、きみの夫は嫉妬深くて、妻を全然信用していないそうではないか。そんな彼のことだ、きみの過去に関する噂が広まったら、どう反応するだろうな？　きみの技巧に長けた唇のことを近隣の人々に言いふらしてやったら、彼はどう感じるだろう？　きみのあそこがどんなに熱く濡れているかを言いふらしてやったら？　その機会が訪れることを願っているよ。

きみにとって幸いなことに、ぼくの沈黙はそう高くつかない。二万ポンド。断らないほうが身のためだ。もし断ったら、きみの夫に嫉妬の種を提供してやるぞ。二日だけ待ってやる。金はこの手紙を受け取った場所に置いておけ。金が手元になければ宝石でもかまわない〟

署名はなかった。そんなものは必要ない。だれがこれを書いたのかは火を見るよりも明らかだ。

だからアレックスは今、夫に褒められても喜べなかった。パーティを楽しむことができない。馬車でカークランド邸へ乗りつけ、夫にやさしく手をとられて邸内に入るときも、うれしさを覚えなかった。それどころか、ついに裏切ってしまったという後ろめたさがあるので、夫のほうを見るたびに胃が締めつけられた。受け取った手紙を下着のなかへ隠した瞬間に、そして化粧台の上に宝石を広げ、ひとつひとつの値段を見定めようとしたときに、彼女は夫を裏切ったのだ。

もうなにもかもわからなくなった。今では自分が何者なのかわからないし、どう振る舞ったらいいのかもわからない。

ファーガスはコリンのいちばんの親友なので兄みたいに思え、そのように接してきた。それが間違いだったのかもしれない。そう、きっとよくなかったのだ。今ではファーガスさえもがわたしを避けている。

適切でない行為。礼儀に反する行為。アレクサンドラ・ハンティントンは異常な娘。昔、家庭教師に言われたことや親戚のメリウェザーに大声で非難されたことが、ようやく正しかったのだとわかった。ほかの人たちはみな、わたしが異常だと知っていたのだ。自分自身がそれを理解するのに、なぜこれほど時間がかかったのだろう?

コリンがまた新妻を紹介しようとしたので、アレックスは精いっぱい愛想のいい笑顔をつくった。彼女は夫を誇らしい気持ちにさせたかった。彼にふさわしい上品な妻であることを、夫に認めてもらいたかった。ものごとがうまくおさまるように願っていた。

それなのに、どうしてうまくいかないの?

別の紳士が近づいてきたので、アレックスはまばたきして気持ちを引きしめ、背筋をのばした。その老紳士は目に涙を浮かべていた。このような場面にでくわすのは、彼女がスコットランドへ来てはじめてのことだ。老紳士はコリンの手をとって頭を振った。

「どうされたのです、ウォーターフォード卿？」コリンが尋ねた。

「あれを殺さなければならなかったよ、ウェストモア」

「なんですって？」

「デヴィルズ・ドロップだ。杭穴《くいあな》に前脚がはまって折れてしまったのでな。ちょうど一週間前のことだ」ウォーターフォード卿の顎が震えた。「かわいそうなことをした。きみに対しても面目がない」

「ぼくの妻です」コリンがウォーターフォード卿の肘に手を添えて、小さな声で紹介した。

「うちの厩舎で生まれた牝馬のことだ」彼はアレックスの目を見て説明し、書斎のほうへ頭を傾けた。

うなずいたアレックスは、老紳士が手を胸にあてたのを見てたじろいだ。

「なんとも残念だ。立派な馬だったのに。できればあなたにも見せたかったよ、レディ・ウェストモア」

アレックスは再びうなずき、書斎のほうへ歩いていくふたりを見送った。コリンがウォーターフォード卿のほうへ身をかがめているのは、事故の詳細を聞いているからだろう。彼女は同情を覚えて胸が痛くなった。かつて彼女自身も、はじめて買ってもらったポニーを処分しなければならなかった。ポニーの切なそうな目をのぞきこんで、そこからもうすぐ命の光が消えるのだと悟ったときの悲しみは、今でも忘れることができない。

思いだしているうちに涙が出そうになり、慌ててまばたきした彼女は不意に不安に襲われた。時刻は午前一時をまわっている。普段ならとうに寝ている時間だが、邸内を照明が明るく照らし、周囲を大勢の客が笑いさざめきながら行き交っていた。踊っている人々のなかからジーニーがにっこり笑いかけてきたので、アレックスは作り笑いを返したが、ジーニーはたちまち人の渦にのみこまれた。

アレックスは比較的静かな空間を求め、人々のあいだを縫って、落ち着いた話し声や穏やかな笑い声のする玄関広間のほうへ進んでいった。喧騒から逃れてほっとしたせいか、ほてっていた頬が冷めてきた……が、それは一瞬だった。安堵したのもつかのま、知っている男の姿が目に入ったのだ。彼女はぎょっとして息をのみ、金色の頭が近づいてくるのを見守った。男はうれしそうに目を細めてこちらへ歩いてくる。金髪、冷たい目。しかし、ダミエン・セントクレアではない。彼女が会うかもしれないと半ば予期していた男ではなかった。ロバート・ディクソン。アレックスの頬が炎であぶられたように再び熱くなった。きっと真っ赤になっていることだろう。そしてその頬の赤さを、彼は後ろめたさの表れと受け取るはずだ。アレックスが感じているのは困惑にすぎないが、ロバートは彼女が自分を見てどぎまぎしたと考え、うれしがるに違いない。

彼はアレックスに笑いかけ、いやらしい視線を胸の谷間へおろしてじっと見つめたあと、連れの男性にひとことなにか言って別れた。彼女はその場を離れようと向きを変えかけたが、自尊心が逃げることを思いとどまらせた。こんなろくでもない人間から逃げなければならない理由はない。そう自分に言い聞かせたものの、ロバートと話をするのは心底いやだった。

とりわけ、彼がはしばみ色の目に冷たい光をきらめかせているとあっては。

アレックスがそこに踏みとどまったのは自尊心からだったが、まるでロバートを待っているように見えた――まるで話しかけることを彼に許したかのように。ロバートはわざと時間をかけてゆっくり歩いてくる。彼女が目に嫌悪の色をみなぎらせてにらみつけてもたじろがず、口元に満足そうな薄笑いを浮かべていた。

「レディ……ウェストモアだね、今は?」アレックスは唇をぎゅっと引き結んだ。「また会えてうれしいよ」

彼女は口をきかなかったし、手を差しだそうともしなかった。できるだけ威厳をもって立っていた。だがロバートはそんなアレックスを見て、愉快そうに目を輝かせただけだった。

「そんなにお高くとまっていることはないだろう。昔の友達に会ったのに、うれしくないのかい? きっときみがこのパーティに出席するだろうからって、ボンネット卿を誘ってきたんだ」

「二度とわたしに近づかないでとはっきり言っておいたはずよ」

「どうやら誤解があったようだね」

「どのような?」

「どのような、だって?」ロバートが身を乗りだしてアレックスのボディスに視線を走らせ、耳に唇を寄せた。「あのとき、ぼくがもっとしつこく迫らなかったからきみががっかりしたんだってことに、今ごろ気づいたんだ」

彼女は一歩わきへ寄り、自分より背の高い男に見下すような視線を向けた。「あっちへ行ってちょうだい」

「お上品なレディ・アレクサンドラがけだものみたいな婚外子のスコットランド人と結婚したことを知ったときの、ぼくのショックを想像してほしいな」

アレックスはロバートの肘を扇で思いきりたたいた。「言いすぎよ」

「そんなことはないさ」

彼女はロバートの指が腕にまわされて、ぎゅっとつかまれるのを感じたが、腕を振り払いはしなかった。ふたつの顔がこちらへ向けられていたからだ。早くもコリンの妻に関する噂がささやかれていると見える。この蛇みたいな男の傷ついた自尊心ごときのことで、みっともない振る舞いをしたくはなかった。

こちらを見ている女性にアレックスは愛想よくほほえみかけると、ロバートに小声でかみつくように言った。「その手を離しなさい」

「ごろつきのセントクレアとよろしくやったり、種馬みたいな牧畜業者と寝たりしておきながら、ぼくをすげなく拒絶するなんて。このあばずれめ」

「離して」

「ブラックバーンはきみと結婚したことをあまり喜んでいないと聞くぞ。中古の欠陥品をつかまされたことを早くも悔やんでいるのかな?」

「その手をすぐに離さないと後悔することになるわよ」実際にロバートが手を離したので、

アレックスは驚いてよろめいた。

「お兄さんが公爵で運がよかったな。さもなければきみなんか――」

「紹介してくれないか、レディ・ウェストモア?」

夫の声がすぐ近くでしたので、アレックスがぎょっとして振り返ると、コリンが一メートルほど後ろに立っていた。灰色の目にはなんの表情も浮かんでいない。「コリン!」

「ああ」

ロバートとのやりとりが聞こえたかしらと不安になり、アレックスは目をしばたたいた。だが、違うようだ。聞こえたなら、コリンは怒りで顔を真っ赤にしているだろう。彼は前に歩みでてアレックスと並んで立ち、冷たい視線をロバートに向けた。彼女の胸のなかで心臓が破裂しそうなほど激しく打っている。なにを言ったらいいの? 本当のことを言うわけにいかないのはたしかね。もっとも、夫を殺人罪で裁判にかけたいのなら別だけれど。

「あの」アレックスはロバートの顔が青ざめていることに気づいた。「ええ、もちろんだわ。ミスター・ディクソン、こちらはわたしの夫のウェストモア卿コリン・ブラックバーンよ。コリン、こちらはミスター・ロバート・ディクソン。彼は兄のお友達なの」

ロバートがおずおずと手を差しだしたが、コリンは握ろうとしなかった。それどころか貫くような視線で手をにらんだので、ロバートは慌てて引っこめ、もごもごと挨拶の言葉を述べて退散した。

なにか悪いことが起こるのではないかと、アレックスは気が気ではなかった。

「そろそろ引きあげようか?」

「ええ」あえぐように言い、夫のかたい腕に手を置く。「もう帰りましょう」

ふたりは客のあいだを縫って進んだ。アレックスは背筋をのばした夫のあとをついていきながら、どうやって彼の怒りをそらそうかと知恵を絞った。パーティなんてどうでもいい。とにかくこの場を離れたい。それにおそらくコリンはただ、ロバートに対するわたしの嫌悪感を感じ取っただけだろう。

かかとの高い上靴で花崗岩《かこうがん》の床を急いで歩くと足が痛んだ。コリンがアレックスのマントを受け取って馬車を呼んだ。彼女は吐息とともに、ぐったりと馬車の座席に身を沈めた。

「ジーニーに別れの挨拶をしてこなかったわ」

「あの男はだれだ?」

「あの男って?」

「しらばくれるんじゃない、アレックス」

「どうして怒っているの?」

「さあね。たぶん妻がぼくの知らない男と親しそうに話しているところに、たまたまでくわしてしまったからかな」

アレックスは歯ぎしりをし、馬車のランプの薄明かりの下で夫の顔を探るように見た。やっぱりさっきの会話を聞かれたのかしら?

「彼はきみの恋人だったのか?」

「なんですって？　コリン――」激しくかぶりを振る。アレックスのなかで、それまで感じていた後ろめたさと自己憐憫《れんびん》に燃えるような怒りが取ってかわった。「ばかなことを言わないで」コリンの顎の筋肉が緊張したりゆるんだりする。薄暗い明かりのせいで、筋肉の動きがいっそう際立って見えた。「どうしてそんなことをきくの？」

「質問に答えるんだ」

「冗談じゃないわ！　そんなくだらないことをきくなんて、どうかしているわよ」

「はじめて一緒に寝たとき、きみが純潔でなかったことは、ふたりとも知っていることだ」

「わたしは処女だったじゃない！」

「純情ぶるな」

「純情ぶる？　あなた、どうかしているんじゃない？　なぜそんなに疑い深いの？　あなたがわたしの最初の人だったと知っているくせに、よくも恋人のことなんてきけたものね」

コリンの目に荒々しい情熱の光が宿り、口が真一文字に引き結ばれる。「たしかに、ぼくが最初だった。あそこできみを奪った最初の男だった」

アレックスの心臓が一度、二度、音高く打ち、燃え盛っていた怒りは、まるで胸のなかでグラスがかちりと鳴ったかのように突然凍りついた。「どういう意味？」

「愛しあう方法はほかにもいろいろあることを、きみはよく知っているはずだ」

単調な車輪の音が小さく聞こえる静かな馬車のなかで、アレックスの歯が鳴る音が響いた。彼女は胸の張り裂ける思いで言葉を絞りだした。「あなたはいったいなにを……なにをききたいの？」

「あの男は何者なのか答えさえすればいい。お兄さんの友達だなどと見え透いた嘘を繰り返すんじゃないぞ」

「そうじゃなくて、どういう意味なのかをはっきり言ってほしいの。あなたの汚らわしい考えをちゃんと言葉にしてほしいのよ。実際に口に出してみたら、それがどんなに不潔な考えかわかるでしょう」

「アレックス――」

「やめて！　あなたがききたいのはこういうことね……わたしがあの男のものを口にくわえたのではないかって。あるいは、あるいは……」

「アレックス――」

「もっと汚らわしい行為をしたのではないかとききたいんでしょう？　もしかしたらわたしの……あなたの妻の……肛門《こうもん》を使ったのではないかときいているんじゃない？」夫の体がこわばるのを見て、アレックスはみじめな満足感にひたった。怒りで細くなっていたコリンの目が大きく見開かれて、苦痛の色を浮かべたように見えた。それでいいのよ。この人の苦しみは、わたしの感じているものと比較にならないほどちっぽけだわ。

「まあ、あなた、わたしがそういうやり方を知らないとでも思っていたの？　あなたが聞いたこともないやり方を、わたしはいろいろ知っているかもしれないわよ。なんといっても、わたしは娼婦ですもの」コリンの顔をさまざまな感情がよぎったが、彼女の胸には憎悪の念がつのるばかりだった。

「ぼくがいくらきいても、きみは自分の過去を語ろうとしない」

「あら、あなたは今まで何人の女性と寝たの、コリン？　あなたのものを女性の体のどんな部分に入れたの？」

「それは……きみがきかなかったから話さなかっただけだ。知りたいのなら、ぼくの過去についていくらでも話してやるよ」

「いいえ、わたしはあなたみたいな卑しい人間じゃないわ。いったいなにを知りたいの？あの男がわたしにとって何者かを知りたいの？」

「ぼくはただ……」コリンは両手を高くあげてから腕組みをした。「そのとおりだ」

「そう。いいわ、教えてあげる。彼はミスター・ロバート・ディクソン。ええ、彼とキスしたことを覚えているわ。彼は舌を口のなかへ入れてきた。さあ、ほかになにを知りたい？そうそう、どうやら彼はわたしがすべてを許すと勘違いしたらしく、わたしのシャツをまくりあげてズボンをおろし、体を奪おうとしたわ」

コリンが居心地悪そうに身じろぎし、うめき声を漏らして座席の前のほうへ身を乗りだしたので、アレックスはほほえんだ。

「ええ、そう。もちろん、わたしがそそのかしたからよ。なんといっても、わたしは娼婦ですものね。ありがたいことに彼は紳士だったから、わたしが地面を這って逃げようとしたら、追いかけてはこなかった。さもなければ、あのろくでなしに処女を奪われていたところだったわ」

コリンが拳を振りあげたので、彼女は目を細めたが、たじろぎはしなかった。その拳が大きく振られて馬車の屋根をたたいたときも身をすくめなかった。「引き返せ！」彼は怒鳴り、もう一度屋根をたたいた。

「やめて」アレックスは叫んだ。馬車が急停止したせいで体が跳ねる。「やめてちょうだい。今さらわたしの擁護者のふりをしないで」

彼が目をつぶった。そして再び開けた。

「どうします？」御者の声がした。

アレックスは立ちあがって窓を開けた。「行って！　このまま進んで！」馬車が再び動きだした。

「やつを無視しろと言われても無理だ」

「そんなことは頼んでいないわ。男の人から守ってもらいたかったら、兄のところへ行って、あなたを追い払ってくれるように頼むでしょう。わたしを傷つけた男性はあなただけよ。あなたは本性を現したんだわ」そう言ったあとで、アレックスは自分の言葉がおかしく思え、含み笑いをした。〝本性を現した〟ロバートの赤くそそり立ったものを思いだしてくすくす笑う。笑い声に傷ついたのか、コリンが顔をしかめて目をこすった。

「アレクサンドラ、悪かった。なぜかわからないが――」

「あなたの理由はいつだって同じでしょう。わたしの性格そのものに対する疑惑。わたしへの憎しみ」

「とんでもない。きみを憎んでなどいるものか。それどころか愛している。愛するあまり、どうかなってしまいそうだ」

「わたしを愛しているですって？」本来ならうれしいはずの言葉を、アレックスは猛毒を口にしたかのように吐きだした。「よくもそんなことを言えたものね」

「カイテン、すまない。きみのこととなると、ときどき頭がどうかなって、自分でも抑えがきかなくなるんだ」

この怒りを神に感謝しなくては、とアレックスは思った。怒りの下に、姿は見えないけれどなにか恐ろしいものがひそんでいるように感じられる。傷ついた自分の一部が、ぎざぎざの塊となってはがれ落ちていく気がする。ああ、わたしは一生正しい選択ができないのかしら？　この男性に、わたしはなにもかも与えた。なにもかも。それなのにコリンはわたしを、そばにいる男ならだれにでもすり寄っていく、さかりのついた猫みたいに考えているのだ。〝子猫ちゃん《カイテン》〟と彼はわたしを呼ぶ。〝カイテン〟と。

「きみがあの男といるのを見て、ふたりのあいだになにかがあると知ったとき……頼む、ぼくの言ったことを許してくれ」

「あなたの考えたことはどうなの？　それも許してあげなくてはいけないの？　しょっちゅうひどいことを考えているに決まっているから、たくさん許さなくてはならないわね」

なじみ深いコリンの熱い指がアレックスの手をつかんで引っ張った。彼女は手をぐいと引き抜いた。

「やめて。それと、これ以上話しかけないで。もう聞いていられないわ」コリンの目をまともに見つめ返したアレックスは、灰色の瞳の奥に狼狽の光がよぎるのを見た。「たぶん明日なら聞けるかもしれない」彼が口を開けたのを見て、吐きだすように言う。「あなたの目をえぐりたくなくなったときなら」

その衝動から逃れようと、彼女は窓のほうを向いて大きく開け放ち、ひんやりした夜気を吸った。凍えるように冷たい空気にさらされても肌のほてりは冷めない。乾いた目は焼けるようにひりひりしたが、求める涙は出てこなかった。

向かいに座っている夫の体と心の動きが手にとるようにわかった――彼のなかで怒りが次第にあきらめへと変わり、体の力が抜けて座席にぐったり寄りかかるのが。そしてときどき膝が彼女の膝にふれそうなほど近づくのが。なぜかアレックスは身動きするところを夫に見られたくなかった。呼吸をしていることさえ知られたくない。ただ彫像のようにじっと座って、彼の卑劣な侮辱などなんとも思っていないふりをしたかった。ほんの少しでも弱みを見せたくなかった。

馬車の揺れに逆らってまで動かずにいると、車輪が道路のくぼみにはまった拍子に首がぽっきり折れてしまうかもしれない。だけど考えてみれば、そうなったほうがみんなのために、とりわけわたし自身のためにいいのではないかしら。わたしは多くの人々の生活をめちゃくちゃにした。たった一度いいことをしようとした結果がこれだ。せめて間違ったことをしでかしたのなら、最悪の結果を黙って受け入れることができるし、それを予期して心の準備をすることもできる。けれどもこれは……。

数分が過ぎ、さらに数分が過ぎて、馬車は何キロも進んだ。次第に寒さが身にこたえだしたアレックスは、自分は石でできているのだと空想しようとした。冷たい風に肌が凍りそうだったので、それから気をそらすために、吐く息が後方へ白く流れる様子に意識を集中した。コリンが舌打ちをして低く悪態をつき、窓をぴしゃりと閉めて、座席の下から毛布をとりだした。だが早くも馬車は右へ傾いて角を曲がり、家へと続く私道に入ったことがわかった。あと三分もすれば……せいぜい四分も我慢すれば、馬車は月のない真っ暗な夜道を進んで家に着く。

遠くをぼんやり眺めていたアレックスが膝の上に重みを感じて視線を下へ落とすと、そこに置かれた彼の手が見えた。「互いにいつまでも口をきかないわけにはいかないよ、アレックス。話しあうことはできないのか？」

彼女は膝に置かれた手を見つめた。たいそう大きくて、力強く、とてもあたたかくて、いかにもやさしそうな手。まじまじと見つめていると、コリンは手を引っこめて握りしめ、自分の腿にのせた。

アレックスの腹部で熱い炎が燃えあがった。彼女は再び本当の自分になった気がした。コリンから、彼の疑惑から、隠していた自分を取り戻したように感じた。それまで彼女は自分の大胆さを、必死に愛想のよさや従順さの下へ隠そうとしてきたのだ。それもひとえに彼に愛されたいがために。

再びコリンの手があがって、アレックスの膝の上でとまった。

「わたしにさわらないで」馬車が急にとまり、背中が座席にぶつかった。家に着いたのだ。彼の家に。「今夜は別のベッドで寝てちょうだい。あなたのそばで寝たくないの」

「くそったれ——」

「黙って」アレックスはドアが開くとすぐにおりた。美しい銀色のスカートが馬車の床にこすれて汚れようが、まったく意に介さなかった。地面に飛びおりた彼女は驚いている馬丁を押しのけて玄関へ急ぎ、足音も高く階段をあがって、陰鬱なウェストモア城に入った。

「部屋にワインを届けてちょうだい」アレックスは眠そうなメイドに不機嫌な声で命じ、自分の部屋へ急いだ。たぶんコリンは今夜、レベッカのベッドで寝るだろう。ひょっとして彼がわたしを厳しく問いつめたのは、あの女と寝るための口実だったのではないかしら。できればレベッカ本人にワインを持ってきてもらいたいものだ。そうしたら、この数週間やりたくてうずうずしていたことを実行できるのに。そう、彼女の頬を思いきり引っぱたいてやれる。

レベッカとの仲はますます険悪になってきた。わたしが彼女を追いだそうとして失敗したことを知ったのだろうか。今では敬っているふりさえしない。わたしが室内にいるのに、ほかの召使たちにゲール語で話しかける。ふたりきりのときは、わたしに向かってにやにやする。

そうだわ、レベッカがワインを持ってくればいいのよ。この城の新しい女主人ミセス・ブラックバーンが、あざけりの顔で迎えてやるわ。そう思うと手のひらがむずむずしたが、ドアを開けて入ってきたのはダニエルだった。片手にグラスを、もう一方の手にデカンターを持っている。彼女は腰でドアを閉めた。

「今夜はいかがでした、マダム？」

「疲れたわ」

「わたしたち、今では農夫みたいに早寝早起きですものね」メイドは息巻いた。きっとダニエルは農夫に含むところがあるのだわ、と思いながら、アレックスはドレスの紐をほどいてもらおうと背中を向けた。

ダニエルはあくびをかみ殺して主人のドレスを脱がしにかかった。どうやら今夜の彼女は疲れていて、おしゃべりをする元気はなさそうだ。アレックスにとってはありがたいことだった。たとえたわいのない会話でも返事を考える気力がなく、鋭い質問をされたら、とうてい答えられそうにない。コルセットがゆるんだので、彼女は肺いっぱいに空気を吸って、震えながら吐きだした。胸の締めつけがとれたことで、その奥に閉じこめられていた苦痛が解き放たれたかのようだ。

「明日は遅くまで寝ているわ、ダニエル。わたしが呼ぶまで起こさないで」

ひとり残されたアレックスはドアへ錠をおろしに行った。古い掛け金はするりとかかった。ドアに錠をするのは、覚えている限りはじめてのことだ。でもコリンの家にとどまるなら、これが最後ではないだろう。

ベッドに入ったアレックスは泣かなかった。彼のために一滴たりとも涙をこぼしたくなかった。

20

遠くから聞こえる陽気な音が、まだ起きたくないアレックスから眠りをはぎ取った。またた——時を告げる鐘の音のように一定のリズムで刻む響きのいい音。蹄鉄……アダムがまた蹄鉄を打っているのだ。かん、かん、かん。窓の鎧戸は音をさえぎる役目を果たしていない。

目を開けた彼女の心は悲しみと苦しみにあふれていた。眠りは苦痛をやわらげもしなければ、その原因となった記憶を薄めてもくれなかった。それどころか、うずくような痛みに新たな局面をもたらした。ダミエン・セントクレアの手紙。

もはやその手紙を隠しておくことに後ろめたさは覚えない。実際のところ、あれはアレックスが考えもしなかったほどうまく人を惑わす手紙だった。〝きみの技巧に長けた唇〟それを読んで、彼女はキスの味と、唇を押しつけた十数人の男たちのことを考えた。

たしかにわたしはダミエンにキスをしたし、彼の親友にも一度か二度キスをした。そして自分をふしだらな女と考えて楽しんだりもした。事実、人目につかない場所でダミエンに体をさわらせたり、逆に彼にふれたりしたものだ。開いた手に彼の高まりを押しつけさせて、自分の大胆さに快感を覚えさえした。

三度、わたしはダミエンとこっそり隠れて、ふれあうというのがどんなものなのかを教えてもらった。錠をおろした部屋に閉じこもり、彼にスカートをまくらせたり、わたしの手のなかで果てさせたりした。

こんなことはとうてい嫉妬深い夫に話せないと思ったから、ずっと黙っていた。けれど、ああ、勝手に想像させておいたら、コリンがあれほどおぞましいことを考えつくなんて思いもしなかった。わたしがそれほどみだらなことをできると彼は考えているのかしら？　わたしにはわからなかったけれど、ダミエンにはわかっていたようだ。悲しいことだが、あの人殺しのほうがわたしよりも夫の人間性をよく理解していた。たぶん彼らは似た者同士なのだ。男なんて、みんな同じだ。

アレックスは重たい体をベッドから出し、窓へ歩いていってカーテンを両側へ押し開くと、鎧戸を内側へ引き開けた。

眼下では人々が忙しく駆けまわって、世界はいつもどおり動いていた。囲いのなかの馬たちが冷たい空気にたてがみをなびかせて走りまわっている。よく晴れた冬の朝。彼女が苦痛にさいなまれているからといって、落ちこんでいる者はいない。

あの勤勉で献身的な人たちはだれもわたしを必要としていないし、わたしがここにいることを望んでさえいない。わたしはなにかいけないことをしたの？　それともなにかが欠けているのかしら？　たぶん敬意、彼らの主人であり指導者でもある人からの敬意が欠けているのだ。しかも使用人たちはレベッカの言いなりになっている。

彼らには仕事や家族がある。夫から敬意を払われてさえいない女に心をわずらわせる暇などあるわけがない。

家へ帰りたい。わたしの家へ。わたしの居場所はここにはない。これからもないだろう。夫のベッドにさえ、わたしの居場所はないのだ。

「ろくでなし」アレックスはささやいた。「ろくでなし」心臓をわしづかみにしていた拳がゆるんで指が広がったが、その先には鉤爪《かぎづめ》がついていた。「あのろくでなし」言葉はすすり泣きへと変わり、やがてひと晩じゅうこらえていた叫びへと変わった。

体は苦痛にもだえ、心は悲しみでいっぱいだった。彼女は床へ身を投げだして思う存分泣き叫びたかったが、それにあらがおうと力を奮い起こした――コリンにあらがいたくてそうするように。そして彼女は勝った。床に身を投げだしたい衝動をこらえて肩をそびやかすと、ドアへ行ってさっと開け、廊下の掃き掃除をしている少女の背中をにらみつけた。

「わたしのメイドをよこしなさい」かみつくように言う。「今すぐに」ああ、これで今日一日、召使たちはわたしの横暴な振る舞いをささやき交わして笑いあうに違いない。これが、わたしから彼らへの置き土産だ。わたしを嫌うのは当然だと思って、彼らは喜ぶだろう。

アレックスはつりあげた目を室内へ向けた。わたしの必要とするものが、ここにひとつでもあるかしら？　あたたかな衣類。食べ物と寝場所を確保するための硬貨。ほかには？　なにもない。

「マダム」背後でダニエルが息を切らせて言った。「どうかなさったのですか？」

アレックスはくるりと向きを変え、メイドの肩越しに腕をのばしてドアを勢いよく閉めた。ダニエルが息をのんだ。音に驚いたのと、女主人の顔つきにぎょっとしたのだ。アレックス自身、鏡に映っている自分の姿を見てぞっとした。落ちくぼんだ目は血走り、青ざめた唇にもつれた巻き毛がかかっている。

「マダム、どうなさったんです！」

「わたしは出ていくけれど、あなたはここにとどまりなさい、ダニエル。わたしのためにとどまるのよ、いいわね？」

「とどまる？　どういう意味でしょう？」

「夫が……夫がわたしを売春婦だとののしったの。もう我慢できない。わかるでしょう？」

「はい《ウィ》」ダニエルが青ざめてあとずさりした。「もちろんです、マドモアゼル……マダム」

「わたしは出ていくわ。今朝。今何時？」

「九時です」

「九時ね」ちょうどいい。昼食まであと三時間あるし、コリンはすぐ近くにいても、昼食をとりに帰宅はしないだろう。彼は暗くなるまで帰ってこないはずだ。妻のいないことに気づくころには、わたしははるか遠くへ去っている。

「まず朝食をとらなくては。たくさん持ってきてちょうだい。ナプキンを余分にね。それから……バッグに荷物を詰めるわ。そうしたらあなたはそれを持って出て、門の外に隠しておいてくれる？　馬丁に詮索《せんさく》されたくないの」

「ウィ。では、わたしは食べ物をとりに行けばいいのですね？」

「ええ。家に着き次第、あなたを迎えによこすわ。わかった？　一緒に連れていくわけにはいかない。だって、あなたは馬が嫌いですもの」声がかすれ、とうとう目から涙があふれた。

ダニエルが泣き叫んでアレックスを抱きしめようと手をのばしたが、彼女はその手を押し返した。「だめよ、そんなことはしていられないわ。食べ物をとりに行きなさい。わたしは荷造りをするから」

バッグに荷物を詰める手が震えたが、涙はもうこぼれなかった。

ウールの靴下。ウールのスカーフ。お金。昔、逢い引きのときに着た質素なドレス。予備の手袋。ほかには？　なにが必要かしら？　食べ物を入れる場所を除いてもまだ余裕はあったが、アレックスは入れるものを思いつかなかった。蠟燭を入れたあとで、どうやって火をつけるつもりなのかと自問する。かまわないわ。どうせ日暮れまでに宿屋を見つけられるだろう。

そうだわ、短剣。ベッドの下の隠し場所からそれを出したアレックスは、バッグに入れようとしてためらった。ダミエン・セントクレアのことが頭に浮かんだのだ。今や彼はわたしを憎んでいるし、前にも人を殺しているから、暴力を振るうことをためらいはしないだろう。彼女は短剣をバッグに入れるのをやめて、じっと見つめた。ダミエンがこの城を見張っていて、わたしをつけてきたら……そのときはこれを使って思い知らせてやるわ。

アレックスは短剣を化粧台の上に置いた。着替えたあとで[illegible]のなかに忍ばせよう。

ほかに必要なものは考えつかなかったので、ナイトガウンを脱いで身支度にとりかかった。厚手の靴下をはき、防寒用にキルティングを施したパンタレットにシュミゼット、リネンのシャツを身につける。ブーツを出したところで、引き出しをかきまわして靴下をもう一足出した。重ね着をしなくては。彼女は冬用の乗馬服をベッドの上に並べた。毛皮で裏打ちされたマントに手袋。スカーフをもう一枚。

毛布は？　毛布をきつく巻いてバッグに詰める。これでいっぱいになった。あとはパンを詰めこむだけだ。それにチーズとハムを少し。

ダニエルが食べ物を山盛りにしたトレーを抱えて戻ってきた。彼女はうつろな表情で室内を見まわし、ベッドの上に広げられた衣類と膨れあがったバッグを見て、ようやく事態の深刻さがのみこめたようだった。

ダニエルが食べ物をテーブルに並べる前に、アレックスはバッグに詰めていくものをより分け始めた。ベーコンをひと切れ口に入れたとき、唇の内側がひりひりした。傷があるんだわ、とぼんやり考える。泣くまいと唇をかみしめたときに切れたのだろう。今ではもう泣くのをこらえる必要はない。泣きたくても涙が涸《か》れて、目はかさかさしている。彼女は持っていくものをナプキンに包み、うわの空で朝食をとった。

「いったい……どこへ行かれるのです？」

「家よ」

「でも……馬車でお行きください、マダム、お願いです」

「いいえ。コリンが気づく前に出ていかなければならないの。彼はわたしをここにとどまらせようとするでしょう。きっと体面を保つために謝ろうとするわ。あの人の体面なんて、どうだってかまわない。わたしを愛してもいないくせに。今さら謝罪の言葉など聞きたくもないわ」

「危険です――」

「ここにいるよりは安全よ！　彼はきっといつかわたしを殺す。わたしが馬丁のだれかをうっとりした目で見たときにね」

「でも、おひとりでは……どうやって帰り道を見つけるんです？」

「道なら覚えているわ。馬で一日行ったところに町があるの。来るときに泊まった町が」

食べ物をバッグに詰め終えたアレックスは、ダニエルのこわばった顔を見て驚いた。メイドの目は恐怖でぎらついている。そんな彼女を見るのははじめてだ。アレックスの胸は引き裂かれそうだった。

「ダニエル」力なく垂れているメイドの手をとってささやく。「そんなに心配しないで。家に帰り着いたら、兄に頼んであなたを迎えによこすわ。そうしたら、また昔どおりの生活ができるでしょう」

「でも、マダム、あなた様は結婚なさっているのですよ！」

「そうね」アレックスはダニエルの手を放して乗馬服をとりあげた。「さあ、着るのを手伝ってちょうだい」

慣れ親しんだ作業を命じられたダニエルは、きびきびと仕事にとりかかった。主人に乗馬服を着せながら、フランス語でぶつぶつぶやき続ける。アレックスが聞き取れたのは、ときどきまじる英語だけだ――怪物。愚か者。獣。

「できるだけ長くこの部屋にいなさい。わたしの居場所をききだそうとする人がいるでしょうけれど、二度とわたしのために嘘をつかせたくないの」

「いい考えとは思えません！」

「いくら努力しても、わたしには賢明な判断ができないのよ、ダニエル。だから仕方がないの」スカートをはき終えると、ダニエルがマントをかけてくれた。髪は結わずにおくことにした。そのほうが、ウールの毛布をかぶっているのと同じであたたかい。

「ブーツを履かなきゃ！」アレックスは首にスカーフを巻いて笑った。「間が抜けているったらないわ。ブーツも履かないで身支度を整えるなんて」くすくす笑いながらダニエルの金髪を見おろす。メイドは床にひざまずき、かたい革のブーツを履かせようとしていた。「正直なところ、気が変になりそうなの」

「でしたら、なおのこと、考え直してください」

「コリンが……彼が……わたしをなんと言って非難したか、とても口にできないわ。ああいう誇り高いご立派な男性にとっては、処女であることさえ証拠にならなかった。自分は毎晩肉欲にふけっておきながら、肉欲をさげすんでいる。あんな人と一緒に暮らせやしない。彼はわたしを辱めたのよ、ダニエル。ことあるごとに辱めるの。わたしって、そんなに恥ずべき人間かしら？」

ダニエルの目には涙があふれていた。「そんなことはありません。あの方は愚か者ですよ。どうぞ公爵様に手紙をお書きください。きっとご自身であなた様を迎えに来られるでしょう」

「いいえ、あなたを残していくのは心苦しいけれど、彼の家にはこれ以上いられないわ。そのバッグをシーツにくるんで持って出られるわね？　門を出たところに茂みがあるから、そこに隠しておいてちょうだい。さあ、行って」

ひとり残ったアレックスは鞘《さや》におさめた短剣をブーツのなかに忍ばせ、コリンを思わせる品物を意図的に無視して、石壁に囲まれた部屋を冷めた目で見まわした。ここはわたしの部屋ではない。たとえ一生いても、わたしの部屋にはならないだろう。彼女は革の手袋をはめ、コリン・ブラックバーンのベッドに背を向けた。

牝馬が首をぐるっとまわして、頭をコリンの顎にいやというほどぶつけた。

「こいつめ」コリンはつかんでいた馬の足をおろした。行儀の悪いことをしたら懲らしめてやらなければならないが、そうする気分ではなかった。こんな目に遭うのは自分の気が散っていたせいでもある。舌をかまなかっただけましというものだ。

こわばった体を起こしたコリンは、疲れを覚えてぶつぶつ不平をこぼした。昨夜は不安で一睡もできなかった。不安と、自責の念と、長いあいだ使われていなかった埃まみれの冷たいベッドのせいで。そのベッドのシーツが乱れていることに、いつメイドは気づくだろう？　一週間後？　それとも二週間後？　これからは毎晩、そのベッドで寝ることになるかもしれない。アレックスの目があれほど冷たかったことを考えれば、その可能性は大いにある。

薄暗い厩舎から歩みでたコリンは、妻の巻き毛が男の頰をくすぐっている場面を思いだし、手をぎゅっと拳に握った。彼らはずいぶん……親しそうだった。あの緊張した様子は、ふたりが以前特別な関係にあったことを示していた。あのとき、男の喉を絞めあげて事実を吐かせようと……くそっ、なぜそうしなかったのだろう。残念だ。

「ばかやろうめ」コリンはロバート・ディクソンをののしるつもりでつぶやいたが、その言葉は自分にふさわしい気がした。この世にぼくよりもばかな男がいるだろうか？

昨夜は寝心地の悪いベッドでごわごわの毛布にくるまり、アレックスの非難の視線を感じながら、ひと晩じゅう寝返りを打って過ごした。彼女の目から非難の色が消えて底知れぬうつろな表情に変わったのは、ぼくの憎しみから身を守るためだろう。

「この大ばかやろう」今度ははっきりと自分に対して吐いた悪態だったが、前方にいた少年が叱られたと思ったらしく飛びのいた。コリンは大股で家に歩いていくと、馬糞を落とすために玄関前に置いてある干し草の束にブーツをこすりつけて、こわばった首筋を指でもんだ。またアレックスを傷つけてしまった。簡単に許せることではない。彼女を守ってやらなければならないときに、子供じみた怒りに駆られて言葉の暴力を振るったのだ。あのごろつきは――イングランドの青白いやわな色男は――いったい彼女になにを話していたことやら。

ぼくに声をかけられたときの、彼女の驚きと困惑に満ちた顔……あれは秘密がばれて怯えている表情ではなく、人が大勢いる舞踏室で、イングランドから来た男に攻撃されて困っている表情だったのだ。

コリンは、ただ疑わしいというだけでアレックスをなじった自分に腹が立った。実際にぼくの疑惑どおりだったとして、それがどうだというのか。ぼくと知りあう前に、たとえ彼女が複数の男と性的な関係を持ったとしても、それを責められるだろうか。ぼく自身、複数の女性とつきあってきたではないか。それを後悔したことはなかった。自分のことは棚にあげて彼女を非難するとは、なんと卑劣な男だろう。

ぼくはアレックスを愛している。愛していながら、拳で殴り倒すよりもひどい仕打ちを彼女にしてしまった。

玄関を通って大広間へ入ったコリンは、昼食のあと片づけがまだすんでいないテーブルのあいだを歩いていった。ブライディの幼い娘が金属製の皿やカップを集めている。すると、食事はもう終わったのだ。アレックスは食べただろうか?

急に彼女の顔が見たくなり、コリンはブーツの音を響かせて階段を駆けあがった。体や服から汗と馬のにおいがする。きっとアレックスはぼくに唾を吐きかけて頬を打つに違いない。それでも会って謝りたい。

軽く押しただけでドアが開いた。

「アレックス?」小塔の部屋で物音がして、女性の姿が視界に入ってきた。残念ながら金髪だった。「ダニエル、アレックスはいるか？」

ばかばかしい気がしながらも、コリンはベッドの後ろにしゃがんでいる妻を見つけようとするかのように室内を見まわした。メイドは返事をしなかった。彼に視線を向けられても、ただ見つめ返しただけだ。その唇が文句を言いたそうに一瞬ゆがんだ。

「乗馬でもしに行ったのか？」

「そんなところです」

コリンはいらだったが、すぐに気持ちを静めた。「どういう意味だ？」

「ご自分でお考えになったらいかがです？」

「なにを怒っているんだ？　早く彼女の居場所を教えてくれ」

「ばかな人」

「なんだと？」

「出ていった？　しかし——」

「ばかね、奥様は出ていかれましたよ」

「出ていった？　しかし——」

ダニエルはスカートを翻してくるりと向きを変え、髪をなびかせて小塔の部屋に戻ると、小さなドアをばたんと閉めた。

その言葉の重みに脳がきしんでいるようだった。室内を見まわしたコリンは扉をぐいと引き開け、なかをのぞいて頭を振った。何着ものドレスが手荒に突っこまれたように折り重なっている。出ていった……いや、そんなはずはない。アレックスの持ち物がまだここにある。ベッドのわきには彼女のトランクがあるし、隣の小部屋には彼女のメイドがいる。どこへも行っていないはずだ。

そうとも、彼女は出ていったのではない。たぶん小塔の部屋に隠れているのだ。

「ダニエル！」力任せに押すとドアが勢いよく開いて壁にぶつかり、大きな音をたてた。「おい、彼女はここにいるんだろう？」

だが小さな円形の部屋にアレックスはおらず、彼女のメイドが涙に潤んだ目でコリンをにらんでいた。泣いているのか？　なぜだ？　彼の胸を氷の槍《やり》が貫いた。「いったいどうなっているんだ？」

「もう申しあげたではありませんか！」ダニエルがぱっと立ちあがってコリンと向かいあった。顎から涙が滴っている。「奥様は出ていかれたのです」

「だが、持ち物があるぞ。きみもまだここにいるじゃないか。いったいどこへ行ったというんだ？」

氷の槍で貫かれた胸の傷口が大きく広がった。アレックスはぼくを捨てて出ていった。おそらく真夜中に出ていったのだ。携えていった服だけでどこまで行けるだろう？　カークランド邸へ行ったのだろうか？

恐ろしい疑念がむくむくと頭をもたげた。ファーガスのところだ。ファーガスはたいそうアレックスを気に入って、なにかというと彼女を弁護した。彼は今日、まだ顔を見せていない。三キロしか離れていないところに住んでいながら、なんの連絡もせずに仕事をサボっている。

コリンは手をのばしてダニエルの腕をつかんだ。「やつのところか？　やつのところへ行ったのか？」

メイドは怒りにゆがんだ顔を真っ赤にし、腕をぐいと引いてあとずさりした。彼女はコリンの質問に答えなかった。それどころか昂然《こうぜん》と頭をあげ、彼の顔に唾を吐きかけた。かっとなったコリンは拳を振りあげてダニエルを殴ろうとした。殴って怒りと苦しみを発散させたかった。だが、このメイドに怒りをぶつけても始まらない。彼は大きな目でにらんでいるメイドに怒声を浴びせて拳をおろし、妻とその愛人をつかまえようと部屋を飛びだした。

くそっ、やはり思ったとおりだった。ぼくが正しかったのだ。それなのにアレックスは間違っているのはぼくだと思いこませ、後ろめたい気持ちにさせた。ぼくの妻と、ぼくのいちばんの親友。

いや、違う！　コリンの愚かで狭い心が叫んだ。違う。なにかの間違いだ。そうとも、きっとどこかに誤解があったのだ。アレックスにそんなことができるなどと、本気で考えはしなかった。そうなったらいやだと恐れていただけなのだ。

不意に視界が暗くなったので、コリンはまばたきしてあたりを見まわし、そこが厩舎のなかであることを知って驚いた。馬丁が目を丸くして彼を見た。

「ミセス・ブラックバーンが今日ここへ来たか？」

「はい。奥様の牝馬に乗って出かけられました」

「いつだ？」

「ええと、一〇時ごろでしょうか。それより少し前だったかもしれません」

「今朝の一〇時か？」

「あの……はい、そうです」馬丁は答え、馬房から馬糞をかきだしている少年のほうをちらりと見やった。

「ソアに鞍をつけろ。急げ」

待つあいだに考えていると、いろいろな可能性が頭に浮かんで、コリンはますます混乱した。まずファーガスのところへ行こう。しかし彼らだって、いつまでもそこにいるほどばかではないはずだ。もっとも、ぼくは毎日朝から晩まで馬と新築中の家のことで忙しいから、あと数時間はやってこないだろうとふたりは油断しているかもしれない。いや、やはりファーガスと一緒にいるとは思えない。ジーニーの家へ行こう。アレックスはたぶんそこにいる。隣人の家から無理やり妻を連れ戻すのは体裁が悪いが、もとはといえばぼくが悪いのだから仕方がない。よし、決めた。最初にファーガスのところへ寄って、そこにいなかったらジーニーの家に行こう。

再びまばたきすると、目の前にソアがいた。心配そうな馬丁に手綱をとられた馬は、じれったそうに頭を振っている。馬を駆けさせれば一〇分でファーガスの家に着く。そうしたらすべてがわかる。地面が飛ぶように後方へ流れ去っていく。コリンの心は千々に乱れた。どうかそこにいないでくれ。気がつくと、彼はそう祈っていた。そこにいないでくれ。頼む、アレックス、そこにいるんじゃないぞ。

坂道を走りおりたソアは丘を駆けあがり、再び反対側の斜面を風のように下った。馬も人も危険をいっさい顧みなかった。次の丘では真正面から疾風を受けて少し速度が落ちた。雪かみぞれを予感させる冷たい風だった。やがて道はゆるやかに下って谷に入り、風が穏やかになった。

そこからファーガスの家が見えた。煙突から立ちのぼる煙や、夏の夕方によく腰をおろしてウイスキーを飲んだ低いベンチが見える。それからりんごの木と、その下の窓も。その奥がファーガスのベッドがある小部屋だ。

不安のあまり、コリンはまともに息ができなかった。

全速力で駆けてきたソアが荒い息をして速度をゆるめた。道がふた手に分かれているところで、コリンはソアに左の細い道をたどらせ、ファーガスの家に近づいていった。

「そのなかにいるなよ」煙のにおいがする空気にささやき、馬をとめる。

地面におりたコリンは、膝が震えて座りこんでしまいそうだった。玄関のドアは簡単に開いた。衣装戸棚の扉、小塔の部屋のドア、そしてファーガスの家の玄関ドア――アレックスが身を隠しているのではないかと三つのドアを開けたが、どこにも彼女はいなかった。左手に四つめのドアがある。漆喰塗りの汚れた木製の壁にはめこまれたそのドアはかたく閉じられていた。ひとり住まいの家で、なぜドアを閉じる必要があるのだろう?

苦痛が腹部から喉元へとせりあがってきた。部屋はほんの二歩向こうにある。行動に移らなければならない。

最初にコリンの目に入ったのは、ファーガスの日焼けした長い腕だった——それから肩、首、髪、そしてなだらかに盛りあがっている上掛け。ファーガス以外のだれかがその下にひそんでいる。上掛けの曲線をたどっていったコリンの視線がファーガスの脚に落ちた。むきだしの脚は曲げられて、女の小さな足の上にのっている。

コリンの胸のなかでなにかがはじけ、その炸裂音が静かな室内にとどろいた気がした。

「この忌まわしい裏切り者め」

女の小さなあえぎ声がして、ベッドが揺れた。

「この女が欲しいのならくれてやるが、ぼくの地所のなかで寝るのはよせ」

裸のファーガスがベッドから飛びでた。彼のあげたすさまじい怒りの声が、ベッドの上にのしかかるように立っているコリンを見て、驚きの声へと変わった。「おい、なんだってこんなところへ来たんだ?」

コリンの視界がぼやけてぐるぐるまわった。世界は混沌《こんとん》として、ファーガスの裸体と、自分自身の振りあげた拳、そして恋人のベッドの上掛けに隠れて震えている女しか見えなくなった。「この売女《ドルース》」

ファーガスの顔が真っ赤になった。それともコリンの視界が赤に変わったのだろうか。

「彼女は売女《ばいた》じゃないぞ。もう一度言ったら生かしてはおかない」

コリンは耳を疑ってうなり声をあげ、ファーガスの喉ではなく上掛けをつかんだ。「他人の妻を寝取っておきながら、よくもそんなことが言えたものだ。ここにいる女を弁護する値打ちなどあるものか！」

軽く引いただけなのに、上掛けが紙のようにふわふわと部屋の反対側へ舞っていった。コリンの頭のなかに鳴り響いている轟音《ごうおん》は彼自身の血流の音か、ファーガスの怒声か、それともむきだしにされた女のすすり泣きだっただろうか。ベッドの上の裸の女性がアレックスでないことに気づいた瞬間、コリンの体と心がぐらついた。そこへファーガスに体あたりされ、彼は床に仰向けに倒れた。

ファーガスが胸の上にのしかかってくる。コリンの肺から空気が押しだされた。

「いったいなんのつもりだ？」ファーガスがコリンの髪をつかんだ。「人の家へ勝手に入ってきて、なにをするかと思えば――」

「彼女はどこだ？」

髪をつかんでいる手がゆるんだ。「出ていけ」

ファーガスがコリンの上からどき、髪をつかんで引きずり立たせたが、彼はショックのあまり痛さを感じなかった。「ぼくの妻はどこにいる？」

「なにを言ってるんだ。頭がどうかなったのか？」

まばたきをすると、ようやく友人の顔がはっきり見えて、目に憤怒《ふんぬ》の色がみなぎっていることや、ひげに囲まれた唇が真っ白になっていることがわかった。コリンの視線がファーガスの背後のジーニー・カークランドの姿をとらえた。彼女はベッドの上にうずくまり、枕を胸に抱いて少しでも肌を隠そうとしている。身を縮めて、さも恐ろしそうにコリンを見つめていた。

コリンが力なく両手をわきへ垂らしたところへ平手が飛んできて、頬をいやというほど打った。

「レディがいるんだぞ、このばかやろう。さっさと出ていけ。さもないと、その目をえぐり取ってやる」

向きを変えて去ろうとしたコリンはよろめいて倒れそうになった。ファーガスが彼の足の下から上掛けをぐいと引き抜き、ベッドに戻したのだ。つぶやきや切迫したささやきが耳に入ったが、混乱しているコリンには意味がまったくわからなかった。部屋をあとにした彼は家を出て、まばゆい日差しのなかに立って待った。

背後でドアのきしる音がするまで、たっぷり五分はあったに違いない。コリンがそろそろと振り返ると、親友の険しい顔があった。

「ぼくは妻を失った」その言葉が自分自身の耳にうつろに響いた。

「きみは彼女に値しない」

コリンは顔をしかめなかった。真実を聞かされて、顔の筋肉がゆるんだように感じられた。

「ここへ来れば彼女が見つかると本気で思ったのか？」

ファーガスの口調があまりに真剣だったので、コリンは再び友人の顔に視線を戻した。フアーガスはもう怒っているように見えなかった。それどころか目元がやわらぎ、哀れんでいるようにさえ見える。驚いたことに、コリンのまぶたの裏がちくちくした。


「思いたくはなかったよ」

「しかし、ここに彼女がいると思った」

「いや、違う。違うんだ。だからこそ気が変になりそうだった……もし彼女がいたらと考えて……」


玄関のドアが勢いよく開き、赤い髪を振り乱したジーニーが現れた。彼女はつんと顎をあげて駆け寄ると、ファーガスが差しだした手を握り、細めた目でコリンをにらんだ。

「ジーニー」コリンはしゃがれた声で言った。

彼女がさも汚らわしそうにコリンの名を口にした。

コリンはファーガスに向けた視線を彼女に戻した。「ここでなにをしているんだ？」

ジーニーがぶつぶつつぶやき、ファーガスが彼女を守るようにしっかり抱いて、コリンをにらみつけた。「きみには関係のないことだ、口出ししないでくれ。ぼくの女のことより、きみにはもっと差し迫った問題があるんじゃないか？」

「きみの女？」


ぼくは彼女に値しない。それこそが問題なのではないだろうか？

「ああ、そうだ」

「彼女の父親は認めないだろうな」

「わたしはここにいるのよ」ジーニーが憤慨して割りこんできた。「わたしを無視して話をしないで」

「彼女の父親が認めないことはわかっている。だから司祭の祝福を受けずに、彼女はここにいるんだろう?」

ジーニーがいらだって視線をそらした。コリンは妹のように思ってきた少女をまじまじと見つめるうちに、急にすべてがくだらなく思えてきて、ため息をついた。「彼に話しておくよ」ようやくコリンは言った。

「彼女の父親にはぼくから話す」ファーガスが大声をあげた。ジーニーは顔を輝かせながらも、かぶりを振った。

「ふたりともどうかしているわ。それよりもあなた、どうしたの?」ジーニーが刺すような視線をコリンに向けた。「とうとう新妻を追いだしてしまったの?」

コリンはやり場のない怒りを覚えて唇をゆがめ、歯ぎしりをした。ファーガスが警告するようにジーニーの名を呼んだが、彼女は腕のなかから逃れて恋人をにらんだ。

「この人は彼女の心を傷つけたのよ、それがわからないの? 本当にわからない?」ジーニーが明るい緑色の目をさっとコリンに向けた。彼は目を閉じて真実を締めだしたかった。

「あなたって自尊心の塊なのね。最後に彼女が心から笑ったのを見たのはいつのこと?」ジーニーに怒りの言葉を浴びせられ、コリンはごくりと唾をのみこんだ。「彼女はあなたの妻なのよ。夫の責任は、ただ妻を家に住まわせておくことではないわ！　彼女は何週間も前に出ていくべきだったのよ」

「ジーニー」今度のファーガスの声には警告でなく懇願の響きがあった。

彼女の目に涙が光った。ファーガスが手をのばしたが、ジーニーは再び離れてコリンに言葉を浴びせ続けた。「彼女はあなたを愛しているわ、コリン。あなたを立派な人間だと思っている。それなのにあなたは彼女を疑って辱めたのよ」

「ジーニー、やめるんだ」

ファーガスの切迫した声が、まるで耳鳴りがしているように遠くから聞こえた。コリンはアレックスの青い目から喜びの色が徐々に失われていったことや、彼女の笑い声が次第に聞かれなくなったことを考えた。やがて彼女はコリンが一緒のときは絶対に笑わなくなったが、ファーガスといるときは屈託のない笑い声をあげた。それが問題の発端だったのだ——夫といるときよりも、夫の友人といるときのほうが幸せそうに見えたことが。

ジーニーがファーガスの肩に顔を押しつけると、彼の手が彼女の髪をやさしくなでた。それこそ男が愛する女性にしてやるべきことなのに、ぼくは妻にしてやらなかった。コリンはファーガスがジーニーの言葉に耳を傾け、彼女の髪に唇を寄せてささやくのを、そしてジーニーがファーガスから力を分け与えられたように明るい表情になっていくのを見つめた。ふたりがためらいもなく愛を与えあうのを見ているうちに、恥ずかしさがこみあげてきた。アレックスに愛を与えるのをためらったのは、ぼくが弱かったからだ。

「すまなかった」ソアに歩み寄って鞍にまたがろうとしたコリンを、ファーガスが肩に手を置いて引きとめた。コリンは牡馬の力強いあたたかな首に額を押しつけた。「悪かったな、ファーガス」

うなだれたコリンを見て、ジーニーは涙をのみこんだ。ファーガスと同じように彼女もコリンに歩み寄りたかったが、まだ怒りが消えず、彼を慰める気になれなかった。

「一緒に行こうか？」ファーガスがきいたが、コリンは頭をあげなかった。

「いや、これはぼくの問題だ」コリンの声が次第に強くなる風の音を通してジーニーの耳に届いた。「ジーニーに謝っておいてくれ。それと、ぼくがきみたちのことを喜んでいると彼女に伝えてほしい」

それを聞いて心が軽くなったジーニーは、次のファーガスの言葉を聞いて舞いあがりそうになった。「じゃあ、ぼくらの味方になってくれるのかい？　カークランド家の人たちが結婚を許してくれなくても？」

ジーニーがファーガスに歩み寄るのと同時に、コリンが漆黒の牡馬から頭を離した。「そうしてほしいのか？」

「ああ。きみはジーニーやぼくにとって兄弟みたいな存在だ」ファーガスがジーニーの肩に腕をまわした。「それに、どんな家族にも妙なやつがひとりぐらいはいるものだ。きみなら大歓迎で家族に迎え入れてやるよ」

「じゃあ、きみが彼女の父親に殺されずに生きのびたら、ぼくが結婚式をあげてやろう」コリンは手荒にファーガスを抱きしめ、ジーニーのほうを向いた。

「きみに恥ずかしい思いをさせたのなら謝るよ、ジーニー」コリンはかすれた声で言って、彼女の額に軽くキスをした。「どうか許してくれ」

「あなたが心配しなくてはいけないのはわたしのことじゃないわ、おばかさん」

「わかっている」

コリンはさっと鞍にまたがって片手をあげ、馬の向きを変えた。ひづめの音を響かせて去っていく彼に、ファーガスが呼びかけた。「成功を祈っているよ」

ジーニーは静かに言い添えた。「気をつけてね」

ふたりはコリンの肩が丘の向こうへ消えるまで見送っていた。

「一緒に行ってやればよかった」ファーガスがささやいた。

「いいえ、これは彼がひとりで乗り越えなければならない問題よ」

「でも……彼はすっかり打ちのめされていたぞ」

「彼女をつかまえることができさえすれば大丈夫。それに、あなたにはあなたの問題があるでしょう、ファーガス・マクレーン」

ファーガスがにっこりして彼女を見た。「たしかにそのとおりだ」彼の青い目のなかに愛を見たジーニーは、ベッドのなかで愛撫された肌がほてるのを覚えた。「ぼくがきみに与えてやれるのは小さな家とあたたかなベッドだけだよ、ジーニー」

「ファーガス――」

「だが、それで充分であることを祈るとしよう。なぜなら、ぼくらは二週間以内に結婚して、きみはここに住むんだからね」

「いいわ」ジーニーはなんとかそれだけ言って泣きだした。ファーガスはからかいの言葉をつぶやいて彼女を抱きあげると、あたたかなベッドに運んでいって、もう一度たっぷりと愛した。

21

コリンがウェストモア城へ戻ってみると、以前と同じものはひとつとしてなかった。彼の影が大広間の床に落ちたとたん、急に活気が失せて、ぎこちない静寂が室内を支配した。人々は――コリンの使用人たちは――動くのをやめて、不安と好奇のまなざしを主人に向けた。彼らに尋ねるまでもなく、アレックスがここにいないことはわかっている。カークランド邸にもいないのは確実だ。そう、アレックスは泣きごとを聞いてもらいに友達のところへ行ったのではない。どこか近くへ逃げていって、そこで彼が追ってくるのを待っているのではない。彼女は去った。この家で自分の居場所を確保するために闘うのをやめ、みずからの家へ帰ったのだ。

コリンは自分を愚かな頑固者だったとののしって、くよくよしたりはしなかった。そんなことで自責の念から逃れたくなかった。今さら悔やんだところで、アレックスを苦しみから解き放つことはできない。そうするには自分が変わるしかない。自分自身を矯正するしかないのだ。

ああ、ぼくはアレックスを愛している。彼女を崇拝する一方、正直なところ恐れている。

だが、彼女を傷つけようとか虐げようとか思ったことは一度もない。絶えず胸をさいなむ恐怖を払いのけたかったのと、幸運が逃げ去るのを食いとめたかっただけだ。少なくとも恐怖には、もうさいなまれずにすむ。アレックスは去り、宙ぶらりんの状態は終わった。

大広間に集まった召使や労働者たちが、途方に暮れた主人の前に身じろぎもせずに立っていた。暗い顔をしている者もいれば、困惑したように口をすぼめている者もいる。なにか言おうにも、なにを言ったらいいのかコリンにはわからなかった。

「だんな様!」頬を赤く染めたレベッカがメイドたちを押しのけて前へ出てきた。顔には、さも同情するような表情が浮かんでいる。「あのような方の心配をするのはおやめください」

神経を逆なでされた気がしたコリンは、レベッカのまくれあがった口の端から目をそらし、大広間に集まった人々の顔を見まわした。

「彼女が出ていくところを見た者はいるか?」コリンがきくと、彼らはいっせいに目を見開いて、きょろきょろとまわりの顔をうかがった。ひとりの少年が赤い顔をして、コリンのベルトを一心に見つめている。「ベン?」

少年がまばたきして鼻にしわを寄せた。

「わたしが見ました」静まり返った室内にレベッカの声が響いた。コリンは彼女を見ようともしなかった。見たくなかった。彼女がなにを口にするかは見当がつく。今ごろになってアレックスがレベッカについて言ったことが理解できたが、もう遅すぎた。

「今朝だんな様が新築中の家を見に行っているあいだに、奥様はこっそり厩舎を出て、馬で北へ向かいました。あの丘を越えていったのです。よく奥様があちらへ馬で行くのを見たので、気にもとめませんでした」

「北か。それで、ベンは？　おまえはなにを見た？」

少年は喉を上下させて唾をごくりとのみこんだ。「おいらは……ぼくはフランス人のメイドが茂みになにか隠すのを見ました。そのあと奥様が出てきて、茂みからとりだしたんです。だけど、向かったのは北じゃありません。南へ馬を駆けさせていきました。茂みから出したのは大きなバッグで、それを背中にくくりつけていきました」

「いつだ？」

「何時間も前。お昼よりうんと前です」

「南へ向かったんだな？」

コリンの足元に落ちているレベッカの影が揺らめいた。ベンは賢明にも黙っているべきときを心得ていたが、レベッカはそうでなかった。「では、この城の管理人はどこにいるのです？」彼女は不機嫌そうに言った。「ファーガスはどこです？」

コリンの背後の開いたままの戸口から一陣の風が吹きこみ、雪のにおいと一緒に枯れ葉を大広間にまき散らした。雪。

「ソアに水を飲ませろ。これから旅に出る。食料を一週間分用意してくれ。それから、レベッカ――」コリンは鋭い視線を家政婦の顔に向けた。「おまえはぼくが帰ってくるまでにここを出ていけ」

彼がさっと手を前へ出すとその場にいた全員が息をのみ、メイドのひとりが悲鳴をあげた。だがレベッカはまったく動じず、コリンが彼女のエプロンから鍵束を引きちぎってミセス・クックにほうるのを平然と見つめていた。

「この女に二週間分の給料を与えろ。それ以上はなにもやるな」

「ばかな人！　彼女が会っていたのはファーガスだけではないのに」向きを変えようとしたコリンにレベッカが言った。「ほかにもいるのです。林のなかで男の人を見ました。その人が言うには、彼女は売女以下で、だんな様をだまして結婚したとか。わたしはだんな様がおとしめられるのを黙って見てられません！」

「なんだと」彼は歯ぎしりして言った。「林のなかに男がいたのか？」

レベッカの頰に赤みが差した。「その人は物《もの》乞《ご》いではありません。立派な紳士です。だんな様とは友人だったけれど、あのふしだらな女をめぐって決裂したと言いました」

「そいつの名前は？」

「ジョンです」

「ジョン」

レベッカは一歩さがった。「わたしはだんな様を助けたかったのです」

コリンは彼女の手首をつかんで万力のように締めつけた。「おまえ、なにをした？」

「なにも」レベッカは手首を引き抜こうとした。「なにもしていません！　その人とは三日前に会っただけです。明日、だんな様は仕事で忙しいから、彼女が会いに行けることを教えてやりました。そして……そして、戻ってくるところをだんな様につかまえさせるつもりだったのです。そうすれば彼女が不義を働いた証拠を示してあげられますもの」

「なんてことだ。おまえはぼくの妻を男に強姦させるつもりだったのか？」

レベッカがふんと鼻を鳴らした。「とんでもない」彼女はつかまれている手首を引っかいた。「痛いわ」

「くそっ……」コリンは力をゆるめようとしたが、指の感覚がなかった。「おまえを張り倒したい。わがままな子供を懲らしめるように、力いっぱいたたいてやりたい。もし彼女になにかあったら……」

コリンが手を離すと、レベッカは後ろへよろめいた。「だが、ぼくにも責任がある。いちばん悪いのはぼくだ。いいな、ぼくが戻る前に出ていけ。さもないと後悔するぞ」

前方の人々が左右に割れた。コリンはそのあいだを大股で歩いて階段を二段ずつあがり、数分後に冬用のマントと毛布を腕にかけておりてきた。手には拳銃と、金貨の入った黒い小袋を持っていた。

大広間は空っぽだったが、鳩《はと》の喉を鳴らす音が鳥小屋を満たすように、人々のかしましいささやき声が屋敷じゅうに満ちていた。だが、コリンの心は穏やかだった。彼のような人間に心が語りかけることはなにもなかった。

アレックスの鼻の先から、ずぶ濡れのマントになにかが滴った。涙なのか、解けた雪なのか、もはや彼女自身にもわからなかった。湿った雪が降りだすのと同時に自己憐憫にとらわれたアレックスは、これまで想像したこともないほどみじめな気分で道を進んできた。灰色の霧のかなたに見えた暗い小屋で、なぜとまらなかったのだろう？　どうして引き返さなかったの？

背後でブリンが鼻を鳴らして腕をそっと押したが、アレックスは無視した。牝馬のか弱い脚が恨めしかった。ブリンは氷の張った箇所で脚を痛めたのだ。

天気が崩れてからというもの、人の住む家は一軒も通り過ぎなかった。騾馬《らば》に乗った男がひとり追い越していっただけだ。彼女は助けを求めるどころか、男の目を見ようとさえしなかった。騾馬が追いついてくるずっと前から、ぶつぶつとつぶやく男の悪態が聞こえたからだ。

つかのま頭上の雲が割れて、淡い月の光が地上に注いだ。晴れた夜であってさえ、細い三日月の光はほとんど明かりの役を果たさないのに、こう雪が降っていたのでは……。氷の張っているところが見えず、アレックスはしばしば足を滑らせた。

転ぶことも怖いが、それ以上に自分の悲鳴に怯えた。体が冷えきっているため、滑って膝をいやというほど打っても痛さはあまり感じなかったが、失望のあまり立ちあがる気力もなく、冷たい地面に膝をついたまま泣いた。

城を逃げだしたのは間違いだった。また人生で過ちを犯したのだ。ああ、わたしはまだ二〇歳。この先、どれだけ多くの過ちを犯すことやら。サマーハートに着いたら——もし着けたなら——外の世界をできるだけ避けて暮らそう。パーティのときは部屋に閉じこもって、好色な男たちを避けていよう。体の熱を冷ましておくために、休日には修道院を訪れよう。兄が結婚したら、わたしは自分の別荘に移り住んで、変わり者のオールドミスとして人生を送るのだ。

閉じた目の奥に記憶がまざまざとよみがえった。アレックスにのしかかるように立っている、顔に強烈な歓びの色をたたえたコリン。

いいえ、別荘はよそう。あの別荘は絶対にだめ。もっと小さな兄の領地のひとつにしよう。使用人がひとりもいないところがいい。そこで野生化した猫たちに餌をやり、パイプの煙のにおいをさせて、ぼさぼさの髪としょぼくれた目をした、しわくちゃの老婆になるのだ。

アレックスは濡れた目に両手を押しあて、ひとり寂しく老いていく自分を想像した。結婚は絶対にしないと決意していたときには、そんな想像をしたことはなかった。けれども今では、それがどういうものか理解できる……ひとりで生きていくこと。いとおしそうにふれてもらうことは二度とないこと。おなかをなでて、そこに生命が宿ったのを感じることは永久にないこと。わたしが身ごもることは断じてない。そう、一週間足らず前に出血したから、赤ん坊を胸に抱く可能性は万にひとつもないのだ。

体の奥で始まった小さな震えが、次第に大きくなって全身に広がった。わたしはこの雪のなかで死ぬのかしら、とぼんやり考える。そのとき、金属の鳴る音がした。だれかが馬でこちらへやってくる。

弱々しい悲鳴がアレックスの喉から漏れた。ダミエン・セントクレアであるはずないわ、と自分に言い聞かせる。こんな雪のなかを馬で来たら、落馬して首の骨を折るかもしれない。そんな危険を冒してまで、ダミエンは追いかけてこないだろう。そう考えたものの、恐怖は消えなかった。

アレックスは立ちあがろうとしたが、脚が棒のようで言うことを聞かなかった。ここにどのくらい長く膝をついていたのかしら？

ブリンがアレックスの首に熱い息を吹きかけ、もつれた巻き毛をかんで引っ張った。「やめなさい、ブリン。さあ、動かなくては。お願い」牝馬の湿ったあたたかな鼻面を軽くたたき、必死に立ちあがろうとしたが、相変わらず膝に力が入らなかった。今や馬の足音はすぐそこまで近づいている。「言うことを聞きなさい！」アレックスは脚を叱りつけ、ブリンの手綱を引いて溝のほうへ這っていった。

なんとか二メートル近く進んで土の地面が草地に変わったとき、空気が動いて、馬に乗った人物が通り過ぎたことを知らせた。暗い夜だったので、その人物は速度を落とさず、アレックスを見なかったし、幸いブリンの臀部《でんぶ》に馬をぶつけもしなかった。彼女は安堵するかたわら、助けを求める機会が失われたことに恐怖を覚えた。だが、隠れようという本能に従っておきながら、今さらそれを変えるわけにはいかない。

ほっとしたのもつかのま、アレックスは急に手綱を引っ張られてばったり倒れた。ブリンが去っていった馬と人のほうへ首をのばしたのだ。彼女のぼうっとした頭が牝馬の意図を悟った直後、ブリンが甲高くいなないた。

「しいっ、静かに！」

再びブリンがいななないた。去っていく馬に呼びかけているのだ。それに応えるいななきが前方であがったのを聞き、アレックスはもう終わりだと目をつぶったが、その一方で心は哀れにも躍っていた。助かったわ！

前方の馬の足音がゆっくりになり、完全にとまった。アレックスが安堵と恐怖のはざまで揺れ動きながらも耳をそばだてていると、やがてくぐもったひづめの音が聞こえた。

前方で馬がぶるると鼻を鳴らし、ブリンがそれに応えて喜びのいななきをあげる。そのとき、アレックスの頭にぞっとする考えが浮かんだ。いいえ。そんなことはありえない。ブリンが怪我をして進むのが遅くなったとはいえ、彼が早くも追いついてきたなんて、絶対にありえないわ。

巨大なケンタウロスの影が暗闇からぬっと現れた。雲間から差す銀色の月光が締め金具にきらりと反射した。

「そこにいるのはだれだ？」

その声を聞いてアレックスの心は震えたが、舌は鉛のように重かった。指からずるずると手綱が離れたのは、ブリンが大好きな牡馬にすり寄っていったからだ。アレックスは自分の馬と同じことをしたくなかった。ただ両腕を胸にあてて縮こまり、暗くてコリンはわたしに気づかないかもしれないと考えた。

「アレックス?」その声は多くのものを運んできたが、なかでもいちばん強いのが恐怖だった。「アレックス、どこにいるんだ?」コリンが鞍からするりとおりて、ブーツが近くの氷を踏む音がした。「アレクサンドラ!」

こんな形で――濡れて凍えた体を小さく丸めた状態で――コリンと再会することは計画になかった。彼と対峙《たいじ》する場面を思い描いたことはあるが、それはサマーハート邸の豪奢な客間の、美しい母親の肖像画の下で行われる予定だった。アレックスはコリンをさんざんあざけって、わたしはあなたが欲しくないし、あなたを必要ともしていないと断言し、スコットランドへ追い返すつもりだったのだ。彼の足元の草のなかに身を隠して、早くどこかへ行きますようにと祈るはめになるとは考えもしなかった。

麻痺《まひ》したようにじっとしていたアレックスは髪にふれられるのを感じたが、泣き伏すことは自尊心が許さなかった。彼女は仰向けに倒れ、顎へ手をのばしてくるコリンに向かって不満のうなり声をあげた。

「アレックス?」

「その手をどけて」

「アレックス、怪我をしているのか?」

「いいえ!」その言葉で一度に多くのものを否定した。

「だったら、こんなところでなにをしているんだ?」コリンが彼女の腕をとって立たせようとした。アレックスは自力で立ちあがりたかったが、脚が言うことを聞かなかった。引っ張られてなんとか立ちあがったものの、へなへなとくずおれて彼にもたれかかった。

「カイテン」コリンが息をのんで彼女を抱きとめた。「いったいなぜこんなことになったんだ?」

彼の腕が大切そうにアレックスを抱いている。その力強さを感じ、コリンのにおいをかいでいるうちに、アレックスの心から憎しみが薄らいで、冷たい頬をあたたかい涙が伝い落ちた。

「ずぶ濡れじゃないか」コリンは彼女を抱えあげてソアの近くへ運んでいった。アレックスはなにをされても黙っていたが、マントをはぎ取られて濡れたドレスに寒風があたるのを感じると、ようやく抗議の声をあげた。

「わたしのマントよ!」

「しいっ」コリンの手が彼女のスカーフを外し、乗馬服のボタンにかかった。

「やめて」アレックスはののしろうとしたが、歯が鳴るのをとめるために口を閉じるほかなかった。

「こんなものを着ていたら体が冷えてしまう。少しだけ我慢してくれ。すぐにあたたかくしてやるから」

肌はますます冷たくなり、氷のような体をシュミーズとブーツが覆っているだけになった。けれどもすぐに乾いた服が着せられて、肩に厚手のマントがかけられた。コリンはアレックスをくるむように抱き、震えがおさまるまで背中を両手でさすり続けた。

「ブリンは脚に怪我をしたのか？」

「ええ」

「ソアは疲れているから、ゆっくり行かなければならない」コリンはアレックスを抱えて鞍の前に乗せると、自分も鞍にまたがって彼女を膝にのせ、毛布でしっかりくるんだ。体がすっかりあたたまったころ、彼女の目は前方の丘の向こうに明かりをとらえた。

「あれは宿屋かしら？」

「あそこまで一キロ半以上ある」

一分ほど進んだところで林が途切れ、近くの農家から明かりが漏れていた。文明の世界へ戻ったのだ。もうコリンに助けてもらう必要はない。「おろしてちょうだい」

「なんだって？」

「あなたの助けなどいらないわ。さあ、おろして」

「ちゃんとした服を着ていないじゃないか、アレックス」

「そのほうが部屋代を値切りやすいでしょう」

コリンが笑い声をあげた。かっとなったアレックスは毛布のなかから両手を出し、拳で彼をたたこうとした。

「ぼくがばかだった」

「ええ」

「ひどい夫だったよ」

「前にも同じ会話をしたんじゃなかったかしら」その言葉でコリンはしばらく口をつぐんだ。あたたまって血行がよくなるにつれ、アレックスの脚が痛み始めた。

「そうだったね」

「イングランドの家へ帰るわ、コリン。そのほうがふたりとも幸せになれるのよ」

「きみは幸せになれても、ぼくはなれない。だが今夜はぼくと一緒にいて、話を聞いてくれるなら、そしてそれでも行きたいと言うのなら、明日の朝に行かせてあげるよ」

「本当？」胸を刺す鋭い痛みはなんとか隠したものの、声がショックで震えるのはどうすることもできなかった。もはやアレックスを妻にしておきたくなくても、コリンが帰郷を許してくれるとは思えない。でも、彼はあきらめたような言い方をした。まるでアレックスに対する気持ちを抑えつけるのは無理だと、コリンもまた悟ったかのように。

「じゃあ、話をしましょう」彼女は気持ちを奮い立たせて言った。「今夜」今や痛むのは脚だけではなかった。顎も、喉も、そして心も痛い。今さらコリンを欲しがるのは愚かだとわかっているのに、彼が欲しくてたまらない。彼を愛するという考えに耐えられないくせに、愛さずにはいられないのだ。

宿屋に近づくにつれて風がおさまってきた。頭上の枝でふくろうが鳴いている。コリンのほうへ顔を向けたアレックスは、汗と馬と木の煙と湿り気のにおいをかいだ。そして愛する夫のにおいも。そのとたんアレックスは体の力を奪われてぐったりとなり、心は苦しみで満たされた。

なぜこの人はわたしを愛せないのかしら?

「ブリンになにがあったんだ? 氷のせいか?」

「ええ。氷で滑ってから足を引きずるようになったの」

「じゃあ、それからずっと歩きどおしだったのか?」

アレックスは返事をするかわりに肩をすくめた。コリンが彼女を抱く腕を替えて力をこめる。彼女はされるままになりながら、これきりよ、これで最後よ、と自分に言い聞かせた。こうしてしっかり抱いてもらえることを、どんなに望んでいただろう。

コリンの鼓動を聞いているうちに緊張がほぐれてきて、アレックスは彼の胸に頬をすり寄せた。コリンが彼女の背中を支えている腕にいっそう力をこめ、身をかがめて髪にキスをしたとき、アレックスは繭でくるまれたような安心感を覚えた。

ろくでなし。

わたしは凍えているの。彼女は自分に向かってみじめな言い訳をした。だから、こうしてぴったり身を寄せていなければならないのよ。

だけど、あなたはいつだって彼には弱かったじゃない。傷ついた心がそう反論した。いつだって。

心の強さを取り戻して背筋をしゃんとのばせるようになるまで、たっぷり一分はかかった。やがて彼らは丘をおり、明かりとにぎやかな笑い声が寒い夜道を行く旅人を手招きしている宿屋を目指して進んでいった。

宿屋に食事とあたたかい紅茶を頼み、ソアの世話とブリンの膝の手当てをするのにずいぶん時間を要した。部屋へ戻るころには、コリンの胸に不安が宿っていた。またアレックスはどこかへ行ってしまって、ぼくはひとりきりになるのでは？　だが妻はちゃんと部屋にいて、ベッドの上に丸くなった彼女の美しい顔を暖炉の火が照らしていた。どうやらすっかりあたたまって、少し汗ばんでいるらしく、こめかみに黒い巻き毛が張りついている。コリンはそこに唇をつけて彼女を味わいたかったが、そうはしなかった。

彼はドアを背にして立ち、眠っているアレックスを見守り続けた。こうしているだけで安心できる――彼女と同じ部屋にいるだけで。以前は、彼女がいてくれるだけで最高に幸せだと感じること自体に恐怖を覚えたものだ。アレックスがいつ出ていくかもしれないのに、どうして安心して暮らせるだろう。彼女がぼくに飽きてしまったら？　あるいは病気になって死んでしまったら？　アレックスを思いどおりにできもしないくせに、どうして彼女にぼくの幸せを求めることができる？

そうとも、ぼくに選択の余地はない。ぼくには彼女が必要だ。それを認めると気持ちが落ち着いた。

コリンの背後のドアをノックする大きな音がアレックスを眠りから覚ました。彼女は身じろぎして目を開け、入ってきた若い給仕女を見た。女がいそいそとテーブルに料理を並べる。ふたりはその女越しに見つめあった。

「わたしのバッグを持ってきてくださらない？」給仕女が出ていってドアが閉まるとすぐに、アレックスが言った。「着替えのドレスが入っているの」

「いいとも」

アレックスが体に巻いた毛布をわずかに動かしたので、コリンは見られたくないのだと気づいて背中を向けた。彼女が夫から体を隠したがっているのを知って胸が痛んだ。アレックスは慎み深い女性ではない。その彼女が体を隠そうとするなんて、ぼくはそれほどまでに彼女を辱めたのだろうか？

服を着終えたアレックスがベッドから出てきたので、コリンは彼女と一緒にテーブルにつき、ローストダックとプディングの食事を始めた。食べ終わるとふたりは紅茶をやめてエールを飲んだが、マグが空になるまでひとことも口をきかなかった。

「レベッカは出ていった」ようやくコリンは吐き捨てるように言った。アレックスは眉をひそめている。その表情からは、それが会話の糸口としてよかったかどうか判断できなかった。

「逃げだしたということ？」

「いや、首にしたんだ。きみの言おうとしたことがやっとわかったよ」

「彼女はどこへ行くのかしら？」

「さあね。今度行くところでは、あまり問題を起こさなければいいが」再び気まずい沈黙が漂った。レベッカに関する話に、アレックスは心を動かされなかったようだ。「正直に言わせてもらうよ――」

「どうぞ」

「今日きみを追いかけてきたのは、説明して謝りたかったからだ。なぜぼくがあんな振る舞いをしたのか、ようやく自分で理解したことをきみに話したかった。ぼくはすごく……すごく……」

「嫉妬していた？」

「いいや、それよりもはるかに悪い。ぼくは冷酷で、そのうえ臆病だった。きみを疑うことで恐怖から逃げていたんだ。その理由を説明したかった」

コリンを見つめる彼女の目からは、なんの考えも読み取れなかった。「なぜなの？」

「ぼくはきみを愛している。そしてそれが死ぬほど怖いんだ」

アレックスの口が開いたり閉じたりした。彼女は深く息を吸った。「まさか――」

「待ってくれ。もっとあるんだ。きみの許しを乞う前に、それをすべて話そうと思う。ぼくは償いをするためにきみを追ってきた。きみが出ていったとダニエルから聞いたとき、ぼくはまず最悪のことを疑ったよ」

「最悪のこと？」アレックスの声はしゃがれていて、しかも険しかった。「ファーガスのことを言っているの？」

「ああ」コリンは憎しみのこもった彼女の暗いまなざしから目をそらしたかった。「きみを信頼すると約束するつもりでいたのに、最初の機会を与えられたとき、ぼくはまた嫉妬に駆られてしまった」

彼女が今にも椅子から飛びあがりそうに思えたので、コリンは慌てて先を続けた。「ファーガスのところにきみがいるだろうと本気で思ったわけではないよ、アレックス。嘘じゃない。ぼくを彼のところへ向かわせたのは恐怖心だ。きみがいないことを確かめて安心したかったんだよ」

「いいえ、あなたは本気で思ったのよ。わたしがファーガスのところにいるだろうって」アレックスが立ちあがって窓辺へ歩いていった。コリンはあとをついていったが、彼女はそばへ寄られたくないだろうと思い、距離を保った。

「違う。きみを不実だとか、信頼できないとか、本気で思ったことは一度もない。そう思うことで恐怖から逃げていただけだ。それに気づいたのは、ファーガスの家へ行って、彼がある女性とベッドのなかにいるのを見たときだった。あまりにも不信感がつのって、きみを憎むことさえできなくなった。そのときぼくが感じたのはショックと、苦痛と、ぼくは死につつあるという確信だけだ」

「でも、なぜなの、コリン？　どうしてあなたはいつもわたしに最悪の疑いを抱くの？　わたしの過去のせい？　わたしがあなたをベッドへ誘いこんだから？」

「いいや、アレックス、そうではない。きみの過去のせいでは……仮にきみの処女膜が自然治癒でつながっていたのだとしても。きみではなくて、ぼくのせいなんだ……」きみはぼくよりも立派だ、とコリンは言いたかった。いつかきみはそのことに気づくだろう、と。しかし、喉が詰まってそれを口に出せなかった。彼が黙りこんだので、アレックスがくるりと振り返った。

「どうしたの？　あなたにそれほどの恐怖を与えたのがわたしの性格でないとしたら、なんなの？」

「それは……きみがぼくを選んだのではないことだ、アレクサンドラ」

「どういう意味？」

コリンは髪に差し入れた指が震えているのを感じた。「きみにとってこの結婚は、ふたつの災いのうちで軽いほうにすぎなかった。ぼくか、もうひとつの醜聞か。きみは伴侶としてぼくを選びはしなかっただろう」

「コリン……」アレックスの口元がゆがんでしかめっ面になった。「そんなの、ばかげているわ。わたしはあなたを選んだ。あなたをあの別荘へ誘って――」

彼は激しく手を振ってさえぎった。「きみは結婚相手としてではなく、寝る相手としてぼくを選んだんだ」

「でも――」

「粗野な婚外子と寝るのはかまわないけど、婚外子なんかと結婚するのはごめんだ。きみはたしかそう言ったよね」

「嘘よ……そんなことは言わなかったわ！」

「言ったよ。きみの罠にかかって結婚するはめになったと、ぼくがきみを非難したときに」

「あのときは、あなたが怒鳴りつけたからじゃない」

「そうよ。だからわたしはかっとなって言い返したんだわ！　あなたの説明ときたら、ばかばかしくて。そんな話は、わたしよりもあなたにあてはまる。あなたには選択肢がなかったのよ」

「いや、あったさ」

「あら、どんな？　わたしと結婚するか、さもなければ頭に銃弾を撃ちこまれるか？　残りの人生を恥辱にまみれて送るか？　そんなもの、選択肢と言える？　わたしはあなたが欲しかった。欲しくて我慢できなかった。だからあなたが結婚を望んでいないことを知りながらも、あなたと結婚したのよ、コリン」

歯をぐっとかみしめて彼女を見つめているうちに、コリンは胸の奥にかすかな希望が芽生えるのを感じた。「でも、きみは公爵家の娘で――」胸に向けて突きだされた小さな拳を手で防ぐ。「どうしたんだ？」

「あなたを愛しているのよ、ばかね。わたしはあなたを愛しているの」

「しかし……だったら、なぜ一度もそう言わなかったんだ？」

「あなたはなぜ一度もそう言わなかったの？」アレックスの青い目に涙がにじんだ。

「すでにきみはぼくに対して絶大な力を持っていたからだ」

「どんな力？」

大きな笑い声をあげたせいで、コリンは喉のつかえがとれてしゃがれ声が治った。「きみはぼくの体と心を支配しているんだよ」

「わたしにほとんど話しかけさえしないくせに！」

コリンは勇気を奮って一歩近づき、彼女の握りしめた手をとった。「ごめんよ、アレックス。本当にすまないと思う。きみをあんなにひどく扱うつもりはなかった。ぼくはただ……きみと知りあうまで、人生のなにに対しても、もはや興奮を覚えなくなっていたんだ。子を宿している牝馬、競売――それらをきみに話してやれると思うと不思議な喜びがあった。そしてぼくは……いつかきみが去っていくに違いないと考えた。きみは本当の生活に戻っていき、ぼくにはなにも残らないと。きみに心を奪われたからには、せめて誇りだけでも保っているつもりだった」

そのときの彼女の顔ほど美しいものは見たことがない、とコリンは確信した。彼の言葉を聞いてアレックスの顔がやわらぎ、たとえようもなくやさしい表情になった。彼女は手をのばし、指でコリンの額のしわをなでた。

「愛しているわ、コリン。わたしが出ていったのは、あなたにすげなくされたから。最初はいつか愛してもらえるだろうと考えていたのに、どうやら無理だと思ったからよ」

アレックスの手をとって口に押しつけたコリンは、彼女の指が顎に添えられるのを感じた。「家に帰ろう、カイテン」彼女の手に口をつけたままささやく。「一緒に家に帰ろう、アレックス。頼むよ」

その懇願に対して、彼女はなにも言わなかった。

「きみに助けてもらいたい。金や荘園の管理を手伝ってほしいんだ。新しい家にきみとファーガスの仕事部屋を設けたらいい。きみたちが一緒に働いているのを見ても、妬いたりはしない。誓ってもいいよ」

「本当？」彼がうなずくのを見て、アレックスは笑った。「それと、これからはわたしに寂しい思いをさせないわね？」

「絶対にさせない」コリンはうめくように言ってキスをし、彼女の口のなかに恐怖と欲望のすべてを注ぎこんだ。「どうかぼくを許してくれ」

「わたしと一緒に食事をする？　毎日？」

「するよ」キス。

「それから、わたしを厩舎で働かせてくれる？」

「ああ」またキス。

「それと、わたしがズボンをはくのを許してくれる？」

それを聞いてコリンは凍りつき、ぱっと頭をあげた。「それは……」

アレックスがそっと忍び笑いをしたので、彼は安堵のあまり涙をこぼしそうになった。

「マイ・メ・グィッチ」彼女がささやき、両手でコリンの頭を引き戻そうとした。

「なんだって？」

「マイ・メ・グィッチ。あなたを許してあげるという意味よ。発音が正しくなかったかしら？」

「やれやれ、まいったな。これからはなにひとつ秘密にできないね」両手で抱き寄せられたコリンは、舌で唇をなめられて口を開けたが、すぐに身を引いた。「今まで秘密を保つのは簡単だったのに。それにしても、きみがそんなにやさしいなんて、ちっとも知らなかったよ」

コリンは手を添えた彼女の丸いヒップの感触に心を奪われていたので、一撃を防ぐ余裕がなかった。アレックスの拳は小さかったが、彼の左耳よりはるかに頑丈であることがわかった。心やさしい妻は、夫のうめき声を聞いて心底満足したようだ。

22

　アレックスはこれほど幸せな気分になったことはなかった。ダミエンの手紙をコリンに渡したときでさえ――コリンが眉をひそめて悪態をつき、必ず報復してやると脅し文句をつぶやくのを聞いたときでさえ――まじめな表情を保つのに苦労した。機嫌の悪いコリンを前にしても、彼女は身をすくめたり、口をとがらせたりはしなかった。心は幸福感で満ちていた。

　手紙に三度目を通したコリンが顔をあげたとき、アレックスの心臓が胸のなかでくるりと宙返りをした。彼は穏やかな表情をして謝った。「きみをけちな悪者の脅しに屈しなければならない立場に追いこんで、すまなかった」要するに、彼は理解したのだ。

　そして今、コリンはのんびりとソアにまたがり、宿屋で借りた老いぼれの去勢馬に乗っているアレックスと一緒に家路をたどっていた。もっとも、彼の視線はいつも前方の木立に注がれ、手は拳銃のそばに置かれている。ブリンはあたたかな日差しを受けた背中をぴくぴくさせて、うれしそうに後ろをついてくる。ふたりは言葉を交わさなかったものの、何度もこっそり笑みを交わした。目が合うたびに、アレックスは吹きだしたくなるのを懸命にこらえた。

ようやく新妻になった気がした。はじめて裸にされて肌にふれられている純潔な少女のようだ。そう考えると、実際に頬が赤く染まった。

左側にいるコリンがうなるように言った。「昨夜のことを考えているのかい、アレックス？　それとも今夜のことか？」

とうとう彼女は吹きだした。「両方よ」

「それで、今日の午後はどうする？」

「今日の午後？」

コリンの顔に狼の笑みが戻った。彼が長い腕をさっとのばしてきたとき、アレックスは追いつめられた子羊のような甲高い悲鳴をあげた。コリンが彼女を鞍から抱えあげて、自分の膝にのせる。

急に重量が増えたことに驚いたソアが横へ跳ねたので、アレックスはうろたえてなにかにつかまろうとした。つかまるものがあった――完璧なものが。彼女が夢中でそれを握りしめると、コリンの胸が大きく膨らむのが感じられた。

「おいおい」彼のあえぎ声は歓びと驚きでかすれていた。

「ごめんなさい！」アレックスは慌てて手を離した。

「きみがつかんだまま落ちなくてよかったよ」口調はこわばっていたが、コリンはすぐに落ち着きを取り戻し、彼女の手をつかんで自分の脚のあいだへと導いた。「今度はあんなにきつく握らないでくれよ」

アレックスは腰を揺すって、彼の高まりへ身を寄せた。ソアが今度はあとずさりした。コリンが彼女の首をかむ。「ああ」

「ソアは重いのをいやがっているようだ」彼はつぶやき、唇を耳のほうへ移動させた。

「ええ」

「たぶん疲れたんだろう。休ませなくては」

「そうね」

「この先に林のなかの空き地があって、小川が流れている。そこで昼食にしよう」

「いいわ」

こうして一日は過ぎていった。

ウェストモアまであと五キロほどのところへ来たとき、それまで気だるい満足感にひたっていたアレックスは頭を振って言った。「ファーガスのベッドにいたのがジーニーならいいけれど」

「どうしてわかったんだ？」

「直感よ」コリンの目を見て、すぐに視線をそらす。「ジーニーが彼と関係を持っていることは知らなかったわ」

「ファーガスは彼女に求婚すると言ったよ」

「まあ、コリン！　それって——」

世界がアレックスの下で滑るように移動し、ぐるりと回転して顔にぶつかってきた。まるで大地全体がのしかかってきたようだ。その重みで胸をつぶされ、彼女は息をすることができなかった。

「アレックス！」頭の近くでひづめが踏み鳴らされる。見あげるとコリンの顔があった。彼は鞍からおりたところだった。続いてアレックスは去勢馬の胸から血が流れているのを見た。そのとき、拳に握られた拳銃が振りおろされてコリンの頭を殴り、彼は倒れて視界から消えた。

仰天したせいか、アレックスは急に息ができるようになった。「コリン」夫の名を呼んだとたん、彼女は咳きこんだ。首をまわしても彼の姿が見えなかったので、地面に手をついてずきずきする体をなんとかもたげる。水中を勢いよく泳ぎまわる魚のように、目の前でいくつもの影が揺らいだ。

「やあ、こんにちは、レディ・ウェストモア。また会えてうれしいよ」

影が集まってひとりの人間になった。

「無視するなんてひどいじゃないか。また嘘をついたな。でも、今度の嘘はかえっていい結果を生むかもしれない。ただ脅すよりも、きみの夫を利用したほうが、うまく目的を達せられそうだ。きみが金を渡すのを拒んだら夫を殺して、ぼくの最大の問題を取り除くとしよう」

「ダミエン？」

「ああ、きみに名前を呼ばれると、いまだにうっとりするよ」

道路に視線を走らせたアレックスは、ダミエンの足元に血を流してぐったり横たわっているコリンを見つけた。「彼になにをしたの？」

「気を失っているだけだ」

「でも……どうして？」

「金を置いておけと手紙に書いただろう。それを無視してきみが去ったことを知ったときの、ぼくの落胆を想像してみるがいい」

「去ったんじゃない……お金を持って戻るつもりだったわ」

「まったく、かわいい顔をして平気で嘘をつくんだな。いいや、きみは粗野な夫に愛想を尽かして出ていくつもりだったのさ。だが、ぼくは心配しなかった。獣みたいな彼のことだ、必ずきみを連れ戻すと信じていたからね」

「お金や宝石があるの。それを全部あげるわ」

「ああ、そうしてもらおう。さもなければ、彼の汚い喉を切り裂いてやる」

「やめて！　そんなこと――」

「なあ、ちょっとこの道路を外れようか。少し行ったところに、ぼくが野宿している場所があるんだ。残念ながら、この男は重すぎて担いでいけないが」

ダミエンはアレックスに背を向けて、なにやら馬とロープをいじり始めた。彼女は痛む体を叱咤《しった》してなんとか起きあがった。

「気の毒に、その顔は腫《は》れるだろうな。だれかに説明を求められたら、夫に殴られたと答えればいい。彼の性格からして、みんな納得するんじゃないか?」

「いいえ」アレックスはもごもごと応じ、両脚を体の下へ折りたたんだ。立ちあがることができれば、きっと——。

ダミエンが彼女の上へ身をかがめ、両手首をロープで縛った。ほんの少し抵抗を試みただけで腕が震えた。

「ぼくの服に吐くんじゃないぞ、わかったな? よし」彼はアレックスの頭をぽんとたたいた。目の前に無数の点が現れたので、彼女はまばたきした。「馬に乗るのを手伝ってやろう。逃げようとしてみろ、夫と同じ目に遭わせてやるぞ」

先ほどダミエンがコリンになにをしていたのか知って、アレックスは愕然とした。路上にぐったり横たわったコリンは頭の上で両手を縛られ、ロープでソアの鞍につながれている。彼は引きずられていくのだ。

「やめて!」彼女は首をまわして道路の先を見た。あちこちにごつごつした岩が顔を出し、枝が散らばって、木の根が横切っている。「だめよ。死んでしまうわ」

「心配するな、たいして遠くはない。それに彼を持ちあげるのは無理だ。ちょっと待ってくれ」ダミエンは華奢な手をあげて反論しようとしたアレックスを押しとどめ、怪我をした去勢馬の垂れている手綱をとった。彼女は考える時間のできたことがありがたかった。余裕ができたのは、ダミエンが去勢馬を茂みのなかへ引いていって、喉を切り裂くまでのあいだだ。

アレックスの口からすすり泣きが漏れ、苦いものが喉にこみあげてきた。

「どうした？」戻ってきたダミエンがあざけった。「あの馬をほうっておいて、よろよろしているところをだれかに見つけさせればよかったのか？」

彼女はダミエンが血まみれの手をハンカチでふくのを見て気分が悪くなり、もどそうとして下を向いたが、すぐに吐き気はおさまった。

「よし、行こう。鞍に乗せてやる」

ダミエンがアレックスを乱暴に立たせてソアのところへ連れていった。彼女は懇願し始めた。誇りや意地は、もうどうでもいい。ただコリンに生きていてほしかった。「お願い、こんなことはやめて」

「うるさいな。黙っていろ。きみはいつもしゃべりすぎる」

アレックスはあぶみに足をかけて鞍にまたがろうとしたが、手首を縛られているのでうまく体を持ちあげることができず、地面に転げ落ちそうになった。

「おいおい、なんてざまだ。手を貸してやろう」汚らわしい手がのびてきてスカートのなかに入り、ドレスとペティコートを腿のいちばん上まで押しあげる。「このほうが鞍にまたがりやすいだろう。馬に乗るからズロースをはいてきたんだな？」

ダミエンの指がズロースの下へじわじわと入ってくる。アレックスは身を震わせて涙をのみこみ、できるだけ鞍の前のほうに座って、彼の手にまさぐられるのを防ごうとした。しかしダミエンは執拗に肌をなで、夫に愛されてまだひりひりしている部分にさわった。

「彼はきみを相手に昼間から精を出したようだな？」ありがたいことにダミエンは手を引っ

こめて、濡れた指をアレックスのスカートでぬぐった。指と爪のあいだに馬の血がこびりついているのを見て、彼女はぞっとした。「逃げたことへの罰だったのか？」

「違うわ」

「きみを荒々しく扱ったんだろう、アレックス？」

「黙って」

「たぶんきみは荒々しくされるのが好きなんだ。別に驚きはしないがね」

「彼女にさわるな、汚らわしいごろつきめ」

アレックスの口から小さな悲鳴が漏れた。コリンが生きていることへの喜びと、彼がダミエンに逆らうかもしれないことへの恐怖がまじりあった悲鳴だった。

「やあ、ブラックバーン、気がついたのか。立って歩ければいいんだが」ダミエンはソアとブリンを自分の馬のところへ引いていって鞍にまたがった。

アレックスは身をよじり、じっと見ていれば大丈夫だとでもいうように、視線でコリンを守ろうとした。幸い、彼はどうにか立ちあがって、顔から血を滴らせながらよろよろとついてくる。膝をついて引きずられることになりませんように、と彼女は必死に祈った。引きずられたら、ごつごつした岩や木の根で肉が裂け、しかもすぐ後ろをついてくるブリンの鋭いひづめで踏みつぶされてしまうだろう。

ありがたいことに、道路からわき道に入ると蔓《つる》植物や藪《やぶ》が茂っていて、ゆっくりとしか進めなかった。コリンがアレックスと目を合わせようとしたが、足元からあまり視線をそらしてはいられない。ほんの一瞬目を合わせただけでは彼の考えを読み取ることはできなかった。

踏みしだかれた樅の葉のにおいが、突然アレックスを襲った。すっぱい刺激臭で鼻孔と口のなかが満たされる。彼女は耐えきれずにコリンから顔をそむけ、ソアの首越しに身を乗りだしてもどした。そのあいだも彼の荒い息づかいが聞こえた。

「このすぐ先だ」しばらくしてダミエンが言った。その陽気な口調は、彼が今の状況を楽しんでいることを示していた。

再びアレックスは吐き気を催したが、どうにかこらえた。視界に忍び寄ってくる闇に負けないようにしなくては。コリンだけの力では、わたしたちふたりをこの苦境から救えないだろう。

太陽の光が前方の空き地に降り注いでいた。円形をした草地が気味の悪いほど美しかったので、アレックスは泣きたかった。うっとりするほど美しく、それでいて恐ろしい場所。

ここでダミエンは野宿したのだ。小川のほとりの大きな木の下で。日中は太陽の光があたり、木が雨をさえぎってくれる。申し分のない場所だ。

ダミエンが空き地の端まで行って馬をつないだ。コリンに鋭い目でにらみつけられてもまったく気にする様子はなく、のんびりした態度をとっている。だが、気づいていないのではない。その証拠に拳銃の撃鉄を起こす音があたりに響いた。

「動くなよ、アレクサンドラ。ブラックバーンは一緒に来い」

コリンはゲール語で悪態をつき、ダミエンにロープを引かれると、足を踏ん張って逆らった。

「女房を人質にとられているってことを忘れるな」

コリンはぐいと力を入れて、両手首を縛っていたロープを切った。「彼女を放すつもりなど最初からないくせに」

「そんなことはないさ」拳銃があがり、銃口がコリンの胸に向けられた。「彼女にはウェストモアへ戻って宝石を持ってきてもらう。彼女がそれを拒んだり、助けを連れてきたりしたら、おまえを殺す」

「真に受けてはだめだ、アレックス。どうせこいつはぼくを殺すに決まっている」

「黙れ！　さあ、そこの木のところへ行け。言うことを聞かないと、彼女のかわいい耳を片方切り落とすぞ」馬を殺したナイフが、突然ダミエンの手に現れた。「耳などなくても、あっちの機能は変わらないだろうよ。そう思わないか？」

「コリン、やめて。彼はわたしを傷つけないわ」

ダミエンの含み笑いを聞いて、アレックスはぞっとした。彼女と目を合わせたコリンは木のところへ歩いていって、幹を抱えるように両手を後ろへまわした。「戻ってくるなよ、カイテン」

「よし、いいぞ」ダミエンは甘ったるい声を出し、木の背後へまわってコリンの両手首をきつく結わえた。それからもったいぶった手つきで上着のポケットからハンカチを出し、彼の前にまわる。「彼女におかしな考えを吹きこまれては困るのでね」ダミエンはにやりと笑い、コリンの口にハンカチを押しこんだ。さらに、その上からロープをかました。

「弟とあまり似ていないな。体がそんなに大きいのは農夫の血を引いているからに違いない」

「どうしてこんなことをするの？」アレックスは再びきいた。なんとかしてダミエンの注意をコリンからそらしたかった。

「もちろん金がいるからさ」

「でも、なぜこんなことを始めたの？　どうしてジョンを殺したの？」

「殺すつもりはなかった。彼を破滅させてやりたかっただけだ。殺したのは衝動に駆られてだが、たぶん賢明なことではなかったな。だが、衝動に逆らえなかったんだ」

「でも、なぜ？　なぜなの？」

「理由はいくらでもある。やつはなんでも持っていた。金、父親の称号、友人。学校ではだれもが彼と友達になりたがったものだ。それなのに、彼はぼくから盗んだ。最初は〈ザ・プライオリー〉の金髪の売春婦……ぼくが彼女を好いていることを知りながら、目の前からかっさらった。次は金だ。あり余るほど金を持っているくせに、人から盗みやがって。ぼくをそそのかして賭けで大負けさせ、払えないことをみんなに示して恥をかかせるために、大勢の前で手形を突き返したんだ」

「それは親切心でしたことよ！」

「なにも知らないんだな？　あれではクラブのみんなの前で頬を張られたのと同じだ。しかも、あのばかは同じことをまたやった。さも気の毒そうな声を出し、トランプの持ち札を引っくり返したんだ。まわりにいた連中の顔を見せてやりたいよ。彼らはぼくが恥をかくのを喜んで見ていたのさ。そのとき、やつを殺したいと思ったが、まだその度胸はなかった。でも彼がきみを愛していることはだれでも知っていたから、やつの鼻先から盗んでやった。目には目をというわけだ」

アレックスはかっとなった。もはや恐怖も体の痛みも感じなかった。ダミエンはなんとくだらない理由でジョンを殺したのだろう。勝手に侮辱されたと思いこんだだけではないか。彼はわたしをあの部屋へ誘いこみ、ドアのほうへ向けて机の上に寝かせた。そうすればジョンがドアを開けたとたん、わたしのむきだしの太腿と忙しく働いている両手が見えるから。

「あなたは臆病者なのよ」アレックスはコリンのそばを離れて近づいてくるダミエンに言った。そしてすぐに後悔した。彼女の視線はコリンの両手首を結わえているロープに落ちた。ダミエンを刺激するのはまずい。コリンを痛めつけたがっている彼に口実を与えてはいけない。わたしを放してくれさえしたら、きっとなにか方法を見つけられる……。

「馬をおりて一緒に来い」

ダミエンが彼女を馬から抱えおろした。地面におりた勢いで、アレックスは彼の前にひざまずいた。

「臆病者かどうかは、ぼく自身にもわからないんだ」

ダミエンはアレックスをコリンのほうへ引きずっていった。コリンはダミエンに従うよう彼女に目で訴えた。だが、アレックスは愚かではない。ダミエンがふたりとも殺す気でいるのはわかっていた。

「用心深いことは自分でも認めるよ。たとえばきみの体を奪って、傷物にするのは簡単だっただろう。なにしろきみはやりたくてうずうずしていたから」アレックスは嫌悪のうめき声をのみこんだ。「でも、公爵の怒りを買いたくはなかった。危うくそうなるところだったが、きみがかばってくれるだろうとあてにした。公爵がきみを甘やかして、どんな頼みでも聞き入れることは、だれもが知っている。きみが性的に早熟なのは、おそらく彼のせいに違いない。子供部屋にいるころから、兄さんはきみをしつこく求めたんじゃないのか?」

「あなたって、げすな人ね」

「ふん」ダミエンはコリンの前で立ちどまってアレックスを引き寄せ、彼女の背中に胸を押しつけてコリンと向かいあわせた。そして後ろから片腕をまわして動けないようにし、もう一方の手を顎に添えて、コリンにじっくり見させようと彼女の顔を左右に振った。そのあいだも、アレックスはコリンの顔をじっと見て記憶にとどめた。

「今でもぼくは用心深い。だから、これからこうしようと思う。明日の朝、ここを離れるときに——」明日ですって? 彼女は聞きとがめた。「——きみの縄を解いてウェストモアへ行かせる。きみの大事な夫とぼくは別の場所に移る。きみが追っ手を引き連れてきていては大変だからな」

ダミエンの手が顎から首へと滑り、指が肌を愛撫した。「持ってきた金は、ぼくが回収しやすい場所に置いておいてもらおう。だが、よく聞いてくれよ、金を回収しに来るときはブラックバーンを連れてこない。だから待ち伏せしようなどと考えないことだ。さもないと、彼の居場所は永久にわからないだろう」

「でも、彼に危害を加えないわよね？」指でなでられて、彼女の声が震えた。コリンの目に怒りが燃えあがった。

「ああ、加えない。紳士として約束する」

アレックスはコリンの目が放つ銀色の光を無視してうなずいた。「彼を傷つけないで」

「わかった」ダミエンの手が下へ移動して鎖骨をくすぐり、肩掛けをどける。「きみが協力してくれれば傷つけないよ」

再びうなずいたアレックスは乳房に手があてがわれるのを感じ、コリンの真っ赤な顔から視線をそらした。ウールの乗馬服の厚い生地も、人殺しの指が乳首をつまむのを防いではくれなかった。

コリンが猿ぐつわの下からうなり声をあげる。彼女は涙のにじんだ目をぎゅっとつぶり、ダミエンの手が下へ這っていくのを黙って耐えた。

「ひと晩、時間をつぶさなくちゃならない。どうせなら数年前に中断したところからやり直そうか？」

「そうね」アレックスは喉を詰まらせて言った。「ええ、なんでもあなたのお望みどおりにするわ」筋肉がわななないたが、彼女はダミエンの愛撫をこらえ、首をのけぞらせて頭を彼の肩にもたせかけた。彼の手が太腿のあいだに達したときは血がにじむほど強く唇をかみ、指をつかんで手を股間にあてがわせた。

「よし、いいぞ。そうやって協力すれば手荒には扱わない。どうだ、興奮するだろう、夫の目の前でするのは？　きみが興奮しているのがわかるよ」

アレックスは口をきけなかった。口を開いたら、叫びだしてしまいそうだ。いったん叫びだしたらとまらないだろう。暴行されるのが怖いのではない。それが怖いのだ。目を開けたら、コリンの瞳に憤怒の炎が燃え盛っているのが見えるに違いない。彼はきっとわたしが裏切ったと思い、やはりわたしは売春婦同然のふしだらな女だったと考えているだろう。けれどもわたしは、なんとかしてダミエンの気をそらさなければならない。

「きみの夫が嫉妬するのはもっともだ」今度のダミエンの笑い声はあたたかくて、彼女の首の柔肌を焼いた。

スカートをまくりあげられると、アレックスはうなずいた。ダミエンがスカートの下に手を入れて、脚のあいだに押しつけた。「きみはいつも驚くほど簡単に興奮したね。ほら、いいものだろう？　夫の前でやるのは？」殺人者の濡れた舌が首筋を耳のほうへ這っていく。

「こうしたいと、きみはいつも夢見てきたんじゃないか？」

残酷な指がなかに入ってきたとき、意志に反してアレックスの体が反応した。彼女はぐいと身を振りほどいて頭を振り、すすり泣きをこらえながら、空き地の反対側を目指してふらふらと歩きだした。ダミエンの笑い声と夫のしゃがれた叫び声が追いかけてくる。

アレックスは木立のほうを向いて服を脱ぎ始めた。

コリンの親指をあたたかいものが伝い落ちた。手首を結わえているロープを必死に引っ張るたびに、さらに流れ落ちてくる。血で結び目がぬるぬるしてほどけないので、力任せにロープを切ろうとするうちに手首の皮膚が木の皮ですりむけたが、両手は自由にならなかった。ああ、くそっ。彼女の目。彼女の目。輝きを失ってどんよりした、あの目。アレックスはぼくのためにみずからを犠牲にしようと決意したのだ。だが、ぼくを救うことはできない。それが彼女にはわからないのか？　アレックスがウェストモアへ発つや否や、ダミエン・セントクレアはぼくを殺すだろう。そして彼女は自分を責めるに違いない。それも、セントクレアが彼女を生かしておいたらの話だが。

コリンは動くのをやめて木に背中を押しつけ、耳をそばだてた。セントクレアの笑い声がやんだ。やつはなにをしているんだ？

今度はささやき声がする。コリンの頭のなかでさまざまな考えが渦巻き、頭痛がし始めた。あの男に抵抗すべきだったのだ。アレックスの耳を切り落とすという脅しに屈したのはまずかった。いくらやつが怪物みたいな人間でも、おそらく実行しなかっただろう。おそらく。

「恥ずかしいふりをしているのか？」

コリンは凍りついた。

「シュミーズを脱げ。今まできみの裸を見る機会がなかった」

沈黙。やがて妻の声がしたが、耳鳴りがして言葉が聞き取れなかった。

「火をたけというのか？　そんな悠長なことはしていられない。あとでたいてやるよ」

「お願い……寒くて」

「早くしろ」

足音。衣ずれの音。アレックスの荒い息づかい。

コリンはぎょっとして全身に力を入れた。できることなら皮膚を脱いで駆けつけたかった。ああ、くそっ、やめろ。頼む、やめてくれ。あんなひどいことを彼女に言ったあとで、このような目に遭わせてしまうとは。

しつこく迫るセントクレアのささやき声のあとに低いうめき声、すすり泣き、そして鋭い悲鳴が聞こえた。

猿ぐつわをかまされたコリンは喉の奥で叫んだ。声が割れるまで吠《ほ》えた。だが口に押しこまれたハンカチに妨げられて、声はかすかにしか外に漏れなかった。〝やめろ。やめろ。やめろ〟彼は両足を踏ん張って体を弓なりにし、木から離れようとした。傷ついた額と手首から血が垂れるのを感じて、ぐったりと木の根元に座りこみ、無力感に襲われてすすり泣いた。心が死んだようだった。

そのとき、左側で枝の折れる音がした。コリンは音のしたほうをぱっと振り返った。

アレックス。

うつろな目をした彼女が、力なくうなだれて立っていた。白いシュミーズが血で真っ赤に染まっている。コリンは愕然として叫んだ。ああ、なんてことだ。あの男は強姦しただけでは足らず、彼女を刺したのだろうか？　きっとそうだ。しかし、なぜ？

アレックスが一歩前に踏みだした。そしてまた一歩。袖から血が滴る。彼女が目をしばたたいてコリンを見た。そのときになって彼は短剣に気づいた。血に染まっているので、血まみれの彼女の手とひとつになってよく見えなかったのだ。それは今朝、コリンが彼女にブーツのなかへ入れておくよう念押しをした短剣だった。彼は足に力をこめ、背中を木に滑らせて立ちあがった。

「コリン」アレックスが弱々しくささやいた。そして短剣を投げ捨てて駆け寄り、彼を抱きしめた。「コリン」

彼はアレックスに両腕をまわしてさすってやりたかったが、ロープで縛られているのでできなかった。それに気づいた彼女が飛びすさってひざまずき、短剣を見つけようと草むらを探した。

甲高い叫び声がして、短剣を握りしめた彼女が勢いよく立ちあがる。

口にかまされたロープが切られ、続いて両手が自由になった。

「彼を殺してしまったわ」コリンに抱きしめられると、アレックスは彼の胸に向かってささやいた。

「いいんだよ、アレックス、いいんだ。怪我をしていないか？」

「彼を殺してしまった」彼女は繰り返し、頭をあげてコリンの目を見た。「そんなことはしたくなかったのに――」

「言わなくていい。言ってはだめだ。わかっている。わかっているとも。ハ・ギュール・アガム・オシュト、カイテン。ああ、きみを愛しているよ」

脚の力が抜けて、コリンはアレックスを抱いたまま地面に座りこんだ。

エピローグ

花嫁の頬は処女のように赤く染まっている。ピンクの顔は美しい赤い髪にまったくそぐわなかった。

「自分でも結婚したことが信じられないの」ジーニーがアレックスにささやいた直後、新郎が彼女の手をとって通路を出口のほうへ歩きだした。結婚式に招待された人々がいっせいに教会を出て、待機している馬車にわれ先にと乗りこみ始める。彼らはこれからカークランド邸で催される披露宴に出席するのだ。ジーニーの父親は最終的に折れたものの、娘の結婚相手を簡単に許しはしなかった。新郎は目のまわりに青痣をこしらえて式に臨んだ。

アレックスは力強い手で指を握られたのを感じ、にっこり笑って夫を見あげた。こんな愛情を示されると、身も心もとろけてしまいそうだ。はしたなく抱きつくかわりに、彼女は切り傷ができているコリンの額に手をやった。

今日の式に臨んだのは惨憺たる面々だった。目の周囲に痣をつくったファーガス、額に怪我をしているコリン、頬全体に黄色がかった打撲傷の跡が残るアレックス。まったくの無傷できらきら輝いていたのは、淡い金色のドレスに身を包んだジーニーだけだ。彼女は実に愛らしかった。

アレックスは大勢の視線が自分とコリンに注がれているのを感じた。ひそひそとささやき交わす声がさざなみのように伝わってくる。だれもが事件のことを知っているか、知っていると思いこんでいた。なんといっても、人がひとり殺されたのだ。殺人事件を解決するために、当局の人間たちがウェストモアへ派遣された。

しかし周囲の人々の好奇の視線も、アレックスはまったく気にならなかった。コリンと並んで教会の出口へ向かう彼女の顔には満面の笑みが浮かんでいた。コリンでさえ、口元に満足げな笑みを漂わせている。近隣の人たちはこれから何週間もわたしたちの噂ばかりしていることだろう、とアレックスは確信した。不幸な夫婦に突然、新婚夫婦のような幸せが訪れたのだ。教会からひんやりした大気のなかへ歩みでた彼女は、明るい日差しに向かって笑った。

「少し遠まわりしてカークランド邸へ行ったら、だれかに気づかれるかな？　新鮮な空気を吸いたいんだ」

アレックスは目をくるりとまわした。「わたしたちは新婚夫婦の次に注目の的なのよ……きっとみんな気がつくわ」

「どうする？」

「やめておきましょう」彼女は残念そうに言った。「今日はジーニーが主役の日だから、少しでも一緒にいてあげたいの」

「でも、昨夜はきみがいなくて寂しかったんだよ」

「お気の毒だったわね」アレックスはため息をついた。昨夜、ジーニーは彼女に一緒に寝室にいてちょうだいと頼んだ。ジーニーがなぜそうしてほしがったのか、コリンにはまったく理解できなかったようだ。

〝ジーニーは処女ではないんだ!〟昨晩、彼は大声で文句を言った。〝初夜のことが不安であるはずがないよ〟

アレックスは女性特有の不安とか生まれながらの慎み深さといった言葉をぼそぼそつぶやき、ジーニーの部屋へ駆けていった。そして密通の体験を語りあっては、くすくす笑ったり息をのんだりして過ごした。コリンにもファーガスにも高得点が与えられた。

それをアレックスは夫に教えなかった。そして今、彼に手をとられて馬車に乗りながら、彼女は言った。「あと数時間したら家に帰れるのよ、コリン。そうしたら、ひとり寂しく過ごした夜のことを忘れさせてあげる。約束するわ」

「期待しているよ」コリンは不満げに言ったが、顔は笑っていた。アレックスは以前とすっかり変わった夫を前にして、わたしは幸せよ、と世界に向かって叫びたかった。

ただひとつ幸せな気分を損ねているのは、ダミエンの死に対してやましさを感じなかったことだ。夫と自分が元気に生きていることへの感謝しか覚えないのは、たぶんわたしが異常だからだ、と彼女は思った。ジーニーはその考えを笑い飛ばし、カークランド家の兄弟たちはアレックスの背中を軽くたたき、ファーガスはなにも言わずに彼女を抱きしめた。

そしてアレックスは、とうとうウェストモアが自分の家になったことを知った。

「ところで、コリン……」

「なんだい？」

「ジーニーからことづてを頼まれたの」

コリンが眉をつりあげた。

「彼女と話をするときに顔を赤らめるのはよしなさいって。トウィード川で彼女に見られてしまったことを、つい思いだすからだろうと彼女は言っていたわ」

コリンの口元から笑みが消えて、顔がかすかに青ざめた。

「前に裸の女性たちをのぞき見したことがあるのね、コリン」

「やれやれ、彼女はぼくにとって幼い妹みたいなものなのに」

「それほど幼くないいんじゃない？」

「まいったよ、アレックス！」

彼女は笑った。笑いすぎて横腹が痛くなり、夫の胸にもたれかかった。アレックスがいつまでも笑うのをやめないので、コリンは彼女に両腕をまわしてキスをした。やがて笑い声は忍び笑いになり、ため息へと変わった。

「カイテン？」

「なあに？」

「残念だが、きみに罰を与えるのを夜まで待てそうにない」

「なにに対する罰？」

「主人であり夫であるぼくを笑ったことへの罰だ。そういう無礼な態度には、お尻ぺんぺんで応じてやらなくては」

馬車の薄い壁ではアレックスの甲高い悲鳴を封じこめることができなかった。驚いたみそさざいが教会の塔の巣からいっせいに飛び立ち、まだ教会前の庭にいた人々の頭上を飛びまわる。彼らはいったいなにごとだろうと空を見あげた。

わたしは絶対にレディにはなれないわ、とアレックスは確信した。と同時に、ふたりの乗った馬車が去ったあとも、ここに残った人たちは〝恥知らず〟とか〝下品〟などとささやき交わすに違いないとわかっていた。

そう、わたしは絶対にレディにはなれないだろう。少なくとも立派なレディには。それならそれでかまわない。だって、わたしは牧畜業者の妻だから。そしてその牧畜業者が恋したのは、大胆で奔放という評判のわたしなのだ。

アレックスはたくましい夫の肩に頭をもたせかけ、カークランド邸への穏やかな道程や、にぎやかな結婚披露宴、ふたりで過ごす夜のことを考えてほほえんだ。そしてそのあいだじゅう、家に帰ったら実際に夫をお尻ぺんぺんする気にさせられるかしら、と考えていた。

訳者あとがき

『ひめやかな純真』はヴィクトリア・ダールのデビュー作で、二〇〇五年に米国ロマンス作家協会ゴールデン・ハート賞ヒストリカル部門を受賞した作品です。

時は一八四四年、場所はイングランド北部のヨークシャー。まもなく二〇歳になるアレックスは男物の乗馬服に身を包み、兄であるサマーハート公の領地管理を手伝いながら日々を過ごしています。彼女をめぐってダミエンとジョンが決闘をし、ジョンが死んでからというもの、ふしだらな女のレッテルを張られたアレックスは、華やかな社交界を避けて暮らしてきました。そんな彼女の前に、ある日突然、ジョンの腹違いの兄コリンが現れて、弟を殺したダミエンを探しだす手助けをしてほしいと頼みます。彼の話を聞いたアレックスは迷った末に協力しようと決め、ふたりは何度か会ううちに強く引かれあっていくのですが、彼らの前には多難な道が待ち構えていました……。

本作品の時代背景となっている一八四〇年代は、ヴィクトリア朝の初期にあたり、産業資本家が勢力をのばして、イギリス帝国が絶頂期に向かっている時期でした。イングランドとスコットランドが併合して連合王国を形成してから一世紀以上がたっていましたが、まだどちらの側にも別々の国だという意識が強かったのです。イングランドの公爵の娘であるアレックスとスコットランド貴族の庶子であるコリンとのあいだには、大きな身分の隔たりがありました。それがコリンの引け目となり、彼の強烈な嫉妬心と相まって、この作品に単なる恋愛小説にはない暗い影を投げています。

ヴィクトリア・ダールは本作品のあと、この小説に登場するサマーハート公をヒーローにした"A Rake's Guide to Pleasure"と、やはり一八四〇年代のイングランドを舞台にした"One Week as Lovers"を発表し、早くもヒストリカル・ロマンスの作家としての名声を確立しました。それだけでなく"Talk Me Down"、"Start Me Up"、"Lead Me On"など現代物のロマンス小説も立て続けに発表し、そのいずれも本国で人気を博しています。

彼女は母親が大のロマンス小説愛読者だったために、小さなころから身近にそうした本がたくさんあり、一一歳のころから〝きわめて不適切〟な本を多読するようになった、そしてそれがロマンス作家になるのに大いに役立ったと語っています。そればかりか、現在の夫君と出会ったときに、この男性こそ夫にすべき理想の人だと即座に悟ったのも、ロマンス小説をたくさん読んでいたからなのだそうです。

二〇一〇年四月

ライムブックス

ひめやかな純真《じゅんしん》

著　者　ヴィクトリア・ダール
訳　者　月影《つきかげ》さやか

2010年5月20日　初版第一刷発行

発行人　成瀬雅人
発行所　株式会社原書房
〒160-0022東京都新宿区新宿1-25-13
電話・代表03-3354-0685　http://www.harashobo.co.jp
振替・00150-6-151594
ブックデザイン　川島進（スタジオ・ギブ）
印刷所　中央精版印刷株式会社

落丁・乱丁本はお取り替えいたします。
定価は、カバーに表示してあります。
 ISBN978-4-562-04385-9　Printed　in　Japan

To Tempt a Scotsman

by Victoria Dahl

rhymebooks